Die Diva in dir

Claudia Varrin

Die Diva in dir

Die Kunst des dominanten erotischen Spiels

Aus dem Amerikanischen von Nadine Bunske
Mitarbeit: Xenia Gharbi

EXPLIZIT

Schwarzkopf & Schwarzkopf

Inhalt

Teil 3: Liebende

Teil 4: Mehrere

Haftungsausschluss

Dieses Buch befasst sich mit kontroversen, riskanten und mitunter gefährlichen sexuellen Praktiken. Es dient einzig und allein der Unterhaltung. Die Autorin und der Verlag übernehmen keinerlei Verantwortung für den Fall der Ausübung oder falschen Anwendung der hier beschriebenen Praktiken. Wer diese Praktiken in die Tat umsetzt, tut dies auf eigene Gefahr. Anders gesagt: Sie sind selbst verantwortlich, und rennen Sie nicht heulend zur Autorin oder zum Verlag, wenn Sie's vermasseln. Die Beweislast liegt einzig und allein bei Ihnen, und nur weil Sie Ihre Kleider ausziehen, heißt das noch lange nicht, dass Sie Ihren Verstand gleich mit ablegen können. Außerdem ist die Autorin keine Rechtsexpertin und kann deshalb nicht dafür einstehen, ob das, was im Folgenden beschrieben wird, legal ist oder nicht. Es kann gut sein, dass die Geschichten in diesem Buch in Ihrem Land selbst unter einvernehmlich handelnden Erwachsenen illegal sind. Als gesetzestreue Bürgerin lässt die Autorin Ihrer Fantasie freien Lauf, wenn sie sich diese Geschichten ausmalt und Ihnen davon erzählt.

Selbstverständlich sollten Sie immer Safer Sex praktizieren, ganz gleich in welcher Lage – vor allem, wenn Sie nicht mit Ihrem festen oder regelmäßigen Partner spielen. Kondome für Männer und Frauen, OP-Handschuhe, Dental Dams (Latexläppchen) und dergleichen haben sich bei der Eindämmung sexuell übertragbarer Krankheiten als sehr hilfreich erwiesen.

Im Übrigen besteht für Menschen, die romantische und einvernehmlichen BDSM (Bondage/Discipline, Sadismus/Masochismus) praktizieren, ein ganz realer und klarer Unterschied zwischen einvernehmlichen, für beide Seiten lustvollen Akten unter Erwachsenen und jeder Form von Gewalt gegen Partner, die damit nicht einverstanden und/oder minderjährig sind. Wer einem Partner gegen dessen Willen eine sexuelle Handlung aufzwingt, handelt unmoralisch, verwerflich und abstoßend und erfüllt den Straftatbestand der Vergewaltigung.

Vorwort

Seid gegrüßt, Dominante Schwestern und männliche Wesen, und willkommen zurück in meiner zauberhaften, wundervollen mitternächtlich funkelnden Welt hinter dem Schleier des BDSM! Wie Sie aus meinen anderen Büchern wissen, möchte ich die Erfahrung und das Wissen, die ich über die Jahre gesammelt habe, mit Ihnen teilen, damit auch Sie die dominante Tigerin oder die verführerische Domina in sich rauslassen können. Dass ich so großen Spaß beim Schreiben dieses Buches hatte, liegt unter anderem daran, dass es vollkommen anders ist als meine anderen Arbeiten. Im Gegensatz zu den anderen Büchern ist dies kein Handbuch voller psychologischer und praktischer Tipps, sondern eine Sammlung von Geschichten mit einvernehmlichem, romantischem BDSM und von Erzählungen aus meinen selbst erlebten Spielen. Wer praktische Anleitungen sucht und die hier beschriebenen Techniken lernen will, ist natürlich am besten mit meinen beiden Büchern *Die Kunst der weiblichen Dominanz* und *Die Lust auf weibliche Dominanz – Erotische Rituale und sinnliche Erfahrungen* beraten. Für tiefere Einblicke in die submissive Vorstellungswelt empfehle ich *Weibliche Unterwerfung* als Einführung, und dann gibt es noch viele Bücher, die die meinen ergänzen.

Dieses Buch ist in vier Teile untergliedert. Im ersten Teil, »Spielzeug für zwischendurch«, geht es um zufällige Tête-à-Têtes mit submissiven Männern, die ich in Clubs und auf Partys kennengelernt habe. Mit diesen Männern hat die Chemie gestimmt, und ich fand sie sympathisch genug, mit ihnen zu spielen – man könnte auch sagen, die »Schwarze Magie« hatte mich in ihren Bann geschlagen. Diese Geschichten sind zum Teil recht harmlos, zum Teil aber auch ganz schön wild für »Spielzeug für zwischendurch«. Der nächste Teil, »Freunde«, handelt von Spielen mit submissiven Männern, die ich bereits kannte und mit denen ich bei anderen Gelegenheiten schon viel Spaß hatte. Sie werden feststellen, dass das Niveau der Spiele in diesen Geschichten etwas höher ist als in »Spielzeug für zwischendurch«, weil zwischen mir und diesen männlichen Wesen schon eine Verbindung bestand. Manche sind amüsant, andere etwas ernster, je nachdem, mit wem ich spielte und wie gern ich ihn mochte. Wir alle wissen ja, dass es verschiedene Arten von »Freunden« gibt.

In »Lovers« geht es um intimere Spiele, die ich mit Männern spielte, die sowohl Liebhaber als auch Spielgefährten waren. Je nachdem, wie tief und vertraut unser Verhältnis war, ist das Große Finale in manchen Geschichten deutlich intimer als in anderen. Sie werden feststellen, dass die Spiele in diesem Teil wiederum intensiver sind als die aus den beiden Teilen davor. In »Mehrere« geht es um Spiele, in denen mehr als zwei Personen – das submissive männliche Wesen und ich – miteinander spielten. Diese Geschichten handeln von Szenarios mit den Konstellationen weibliche Dom/weibliche Dom/männlicher Sub (sprich: ein Dreier) und weibliche Dom/weibliche Dom/männlicher Sub/männlicher Sub (sprich: ein Vierer). Ich habe diese Geschichten mit aufgenommen, weil sie unterhaltsam sind. Wenn die sinnliche weibliche Dom einen Dritten in ihrem Szenario wünscht, findet sie hier Inspiration. Außerdem weiß ich von meinen männlichen Lesern, dass sie oft Fantasien hegen, in denen sie von mehr als einer weiblichen Dom oder einem anderen Mann dominiert werden, weshalb auch sie diese Geschichten aufregend finden werden.

Ich habe dieses Buch in vier Teile untergliedert, um meinen Lesern (vor allem den männlichen) zu verdeutlichen, dass ich die

Art, wie ich mit den verschiedenen Subs spiele, davon abhängig mache, wie gut ich sie kenne oder liebe. Für eine Frau ist es selbstverständlich, dass man mit einem Spielzeug für zwischendurch ganz anders umgeht als mit dem Geliebten. Männer können diese Entscheidung nicht immer so klar treffen. Die Aufteilung der Geschichten macht die Unterschiede deutlicher.

Ich habe mir große Mühe gegeben, die ganze Bandbreite des BDSM abzudecken, aber mir geht es so wie Ihnen – ich habe eine Liste mit Lieblingsspielen und eine Liste mit Spielen, die mich abtörnen. Ich persönlich mag am liebsten Bondage, verbale und körperliche Erniedrigung, Face Slapping, Spucken, Umschnalldildos, körperliche Züchtigung, Natursekt, Fußverehrung, Piercingspiele, Zwangsfeminisierung und Verdinglichung, aber ich schreibe auch von Begegnungen mit anderen Spielarten, weil ich sie ungeheuer spannend, amüsant oder ungewöhnlich finde. In manchen Geschichten verlange ich eine Fußmassage. Na, wenn ich zu *seinem* Vergnügen auf Mörderabsätzen herumlaufen muss, habe ich ja wohl auch eine verdient! Geschichten über Spielarten, die mir nicht gefallen, gibt es hier natürlich keine. Falls es Sie zum Beispiel tierisch antörnt, Ihrem Sub ein Branding zu verpassen, entschuldige ich mich schon jetzt, denn darüber finden Sie hier nichts.

Das bedeutet allerdings nicht, dass Sie an den Geschichten hier kein Vergnügen finden. Ich glaube, sie enthalten zum Teil sehr amüsante Zutaten, die Sie zum Schmunzeln und Lachen bringen werden. Und beim Lesen finden Sie vielleicht Geschmack an Dingen, die Ihnen bislang nicht verlockend erschienen. Manchmal reicht es ja schon, wenn man diese Dinge mit anderen Augen betrachtet, um neugierig zu werden und Lust darauf zu bekommen, mit ihnen zu experimentieren. Vielleicht haben Sie sich den Spaß an einem dieser Dinge auch einfach nur deshalb noch nicht gegönnt, weil Sie nicht wussten wie! Dieses Buch soll nicht nur unterhaltsam und amüsant sein, sondern auch Szenarios, Aspekte und die Kombination von Aspekten nahelegen, die im ersten Moment gar nicht kompatibel erscheinen.

Beim Schreiben dieser Geschichten stellte ich fest, dass manche von ihnen am besten in der dritten Person funktionieren, andere aus der Sicht der Ich-Erzählerin und wieder andere lesen sich am besten aus der Perspektive des Subs. Ich kam zu dem Schluss, dass das Buch spannender wird, wenn ich diese Geschichten aus verschiedenen Blickwinkeln erzähle, und hoffe, dass Sie mir zustimmen werden. Wo immer es mir möglich war, habe ich die Spielzimmer, meine Garderobe, das Aussehen des Sub und andere Details beschrieben, damit Sie die Szene möglichst gut vor Augen haben – ich rieche gern den Duft der Rosen, wenn ich schreibe. Ich hoffe zutiefst, dass sinnliche weibliche Doms hier neue Ideen für ihr Repertoire an »Spielen« finden, und wenn meine männlichen Leser dieses Buch stimulierend finden, ist mir das nur recht. Ohne euch, die männlichen Wesen, hätte ich dieses Buch nicht schreiben können. Also nur zu, habt Spaß – meinen Segen habt ihr!

Teil 1

Spielzeug für zwischendurch

Devins Bestrafung

Miss Varrin war an seiner Universität sowohl Dekanin der männlichen Studenten als auch Dozentin. Außerdem stand sie in dem Ruf, im Unterricht weder Nachlässigkeit noch Unaufmerksamkeit zu dulden. Sie war Dozentin für Frühgeschichte und unterrichtete ihr Fach mit Leidenschaft. Sie zeigte Dias von antiken Stätten, die sie besucht hatte, und brachte Kunstgegenstände und andere interessante Dinge mit in den Unterricht, um ihn lebendig zu gestalten. Eine Frau mit Doktortitel in Geschichte stellt man sich meistens als vertrocknete alte Schachtel vor, doch Miss Varrin war das genaue Gegenteil davon. Sie war mittelgroß und schlank, hatte langes, glattes, glänzend braunes Haar mit einem kurzem Pony, volle Brüste, einen herrlich runden Hintern, lange, hübsche Beine und die schönsten Füße, die Devin je gesehen hatte.

Fast jeder Junge in der Klasse war insgeheim verknallt in die glamouröse Miss Varrin. Sie hatte eine Vorliebe für figurbetonte schwarze Kleidung, insbesondere Kleider, die sie mit hochhackigen Pumps, Stöckelsandaletten oder Stiefeln mit Pfennigabsätzen trug. Wenn sie nicht vorn im Klassenzimmer auf und ab schritt, saß sie meistens mit überkreuzten Beinen auf ihrem Pult, wobei man oft einen Blick auf den Spitzensaum ihrer halterlosen Strümpfe oder den Ansatz Strumpfhosen erhaschen konnte, die sie mit Strumpfhalter trug. Wenn sichtbar, waren ihre leicht länglichen Fußnägel stets in einem sexy Rot lackiert. Der Lack ihrer langen Fingernägel war immer farblich darauf abgestimmt. Ihr Lippenstift ließ ihre vollen Lippen äußerst küssenswert erscheinen, und ihre hohen Wangenknochen verliehen ihr einen exotischen Touch. Es war nur schwer vorzustellen, wie sie in irgendeinem fernen Land im Schmutz einer Grabungsstätte wühlte. Devin hatte oft Mühe, bei diesem verführerischen Anblick dem Unterricht zu folgen.

»Mister Devin!«

Ihre sanfte, doch bestimmte Stimme holte ihn zurück in den Unterricht. Wie gebannt hatte er auf ihre Zehen gestarrt, und sie hatte ihn dabei erwischt.

»In mein Büro, wenn ich bitten darf, Mister Devin.«

Miss Varrin war stets höflich zu den Studenten, selbst wenn eine Bestrafung anstand. Dass sie nie die Stimme heben musste, machte einen Teil ihres Zaubers aus. Auch ein höflich ausgesprochener Befehl war ein Befehl, und man hatte ihm zu folgen.

Devin erhob sich und verließ das Klassenzimmer. Langsam ging er mit hängendem Kopf den Flur entlang und dachte über sein Vergehen nach, mit dem er sich die bevorstehende Strafe eingehandelt hatte. Er hatte sich viel mehr auf Miss Varrins rot lackierte Fußnägel und ihre aristokratisch schlanken Füßen in den wundervollen Stöckelsandaletten konzentriert als auf den Unterricht. Und jetzt würde Miss Varrin ihn wegen seiner Unaufmerksamkeit mit dem Paddel versohlen. Während er schleppenden Schritts auf ihr Büro zuging, um auf sie zu warten, hörte er sie die Klasse zurechtweisen, keiner solle ihn auslachen, weil jeder von der nächste sein könnte, der in ihrem Büro die Bekanntschaft mit ihr und ihrem Paddel machen würde. Sie machte die Tür des Klassenzimmers auf und trat auf den Flur, wo sie ihn auf halber Strecke einholte. Sie ging an ihm vorbei, gestikulierte mit den Fingern, dass er sich beeilen solle, und führte ihn energisch in ihr Büro.

»Wissen Sie, weshalb Sie hier sind, Mister Devin?«

»Ja, Miss Varrin. Ich bin hier, weil ich im Unterricht nicht aufgepasst habe, Ma'am.«

»Und Sie werden dafür fünf harte Schläge mit dem Paddel bekommen. Lassen Sie die Hosen runter, spreizen Sie die Beine und beugen Sie sich über den Schreibtisch. Sie zählen jeden Schlag für mich und bedanken sich dafür, Mister Devin.«

Devin tat, wie ihm geheißen, öffnete seinen Gürtel und ließ die Hose über die Knie rutschen. Er wusste, dass die dünne

Baumwolle seiner Boxershorts keinen Schutz vor ihrem Paddel bieten würde, zumal Miss Varrin für eine so schlanke Frau erstaunlich stark war. Miss Varrin ließ ihn in der erniedrigenden Haltung mit der Hose um die Knie stehen, öffnete eine Schublade ihres Schreibtischs und holte ihr Lieblingspaddel heraus. Es war aus Walnussholz und der Griff war mit purpurnem Velours umwickelt und mit einer Schnürung aus schwarzem Vinyl versehen. Miss Varrin sorgte dafür, dass er das Paddel sah, und ließ es ein paar Mal sanft auf ihre Hand klatschen, als wollte sie prüfen, ob es etwas taugte. Dann ließ sie es an ihrem Arm baumeln und trat langsam hinter ihn.

Sie fing damit an, das Paddel beinahe zärtlich auf seinem Hintern zu reiben. Immer und immer wieder ließ sie es auf seinen in Baumwolle gehüllten Backen kreisen. Er konnte die Kühle des Holzes spüren. Doch auch diese Empfindung war trügerisch. Dieses kühle Paddel konnte seinen Hintern in Brand stecken. Als er es spürte, wurde sein Glied schlagartig steif. Manchmal dachte er, dass er im Unterricht nur abschweifte, damit sie ihn bestrafen konnte – was sie dann auch tat.

Durch seine gespreizten Beine konnte er ihre muskulösen Waden und ihre zierlichen Füße mit den hell lackierten Nägeln in ihren vorne offenen Schuhen sehen. Wie sehr er diese herrlichen Zehen lutschen wollte! Wie sehr er jeden einzelnen in den Mund nehmen und verehren wollte! Er wurde noch erregter. Dann wurde das Paddel plötzlich weggezogen und Miss Varrin holte zu ihrem ersten Schlag aus.

Zack!

Sie traf ihn hart von unten auf beide Backen. Der Schlag ließ seine Zehen in den Schuhen verkrampfen. Trotzdem konnte er den Blick nicht von ihren Zehen wenden, die auf der wildledernen Innensohle ihres Schuhs ruhten. »Eins, danke, Miss Varrin«, sagte er gehorsam und wie betäubt von dem harten Schlag.

Zack!

Der zweite Schlag war noch härter, und der Schwung ließ seine linke Ferse vom Boden abheben. »Zwei, danke, Miss Varrin«, sagte er etwas gepresst.

Zack!

Der dritte Schlag ließ ihn auf den Zehen nach vorne kippen. Nur schwer konnten seine gepressten Lippen ein Stöhnen zurückhalten. »Drei, danke, Miss Varrin«, sagte Devin mit zusammengebissenen Zähnen.

Zack!

Beim vierten Schlag schwang Miss Varrin das Paddel wie eine Tennisspielerin bei einer gewaltigen Rückhand, wobei ihre Fersen vom Boden abhoben. Devin konnte ein schmerzvolles Stöhnen nicht unterdrücken und sagte: »Vier, danke, Miss Varrin.«

Zack!

Beim fünften und letzten Schlag schrie er laut auf. Sie hatte das Paddel geschwungen wie ein Baseballspieler, der den Ball ganz weit in den Himmel knüppeln will. In gewissem Sinn hatte sie das auch getan. »Fünf, danke, Miss Varrin.« Devins Stimme war ganz schwach, und seine Knie versagten ihm beinah den Dienst.

»Sie können jetzt gehen, Mister Devin«, schnurrte sie hinter seinem Rücken. Fünf Schläge hatten gereicht, und sein Hintern war ein einziges rotes, wundes Elend. Er rannte aufs Männerklo, wo er sich einschloss und berührte. Das brennende Glühen seiner Backen machte ihn noch erregter. Er dachte an das Auf und Ab ihres Arms, als sie das Paddel auf ihn niedersausen ließ. Er malte sich ihre zarten Zehen in den Stöckelsandaletten aus, den roten Lack, der im Licht der Sonne glänzte, das durch ihr Bürofenster fiel. Er dachte an den hoch geschwungenen Bogen ihrer wundervollen Füße, an den hohen Spann, der förmlich nach hohen Absätzen schrie.

Mit einem gewaltigen Seufzer fand er Erlösung und ergoss sich auf seinen Bauch. Er nahm sich etwas Klopapier und machte sich sauber, dann ging er zurück in seine Klasse, wo seine Kommilitonen ihr Grinsen kaum verhehlen konnten.

»Mister Devin, ich hatte Sie nach Ihrer letzten Missetat nicht so schnell zurückerwartet«, schnurrte Miss Varrin, und er musste an eine große Katze denken. »Was haben Sie diesmal verbrochen – oder muss ich überhaupt noch fragen?«

Devin stand vor ihrem Schreibtisch, war aber zu beschämt und erregt, um ihr in die Augen zu blicken, weshalb er nur auf den Boden starrte. Er wünschte, er könnte ihre herrlichen Füße sehen, doch sie blieben unter dem Tisch verborgen.

»Bitte, Miss Varrin, es tut mir schrecklich leid. Es wird nicht mehr vorkommen, versprochen.« Er war so nervös, dass seine Knie fast zusammenstießen.

»Was haben Sie denn getan? Ich frage nicht noch einmal.« Ihre schnurrende Stimme klang nun tiefer, ein sicheres Zeichen, dass sie langsam die Geduld verlor und keine Frechheiten duldete.

»Na ja, Ma'am, es war im Kunstunterricht bei Miss Woodhouse. Sie saß auf dem Pult und verlor ihren Schuh. Ich habe ihn für sie aufgehoben.«

»Und weiter, Mister Devin? Sie sind doch nicht hier, weil Sie Miss Woodhouse den Schuh aufgehoben haben.« Das Schnurren wurde tiefer und schwoll zu einem leisen Grollen an.

»Na ja, ich habe zuerst ihren Bogen geküsst, bevor ich ihn ihr wieder an den Fuß steckte. Mehr nicht, Ma'am.« Voll Scham ließ Devin den Kopf hängen. Er wusste, dass sein »mehr nicht« die denkbar schlechteste Antwort war, aber es war ihm einfach so rausgerutscht, bevor er überhaupt nachdenken konnte.

»Mehr nicht? Mehr nicht? Habe ich richtig gehört?« Miss Varrin fauchte ihn an, was die Katze vor seinem inneren Auge nur noch lebhafter werden ließ – eine große wilde Katze, eine Löwin oder Tigerin, die nur darauf lauerte, ihn zu verschlingen.

»Sie haben ihren Bogen geküsst? Sie haben ihren Fuß geküsst? Vor der ganzen Klasse? Einfach so, weil es Ihnen in den Sinn kam?« Miss Varrin gab sich entsetzter, als sie tatsächlich war. Schließlich war Devin nun seit drei Jahren auf der Universität und sie kannte seine Neigungen zur Genüge.

»Ja, Ma'am. Ja, Miss Varrin. Deshalb hat mich Miss Woodhouse zu Ihnen geschickt.«

»Mister Devin, ich habe aufgehört zu zählen, wie oft man Sie schon zu mir geschickt hat, und zwar immer aus demselben Grund. Das heißt, dass Sie mehr Disziplin brauchen, als ich Ihnen hier verabreichen kann.« Miss Varrin schrieb etwas auf einen Zettel und hielt ihn ihm hin.

Er hatte Angst, die Augen zu heben und ihr Gesicht zu sehen, deshalb streckte er nur die Hand aus und schnappte sich den Zettel. Er war sogar außer Stande, einen Blick darauf zu werfen und ihn zu lesen.

»Ich will Sie heute Abend um sechs Uhr an dieser Adresse sehen, und Sie werden dort bis acht Uhr bleiben. Seien Sie pünktlich. Jede Verspätung wird aufs Härteste bestraft. Sie können jetzt zurück in Ihre Klasse, Mister Devin.«

Froh, dass er so leicht davongekommen war, und gleichzeitig eigenartig enttäuscht darüber, dass er nicht wie erwartet das Paddel bekommen hatte, ging Devin wieder in den Kunstunterricht bei Miss Woodhouse.

Als er den Raum betrat, erntete er verwunderte Blicke seiner Mitschüler. Keiner war bisher so schnell wieder aus Miss Varrins Büro zurückgekommen. Miss Woodhouse tat, als würde sie ihn nicht bemerken, und fuhr mit ihren Ausführungen fort. Trotz ihres spannenden Diavortrags über berühmte Skulpturen konnte er seine Augen nicht von ihren Füßen in den schwarzen Lederpumps lassen, und wenn sie, ihre Worte betonend, auf und ab wippte, starrte er wie gebannt auf die Bewegungen ihrer Wadenmuskeln.

Die Stunden bis zum Ende des Unterrichts schleppten sich dahin, und die ganze Zeit brannten in ihm Erregung und Furcht vor seinem Sechs-Uhr-Termin bei Miss Varrin.

Nachdem er geduscht, die Haare gewaschen und etwas Frisches angezogen hatte, ging er unruhig in seinem Zimmer auf und ab. Miss Varrins Warnung war ihm lebhaft in Erinnerung, und er fürchtete sich, zu spät zu kommen, weshalb er schon etwas früher an der Adresse erschien, die sie ihm auf den Zettel geschrieben hatte. Dann wurde er aber unruhig, weil er zu früh dran war, und ging die Treppen wieder hinunter, um einen Blick auf das Haus zu werfen. Es war ein wunderschönes altes viktorianisches Gebäude mit zwei Etagen, einem Dachgeschoss, Fensterläden links und rechts der Fenster und einer großen Veranda, die um die Ecke reichte. Dort standen eine weiße Zweisitzerschaukel, ein großer Korbstuhl in Weiß, ein Korbtisch, ebenfalls weiß, und eine Reihe von Topfpflanzen. Das Haus war blauviolett gestrichen und hatte dunkelgraue Fensterläden. Das ganze Arrangement wirkte wunderschön. Er war noch nie in einem ähnlichen Haus gewesen.

Er warf einen Blick auf die Uhr und sah, dass es schon eine Minute vor sechs war. Er stieg die Treppe hinauf, ging über die breite Terrasse zu der Holztür, in die ein Bleiglasfenster eingelassen war, und klingelte. Praktisch im selben Moment ging die Tür auf, und vor ihm stand Miss Varrin. Sie bedeutete ihm, einzutreten, und er überschritt die Schwelle in ihr Reich. Es war nicht sehr hell, und seine Augen brauchten einen Moment, um sich an das schwache Licht zu gewöhnen. Als er schließlich zu Miss Varrin blickte, staunte er nicht schlecht. Ihr langes braunes Haar war hochgesteckt, hier und dort waren ein paar Strähnen ausgebüxt, und sie trug eine Brille. Anscheinend trug sie an der Universität Kontaktlinsen, denn mit Brille hatte er sie noch nie gesehen. Sie trug ein langes Kleid mit einem weit geschnittenen Rock, hochgeschlossenen Kragen und langen, spitzenbesetzten

Ärmeln. Unter dem Rock konnte er die Spitzen ihrer Schnürstiefel ausmachen. Die Mitte ihres hochgeschlossenen Kragens zierte eine Kamee, und ihre Taille umschlang ein eng geschnürtes Korsett. Ihre Taille sah unglaublich schmal aus – so schmal, dass er glaubte, sie mit den Händen umfassen zu können.

Während Devin ihre Aufmachung mit den Augen verschlang, bemerkte er nicht, dass auch Miss Varrin ihn aufmerksam musterte. Ihr fiel natürlich auf, dass er geduscht war, die Haare gewaschen hatte und in frischen Sachen steckte. Auch der Duft seines Eau de Toilette entging ihr nicht, und er missfiel ihr. Er hatte nichts Persönliches. Miss Varrin mochte Eau de Toilette ohnehin nicht und benutzte selbst nie Parfüm.

»Bevor wir anfangen, Mister Devin, gehen Sie ins Badezimmer und waschen dieses Eau de Toilette ab, soweit es geht. Ich mag es nicht. Folgen Sie mir.«

Als sie sich umdrehte, bauschte sich ihr Rock um ihre Beine auf und schwang mit jedem ihrer Schritte über den Flur. Devin hatte nicht gewusst, wie erregend diese Kleider sein konnten. Außer in Filmen oder Büchern hatte er noch keine Frau gesehen, die etwas Ähnliches getragen hatte. Miss Varrin blieb vor einer Holztür am Ende des Flurs stehen, öffnete sie und wies ihn hinein. Es war ein Badezimmer, doch ebenfalls eines, wie er es nur in Filmen gesehen hatte. Es gab weder eine Wanne noch eine Dusche, dafür aber eine kleine Nische, in der eine kleine Vase mit duftenden Blumen stand, die er nicht benennen konnte. Das altmodische Waschbecken war über und über von Rissen durchzogen. Die Toilette besaß keinen Spülgriff, doch nahm er an, dass die Kette, die daneben von der Decke baumelte, demselben Zweck diente. Auf einer Stange neben dem Waschbecken hingen makellos weiße, flauschige Handtücher. In einem Seifenhalter lag ein Stück weißer Seife, die nur auf ihn zu warten schien. Eilig zog Devin sein Hemd aus – er zog es einfach über den Kopf, um keine Zeit an den Knöpfen zu verschwenden – und fing an, jede Stelle abzuwaschen, auf die er Eau de Cologne gesprüht hatte. Dann trocknete er sich schnell ab, zog sich das Hemd über den Kopf und trat auf den Flur hinaus.

Miss Varrin erwartete ihn. Sie trat an ihn heran und schnüffelte hörbar an ihm – was ihn wider Erwarten erregte –, dann sagte sie, er rieche nun deutlich besser. Sie wies ihn an, ihr zu folgen, und führte ihn in ein Zimmer am anderen Ende des Flurs. Als er durch die Tür trat, stand er in einem überbordend ausgestatteten Wohnzimmer voller viktorianischer Möbel und hochwertiger Reproduktionen, mit orientalischen Teppichen, die den gesamten Boden bedeckten, einem in Marmor gefassten riesigen Kamin und mehreren Holztischen. Auf einem Tisch vor dem Fenster stand eine große Vase voll mit roten Rosen, Lilien und üppigen weißen Nelken. An einer Wand waren zahlreiche Messinghaken angebracht, an denen eine höchst eigenartige Sammlung von Instrumenten hing. Devin brauchte ein paar Minuten, um den Raum auf sich wirken zu lassen, und in dieser Zeit setzte sich Miss Varrin in einen großen Ohrensessel und zupfte ihren Rock zurecht.

»Unser Mister Devin hat also eine Schwäche für Schuhe und Füße.« Ihre Stimme riss ihn aus seinen Beobachtungen. »Mister Devin möchte sie berühren und streicheln, habe ich recht?«

»Wie Sie meinen, Ma'am.«

»Und ob ich das meine, Mister Devin, schließlich sind Sie recht häufig in meinem Büro, und stets weil es Klagen gibt, dass Sie sich mehr mit Schuhen und Füßen befassen als mit dem Unterricht.«

Devin ließ den Kopf hängen, denn er wusste, dass sie recht hatte. Trotz seiner einundzwanzig Jahre war er noch unschuldig und ahnte nicht, dass es eine ganze Welt von Fuß- und Schuhfetischisten gab und er einer von ihnen war.

»Da Sie sich so leidenschaftlich und hingebungsvoll für Damenfüße und -schuhe interessieren, werde ich Ihnen beibringen, wie man sich ihrer annimmt und sie verehrt. Ich werde Sie zu einem ordentlichen Fußsklaven ausbilden. Vielleicht werden Sie dann Ihren kleinen Dämon los und können sich endlich dem Unterricht widmen. Die Sache ist ganz einfach. Ich folge dem Prinzip von Strafe und Belohnung. Gutes Benehmen wird belohnt, schlechtes Benehmen wird bestraft. Haben Sie verstanden? Wünschen Sie damit fortzufahren? Gut. Dann werden wir nun anfangen.«

Sie warf ein Kissen auf den Boden und erläuterte Devin die Grundlagen seiner Ausbildung. Das Kissen war der Ort, an dem sie ihn sehen wollte, sobald er keinen Auftrag für sie erfüllte. Außerdem würde er ihr dort Fußmassagen geben. Dann machte sie ihm klar, dass er nur zu reden hatte, wenn sie ihn ansprach. Wenn er zur Toilette musste, hatte er sich zuerst dafür zu entschuldigen, dass er sich ungefragt äußerte, dann erst dufte er um Erlaubnis bitten, den Raum zu verlassen. Soweit nicht anders angewiesen, hatte er die Augen zu Boden zu richten, und er würde nur tun, was sie ihm befahl. Er hatte jeden ihrer Befehle mit Eifer und nach bestem Können auszuführen, und darüber hinaus würden sich seine Dienste nicht auf seine Lust auf Füße und Schuhe beschränken. Wenn er ihr nicht diente, hatte er sich klein zu machen, zu schweigen und nicht im Weg zu stehen.

»Sie sind ein Fetischist, Mister Devin, ein Fuß- und Schuhfetischist, um genau zu sein, und es gibt Tausende Männer wie Sie auf der ganzen Welt, die viel Erfahrung damit haben, wie man seiner Lady dient, um mit dem Objekt der Begierde belohnt zu werden. Sie sind also nicht allein. Da Sie aber selbst über keinerlei Erfahrung verfügen und so ungeschliffen und unschuldig sind, werde ich ein wenig Milde walten lassen, bis Sie alle meine Regeln gelernt haben.« Sie sah, wie seine Augen bei ihren Worten erleichtert aufleuchteten, und hoffte, dass sie sein Verlangen nach den Objekten seiner Begierde damit legitimiert hatte. »Als Erstes werden Sie die Haltung lernen, die ein Sklave einzunehmen hat, während er auf die Gunst der Herrin wartet. Stehen Sie auf, ziehen Sie sich bis auf die Unterwäsche aus und räumen Sie Ihre Kleidung ordentlich beiseite. Dann knien Sie sich auf das Kissen.«

Etwas verwirrt, weil er sich ausziehen sollte, gleichzeitig erleichtert, dass er seine Unterhosen anbehalten durfte, wurde Devin sehr erregt von Miss Varrins Worten. Tausende wie er! Eilig entledigte er sich seiner Kleider. Aus Gewohnheit legte er sie ordentlich zusammen und räumte sie aus dem Weg. Dann kniete er sich auf das Kissen wie befohlen und wurde von Miss Varrin mit einem Lächeln belohnt, weil er dabei ohne weitere Anweisung ausgekommen war. Die Erektion, die man unter seiner Unterhose sehen konnte, war ihm allerdings sehr peinlich, weshalb er die Knie zusammendrückte.

»Jetzt werde ich Ihnen die korrekte Haltung beibringen, die Sie einzunehmen haben. Zunächst mal nehmen Sie die Knie so weit wie möglich auseinander.« Um ihren Worten Nachdruck zu verleihen, trat Miss Varrin seine Knie auseinander, doch Devin widersetzte sich. Sie erhob sich langsam aus ihrem Sessel und ging zu der Wand mit den merkwürdigen Gerätschaften, die Devin vorhin aufgefallen war. Sie suchte sich etwas aus, das aussah wie eine Reitgerte. Als sie zu ihrem Sessel zurückkam, drückte sie Devin den Kopf auf das Polster und hielt ihn fest. Dann gab sie ihm mit der Gerte fünfundzwanzig Schläge auf den Rücken.

»Denken Sie dran: Gutes Benehmen wird belohnt, schlechtes Benehmen wird bestraft.« Sie riss seinen Kopf an den Haaren zurück und setzte sich. Die Gerte lehnte sie an den Sessel. »Zweiter Schritt: Die Hände müssen entweder auf den Schenkeln liegen oder hinter dem Rücken. Heute will ich sie hinter dem Rücken. Halten Sie Ihr eines Handgelenk fest, das ist die richtige Haltung.«

Die schmerzhaften Schläge mit der Reitgerte auf seinem Rücken noch in lebhafter Erinnerung, tat Devin, wie ihm geheißen. Doch je mehr Miss Varrin ihm befahl und je länger sie ihm Lektionen erteilte, desto größer wurde seine Erektion. Er wurde rot, was Miss Varrins Aufmerksamkeit nicht entging, und sie machte sich seine Scham zunutze. Mit dem Fuß spielte sie durch den Stoff seiner engen Unterhose mit seiner Erektion, schob sie mal nach rechts, mal nach links und drückte sie an seinen Bauch. Lächelnd nahm sie den Fuß wieder weg und griff sich die Gerte, die sie schon auf seinem Rücken hatte tanzen lassen. Mit der Lasche am Ende kitzelte sie seine Eichel, mit dem Stab seinen Schaft, als würde sie ein Saiteninstrument streichen. Sie summte sogar *Eine kleine Nachtmusik*, während sie seine Penisgeige bespielte. Allmählich wich Devins Scham einer Erleichterung, und er entspannte sich langsam, während sie mit ihm spielte. Er war noch naiv und wusste nicht, dass er sich ihr damit unterwarf und ihr seine Macht und die Kontrolle übergab. Er wusste nur, dass es sich unheimlich gut anfühlte und dass es genau das war, wonach er sein Leben lang gesucht hatte.

»Sehr schön, Devin. Das haben Sie gut gemacht. Dann können wir jetzt mit der zweiten Lektion weitermachen: wie man seiner Lady eine richtige Fußmassage gibt. Wenn eine Lady Ihnen die Freude macht, dass Sie ihr die Füße massieren dürfen, darf sie sich nicht anstrengen und das Bein heben müssen. Legen Sie meinen Fuß in eine Hand und ziehen Sie den Stiefel aus. Nun zeigen Sie mal, wie stark sie sind und halten Sie mein Bein hoch, während Sie mir den Fuß massieren. Zeigen Sie mir Ihre Massagetechnik – und ich mag es hart, Mister Devin, ich will kein Streicheln oder Kitzeln. Ich bin sowieso nicht kitzlig. Denken Sie daran, dass mein anderer Fuß nicht weit weg ist von Ihrem demütigen Gesicht. Wenn Sie mich ärgern …« Sie unterbrach sich selbst, weil sie nichts mehr hinzuzufügen brauchte.

Devin machte sich daran, ihren Fuß kräftig zu massieren, so wie sie es ihm gesagt hatte, aber Miss Varrin sah sofort, dass er, vom nötigen Druck abgesehen, absolut keine Technik hatte.

»Nein, nein, nein!« Die Reitgerte knallte auf seinen Rücken. »Sie haben ein Händchen für den richtigen Druck, aber das ist auch alles. Ich sehe, dass wir mit den Lektionen bei null anfangen müssen. Fangen Sie mit den Zehen an, massieren Sie erst alle zusammen mit einer Hand, und dann jeden Zeh einzeln. Wenn Sie oben an einem Zeh angekommen sind, drücken Sie ihn fest und ziehen dann leicht daran, bevor Sie mit dem nächsten weitermachen. Und denken Sie daran: Was Sie mit dem einen Fuß machen, müssen Sie auch mit dem anderen tun. Passen Sie also auf, sonst kriegen Sie die Reitgerte zu spüren.«

Devin gehorchte Miss Varrin sofort. Ihm war nicht nach der unsanften Gerte auf seinem Rücken. Er merkte, dass er sie unbedingt erfreuen wollte, und horchte aufmerksam auf ihre Worte.

»Schon viel besser. Und jetzt passen Sie auf: Wenn eine Lady Absätze trägt, lastet das ganze Gewicht auf dem Ballen ihres Fußes, weshalb er sehr gründlich massiert werden muss – und vergessen Sie nicht den Bereich direkt unter den Zehen. Dafür verwenden Sie die Daumen.«

Devin tat wie befohlen und genoss jede Sekunde, die er Miss Varrins schmalen, aristokratischen Fuß mit seinen zarten Knöchelchen in der Hand hielt. Er war bis in sein Innerstes erregt, was sich vor allem in einer gewaltigen Erektion widerspiegelte. Aus dem Augenwinkel heraus konnte er Miss Varrins umgefallenen Stiefel sehen. Er hatte etwas Exotisches, Heidnisches an sich, was ihn noch mehr erregte. Ihre nächsten Worte rissen ihn aus seiner Träumerei.

»Und jetzt lernen Sie, wie man den Spann massiert. Halten Sie meinen Fuß in einer Hand und ballen Sie die andere zur Faust. Fahren Sie mit den Knöcheln der Faust auf dem Spann hoch und runter. So ist's recht, genau so. Noch ein paar Mal, dann machen wir mit der Ferse weiter. Genug. Jetzt zur Ferse. Um meine Ferse zu massieren, werden Sie mein Bein an der Wade halten. Machen Sie die andere Hand hohl und massieren Sie die Ferse mit festem

Druck und kreisenden Bewegungen. Ja, so ist's gut.« Miss Varrin ließ Devin noch eine Weile weitermachen, bevor sie zum letzten Teil kam.

»Devin, mein Fuß muss auch noch an anderen Stellen massiert werden. Als Erstes die Kante. Das ist die Außenseite des Fußes. Du fängst an der Ferse an und arbeitest dich langsam bis zum kleinen Zeh nach vorn. Lege den Daumen unter den Fuß, die Finger nach oben. Du massierst vor allem mit der Handfläche, die Finger kommen als Verstärkung dazu. Versuche es jetzt.« Zu Miss Varrins großer Überraschung machte Devin es auf Anhieb richtig und gab sogar dem kleinen Zeh die gleiche Behandlung wie der Kante. Vielleicht schlummerte ja doch ungeahntes Potenzial in Mister Devin.

»Sehr gut, Devin, sehr gut«, sagte sie schnurrend und erinnerte Devin dabei wieder an eine große, wilde Katze. Ihr Lob ließ die Erektion zwischen seinen Beinen zucken und pulsieren. »Jetzt halten Sie mein Bein an der Wade und lassen den Fuß mit der anderen Hand kreisen. Viermal nach links, viermal nach rechts. Ausgezeichnet. Legen Sie meinen Fuß auf Ihren Schenkel, damit er nicht kalt wird. Jetzt machen wir mit dem anderen Fuß weiter.«

Das Gefühl von Miss Varrins warmem, nacktem Fuß auf seinem ebenfalls warmen, nackten Schenkel stimulierte Devin so sehr, dass er große Beherrschung aufbringen musste, um nicht zu kommen. Es gelang ihm, als er an ihren Zorn dachte und an die Reitgerte, die zur Strafe immer wieder auf seinem Rücken niederging. Erleichtert stellte er fest, dass das funktionierte, und er widmete sich wieder voll und ganz Miss Varrins Fuß. Er erinnerte sich daran, was er mit ihrem linken Fuß gemacht hatte, und gab sein Bestes, um an ihrem rechten Fuß genauso vorzugehen. Nur ein Mal schnalzte die Reitgerte auf seinem Rücken, als er vergaß, die Stelle direkt unter ihren Zehen zu massieren. Er entschuldigte sich aufrichtig dafür und korrigierte sein Versehen unverzüglich. Nachdem er in einem letzten Schritt ihren

Fuß hatte kreisen lassen, legte er ihn auf seinen Schenkel und wartete mit gesenktem Kopf auf ihre Befehle.

»Sie haben sich weitaus brauchbarer erwiesen, als ich erwartet hätte, Mister Devin, und Ihre Lektion brav gelernt. Deshalb werde ich Sie belohnen. Doch die Belohnung ist gleichzeitig auch eine weitere Lektion. Heben Sie mein Bein an. Ich will, dass Sie meinen Ballen in den Mund und zwischen die Zähne nehmen. Sie werden ihn ganz sanft bearbeiten. Nehmen Sie ein großes Stück in den Mund und beißen Sie sachte zu. Lassen Sie es durch die Zähne gleiten und ziehen Sie es wieder heraus. Ah! So ist's gut, genau so!« Miss Varrin lehnte sich in ihrem Sessel zurück und genoss die Luxusbehandlung. Es war schön, sich nach der ganzen harten Arbeit endlich zu entspannen. Devin war ganz außer sich, dass er ihren zauberhaften Fuß in den Mund nehmen durfte, und mit geschlossenen Augen widmete er sich voll und ganz ihren und seinen Freuden. »Jetzt der andere Fuß«, befahl Miss Varrin. Er gehorchte willfährig und wurde mit dem gleichen lustvollen Seufzer belohnt.

»Das reicht, Mister Devin.«

Gehorsam setzte er ihren Fuß auf seinem Schenkel ab und fragte sich, was als Nächstes kommen mochte. Das war der unglaublichste Tag seines Lebens.

»Sie wurden mehr als reichlich für Ihre Dienste belohnt, indem Sie meinen Fuß in den Mund nehmen durften. Und Sie haben heute eine wichtige Lektion gelernt. Dabei dürfen wir aber nicht vergessen, weshalb Sie hierher bestellt wurden. Sie müssen bestraft werden, weil Sie Miss Woodhouses Fuß geküsst haben. Dafür erhalten Sie Schläge mit der Reitgerte.«

Der Gedanke an die Gerte ließ Devin zusammenzucken. Miss Varrin erhob sich aus ihrem Sessel und trat hinter ihn. »Stehen Sie auf, lehnen Sie sich nach vorn und halten Sie sich an den Lehnen fest. Sie erhalten fünfzig harte Schläge auf den Hintern.«

Er folgte ihren Anweisungen und verkrallte die Hände so fest in den Sessellehnen, dass seine Knöchel weiß wurden. Er machte sich auf die Attacke gefasst. Miss Varrin drosch mit aller Kraft auf seinen Hintern ein. Immer und immer wieder sauste die grausame Gerte auf ihn nieder. Anfangs versuchte er noch, die Schläge zu zählen, doch der Schmerz war so groß, dass er es bald vergaß. Miss Varrin war fest entschlossen, keinen Quadratzentimeter seiner Backen auszulassen. Er biss sich auf die Lippe, um nicht laut aufzuschreien, doch am Ende konnte er sich nicht mehr zurückhalten. Bei jedem Treffer der Gerte schrie er auf vor Qual. Miss Varrin schienen seine Schreie zu entzücken, und sie schlug mit noch mehr Energie. Dann war die grausame Bestrafung endlich vorbei. Sein Hintern brannte wie Feuer und er war sich sicher, dass sich Striemen darauf abzeichneten.

»Sie dürfen meinen Fuß küssen, Mister Devin.«

Devin war gar nicht aufgefallen, dass sie ihm nicht befohlen hatte, ihr die Stiefel wieder anzuziehen, und bei ihrem Anblick fiel er dankbar auf die Knie und begann, ihre Füße zu küssen. Liebevoll hielt er sie in den Händen und bedeckte sie mit vielen festen, trockenen Küssen. Seine Erektion schmerzte mehr als sein kürzlich versohlter Hintern.

»Genug, Mister Devin. Sie können jetzt Ihre Sachen nehmen und ins Badezimmer gehen. Wenn Sie sich angezogen haben, melden Sie sich wieder.«

»Jawohl, Miss Varrin«, antwortete er ergeben. Als er seine Sachen aufhob, sah er aus dem Augewinkel, dass sie lächelte. Er eilte in das Badezimmer am anderen Ende des Flurs, um sich anzuziehen, vor allem aber, um sich von dieser schmerzhaften Erektion zu erlösen und seinen Hintern zu begutachten. Als er sich in ein Papierknäuel erleichterte, fühlte es sich an, als würden Körper und Geist gemeinsam explodieren. Ein Blick auf seinen Hintern zeigte ihm, dass er richtig vermutet hatte. Seine Backen waren über und über von Striemen überzogen, Striemen, die sicher den ganzen Tag, vielleicht sogar zwei oder drei Tage lang zu sehen sein würden. Ein Souvenir an den Nachmittag mit ihr.

Angezogen und frisch gekämmt kehrte er in den Salon zurück, wo Miss Varrin ihn erwartete. Sie thronte in ihrem Sessel, und das Kissen lag an seinem Platz vor ihr. Sie zeigte darauf, und er fiel auf die Knie, wobei er darauf achtete, die Augen offen zu halten, obwohl er nun angezogen war. Als sie sanft lächelte, war er sich sicher, dass sie wusste, dass er im Badezimmer masturbiert hatte, doch sie schwieg dazu.

»Mister Devin, haben Sie heute etwas gelernt?«, erkundigte sie sich höflich, als hätten sie nur zusammen Tee getrunken.

»Ja, Ma'am! Unbedingt. Danke, Miss Varrin, vielen Dank«, antwortete Devin aus ganzem Herzen.

»Gut! Dann können Sie jetzt gehen, Mister Devin. Behalten Sie diesen Tag und das, was ich Ihnen beigebracht habe, in Erinnerung. Vielleicht werden wir uns dann nicht mehr in meinem Büro sehen.« Mit diesen Worten war er entlassen.

Er erhob sich und ging zur Haustür, Miss Varrin dicht hinter ihm. Er trat hinaus, und auf der Veranda hörte er, wie die Tür verriegelt wurde und seinen Traum hinter ihm einschloss.

Fußverbrecher

Der Schrank, in dem die Herrin ihre Schuhe aufbewahrte, ließ sich geräuschlos öffnen – ein sicheres Zeichen, dass seine Mission gelingen würde. Er ging vor dem Schrank auf die Knie und riss die Augen auf vor dem Anblick, der sich ihm bot. Flüchtig blickte er um sich, um sicher zu sein, dass er wirklich alleine war, und streckte vorsichtig eine zitternde Hand nach dem Schatz vor ihm aus. Pumps, Stiefel, Sandaletten, Slipper, Pantoletten und ein Paar Pumps, das er noch nie an ihr gesehen hatte. Allesamt mit hohen, schlanken Absätzen und schmalen Spitzen, standen sie hübsch aufgereiht vor ihm und schlugen ihn in ihren Bann. Doch er wusste genau, was er in diesem Moment suchte: die mit Kristallen besetzten flachen Plattform-Pumps mit der beigen Innensohle aus Velours – einer Innensohle, die sich der Form ihres wunderschönen Fußes angepasst hatte. Selbst im Dunkel des Schranks konnte er sehen, wie sie ihn von ihrem Platz auf dem Boden anfunkelten. All seine Selbstbeherrschung war im Nu dahin. Mit einem Gefühl, das Verehrung sehr nahe kam, griff er sich erst den einen Schuh, dann den zweiten. Eine Hand berührte den Abdruck, den ihre Zehen auf dem Veloursleder hinterlassen hatten. Mit der anderen Hand berührte er sich. Langsam führte er den Schuh an sein Gesicht, um zu erfahren, wie nah er sein musste, bevor er ihren Geruch atmete. Er lächelte, als ihm das köstliche Aroma in die Nase stieg, und rieb …

»… seine Nase an der Innensohle! Ich schwöre, ich konnte hören, wie er schnüffelte, und dann fing er an, mit seiner Schlangenzunge daran zu lecken«, sagte die Herrin fassungslos.

Sie war aufgebracht und gleichzeitig auch ein wenig belustigt. Letzteres hatte wohl damit zu tun, so nahm er an, weil ihre Freundin Herrin Meris gekommen war, um seine Erniedrigung mitzuerleben, und weil sie ihn nun dafür bestrafen würde, dass er ihre Privatsphäre verletzt und ihr nicht gehorcht hatte. Seine Herrin hatte ihn am Ohr in die Küche gezerrt, wo er nun auf dem Boden kniete, den Kopf so tief gesenkt, dass er mit dem Kinn die Brust berührte. Dass man ihn erwischt hatte und nun eine zweite Herrin seiner Erniedrigung beiwohnen würde, machte ihn so erregt, dass er glaubte, er würde gleich explodieren. Herrin Meris saß am Tisch, die Beine überkreuzt. Ab und zu wippte sie mit dem Fuß, und seine Herrin lief hin und her und regte sich über das schreckliche Benehmen ihres Sklaven auf. Während sie so über ihn und seine Unbelehrbarkeit und Dreistigkeit Luft machte, wogte der Busen seiner Herrin auf und ab. In ihrem Gesicht zeigte sich Fassungslosigkeit. Vom Boden aus konnte er allerdings nur ihre fantastischen Füße in ihren Stöckelschuhen und die hochhackigen und vorne offenen Sandaletten von Herrin Meris sehen.

Miss Meris hatte die Beine an den Knöcheln überkreuzt, und als sie das Knie anwinkelte, konnte er durch den Schlitz des Kleides ihre Wade sehen. Er starrte wie gebannt auf ihre Füße und Beine. Die Riemen ihrer Schuhe waren über den Knöcheln verschnürt und zogen sich über die Füße, wodurch diese aussahen, als wären sie in einer hauchzarten Bondage gefesselt. Er gestattete seinen Augen, über ihre wohlgeformten Zehen zu schweifen. Ihre rot lackierten Nägel funkelten ihn im Sonnenlicht, das durch das Küchenfenster schien, boshaft an. Oh, welch schreckliche Folter! Welch köstliche Qual! Beim Anblick der auf und ab schreitenden Füße seiner Herrin *und* des hypnotisierenden Wippens der Beine von Herrin Meris wurde ihm beinahe schwindelig, und er spürte, wie sein Schwanz noch steifer wurde.

Er lief rot an vor Scham, als er daran dachte, was geschehen war: Sie waren früher als erwartet von ihrem Einkaufsbummel zurückgekehrt, und seine Herrin hatte ihn auf frischer Tat ertappt.

Er hatte mit dem Rücken zur Tür direkt vor dem Schrank gesessen und den geliebten Pump mit den Kristallen ans Gesicht gepresst. Sie hatte gespürt, dass etwas nicht in Ordnung war, und war auf ihren bloßen Katzenfüßen hereingeschlichen, hatte sein Ohr gepackt und ihm, daran drehend, beim Aufstehen »geholfen« und ihn in den Flur gezerrt. Sein Ohr weiter fest im Griff, zog sie ihn in die Küche, wo die umwerfende Herrin Meris, eine Zigarette rauchend, Tee machte. In der Küche zwang sie ihn mit dem Ohr in der Hand auf die Knie. Wo er sich immer noch befand. Herrin Meris zeigte Verständnis für seine Herrin, wirkte dabei aber höchst amüsiert über den Schlamassel, in dem er steckte. Der Wasserkessel gab ein fröhliches Pfeifen von sich, und Herrin Meris goss den Tee auf, wobei sie weiter seiner Herrin und ihrer Tirade über seine aberwitzige Missachtung ihrer Regeln lauschte.

»Er sollte es eigentlich besser wissen und es nicht mit solchen Tricks versuchen! Wenn ich daran denke, wie viel Zeit ich mit ihm vergeudet habe! Seine Hausprivilegien werden jetzt gestrichen, und ich lasse ihn nie mehr allein zu Hause!«

Dieser letzte Ausruf tat richtig weh. Keine Hausprivilegien mehr? Würde er niemals mehr ihr Haus hüten dürfen? Er hatte es nicht für möglich gehalten, dass sie ihn erwischen, geschweige denn, ihn so schwer bestrafen könnte.

»Komm schon, Claudia, setzt dich und trink deinen Tee. Dann geht's dir gleich besser, und du beruhigst dich ein bisschen«, sagte Herrin Meris.

»Du hast recht, Meris. Tee und ein, zwei Zigaretten können nicht schaden, auch wenn ich gute Lust hätte, ihm die Glut auf der Zunge auszudrücken, damit er eine Weile lang überhaupt nichts mehr lecken kann.«

Schließlich setzte sich seine Herrin tatsächlich und nippte zwischen Zügen an ihrer duftenden Nelkenzigarette an ihrem Tee. Während er weiter auf dem Boden kniete, ignorierten sie ihn völlig und unterhielten sich über ihn, als wäre er nicht da. Bestürzt erkannte er, dass er für sie in diesem Moment tatsächlich nicht existierte. Er hätte genauso gut ein Stück Linoleum sein können.

»Da kannst du aber Gift drauf nehmen, dass er nicht nur seine Hausprivilegien verliert«, sagte seine Herrin. »Er muss richtig hart gezüchtigt werden, damit er sich hinter die Ohren schreibt, wie mir das missfällt. Das muss schnell passieren und ein paar Tage nachwirken!«

»Aber natürlich braucht er eine Strafe«, sagte Herrin Meris kühl. »Was er getan hat, darf man nicht auf die leichte Schulter nehmen. Und jetzt«, sie trank ihren Tee aus und rauchte ihre Zigarette zu Ende, »jetzt gehe ich und lasse dich mal machen. Sag mir dann, wie's war!«

Das sagte sie fast ausgelassen, und er spürte, wie ihm die Röte über den Hals ins Gesicht stieg. Nachdem auch sie ihre Zigarette ausgedrückt hatte, begleitete seine Herrin ihre Freundin zur Tür. Dann machte sie hinter sich zu und drehte den Schlüssel um. Sie ging in die Küche zurück und gab ihm einen kurzen, harten Tritt in den Hintern, bevor sie sich wieder an den Tisch setzte. Es verging eine Weile, in der seine Herrin nichts sagte, sich nicht rührte und nichts unternahm, und es kam ihm vor wie eine Ewigkeit. Seine Angst, die Stille, ihre bloßen Beine und ihre Füße in den sexy Pumps ließen seine Schenkel zittern. Schließlich stand sie auf und ging mehrmals um ihn herum. Er spürte ihre Augen auf sich, wie sie ihn von oben bis unten musterten. Tief in seinem Innern wurde er mit jeder Runde kleiner. Ihre Füße in ihren Stöckelschuhen hielten ihn in ihrem Bann, als wäre er an Ort und Stelle festgewachsen.

»Rühr dich nicht vom Fleck!«, befahl seine Herrin.

Er sah, wie ihre Füße aus der Küche gingen und im Flur verschwanden. Kurz darauf traten ihre Pumps wieder in sein beschränktes Sichtfeld.

»Krieche hinter mir her«, sagte seine Herrin, machte auf dem Absatz kehrt und ging ins Wohnzimmer.

Er gab sich alle Mühe, mit ihr Schritt zu halten, um sie nicht noch weiter zu erzürnen, doch er konnte ihr Tempo beim besten

Willen nicht halten. Mit einer Geschwindigkeit, die er mit diesen hohen Absätzen nicht für möglich gehalten hätte, war sie plötzlich hinter ihm und trat ihm in den Hintern, um ihn anzutreiben. Sie blieb hinter ihm, und bei jedem Schritt nach vorn bekam er einen weiteren harten Tritt in den Hintern. So trieb sie ihn bis ins Wohnzimmer. Als er vor dem Sofa angekommen war, befahl sie ihm anzuhalten. Sie machte es sich in der Mitte des Möbels bequem und legte sich ein Kissen auf den Schoß.

»Du bist ein unfolgsamer, unverschämter Sklave und musst lernen, wo dein Platz ist. Ich werde dich von Hand zurichten. Steh auf! Mach deinen Gürtel auf und lass die Hose so weit runterrutschen, dass ich deine Arschbacken sehe. Und außer deinem Hintern will ich nichts von dir sehen.« Ihre Stimme war ganz sanft, doch er hörte genau, wie verärgert sie über ihn war. Je verstimmter sie war, desto leiser und sanfter klang sie.

Ihm war, als hätte er auch eine leise Belustigung in ihrem Ton gehört. Trotzdem tat er, wie sie ihm befahl. Erst da sah er, was sie in der Hand hielt. Es war diese schwarze Haarbürste aus Plastik, dieses Strafwerkzeug, das er so hasste. Beschämt und verängstigt stand er da.

»Jetzt leg dich auf meinen Schoß, pass auf, dass dieses peinliche Ding da auf dem Kissen liegt und der Rest von dir in der Hose bleibt!« Mit einiger Mühe legte er sich auf ihre Schenkel, wobei er seine Hose vorn mit einer Hand zusammenhielt.

»Die Hände auf dem Rücken über Kreuz.«

Als er ihr folgte, packte sie seine Handgelenke und hielt sie fest. Ohne Aufwärmen kam der erste Schlag, und er wusste, dass diese Bestrafung wirklich eine Strafe war und nichts Angenehmes für ihn haben sollte. Dieser erste Hieb ließ ihn zusammenzucken. Unwillkürlich kniff er die Backen zusammen und versuchte sich weiteren Schlägen zu entwinden, doch sie hatte seine Handgelenke eisern im Griff. Der erste harte Schlag mit der Haarbürste hatte ihn auf dem runden Gipfel seiner Backe getroffen und gebrannt wie Feuer. Jeder folgende Schlag war härter als der zuvor. Rhythmisch bearbeitete die Herrin jeden Quadratzentimeter seiner Backen, von oben bis unten, von links nach rechts, bis der gesamte Hintern warm und rosa war. Er konnte sich nicht beherrschen und rieb sich am Kissen.

»Was für eine Dreistigkeit«, knurrte seine Herrin.

Die folgenden Schläge waren härter und gezielter und ließen die Schläge zuvor wie Zärtlichkeiten wirken. Sie folterte sein Hinterteil und schwang dabei die Bürste, als wäre sie mit ihrer Hand verwachsen. Jeder Hieb ließ seine Zähne aufeinanderschlagen und erschütterte ihn so sehr, dass er fürchtete, das Gleichgewicht zu verlieren und ihr vom Schoß zu rutschen. Das Einzige, was ihn an Ort und Stelle hielt, war ihr eiserner Griff um seine Handgelenke. Und die Schläge prasselten immer weiter auf ihn ein. Seine Hinterbacken wurden erst warm, dann rosa, dann brandheiß und glühend rot. Er gab sich alle Mühe stillzuhalten und biss sich auf die Lippe. Einen kurzen Moment schmeckte er sein eigenes warmes Blut auf der Zunge. Doch dann hielt er es nicht mehr aus, und ein erstickter Schrei entwich seinen Lippen. Er versuchte mit aller Kraft, sich zu beherrschen und nicht laut aufzuschreien. Die Herrin machte unbeirrbar weiter mit der grausamen Bestrafung seines Hinterteils. Immer schneller folgte ein Schlag auf den anderen, bis er schließlich doch die Beherrschung verlor und laut um Gnade schrie. Dann stieß die Herrin ihn von ihrem Schoß. Er wusste, dass seine Backen die ganze Nacht brennen und tagelang wehtun würden – ein Denkzettel für seinen Ungehorsam und das Missvergnügen seiner Herrin.

»Und jetzt verschwinde aus meinem Haus! Ich lasse es dich wissen, wenn ich dich will.«

Er beeilte sich, die Hose über seine wunden Backen zu ziehen, ohne ihr eine Blöße zu zeigen, die sie noch mehr verstimmen und ihm weitere Bestrafung einhandeln könnte. Als er sich ordentlich angezogen hatte, wies sie ihm die Tür und knallte sie hinter ihm zu. Der Nachhall hatte etwas Endgültiges, und ihn verließ aller Mut. Er fragte sich, wie lange es wohl dauern würde, bis sie ihn wieder in ihrer Nähe duldete. Nicht allzu lange, hoffte er, doch bei der Herrin konnte man nie wissen. Einen Tag vielleicht, eine Woche, vielleicht auch einen Monat. Als er nach Hause fuhr, rieb der Stoff seiner Wäsche auf seinen strapazierten Backen. Köstliche, lustvolle Scham überkam ihn, und der Gedanke daran, wie er vor Herrin Meris erniedrigt und von seiner eigenen Herrin bestraft wurde, erregte ihn. Als er schließlich zu Hause ankam, pulsierte eine wilde Erektion in seiner Hose. Er schaffte es gerade noch zur Tür, bevor er sich in seine Shorts ergoss. In dem Tumult aus Scham, Erniedrigung und Erlösung, der ihn wie betrunken machte, fragte er sich, ob seine Herrin wohl gerade am Telefon saß und Herrin Meris erzählte, was »passiert« war, wie sie es so amüsiert formuliert hatte.

Hündchen

Er wusste, dass sie nur kurz weg sein würde und ihn dabei erwischen konnte, wie er in ihre Privatsphäre eindrang, aber er konnte der Versuchung nicht widerstehen. Er ging in ihr Zimmer und kniete vor ihrer Kommode nieder. All ihre herrlichen Damensachen waren in den Schubladen dieser Kommode – und einige von ihnen standen offen und quollen förmlich über mit Spitzenwäsche, BHs, Höschen, G-Strings, Tangas, Strumpfhaltern und Dutzenden und Aberdutzenden langer Seidenstrümpfe. Es waren diese altmodischen Strümpfe mit einer Naht hinten und dieser extrem sexy kubanischen Ferse, für die man einen Strumpfhalter brauchte. Immer neue Herrlichkeiten sprangen ihm ins Auge, und er öffnete eine Schublade nach der anderen, berührte und befühlte ihre Sachen und hielt sich besonders feine Stücke an die Nase, um liebevoll daran zu schnüffeln.

Kaum hatte sie das Haus betreten, wusste sie, dass etwas nicht stimmte. Es war viel zu still – er war viel zu still. Sie zog die Schuhe aus und schlich auf Strümpfen die Treppe hoch, wobei sie darauf achtete, nicht auf die knarzende Schwelle auf halbem Weg zu treten. Auf Zehenspitzen schlich sie den Flur entlang und ging vor der Tür zu ihrem Zimmer in die Hocke. Die Tür stand gerade so weit auf, dass sie durch den Spalt nach drinnen blicken konnte. Er hatte ihr den Rücken zugewandt, doch sie konnte sehen, dass er ihre Sachen durchstöberte, sie berührte und daran schnüffelte. Und was hatte er da auf dem Kopf? Ihr neues seidenes Spitzenhöschen! Wie konnte er es wagen!

Wütend schlüpfte sie in ihre Pumps, stand auf und stieß die Tür so heftig auf, dass sie gegen die Wand dahinter knallte. Er wirbelte herum, immer noch auf den Knien, das Höschen auf dem Kopf, und als er sie sah, erstarrte er. Sie sah umwerfend aus. Ihre Augen sprühten Funken, während sie mit langen Schritten den Raum durchquerte. Sie blieb vor ihm stehen und starrte ihn wütend an. Sie riss ihm das Höschen vom Kopf und hielt es ihm fuchtelnd unter die Nase. Er duckte sich unter ihrem wütenden Blick und wimmerte leise.

»Steh auf«, bellte sie.

Als er zögerte, packte sie ihn am Kragen und riss ihn auf die Füße. Ein Knopf sprang ihm ab und flog quer durchs Zimmer. Sie lachte tief und boshaft und riss auch die übrigen Knöpfe ab. Sie zerfetzte sein Hemd und schmiss es durchs Zimmer. Dann, noch immer teuflisch lachend, stürzte sie sich auf seine Hose. Sie zerrte sie ihm bis in die Kniekehlen, dann gab sie ihm einen Stoß. Er stolperte ein paar Schritte rückwärts, verlor das Gleichgewicht und stürzte aufs Bett. Bevor er sich davonmachen konnte, hatte sie ihn an den Füßen gepackt. Grob zog sie ihm Schuhe und Strümpfe aus, dann folgte rasch die Hose. Sie packte ihn mit einer Hand am Unterhemd, zerrte ihn auf die Füße und schlug ihm mehrmals mit aller Wucht ins Gesicht. Ihre Handfläche brannte auf seinen Wangen, doch es war ein kleiner Preis für das Glück, das er in ihrer kurzen Abwesenheit erlebt hatte. Er wusste noch nicht, dass seine Strafe noch weiter reichen würde. Wie naiv von ihm, zu glauben, ein solch schwerer Verstoß gegen ihre Regeln würde nur so leicht geahndet.

Sie funkelte ihn an und sagte: »Ich wusste, dass man dir nicht trauen kann. Wofür hältst du dich eigentlich? Glaubst du, du würdest mir auch nur das Geringste bedeuten? Du bist nichts, weniger als nichts. In meinen Augen bist du nicht mal menschlich. Du musst also bestraft werden. Und für solche wie dich weiß ich die perfekte Strafe. Für solche, die überall herumschnüffeln. Rühr dich nicht von der Stelle.«

Sie ging zum Schrank und kam mit einem dünnen Seil und einer schwarzen Reitgerte zurück. Sie schob ihm die Gerte zwischen die Zähne und befahl ihm, sie nicht fallen zu lassen. Dann schlang sie ihm das Seil wie einen G-String um die Hüften und band ihm sein bestes Stück zwischen den Schenkeln nach hinten, so dass er vorne flach war wie ein Mädchen. In seiner momentanen Situation war das sehr schmerzhaft für ihn, denn er hatte eine enorme Erektion, und er fand es ungemein erregend, so misshandelt und bestraft zu werden. Sie reichte ihm eine dicke Strumpfhose und befahl ihm, hineinzuschlüpfen. Nach einigen Mühen gelang es ihm schließlich, sie hochzuziehen. Der dicke Stoff verdeckte seine Behaarung und drückte sein Geschlecht eng an den Körper. Sie reichte ihm ein Spitzenhöschen und forderte ihn auf, hineinzuschlüpfen. Als er fertig war, gab sie ihm einen BH. Lächelnd verschränkte sie die Arme vor der Brust und sah zu, wie er sich mit den Armen in den dünnen Trägern verhedderte.

»Platz«, befahl sie, als wäre er ein Hund.

Wieder ging sie zum Schrank, dann kam sie mit einem weiten, rüschigen Petticoat und einem Paar Schuhe zurück, das groß genug für ihn war. Ihm fiel die Kinnlade herunter und dabei ließ er die Gerte fallen. Das missfiel ihr ganz offensichtlich, und zitternd vor Angst bückte er sich, um die Gerte wieder aufzuheben.

»Nein, heb sie mit den Zähnen auf«, blaffte sie ihn an.

Er fiel auf die Knie und beugte sich zu Boden. Wie befohlen nahm er die Gerte mit den Zähnen auf und erhob sich dann vor ihr. Sie ließ den Petticoat fallen. Er landete in einem perfekten Kreis auf dem Boden, das elastische Hüftband in der Mitte stand offen wie ein Mund, umgeben von roten Rüschen. Mit einer Geste wies sie ihn an, in den Kreis zu treten und den Petticoat anzuziehen. Dann warf sie die Schuhe auf den Boden und fuchtelte mit den Fingern erst in seine Richtung, dann in ihre. Er schlüpfte hinein und knickte darin um. Sie lachte ihn aus und zerrte ihn am Arm zum Spiegel. Auf unsicheren Beinen stolperte er hinter ihr her. Sie blieb vor dem mannshohen Spiegel stehen und schob ihn davor.

»Platz!« Wieder der Befehl, als wäre er ein Hund.

Sie wühlte in einer ihrer Schubladen und kam mit einem Lippenstift und einer Haarspange zurück. Sie schnappte sich eine

Haarsträhne, die ihm in die Stirn hing, und klemmte die Spange daran fest, so dass sie senkrecht in die Höhe stand. Dann nahm sie ihm die Gerte aus den Zähnen, quetschte ihm die Wangen zwischen den Fingern zusammen und formte seine Lippen zu einem Schmollmund. Mit dem Lippenstift malte sie ihm große, knalligrote Lippen, dann ließ sie ihn los und lachte über ihr Kunstwerk. Er stand allein vor dem Spiegel und betrachtete sich. Sein Gemächt zuckte und wand sich in dem Seil, mit dem sie ihn gefesselt hatte. Der Petticoat und der verschmierte Lippenstift hatten ihn in die Karikatur einer Frau verwandelt. Sie hatte ihn mit ihrer Behandlung erniedrigt, absolut und restlos erniedrigt. Dachte er jedenfalls, doch dann steckte sie ihm die Gerte wieder zwischen die Zähne.

»Auf die Knie mit dir. Und jetzt komm angekrochen«, befahl sie ihm. »Denk bloß nicht, dass ich schon mit dir fertig bin.«

Er gehorchte, ging auf die Knie und krabbelte auf allen vieren zu ihr. Als er an ihren Füßen angekommen war, nahm sie ein Hundehalsband und eine Leine aus einer Schublade. Sie schloss das Halsband um seinen Hals und machte die Leine daran fest. Dann fing sie an, ihn durchs Zimmer zu ziehen. Er wehrte sich zuerst.

»Bei Fuß!«, herrschte sie ihn an und verlieh ihrem Befehl Nachdruck, indem sie sich hinter ihn stellte und ihm ordentlich in den Hintern trat.

Als er sie verdattert ansah und ihm aufging, worin seine volle Strafe bestand, lachte sie nur. Er hatte offensichtlich keine Vorstellung davon gehabt, wie ernst sie sein Vergehen nahm und wie weit sie gehen wollte, um ihn in die Schranken zu weisen. Jetzt wurde es ihm klar, und er wusste auch, dass es ihm nicht zustand, etwas dagegen zu unternehmen. Sie hielt die Leine dicht am Körper, das Ende hatte sie sich um die Hand gewickelt, und marschierte durch den Raum. Er krabbelte auf allen vieren hinter ihr her und gab sich alle Mühe, mit ihrem forschen Tempo Schritt zu halten. Wenn er nicht ordentlich »bei Fuß« war und den Arm nicht an ihrem rechten Bein hatte, zerrte sie brutal an der Leine. Verhielt er sich besonders unbefriedigend, nahm sie ihm die Gerte aus den Zähnen, haute ihm damit auf den Hintern und drückte sie ihm wieder in den Mund. Nach einigen Runden durch das Zimmer, bei denen er sich immer wieder im Spiegel sah – als Zerrbild einer Frau, die ausgeführt wurde wie ein Hund –, hatte er langsam verstanden, was sie von ihm erwartete. Doch sie war noch nicht mit ihm fertig.

Sie zerrte ihn über den Boden zu ihrem Plüschsessel und befahl ihm, etwa einen Meter davor, »Platz« zu machen. Dann setzte sie sich. Sie sah ihn an und stellte fest, dass kein Hund auf der ganzen Welt so wie er im Schneidersitz dasaß und dass er dringend eine Lektion brauchte, wie ein Hund sich zu benehmen hat. Sie nahm ihm die Reitgerte aus den Zähnen und ließ sie auf ihre Hand schnalzen.

»Du hast zwar endlich gelernt, wie du brav an der Leine zu gehen hast, aber Hunde setzen sich nicht so hin! Von jetzt an setzt du dich als mein Hund mit dem Hintern auf den Boden, die Füße sind auch flach auf dem Boden, die Knie angewinkelt und so nah wie möglich am Körper, die Hände dazwischen auf dem Boden.« Er sah sie verständnislos an, was sie sehr wütend machte. Sie schlug ihm mit der Gerte ins Gesicht, was sie bei einem Hund niemals getan hätte. »Tu es, und zwar sofort!«

Er tat wie geheißen, hatte jedoch einige Schwierigkeiten, in die beschriebene Haltung zu gelangen und darin zu verharren, zumal der Petticoat ihn doch sehr behinderte. Während er sich abmühte, verlieh sie ihren Anweisungen und ihrem Missmut durch häufigen Gebrauch der Gerte Ausdruck. Irgendwann verkündete sie schließlich, seine Haltung sei »akzeptabel«. Nachdem sie ihm die Gerte wieder zwischen die Zähne gesteckt hatte, verriet sie ihm ihre Pläne: Er würde zehn Hundekommandos lernen, die er nach Zahlen auswendig kennen musste, nicht nach ihrem Namen. Sie wollte nämlich nicht, dass »andere« ihn verwirrten, wenn sie Worte als Kommandos gebrauchten. Schließlich hätten ein ausgewachsener Mann und ein ausgewachsener Hund im Schnitt in etwa dieselbe Intelligenz: mehr als fünfzehn Jahre könne man nicht erwarten. »Sitz!« war Haltung Nummer eins. Wenn sie also »eins« rief, erwartete sie von ihm, dass er sich so hinsetzte wie jetzt. »Zwei« bedeutete »bleib!«, ein Kommando, zu dem eine Geste gehörte: ihre ausgestreckte Hand, die sie ihm in dichtem Abstand vor die Nase hielt.

Das Kommando »drei« hieß für ihn »bei Fuß!«, damit hatte er ja schon etwas Übung. »Vier« bedeutete, dass er sich auf die Hinterbeine stellen und »betteln« musste, indem er die »Vorderpfoten« zusammenlegte und damit auf und ab wedelte. Wenn er sich »hinlegen und stillhalten« sollte, sagte sie »fünf«. »Sechs« bedeutete »umdrehen«, meist gefolgt von »sieben«, was so viel hieß wie »stell dich tot«. Sie amüsierte sich köstlich über sein gedemütigtes Gesicht, während sie ihm diese Befehle beibrachte. In Verbindung mit seinem Kleid hatte die Hundeerziehung eine starke Wirkung auf ihn. Sie machte weiter mit ihren Kommandos und erklärte ihm, dass sie bei »acht« wollte, dass er sich auf die Hinterbeine stellte und im Kreis lief. Bei »neun« wollte sie, dass er »bellte«, und bei »zehn« musste er »singen«. Als sie seinen verwirrten Blick sah, erklärte sie ihm, dass »singen« bedeutete, er solle den Kopf zurückwerfen und heulen.

»Dann mal los. Vier!«, rief sie, wohl wissend, dass der Befehl zu »betteln« für ihn aus der Sitzhaltung heraus am schwierigsten war. Als er sich unbeholfen in die neue Haltung mühte, tat sie ihr Missfallen kund, indem sie die Gerte auf seinem Rücken und seinen Schenkeln schnalzen ließ. Schließlich gelang es ihm, sich auf die Hinterbeine zu stellen und mit den Pfoten zu winken, wenn auch nicht ohne etliche Schläge mit der Gerte. Dann rief sie »fünf!«, was bedeutete, dass er sich hinlegen musste. Auf »neun«, was »sprich« bedeutete, folgte »fünf«, was er immerhin im Liegen tun konnte (wofür er dankbar war), dann »sechs« und »sieben«, dann »neun«. Auf »neun« folgte »eins«, und er rackerte sich ab, um die unbequeme Sitzhaltung einzunehmen. Nach »acht«, dem Kommando für »aufstehen und tanzen«, hieß es »eins«, dann musste er wieder aufstehen. Als er in Haltung »acht« war, rief sie »zehn«, doch er wusste nicht, was tun. Sein beschränktes Hundehirn war durcheinander. Er hatte sich die Kommandos in numerischer Reihenfolge gemerkt, doch sie rief sie völlig willkürlich.

Sie ließ die Gerte auf ihn niedersausen und gab ihm mit strenger Stimme zu verstehen, dass die Kommandos »neun« für »sprechen« oder »zehn« für »singen« (oder »heulen«) in Verbindung mit anderen Kommandos bedeuteten, dass er sie der Reihe nach oder zusammen auszuführen hatte. Bei »acht«, »vier« und »zehn« musste er aufstehen, betteln und singen. »Eins« und »neun« bedeuteten »hinsetzen« und »sprechen«. Im vorliegenden Fall, bei »acht« kombiniert mit »zehn«, musste er sich auf die Hinterbeine stellen, im Kreis laufen und dabei heulen. Was er dann auch tat, wobei er zum Schießen aussah und noch lächerlicher klang. So lächerlich, dass sie lauthals losprustete und gar nicht mehr aufhören konnte, was bedeutete, dass er immer weitermachen musste mit den Kommandos »acht« und »zehn«, und da musste sie nur noch mehr lachen. Der rote, rüschige Petticoat war das I-Tüpfelchen, die Krönung der Demütigung. Er sah aus wie einer dieser weißen Riesenpudel, die man in Menschenkleidung steckte und alberne Kunststückchen aufführen ließ. Irgendwann konnte sie dann doch »eins« keuchen und ihn fürs Erste von weiteren Erniedrigungen erlösen.

Dankbar sank er auf dem Boden zusammen, aber der Rüschenrock behinderte ihn dabei, die richtige Haltung einzunehmen, und als er sie endlich hatte, sah er sehr dumm darin aus. Sie erhob sich und befahl ihm, »bleib« zu machen, wobei sie ihm die Hand so dicht vor die Nase hielt, dass er beinahe zurückgeschreckt wäre. Sie ging aus dem Zimmer und kam mit einem Bettvorleger und einer Schüssel wieder. Sie füllte die Schüssel an der Badewanne mit Wasser und stellte sie auf den Bettvorleger. Dann sagte sie ihm, er könne nun trinken, müsse dabei aber mit der Zunge schlabbern wie ein Hund. Es klang, als würde sie ihm einen Gefallen erweisen, als sie sagte, es sei bequemer für ihn, wenn er das Wasser in Haltung »vier« trinke. Dies sei bei großen Hunden die ideale Haltung. Sein Durst war stärker als die Erniedrigung, und er neigte den Kopf zur Schüssel und fing an, das Wasser aufzulecken. Er stellte sich ungeschickt an und bekam mehr Wasser ins Gesicht als in den Mund, was seine Lehrerin erneut zum Lachen brachte. Er hoffte inständig, dass die Schüssel das Ende seiner Demütigung markierte, doch dem war nicht so.

Den Rest des Nachmittags bläute sie ihm seine Zahlenkommandos ein, bis er sie alle fast perfekt konnte, ganz gleich, ob sie durcheinander oder nacheinander gerufen wurden. Dann schien sie endlich zufrieden mit seinen Fortschritten und seiner Erniedrigung und nahm ihm Halsband und Leine ab. Sie erlaubte ihm, die Frauensachen auszuziehen, befahl ihm aber in strengem Ton, dass er mit dem verschmierten Lippenstift im Gesicht und der albernen Haarspange nach Hause fahren müsse. Wenn er dort ankam, musste er sie anrufen und um ihre Erlaubnis bitten, den Lippenstift abzuwaschen und die Spange rauszunehmen.

Sie wusste, dass er ziemlich weit weg wohnte, und konnte sich ausrechnen, dass er jedes Tempolimit missachtet haben musste, um so schnell nach Hause zu kommen, und deshalb untersagte sie ihm schließlich doch, die Sachen abzumachen. Er musste sie am nächsten Morgen um halb zwölf anrufen und seine Kamera einschalten, damit sie sehen konnte, dass er ihr gehorcht hatte und beides noch dran war. Sie schimpfte und sagte, sie würde es merken, wenn er sie manipulieren wollte, und dann wäre die Strafe bei ihrem nächsten Treffen nur noch schlimmer. Dann befahl sie ihm, die Kommandos auswendig zu lernen, nacheinander und unabhängig voneinander, und versicherte ihm, dass es nicht das letzte Mal gewesen sei, dass sie ihn zum Hund gemacht hatte. Dann legte sie auf.

Am nächsten Tag klingelte ihr Telefon Punkt halb elf. Sie sah ihn auf ihrem Computermonitor, der Lippenstift war verschmiert und die Haarspange baumelte nur noch an ein paar Haaren vom Kopf, aber man konnte eindeutig sehen, dass er ihr gehorcht hatte. Sie gestattete ihm gnädigst, beides zu entfernen. Ganz verschüchtert fragte er sie, ob es ihm erlaubt sei, zu kommen, doch das verneinte sie kurz und kalt. Sie fügte hinzu, er sei dabei ertappt worden, wie er in ihre Privatsphäre eindrang, und für so etwas Schreckliches würde er keine Belohnung bekommen, ganz gleich, welche Bestrafung er auch durchlitten habe.

Dann schloss sie schnippisch: »Ein Hund darf zur Belohnung schnüffeln ... und du hast dir keine Schnüffelrechte verdient.«

Im Käfig

In meiner Rolle als Herrin achte ich in der Regel gewissenhaft darauf, dass der Schrank im Spielzimmer, in dem ich meine besonderen Spielsachen aufbewahre, immer verschlossen ist. Diesmal hatte ich es aber furchtbar eilig gehabt und den Schrank ganz vergessen, was zu diesem ganz besonderen Tag führte. Als ich früher zurückkam, als er erwartet hatte, und ihn gewissermaßen auf frischer Tat ertappte, erzählte er mir die folgende Geschichte – vor mir kniend und mit gesenktem Kopf.

Sobald er sicher war, dass ich das Haus verlassen hatte, schlich er auf Zehenspitzen ins Spielzimmer. Er war so fixiert auf den Inhalt des Schranks, der ihn so verrückt machte, dass er das lange, niedrige Objekt unter dem schwarzen Samt kaum registrierte. Seine Hand zitterte, als er sie nach dem Türknauf der Schranktür ausstreckte. Langsam, jede Sekunde genießend, zog er die Tür auf, die Nüstern weit geöffnet, um den aus dem Innern aufsteigenden Geruch nach Latex und Schuhen in sich aufzusaugen. Dann, in einem Ausbruch purer Freude über seinen Schritt in die verbotene Zone, riss er die Tür mit einer solchen Wucht auf, dass sie in die Wand dahinter knallte. Im Schrank befanden sich meine Sachen: Latex-Catsuits, Röcke, Tops, Kleider, kleine Lederteddys, String-Tangas und BHs, doch das Beste war der Boden des Schranks, auf dem sich Karton um Karton mit meinen Schuhen stapelte.

Er beschrieb mir, wie aufregend er den Anblick all dieser herrlichen Schuhe und Stiefel fand. Als er diesen Schatz entdeckte, gestattete er sich einen kleinen Siegesjauchzer und umschlang so viele, wie er nur konnte, mit den Armen. In seiner Hose tanzte sein Glied seinen eigenen kleinen Freudentanz. Er wusste aber ganz genau, wonach er suchte: die schwarzen Lackleder-Fetischpumps mit den gefährlich hohen 20-cm-Absätzen, die vorn so irre spitz zuliefen. Als ich diese Schuhe trug, musste er mich von einem Ende des Hauses ins andere tragen, weil die Absätze viel zu hoch waren, um darin zu gehen. Manchmal ritt ich auf seinem Rücken, als wäre er ein Pony, manchmal machte ich ihm die Freude, mich in den Armen tragen zu dürfen. Ja, mit diesen Schuhen wollte er spielen. Er durchwühlte den Schrank nach ihnen, Schuhkartons kippten hierhin und dorthin, und die Schuhe selbst purzelten heraus und auf den Teppich.

Dann hatte er sie endlich gefunden. Erleichtert hielt er einen Schuh vors Gesicht und steckte die Nase hinein. Das schwache Aroma meiner zarten Füße strömte ihm in die Nasenlöcher, und er atmete tief ein, um meinen geliebten Duft in sich aufzunehmen. Dann hängte er sich den Schuh mit dem Absatz auf die Nase. Die Innensohle lief an seinen Nasenlöchern entlang, als wäre sie dafür gemacht, und die Spitze des Schuhs klemmte unter seinem Kinn. Er hatte den Schuh genauso angebracht, wie ich es tat, wenn ich ihn ihm vors Gesicht band. Er drückte seine Nase hinein und legte sich auf den Rücken, die Hand fest um sein geschwollenes Glied geschlossen. Ganz sanft, ganz langsam und erotisch, um diesen verbotenen Moment so tief wie möglich auszukosten, fing er an sich zu reiben und dabei in meinen Schuh zu schnaufen.

Er war kurz davor zu kommen, doch es gelang ihm, den einen Schuh auf dem Gesicht zu balancieren und nach seinem Gegenstück zu tasten. Er stellte sich vor, dass es sehr schön sein müsste, in meinen Schuh zu kommen – was ich ihm nie erlaubt hätte. Er wurde, erzählte er mir, vollkommen besessen von dieser Idee, ohne auch nur eine Sekunde an die Folgen zu denken. Seine Hand schloss sich um den zweiten Schuh. Während er den anderen weiter vor dem Gesicht hielt, rieb er sich immer schneller, den anderen Schuh so auf dem Bauch positioniert, um seinen Perlensaft zu empfangen. Er entlud sich mit kehligem Stöhnen und fing ausgelassen an zu lachen.

»Findest du das lustig?«, fragte ich ihn streng und wütend.

Alarmiert setzte er sich auf. Er war so davon fasziniert gewesen, eines meiner strengsten Verbote zu brechen, dass er mich nicht hatte kommen hören. Die Ausgelassenheit von gerade eben war wie weggewischt von dem Missfallen in meiner Stimme. Als er sich aufrichtete, machte der Schuh, der auf seinem Gesicht geruht hatte, einen Salto durch die Luft und landete mit einem dumpfen Geräusch auf dem Teppich. Ich sah ihn spöttisch an, aber auch, als hätte ich Blut geleckt. Er kauerte sich auf den Boden. Sein Herz schlug so laut in seiner Brust, dass ich es förmlich hören konnte. Er war vollkommen sprachlos. Er hatte solche Angst, dass sein Mund völlig trocken war und ihm die Lippen an den Zähnen klebten. Als er den berechtigten Zorn in meinen Augen sah, machte er sich innerlich auf jede Bestrafung gefasst, die mir in den Sinn kommen mochte.

»Wie kannst du es wagen? Mach dieses eklige Zeug aus meinem Schuh!«, befahl ich ihm.

Meine Stimme war trügerisch cool und leise, ein sicheres Zeichen für Gefahr. Er mühte sich unbeholfen auf die Beine, um etwas zu suchen, mit dem er meinen Schuh auswischen konnte, doch ich hatte seinen Gedanken erkannt.

»Kein Lappen, kein Taschentuch. Du leckst ihn sauber.«

Er saß da wie vom Blitz getroffen. Wütend, weil er nicht sofort spurte, setzte ich in großen Schritten durch das Zimmer und schlug ihn hart ins Gesicht. Vorhand. Rückhand. Da nahm er eilig den beschmutzten Schuh, saugte an seinen Backen, um genug Spucke zu sammeln, und fing an, seinen eigenen Saft zu lecken. Seinem Gesichtsausdruck zufolge schmeckte sein Perlensaft ausgesprochen unangenehm, doch nach einem Blick in mein Gesicht beschloss er, weiterzumachen. Er leckte und leckte und leckte unter meinen wachsamen Augen, bis auch das letzte Tröpfchen verschwunden war. Als ich meine Hand ausstreckte, überreichte er mir den Schuh zur Inspektion.

Ich nahm ihn sorgfältig unter die Lupe und inspizierte sein Innerstes, bis ich überzeugt war, dass er seine Schweinerei vollkommen aufgeschleckt hatte. Währenddessen starrte er mich mit gesenktem Haupt durch die Wimpern an. Brachte mein dunkelrotes Haar meinen sanften Oliventeint zur Geltung? Passten meine hohen osteuropäischen Wangenknochen zu meiner geraden Römernase? Wie sah er mich, wenn ich wütend war? Egal. Ich hatte zwar Straßenkleidung an, war aber dennoch Herrin von Kopf bis Fuß. Ich konnte ihm förmlich ansehen, wie seine Nerven vibrierten und angstvoll-lüsterne Schauer über seinen Rücken jagten. Ich glaube, dass ihm damals klar wurde, dass jede Freude, jeder lustvolle Moment einen entsprechend hohen Preis hatte. Und er hatte nur einen kleinen Teil davon bezahlt.

Ich ließ den Schuh zu Boden fallen, als würde er mich immer noch beleidigen. Ich durchquerte das Zimmer zu dem langen, niedrigen, mit schwarzem Samt verhangenen Ding, das er zuvor, wie er sagte, kaum beachtet hatte. Ich packte den Stoff und riss ihn, einen Schnörkel in der Luft beschreibend, zurück. Es war ein Käfig mit glänzend schwarz lackierten Gitterstäben. Zwei Meter lang und ziemlich schmal, von mir persönlich entworfen, sollte er seinem Bewohner möglichst wenig Raum lassen. Fünf seiner sechs Seiten hatten Gitterstäbe wie eine Gefängniszelle. Die sechste Seite, der Boden, bestand aus einem dünn gepolsterten und mit Leder überzogenen Brett. Er sah erstaunt und ängstlich drein. Er hatte noch immer nicht kapiert, was ihm blühte. Um meine Lippen spielte ein sinnlich-sadistisches Lächeln. Ich liebe diese Überraschungen. Sie machen das Leben um so vieles lebenswerter, finden Sie nicht auch?

An der einen Schmalseite des Käfigs befand sich ein Riegel mit einem Vorhängeschloss. Ich öffnete die Tür und befahl ihn schweigend mit einer ausladenden Bewegung hinein. Er wollte mit dem Kopf voraus hineinkrabbeln, schrammte sich aber schmerzhaft den Rücken an den Gitterstäben über ihm. Röte stieg ihm über den Hals ins Gesicht und verriet mir, wie gedemütigt er war, weil ihm klar wurde, dass er wie ein Reptil auf dem Bauch kriechen musste, um hineinzukommen. Ungeduldig gab ich ihm einen Tritt. Ich wollte ihn da drin sehen, und zwar sofort. Auf den Ellbogen zog er sich voran, die Hände in den Gitterstäben verkrallt. Kaum hatte er die Füße im Käfig, knallte ich die Tür zu und ließ das Vorhängeschloss einschnappen. Anschließend warf ich das schwarze Samttuch wieder über den Käfig. Er war gefangen im Dämmerlicht. Dann machte ich alle Lichter aus, ging aus dem Zimmer und ließ ihn drei Stunden lang isoliert in absoluter Dunkelheit schmoren.

Später schlich ich mich auf Zehenspitzen zurück und machte nur ein schwaches Licht an. Mit einem plötzlichen Ruck riss ich den schwarzen Samt vom Käfig. Verloren in der Dunkelheit und im Nebel seiner Gedanken, hatte er mich nicht ins Spielzimmer kommen hören. Ich ragte über ihm auf, und er spürte die brutale, erotische Freude, die von mir ausging. Sein Glied war hart, und sein Gesicht verriet mir, dass ihm seine Erektion schmerzhaft bewusst war. Nichts entging meinem Blick. Ich fand mich großartig in meinem roten Latex-Minirock und dem dazu passenden tief geschnittenen Top. Mein Korsett umschlang meine Taille, meine Schnürstiefel aus glänzendem Leder reichten mir bis an die Knie. Mein Haar ergoss sich wie ein Wasserfall über die Schultern. Ich fühlte mich wie ein dämonischer Engel, und mir kamen Dinge in den Sinn, an die ich noch nie gedacht hatte.

Er war überwältigt von meiner sadistischen Erotik, überwältigt von meiner Macht, und wimmerte leise. Er stotterte zusammenhangloses Zeug und versuchte Worte zu finden für die Ehrfurcht und Liebe, die ich in ihm entfachte. Ich legte einen Finger an die Lippen, und mein stiller Befehl ließ ihn verstummen. Hinter mir stand ein großer Stuhl. Ich packte ihn, um meine Kraft zu demonstrieren, stellte ihn neben den Käfig und machte es mir darauf bequem. Ich fesselte ihn mit meinem Blick. Mein feingliedriger Fuß senkte sich zwischen den Gitterstäben hinab über sein Gesicht. Wie auf Kommando öffnete er den Mund, als würde er eine Belohnung erwarten. Ich drückte ihn mit meinem Fuß wieder zu, dann quetschte ich ihn grob in sein Gesicht. Ich steckte ihm meinen großen Zeh ins Ohr. Ich quetschte ihm die Nasenlöcher mit den Zehen zusammen, so weit es ging, und nahm ihm die Luft. Ich schob und zerrte seinen Kopf an der Nase hin und her und schlug ihm immer wieder mit dem Fuß ins Gesicht, so hart ich das durch die Gitterstäbe hindurch konnte. Während alldem zeigte ich keine Wut oder Boshaftigkeit. Ich tat es fast beiläufig, als wäre er ein Ding, und ich wusste, dass ihn das tief erniedrigen würde.

Dann nahm ich den Fuß aus dem Käfig und zog mir langsam den Stiefel wieder an. Ich achtete darauf, dass er alles mitbekam, was ich tat, damit er versuchen konnte, die nächste Strafe vorauszuahnen. Ich stand auf und beugte mich vor. In der Zwischenzeit hatte ich eine ordentliche Ladung Spucke im Mund gesammelt. Um die Sache abzurunden, täuschte ich ein Husten vor und spuckte ihn an. Ich traf ihn voll ins Gesicht, ganz wie geplant. Perfekt gezielt.

»Haben wir unsere Lektion gelernt?«, fragte ich mit rauchiger Stimme.

Er sagte, er liebe meine Stimme, und dass sie ihn umfließe wie flüssiges Karamell. Er liebe meine Fantasie und meine Grausamkeit, und dass ich so genau verstünde, was in ihm vorgehe. Die Leidenschaft hatte ihn gepackt, und seine Augen sagten mehr als tausend Worte, als er mir antwortete. Ich belohnte ihn mit einem milden Lächeln.

Ich entließ ihn aus dem Käfig. Er wand sich so würdevoll, wie er nur konnte, heraus, kroch zu meinen Füßen und wimmerte dankbar. Sein geschwollenes Fleisch zuckte vor Verlangen, doch nur, um von seiner grausamen Herrin ignoriert zu werden. Nach einer Weile erzählte er mir, was er in meinem Gefängnis aus Samt und Eisen empfunden hatte. Er hatte gehört, wie sich meine Schritte entfernten, sah, wie das Licht ausging, und spürte die absolute Dunkelheit, die sich über ihn legte. Dann hatte er gehört, wie ich die Tür hinter mir schloss. Allein in der samtenen Finsternis dachte er über sein Schicksal nach.

Er erzählte mir, dass meine mir innewohnende Grausamkeit und der Kontrast zu meinem schönen Lächeln und meiner kühlen Stimme etwas sehr Schönes sei. Er liebte beides und erlebte darin ein exotisches Paradies, das er sich zu eigen machte. Die Dunkelheit und die Gitter, die ihn umgaben, machten meine grausame Erotik nur noch erotischer, und seine Gedanken schweiften ab zu den verbotenen Freuden, in denen er zuvor geschwelgt hatte. Im Käfig, so erzählte er, war er zu einem tieferen Verständnis seiner Unterwerfung unter mich gelangt und hatte einen Blick auf die Ewigkeit erhascht – in Gestalt von mir, der Herrin. Seiner Herrin. Ja, er hatte die Bestrafung in Finsternis und Isolation verdient. Grell brannte die Erinnerung an seine verlorene Freiheit in der Dunkelheit hinter Gittern. In seinem Gefängnis aus Samt und Eisen verlor er jedes Zeitgefühl. Er schwelgte in seiner Bestrafung und erkannte, dass die Folter, nach der man sich sehnt, die grausamste Folter von allen ist.

Ich befahl ihm, sich anzuziehen. Sein Gesicht verriet mir, wie seine Erektion ihn quälte, und sein Ständer drückte seine Hose wie ein Zelt nach oben. Halb zur Strafe, halb zur Belohnung befahl ich ihm, einen Kilometer zum nächsten Supermarkt zu fahren und den Wagen in einer abgelegenen Ecke zu parken. Ich ergötzte mich an seinem verdatterten Gesichtsausdruck. Dieses Spiel kannte er noch nicht. Dort angekommen, sollte er mich mit dem Handy anrufen, um weitere Anweisungen zu erhalten. Als er mich anrief, sprach ich als Herrin zu ihm, damit ihm klar war, weshalb ich mich über ihn geärgert hatte. Ich ließ ihn seine Vergehen aufzählen. Nachdem ich mich davon überzeugt hatte, dass er wusste, wofür ich ihn bestraft hatte, erlaubte ich ihm, auf dem Parkplatz im Auto zu masturbieren. Er musste es machen, während ich auf zehn zählte. Wenn er kam, bevor ich »zehn« sagte, würde ich ihn bei unserem nächsten Treffen schrecklich bestrafen. Ich versicherte ihm, dass ich es merken würde, wenn er vorzeitig kam. Er kam immer sehr geräuschvoll und konnte ein Stöhnen nie unterdrücken. Er schaffte es einfach nicht. Selbst geknebelt war er noch sehr laut. Falls er also genau bei »zehn« kam, würde ihn bei unserem nächsten Treffen eine Belohnung erwarten. Ich fing an, langsam zu zählen, und konnte hören, wie er versuchte, sich bis »zehn« zu beherrschen. Um seine Qualen noch ein wenig zu verlängern, ließ ich zwischen »acht«, »neun« und »zehn« sehr lange Pausen. Er hielt sich jedoch tapfer, und als ich »zehn« sagte, hörte ich ihn stöhnen, beinahe schreien. »Oh Gott, oh Gott, oh ja, oh Gott!« Ich wusste, er war explodiert wie eine Rakete. Leise lächelnd legte ich auf.

Die Tretmühle der Herrin

Als die Herrin eintraf, erwartete der Sklave sie im Verließ. Im Hintergrund spielte leise Musik und schuf eine ruhige, sexy Atmosphäre. Dennoch war er sehr nervös, denn er war zum ersten Mal bei einer Herrin. Er war überpünktlich erschienen, um einen guten Eindruck zu machen, und hatte sich in der Zwischenzeit in dem Raum umgesehen. An Haken in der Wand fand sich schön ordentlich aufgehängt eine Vielzahl von Floggern, Gerten, Paddeln, Rohrstöcken, Klatschen, ledernen Fußfesseln und Manschetten, Augenbinden, Knebeln, Nippelklemmen, Geräten für die Schwanz-und-Eier-Folter und andere Folterinstrumente, deren Zweck er sich nicht im Traum ausmalen konnte. Es gab einen orientalischen Schrank, dessen Inhalt ihn schrecklich neugierig machte. Am meisten interessierte er sich aber für eine Reihe schwarzer, u-förmiger Rohre, die umgekehrt im Abstand von siebzig Zentimetern im Boden befestigt waren. Sie ragten vielleicht zwei Meter in die Höhe, und darunter befand sich ein mit Leder bespanntes Brett. Den kleinen Holzstuhl in der Ecke, von der Art, wie Kinder sie als Schreibpult benutzen, beachtete er kaum. Sie hatte fünfzehn Minuten Verspätung, doch er wusste, dass sie nicht mal daran denken würde, sich zu entschuldigen. Schließlich war es sein erstes Mal als Sklave, hinzukam, dass er nicht regelmäßig kommen würde, und er wusste, dass es keine Erklärung geben würde. Was er nicht wusste, war, dass die Herrin währenddessen seine Bewerbung studiert hatte.

Dann betrat sie den Raum, und ihr Anblick war erregend und faszinierend zugleich. Er hatte noch nie jemanden in solcher Kleidung gesehen. Die groß gewachsene, schlanke und doch dralle Herrin trug ein weißes, bodenlanges Latexkleid mit Körbchen und Strapsen, ein schwarzes Latexkorsett, das ihre Taille eng zusammenschnürte, schwarze Latexhandschuhe, die bis zum

Ellenbogen reichten, und Schuhe, die man, wie er später erfahren sollte, Pumps nannte. Sie hatten eine fünf Zentimeter dicke Sohle, fünfzehn Zentimeter hohe Absätze und je zwei Riemen, die sich um die Knöchel wanden. Vorn waren sie abgerundet, die Absätze waren schmal, aber nicht spitz. Ihr langes, kastanienbraunes Haar war lockig und auf dem Kopf trug sie ein Diadem. Die Herrin bot einen äußerst eleganten und sehr einschüchternden Anblick. Er saß da und starrte sie an, während sie die Tür schloss, verriegelte und sich dann zu ihm umdrehte.

Ihre ersten Worte waren ein Befehl, aus *ihrem* Sessel zu verschwinden. Er erkannte, dass der große, bequeme schwarze Ledersessel (die einzige richtige Sitzgelegenheit im Zimmer) der Herrin als Thron diente. Natürlich war es nun zu spät für die Einsicht, dass er in dem Kinderstuhl aus Holz auf sie hätte warten müssen. Wie ein Dummkopf hatte er sich auf den Thron gesetzt und gleich zu Anfang ihren Zorn auf sich gezogen. Er sah sie überrascht an, denn ihre Stimme klang kühl, und im Unterton schwang mit, dass sie ihn für einen Volltrottel hielt, wie er dort saß. Das ließ ihn zögern, doch aus den Augen der Herrin sprühten Funken, und er zog sich schleunigst und beschämt auf den Kinderstuhl zurück.

Als sie zu ihrem Ledersessel schritt, bemerkte er das eigentümliche Rascheln, das man nur bei Latex hört. Es war ein ganz neues Geräusch für ihn, und er würde diesen Klang nie mehr vergessen. Er sah zu, wie sie es sich gemächlich auf ihrem Thron bequem machte, die Beine übereinanderschlug und die Falten ihres Latexkleides zurechtlegte, bis alles stimmte.

Dann richtete sie ihre Aufmerksamkeit auf ihn und sagte kompromisslos: »Die Regeln: Du wirst mir nie unter die Augen treten, ohne dich den gebührenden Ritualen unterzogen zu haben: baden, Haare waschen, Deo benutzen und Zähne, Zunge und Zahnfleisch putzen. Du wirst in meiner Gegenwart kein Aftershave oder Eau de Toilette benutzen. Du hast den Blick auf den

Boden zu richten. Ich will nicht noch mal erleben, dass du mir gegenüber die Augen verdrehst. Du wirst den Kopf immer respektvoll gesenkt halten.«

Kaum hatte die Herrin diese Worte ausgesprochen, presste er sein Kinn an die Brust und blickte zu Boden. Sofort fühlte er sich machtlos, denn er wollte sie mit den Augen verschlingen. Schnell entdeckte er jedoch, dass er sie heimlich durch die Wimpern seiner niedergeschlagenen Lider betrachten konnte. Und er war unendlich erleichtert, dass er die von ihr verlangten »gebührenden Rituale« bereits von sich aus durchgeführt hatte.

»Du hast mich als ›Herrin‹ anzureden. Wenn du nicht gefragt wirst, hast du zu schweigen, es sei denn, es gibt einen Notfall. Mit ›Notfall‹ sind Körperfunktionen gemeint, medizinische Probleme, Grenzen, die überschritten werden, oder ein Haus, das in Flammen steht. In Notfällen sagst du: ›Gnade, Herrin‹. Verstanden?«

»Ja, Herrin«, sagte der Sklave leise.

»Du wirst deine dir aufgetragenen Pflichten fröhlich und nach bestem Wissen und Gewissen erfüllen. Wenn mir danach ist, wirst du dich in ein Ding verwandeln. Du wirst Strafen akzeptieren und mir dafür danken. Du wirst aufmerksam lauschen, wenn ich dich – zwecks Verbesserung deiner Sklavenhaftigkeit – zurechtweise, und alles daran setzen, mich zufriedenzustellen. Außerdem ist dein Handy in meiner Gegenwart ausgeschaltet. Jedes Vergehen gegen diese Regeln wird sofort mit schwerer Strafe geahndet. Ist das klar?«

»Ja, Herrin«, sagte er, wobei er sie noch immer heimlich durch die Wimpern hindurch betrachtete.

»Und jetzt steh auf und komm her«, befahl die Herrin und zeigte auf die Mitte eines runden Orientteppichs etwa einen Meter vor ihrem Thron. Er erhob sich aus dem Kinderstuhl und stellte sich an die ihm zugewiesene Stelle.

»Als Erstes legst du einen Strip für mich hin. Zieh zuerst das Hemd aus. An der Tür gibt es Kleiderhaken für deine Sachen.

Du hängst jedes Stück dort auf, nachdem ich dir befohlen habe, es auszuziehen, dann kommst du wieder dorthin zurück, wo du jetzt stehst.«

Gehorsam zog er sein Hemd aus, hängte es auf und stellte sich wieder in die Mitte des Teppichs.

»Jetzt ziehst du Schuhe und Socken aus und stellst sie unter deinen Kleidern auf den Boden. Nimm deine Uhr ab und lege sie in einen der Schuhe. Und jetzt zieh deine Hose aus.«

Der Sklave tat, wie ihm geheißen, und zog jedes Kleidungsstück einzeln aus, was bedeutete, dass er viele Male zwischen Tür und Teppich hin und her gehen musste. Er wartete darauf, dass sie ihm befahl, seine Boxershorts auszuziehen, doch überrascht (und leicht verängstigt) stellte er fest, dass die Herrin kein Wort darüber verlor.

»Steh aufrecht, verschränke die Hände im Nacken, die Ellbogen abgespreizt. Ich werde dich jetzt inspizieren.«

Zunächst sah sie ihn nur an. Als er sich unter ihrem stechenden Blick sichtlich unwohl fühlte, erhob sie sich und trat an ihn heran. Sie fuhr ihm mit den Händen über alle nackten Teile seines Körpers, prüfte die Erregbarkeit seiner Nippel und kitzelte ihn, um zu sehen, ob er reagierte (was er nicht tat). Dann trat sie hinter ihn und strich ihm mit ihren langen roten Fingernägeln über den Rücken. Er sah nicht, wie sie lächelte, als ihm diese simple Geste eine Gänsehaut bereitete. Auch konnte er nicht sehen, wie sie sich freute, als dort, wo ihre Nägel ihn gekratzt hatten, rote Striemen auf der Haut erschienen. Was die Herrin als nächstes tat, traf ihn völlig unerwartet. Unvermittelt packte sie die Schöße seiner Boxershorts und zog sie ihm mit einem Ruck in die Arschspalte. Sie zerrte fest daran, und während sie sie mit der einen Hand festhielt, fing sie mit der anderen an, verschiedene Schläge auf seinem Hintern zu probieren. Das überraschte ihn mehr, als es wehtat. Er hielt vollkommen still, und sie fuhr fort, ihn zu schlagen.

So plötzlich, wie sie damit angefangen hatte, hörte die Herrin mit den Schlägen auf und ließ seine Shorts los, die wieder in ihre Ausgangsposition fielen. Dann ging sie um ihn herum, stellte sich vor ihn, sah ihm direkt in die Augen und zog ihm die Unterhose grob und demütigend hinab bis auf die Knie. Dann trat sie mit ihrem in Pumps steckenden Fuß darauf, bis sie wie eine Fußfessel aus Baumwolle auf dem Boden lag. Er spürte die Schamesröte in seinem Gesicht aufsteigen, doch er hielt das Kinn auf der Brust und den Blick gesenkt. Er verspürte den starken Drang, sich vor ihrem stechenden Blick zu verdecken, doch er wagte nicht, sich zu rühren. Hatte er ihre Inspektion bestanden? Er konnte nicht wissen, dass die Inspektion noch nicht zu Ende war. Die Herrin machte es sich wieder gemächlich auf ihrem Thron bequem und ließ ihn warten, doch worauf, das wusste er nicht.

»Ich will, dass du die Arme waagrecht zur Seite streckst und dich um 180 Grad drehst.«

Er tat, wie ihm geheißen.

»Jetzt beuge den Oberkörper nach vorn, greif nach hinten und spreiz deine Backen«, befahl die Herrin.

Er war froh, dass sie nicht sehen konnte, wie ihm die Demütigung ins Gesicht geschrieben stand, griff an seine Hinterbacken und spreizte sie leicht. Ein kurzer Tritt in den Hintern von diesen wunderschönen Schuhen ließ ihn wissen, dass er die Herrin nicht zufriedenstellte.

»Spreiz die Backen, so weit du kannst. Entblöße dich vor mir. Du wirst in meiner Gegenwart weder Scham noch Zurückhaltung kennen. Wie eine Hauskatze, wie ein Hund wirst du keine Privatsphäre haben. Wenn du bei mir bist, gehört alles, was du bist, und alles, was du hast, mir.«

Er zog die Backen weiter auseinander, bis er die warme Zimmerluft an seinem Poloch spüren konnte. Die Herrin unternahm nichts, doch er spürte ihre Augen auf sich, als zählte sie jedes seiner Schamhaare einzeln. Plötzlich traf sein Loch ein kalter

Luftstrom. Er spürte, wie sein Poloch sich öffnete und dann überrascht zusammenzog. Dann hörte er die Herrin boshaft und ausgelassen lachen.

»Lass deine Backen los, stell dich aufrecht hin, verschränke die Hände hinter dem Kopf, die Ellbogen zur Seite, und dreh dich weiter zu mir um«, befahl sie ihm.

Gedemütigt und mit einem Gefühl, als hätte sie ihm jede Macht geraubt, drehte er sich in die falsche Richtung zu ihr um. Ganz ruhig erhob sich die Herrin von ihrem Thron, trat vor ihn und schlug ihm ins Gesicht.

»Ich sagte, du sollst dich weiter herumdrehen, nicht zurück! Also, wenn ich es sage, drehst du dich wieder um und machst die Drehung diesmal in die richtige Richtung.«

Dann setzte sie sich wieder und ließ ihn warten. Sie musterte ihn von oben bis unten, wobei ihr nicht entging, dass er eine Erektion hatte. Dann beugte sie sich vor und gab ihm einen harten Klaps. Er stöhnte vor Schmerz, blieb aber in seiner Haltung.

»Dreh dich um 180 Grad.«

Er gehorchte und wartete darauf, dass sie ihm wieder befahl, sich zu bücken und die Backen zu spreizen. Erleichtert stellte er fest, dass sie das nicht vorhatte.

»Dreh dich weiter!«

Dieses Mal machte er es richtig. Er war erleichtert, als die Herrin sagte: »Bestanden.« Dann fügte sie mit Geringschätzung hinzu: »Knapp.«

Sie zeigte auf eine Stelle am Boden zu ihren Füßen. Er folgte ihrem unausgesprochenen Befehl und ging auf die Knie. Dann befahl sie ihm, ihr die Füße und Waden zu massieren. Er öffnete ihren rechten Schuh und zog ihn vom Fuß, wobei er das Bein stützte. Dann begann er mit der tiefen Massage, die er gewissenhaft in Büchern studiert und viele Male an sich selbst geübt hatte. Seine Finger tasteten nach ihren Druckpunkten und fingen an, über ihre schlanken, aristokratischen, feingliedrigen Füße mit den glänzend roten Nägeln sämtliche Verspannungen ihres Körpers abzuleiten. Er freute sich über die leisen, sexy Seufzer, die sie dank seiner Behandlung immer wieder ausstieß, und er war fest entschlossen, sich als nützlich und würdig zu erweisen. Als es Zeit wurde, ihre Wade zu massieren, legte er sich ihren Fuß auf die Schulter, damit die Herrin sich nicht damit abmühen musste, ihr Bein in der Luft zu halten. Sie wirkte erfreut und überrascht darüber, dass er daran dachte. Normalerweise musste sie einem Sklaven so etwas befehlen.

»Mach jetzt den linken Fuß. Der wird schon ganz neidisch, weil du dem rechten so viel Aufmerksamkeit widmest. Außerdem darf die Herrin ja keine Schieflage bekommen«, sagte sie deutlich sanfter als vorhin.

Er zog ihr den rechten Schuh wieder an, damit der Fuß nicht fror, und achtete darauf, dass er die Riemen mit denselben Löchern zumachte, in denen er sie vorgefunden hatte. Dann widmete er sich mit der gleichen Aufmerksamkeit ihrem lieblichen linken Fuß, die er zuvor dem rechten hatte zukommen lassen. Er freute sich, dass sich die viele Übung auszahlte und er beiden Füßen exakt die gleiche Massage verabreichen konnte. Als er mit der Fußmassage fertig war, legte er sich ihren linken Fuß auf die Schulter, wie er es auch mit dem rechten getan hatte, und massierte ihre Wade.

Und obwohl die Herrin auch dieses Mal schwieg, merkte er an ihren sanften Seufzern, dass es ihr gefiel. Als er mit dem linken Bein fertig war, zog er ihr den Schuh mit der gleichen Sorgfalt wie zuvor an. Dennoch hörte er von ihr kein Wort des Dankes. Sie logierte in ihrem Thron, die Augen halb geschlossen, und ließ ihn minutenlang unbeachtet sitzen. Durch die Wimpern hindurch weidete er seine Augen an ihren langen, wohlgeformten Beinen direkt vor seinem Gesicht.

»Zieh mir die Schuhe aus und lege dich dann vor meinem Sessel auf den Boden, das Gesicht nach oben, die Brust unter meinen Füßen«, brach ihre dunkelsamtige Stimme die Stille, und eilfertig folgte er ihrem Befehl.

Schnell und geschickt öffnete er ihre Schuhe und stellte sie neben ihren Thron. Sie setzte ihren Po direkt an die Kante und legte ihm ihre nackten Füße auf die Brust. Kaum fühlte er die weiche Haut ihrer Fußsohlen auf der seinen, wurde seine Erektion noch härter und pulsierte eigensinnig. Dann fing die Herrin an, seine Brust mit den Füßen zu bearbeiten. Mit den Zehen triezte sie seine Nippel, bis sie hart wurden, dann zwickte sie sie. Als ihr das langweilig wurde, bearbeitete sie sein Glied. Sie schob es zwischen die Fußsohlen und schubste es dann dazwischen hin und her, drückte es ihm auf den Körper und fing schließlich an, an seinem Sack herumzustupsen. Mit den Zehen trennte sie seine Eier und drückte dann, unter jedem Fuß eines, fest darauf herum. All das und der Schmerz, der damit verbunden war, erregte ihn sehr, und die Kühle ihrer Füße auf seinem heißen Glied steigerte die Erregung nur noch mehr.

Die Herrin nahm die Füße von seinem Körper und blickte auf ihn herab. Bedächtig ließ sie ihren schlanken rechten Fuß auf sein Gesicht sinken. Fast schon verspielt nach all ihrer Distanziertheit packte sie seine Nase mit den Zehen und drehte seinen Kopf hin und her. Sie ließ den Fuß auf seine Wangen klatschen, legte ihn so auf sein Gesicht, dass ihre Zehen auf seiner Stirn ruhten, den Spann auf seiner Nase und ihre Ferse auf seinem Mund. Dann verzog sie ihm mit den Zehen die Lippen und lachte über die Grimassen, die sie ihm damit schnitt.

»Mach den Mund auf«, befahl sie.

Er hatte die Luft angehalten, und als er ihren Befehl hörte, atmete er in einem langen Seufzer aus. Er öffnete die Lippen, die Augen groß und wie gebannt auf ihren zarten Fuß gerichtet, der über seinem Gesicht herabsank. Die Herrin schob ihm den Fuß in den Mund, und er öffnete ihn weit, um ihn in sich aufzunehmen. Sie drückte ihn immer tiefer in den Mund und war erst zufrieden, als er alle Zehen und den Ballen aufgenommen hatte. Als er auf diese Weise mit dem linken Fuß geknebelt war, quetschte sie ihm den rechten gnadenlos in die Genitalien. Er hatte eine schmerzhaft harte Erektion, das wusste sie so gut wie er. Hoch über ihm erschallte ihr spöttisches Lachen. Mit einem Ruck zog sie ihren Fuß aus seinem Mund, und es fühlte sich an, als hätte er ein klaffendes Loch im Gesicht. Der Fuß auf seinen Genitalien war genauso plötzlich weg.

»Trockne meinen Fuß mit den Händen und zieh mir die Schuhe wieder an«, kommandierte sie ihn.

Er trocknete ihre grazilen Füße wie geheißen, dann zog er ihr die Schuhe wieder an, nicht ohne zu bedauern, dass er nun auf ihren göttlichen Anblick verzichten musste. Sie erhob sich und trat auf seine Brust, als wäre sie ein Stück des Fußbodens. Sie ging ein paar Schritte bis zu den Rohren im Boden, die er zu Beginn so interessant gefunden hatte. Die Herrin winkte ihn mit einem Finger und er krabbelte auf allen vieren zu ihr hinüber. Sie zeigte auf die Spitze des Schuhs, den sie ausgestreckt hatte, und gab ihm zu verstehen, dass er ihn küssen solle. Er küsste ihn so hingebungsvoll und fest, dass sie es durch das dicke Leder hindurch spürte. Sie zog den Fuß zurück und zeigte auf das gepolsterte und mit Leder bespannte Brett zwischen den beiden Rohren.

»Leg dich mit dem Gesicht nach oben da drauf, und zwar schnell«, wies sie ihn an. Er legte sich zwischen die beiden Rohre, wie sie ihm befohlen hatte, und war dankbar für die dünne Polsterung unter dem Leder.

Mit einem boshaft-entzücktem Lachen ging sie ans Kopfende der Vorrichtung und legte ihre Hände auf die geländerartigen Rohre. Dann stützte sie sich darauf ab und trat mit ihren eleganten Schuhen auf seine Brust. Sorgfältig setzte sie ihre Absätze auf seine Nippel und fing dann an, im Rhythmus der Musik, die im Hintergrund lief, auf seiner Brust zu tanzen. Dabei sah sie ihm die ganze Zeit eindringlich ins Gesicht und studierte seine

Reaktionen. Erfreut von seinem Anblick, fing sie an, energischer zu tanzen, ließ ihre Füße über seinen Oberkörper wandern und wiegte ihren Körper erotisch zur Musik. Als das Lied das Tempo wechselte, warf sie einen Fuß herum und vollführte auf seiner Brust eine 180-Grad-Drehung. Während sie ihr Gewicht weiterhin auf die Rohre verlagerte, um sich auf seinem weichen, unebenen Körper zu bewegen, schritt sie vorsichtig und bei jedem Schritt mit ihrem prächtigen Hintern wackelnd seinen Bauch hinab, bis sie auf seinen Genitalien stand. Er schwelgte in der erlesenen Erniedrigung, von ihr als Fußabstreifer benutzt zu werden. Dann drehte sie sich zu ihm um.

Auf Zehenspitzen fing sie erneut an zu tanzen und trat dabei zwischen seinem Schwanz und seinen Eiern auf und ab. Dann trat sie mit beiden Füßen auf seinen Schwanz und wippte mit Ballerinaschritten auf und ab.

Er stöhnte laut auf vor Schmerz, der sich aber in Lust verwandelte, und gab sich dem köstlichen Genuss dieser herrlich aufregenden, neuartigen Erfahrung hin. Sehr zu seiner Freude beschloss die Herrin, ihre erhabene Folter noch einige Minuten auszudehnen, bevor sie schließlich von ihm herunterkletterte und zu ihrem Thron zurückkehrte. Aus der Schublade des Tischchens, das daneben stand, nahm sie eine Zigarette und zündete sie an. Als der Rauch sich über ihre Lippen kräuselte und sie wie ein geheimnisvoller Schleier umschloss, erfüllte der Geruch von Nelken die Luft. Er nutzte die Zeit, um das Erlebte in sich aufzusaugen und alles (sie eingeschlossen) in sein Gedächtnis einzubrennen. Sie ließ ihn, wo er war, bis sie ihre Zigarette ausgedrückt hatte.

»Komm her, Sklave«, rief sie ihn.

Er erhob sich nicht ganz ohne Mühe, noch immer ganz eingenommen von ihrer Erscheinung. Dann kroch er auf allen vieren zu ihr und blieb demutsvoll und bewundernd zu ihren Füßen auf den Knien.

»Du hast dich besser geschlagen, als ich erwartet hatte, vor allem, wenn man bedenkt, wie schlecht du angefangen hast«, sagte die Herrin. »Weil du das wiedergutgemacht hast, sollst du eine Belohnung erhalten. Leg dich hin, Gesicht nach oben.«

Hocherfreut, weil er ihre Anerkennung gewonnen hatte, folgte er eilig ihrer Anweisung.

»Nimm deinen Schwanz in die Hand.«

Diesem Befehl folgte er noch schneller.

»Mach's dir selber.«

Er packte mit der rechten Hand sein pulsierendes Gemächt und fing an, sich auf vertraute Art zu wichsen. Sprachlos sah er mit an, wie sie sich über seinen Schwanz beugte und großzügig darauf spuckte.

»Das gehört zur Belohnung: Meine Spucke als Gleitmittel.«

Dann machte sie auf ihrem eleganten Absatz kehrt, schritt durch das Zimmer und ließ ihn allein zu Ende kommen. Als er sich dann auf seinen Bauch ergoss, war er sich sicher, dass er seine lang ersehnte Fußgöttin gefunden hatte.

Nektar der Göttin

Eigentlich brauchte die Herrin keine neuen Sklaven. Trotzdem hatte sie zugestimmt, den neuen Bittsteller um acht Uhr abends zu empfangen. Sie erkannte sofort, dass er eine Menge Übung brauchen würde, und war sich nicht sicher, ob sie es sich antun wollte, einen offensichtlich völlig unbeleckten Anfänger auszubilden. Er hatte nicht die geringste Vorstellung von Etikette. Er glotzte sie an, anstatt den Blick gesenkt zu halten, fiel auch nicht auf die Knie, als sie das Zimmer betrat, und ein Geschenk hatte er ihr auch nicht mitgebracht, nicht mal einen billigen Blumenstrauß oder eine Flasche Wein. Außerdem ließ seine Hygiene zu wünschen übrig: zerknittertes Hemd, schlecht sitzende Hosen, und, was am schlimmsten war: Segelschuhe! Aber nun war er eben da, und sie hatte sich umgezogen und war einsatzbereit, wenn auch etwas gelangweilt. Vielleicht, dachte sie, würde sie sich ja ein bisschen mit ihm amüsieren. Die Herrin setzte sich in ihren schwarzen Ledersessel mit der hohen Lehne, der ihr als Thron diente, und befahl ihm, einen Strip hinzulegen. Als er anfing, sich ungelenk die Kleider vom Leib zu reißen, hob sie die Hand und unterbrach ihn. Männer!

»Du wirst dich so ausziehen, wie ich es dir sage. Erstens: Hier ist deine Markierung. An diesen Punkt gehst du zurück, wenn du einen meiner Befehle ausgeführt hast.« Sie zeigte auf einen unsichtbaren Punkt auf dem Boden. »Zieh jetzt dein Hemd aus. Das hängst du an der Tür auf. Jetzt komm zurück. Zieh Schuhe und Socken aus und räum sie mir aus den Augen, da hinten in die Ecke neben der Tür. Jetzt ziehst du deine Hose aus und hängst sie mit der Gürtelschlaufe an dem Haken an der Tür auf.« Die Herrin spulte ihr übliches Ritual für den Strip ab. Sie fand es so ermüdend, den neuen Sklaven immer das Gleiche vorzubeten, dass sie schon überlegt hatte, sie einen Zettel mit den Anweisungen auswendig lernen zu lassen, bevor sie ihr überhaupt unter die Augen treten durften.

Als jedes Kleidungsstück ausgezogen und an seinem Platz verstaut war, ging er zu seiner Markierung zurück, wie es die Herrin ihm befohlen hatte, und wartete auf den nächsten Befehl. Er hatte noch seine Boxershorts an, und sie konnte sehen, dass darunter eine Schlacht um den Fahnenmast ausgefochten wurde. Sie unterdrückte ein Grinsen.

»Du hast ganz offensichtlich keine Ahnung, wie man sich vor einer Herrin benimmt. Ich werde dir jetzt ein Mal und nie wieder die Etikette beibringen. Du siehst mir nur ins Gesicht, wenn ich es dir befehle. Du sprichst nur, um eine Frage zu beantworten. Dein Wort ist »Banane«, falls du eins brauchst. Das ist dein Wort, wenn du auf die Toilette musst oder dir unser Spiel zu hart wird. Ich verbiete dir, damit eine Meinung kundzutun, und ich verbiete dir, drauflloszuquasseln, wenn ich mit dir rede. Wenn ich dich frage, ob dies oder das auf dem Weg liegt, erwarte ich keine Wegbeschreibung, wenn ein schlichtes »Ja« oder »Nein« genauso reicht. Ich erwarte von dir, dass du schweigst, unaufdringlich dienst und mir voller Leidenschaft gehorchst. Jedes deiner Vergehen wird sofort und hart bestraft, und nicht gerade so, wie du es magst. Hast du von diesen Regeln und Verboten irgendetwas nicht verstanden?« Die Herrin hatte ihre Regeln so oft so vielen Sklaven klargemacht, dass sie sich vorkam wie eine Schallplatte mit einem Kratzer. Sie war stark versucht, das Ganze auf die Liste mit den Anweisungen für Anfänger zu setzen.

»Ja, Herrin«, sagte er leise mit gesenktem Blick. In seiner Stimme schwang Angst mit, als würde er sich plötzlich furchtsam fragen, was er sich da eingebrockt hatte.

Er hatte noch immer seine Boxershorts an, doch er wurde mit jedem Augenblick nervöser. Herrlich! Die Herrin erhob sich und baute sich einen halben Meter vor ihm auf, damit er sie in vollem Ornat bewundern konnte. Sie trug ein purpurnes Latexkleid mit

Körbchen aus Spitze, das ihre prächtigen Brüste voll zur Geltung brachte. Ein schwarzes Taillenkorsett aus Latex schnürte ihre Mitte ein und ließ ihre Brust und ihre Hüften noch voller wirken. Am Rücken hatte das Kleid einen doppelten Reißverschluss, dank dem man es offen oder eng anliegend tragen konnte. Sie mochte es lieber offen, so dass sie sich frei bewegen konnte – und außerdem konnte der Sklave dadurch gelegentlich einen Blick auf ihre schönen Beine erhaschen. Lederpumps mit offener Spitze liebkosten ihre Füße. Schwarze Opernhandschuhe aus Latex schmiegten sich an ihre Hände und Arme, und an ihrem linken Mittelfinger prangte ein Ring mit einem großen Amethyst.

Als sie sich vergewissert hatte, dass er von ihrer Pracht beeindruckt war, ging sie gemächlich um ihn herum, damit er verstand, dass er gemustert und auf seinen Wert und seine mögliche Verwendung hin geprüft wurde. Dann ging sie zu ihrem Sessel zurück und setzte sich mit großem Theater wieder hin, um ihn warten zu lassen. Dann befahl ihm die Herrin, die Boxershorts auszuziehen. Als er mit den Daumen unter den Saum fuhr und sie herunterließ, wurde er langsam, aber sicher knallrot. Nachdem er sie ordentlich bei seinen anderen Sachen verstaut hatte, kehrte er zu seiner Markierung zurück und wartete darauf, dass sie sich mit ihm vergnügte – und zwar in Gestalt einer optischen und körperlichen Prüfung. Sie wies ihn an, die Hände hinter dem Kopf zu verschränken und sich um 180 Grad zu drehen.

Als er ihr den Rücken zuwandte, befahl ihm die Herrin, sich zu bücken, die Hände nach hinten zu strecken und die Hinterbacken zu spreizen. So ließ sie ihn einen Moment stehen, dann blies sie ihm kühle Luft über sein heißes, rotes Loch. Er erschrak sich so sehr, dass er einen Satz nach vorn machte und ihm ein würgendes Geräusch entfuhr. Seine Scham war offensichtlich, und das freute sie sehr. Der Trick gehörte zu ihrem Striptease-Ritual und gab ihr aufschlussreiche Hinweise auf die Neigungen ihrer Sklaven. Die waren schließlich nicht immer aufrichtig, und manche wussten selber nicht, was sie wollten, oder schämten sich zu sehr, es zuzugeben. Die Herrin war überzeugt davon, dass im Grunde jeder Mann die eine oder andere Art von analer Penetration wollte.

Sie wies ihn an, sich wieder aufzurichten, die Drehung zu vollenden und zu ihren Füßen niederzuknien. Kühl und ohne großes Interesse fragte sie ihn, was er glaube, welche Dienste er ihr leisten und wie er ihr nützlich sein könne. Er sagte nur, dass er hoffe, die Herrin habe einen Platz in ihrem Stall für ihn. Sie dachte einen Moment darüber nach.

»Eigentlich habe ich gerade keine freie Stelle für einen Sklaven, und außerdem fehlt mir die Zeit, einen Neuling wie dich anzulernen. Ich habe zwei Fußsklaven, drei Haushaltssklaven, zwei Zimmermädchen, einen Koch, einen Bademeister, einen Fahrer und diverse Spezialsklaven im Bereitschaftsdienst. Was glaubst du, welchen besonderen Dienst du mir bieten kannst, der es wert wäre, dass ich dich ausbilde? Jemand, der überhaupt nichts kann? Jemand, der aus irgendeinem verdrehten Grund der Ansicht ist, alles drehe sich um ihn und nicht um mich?«

Darauf wusste er keine Antwort und flehte die Herrin weiter an, ihn als Sklaven zu nehmen.

»Tja, da du schon mal hier bist, sollte ich mich wenigstens mit dir amüsieren, während ich mir überlege, wie du mir nützlich sein könntest.«

Die Herrin streckte die Hand aus und fing an, ihm auf die Brust zu hauen und ihn hart in die Nippel zu kneifen. Dann zerrte sie daran und studierte dabei sein Gesicht, ob er irgendwelche Zeichen von Auflehnung oder Abneigung zeigen würde. Doch sie sah nur den Schmerz, den ihre Folter ihm bereitete. Fürs Erste reichte ihr das.

Sie gab ihm mit der Vor- und Rückhand ein paar Ohrfeigen und spuckte ihm ins Gesicht. Als ihr das langweilig wurde, widmete sie sich seinen Genitalien. Seine Angst und die Freude über ihre Gegenwart bescherten ihm eine Erektion, was sie erfreulich fand – und das Mindeste, was sie von ihren Sklaven erwartete. Sie befahl ihm, sich auf den Rücken zu legen und die Beine zu spreizen. Dann setzte sie ihm ihren hochhackigen Schuh auf die Genitalien, quetschte sein Glied auf den Teppich und pikste seinen haarigen Sack mit ihrem spitzen Absatz. Er ließ alles stoisch über sich ergehen, das musste man ihm zugutehalten, obwohl sie wirklich rücksichtslos auf ihm herumtrampelte und sich kein bisschen um seine Gefühle scherte.

Dann hatte die Herrin eine Idee, wie er ihr nützlich sein könnte.

»Ich brauche eine Toilette, und du wärst genau richtig dafür.«

Er starrte sie entsetzt an, und sie lachte ihm ins Gesicht.

»Du sagtest, du wolltest mir dienen, wo immer ich es passend fände. Du sagtest, du hättest keinerlei Talent und könntest mir nichts bieten, wolltest aber trotzdem mein Sklave sein. Das Einzige, was ich im Moment brauche, ist eine Toilette, und jetzt weigerst du dich? Steh auf, zieh dich an und verschwinde.«

Er flehte die Herrin an, ihn doch bleiben zu lassen, aber sie hatte sich entschieden.

»Entweder wirst du meine Toilette, oder du verschwindest.«

Sie konnte sehen, wie verwirrt und gedemütigt er war – und dass er eine Erektion hatte. Er wollte zwar nicht gehen, aber er wusste auch, dass sie keine Zeit mehr mit ihm verplempern würde, wenn er ihr nicht dienen konnte, wie sie es wollte.

»Antworte, Sklave.« Sie versetzte ihm einen Tritt.

Er rührte sich nicht von seinem Platz zu ihren Füßen. Seine Brust bebte, so schwer fiel es ihm, eine Entscheidung zu treffen. Die Herrin verlor die Geduld mit ihm. Er war schließlich zu ihr gekommen, weil er ihr dienen wollte, und jetzt, da sie eine Verwendung für ihn gefunden hatte, war er nicht zufrieden damit.

Sie spuckte ihm ins Gesicht und sagte streng: »Verschwinde. Du ekelst mich an.«

Er machte keine Anstalten zu gehen, stattdessen sagte er: »Ich werde alles tun, was Ihr wünscht, Herrin.«

»Langsam verstehst du, wo dein Platz in meinem Leben ist, Sklave. Warum hat das so lange gedauert?«

Er war klug genug, ihr nicht zu antworten.

»Folge mir. Nein, bleib auf den Knien. Ich erwarte, dass du mir hinterherkriechst.«

Mit diesen Worten ging die Herrin den Flur entlang, und er krabbelte ihr auf allen vieren hinterher. Sie führte ihn in das Zimmer, das sie speziell für die Toilettenschulung eingerichtet hatte. Es war eine Art Badezimmer, hatte aber weder Waschbecken noch Badewanne. An einer der Wände befand sich ein Bidet in der Mitte, und ein Duschkopf in der Ecke. Der Fußboden war gefliest, mit einem Abfluss in der Mitte. Darüber war ein großer Toilettensitz auf Füßen aufgestellt.

Die Herrin fuchtelte mit den Fingern vor ihm herum und befahl ihm schweigend, sich hinzulegen. Sie stieß ihn mit dem Fuß an, damit er seine Genitalien unter den Toilettensitz schob. Dann schob sie ihren Rock nach oben und zog ihr Höschen aus. Sie setzte sich auf den Sitz und spreizte die Beine weit. Er hatte eine enorme und durchaus beeindruckende Erektion. Die Herrin lachte auf. Dachte er etwa, *sie* würde etwas damit machen? Tja, sie würde tatsächlich etwas damit tun, aber ganz bestimmt nicht das, was er sich vorstellte! Das würde er bald feststellen.

»Du darfst dieses große harte Ding in die Hand nehmen und es dir selber machen, während ich meine Blase darauf entleere. Mein Nektar ist dein Gleitmittel. Ich erlaube dir aber nicht, zu kommen.«

Sie fing an, ihn zu beträufeln. Zunächst nur mit ein paar Tröpfchen. Sie zielte perfekt und hatte sich ausgezeichnet unter Kontrolle, und die ersten Tropfen sollten ihn natürlich nur erniedrigen. Er wirkte sehr überrascht und verlegen, aber er gehorchte ihr. Dann gab sie ihm ein paar Tropfen mehr. Sie liefen ihm über sein Glied und über die Hand, mit der er sich streichelte. Ihr warmer, gelber Saft salbte ihn. Sie gab ihm noch etwas mehr, und dieses Mal durchnässte sie seinen haarigen Sack mit gelber Ambrosia. Er rieb sich gehorsam weiter, während sie ihm zusah. Sie hielt ihren duftenden Strom eine Minute lang zurück, dann übergoss sie ihn großzügig und ließ den Strahl auf sein geschwollenes Glied spritzen.

Dann hörte sie abrupt auf und sagte: »Und jetzt probieren wir etwas Intimeres aus, bei dem du mir noch besser dienen kannst, einverstanden?«

Seine hellen Augen blickten skeptisch.

»Rutsch höher, so dass dein Gesicht unter der Öffnung ist.«

Er zögerte eine Nanosekunde lang, dann schob er sich in die gewünschte Haltung.

»Mach den Mund auf, damit ich meine Blase in dein Gesicht entleeren kann, und ich erwarte, dass du so viel wie möglich von meinem Nektar trinkst.«

Die Herrin machte es sich auf ihrem Sitz bequem und gab ihm einen kurzen gelben Strahl. Er badete sein Gesicht in ihrem Nektar, der warm war und direkt von der Quelle. Sie hielt eine Sekunde lang inne, um ihm Zeit zu geben, alles zu schlucken, was er im Mund gesammelt hatte, dann übergoss sie ihn großzügig mit einem nie enden wollenden goldenen Strahl und hielt kein Tröpfchen zurück. Ihr Saft spritzte und platschte ihm übers ganze Gesicht und in den offenen Mund. Er rann ihm am Kinn hinab und sammelte sich unter seinem Hals. Sie gab ihm alles, und zu seiner großen Überraschung genoss er es in vollen Zügen.

Dafür, dass er ihre Herrschaft angenommen, seinen Platz in ihrem Stall gefunden und gelernt hatte, der Herrin den Respekt zu zollen, der ihr gebührte, hatte er eine Belohnung verdient. Sie rief eine ihrer Assistentinnen herein, eine frische kleine Rothaarige namens Nadine. Nadine sollte seine eigenhändige Belohnung überwachen und die Herrin rufen, wenn er fertig war.

Die Herrin war sehr angetan von der Menge und der Farbe seines Ejakulats, das sich wie Perlenschnüre über seinen Bauch zog. Dann erlaubte sie ihm, sich zu duschen und sich, von Nadine geführt, zu den anderen Sklaven im Keller zu begeben. Er würde einen Platz in einem Stockbett bekommen und dort warten, bis die Herrin wieder eine Toilettenschüssel brauchte. Was als ziemlich wahrscheinliche Zeitverschwendung angefangen hatte, hatte sich zu einer durchaus lohnenswerten Anschaffung entwickelt. Es war Zeit, den Toilettenstuhl aus Acryl auszupacken und regelmäßig und mit Genuss mit ihrem Sklaven zu gebrauchen.

Abendunterhaltung

Es war ein Abend, der für den Geschmack der Herrin wie gemacht war, um zu spielen – am Himmel türmten sich Wolken auf, und in der Ferne hörte man den Donner erotisch grollen. Sie gab unten im Verlies Bescheid, dass man ihr sofort einen männlichen Sklaven bringen solle. Ihr Befehl wurde selbstverständlich umgehend ausgeführt, und bevor sie sich versah, stand ein gut aussehender Sub vor ihr und wartete darauf, von ihr inspiziert zu werden.

Die Herrin ließ ihre Augen über seinen nackten Körper gleiten. Er war ungefähr einsfünfundsiebzig, bei 65 Kilo, schön durchtrainiert und gut behangen. Der Herrin entging natürlich nicht, dass ihre Gegenwart ihn hochgradig erregte, aber das erwartete sie von allen Sklaven ihres Stalls.

»Du bist ganz o.k.«, sagte sie kühl.

Der Sklave dankte ihr ergeben, dass sie ihn wahrgenommen hatte, und fiel auf die Knie. Sie spielte mit ihm, ließ ihren Fuß über seine Nippel und Genitalien gleiten und überlegte dabei, was sie mit ihm anstellen wollte. Ein lauter Donnerschlag ließ ihn zusammenzucken, ein Blitz erhellte sein Gesicht, und vor dem inneren Auge der Herrin tauchte das Wort *Folter* auf.

»Bleib auf den Knien, krieche zum Schrank und bring mir die rote Kiste mit dem Spielzeug«, befahl sie ihm. Auf allen vieren krabbelte er los wie befohlen. Als er zu seinem Platz zu ihren Füßen zurückkehrte, streckte er ihr die Kiste entgegen wie eine Opfergabe zu Ehren seiner Herrin. Er hielt sie weiter, während sie langsam ihren Inhalt durchwühlte. Sie bemerkte, dass seine Arme durch die Mühe, die es ihn kostete, in dieser unbequemen Haltung zu verharren, anfingen zu zittern, weshalb sie sich noch etwas Zeit ließ, um ihn ein bisschen zu quälen. Dann lachte sie höhnisch.

Schließlich wählte sie ein Paar Japanischer Nippelklammern mit einem halben Dutzend magnetischer Gewichte, diverse dünne Schnüre aus schwarzem Latex sowie sechs ein Pfund schwere Angelgewichte. Dann sagte sie ihm, er könne die Kiste jetzt beiseite räumen. Sie rief »Ach-tung!« Er schnellte nach oben, wobei er seinen Hintern anhob, die Knie aber auf dem Boden ließ und die Hände hinter dem Kopf verschränkte. Er hatte den Kopf gesenkt und wagte nicht, sie anzusehen, weil er wusste, dass sie das wütend machte. Sie konnte tun, wozu immer sie Lust hatte, und jetzt hatte sie Lust, ihn zu foltern.

Seine Nippel hatten sich aufgerichtet, seine geschwollene Männlichkeit ebenfalls. Sein voller Sack baumelte zwischen seinen Beinen. Die Herrin kniff ihn mit ihren langen roten Nägeln in die Nippel und stupste sein pulsierendes Glied mit der Spitze ihres Stöckelschuhs. Sein frustriert-lustvolles Stöhnen erregte sie, und sie griff zu den Japanischen Nippelklemmen. Bevor sie die Klemmen anlegte, spielte sie mit seinen Nippeln, zwickte sie ganz langsam und drückte dabei immer fester zu. Sie stellte sich vor, wenn sie nur fest genug zwickte, würden sich ihre Finger berühren, als wäre keine Haut dazwischen. Als sie seinen Nippel so steif hatte, wie es nur ging, machte die Herrin eine Klammer daran fest und wartete, bis der Schmerz voll zu ihm durchdrang. Sie wusste, was er als Erstes fühlen würde: Die Klemme würde ihm in die Haut zwicken und einen köstlichen Schmerz verursachen, und wenn die Blutzufuhr zur Brustwarze schließlich abgeschnitten war, würde sich eine leichte Taubheit einstellen.

Nachdem sie mit dem rechten Nippel ein ähnliches Spiel wie mit dem linken gespielt hatte, klemmte die Herrin auch dort eine Klammer an, um sich (und ihn) an einer zweiten Dosis Schmerz zu erfreuen. Als die zweite Klammer angefangen hatte, ihre Wirkung zu entfalten, ging sie zu etwas Besserem und Größerem über. Die Gewichte konnten warten.

Die Herrin nahm sich eine lange Latexschnur und wickelte sie unter seinen gesenkten Augen ab, damit er alles mitbekam und sich zitternd ausmalen konnte, was sie als Nächstes mit ihm vorhatte. Sie fand sein Keuchen, in dem sich Lust und Angst vermischten, höchst befriedigend. Dann befahl sie ihm, sich auf den Rücken zu legen und die Beine zu spreizen, und wickelte die Latexschnur fest um seinen üppigen Sack. Natürlich dehnte sich die Schnur dabei, und sie wusste genauso gut wie der Sklave, dass sie sich im Verlauf des Abends wieder fest zusammenziehen würde. Sie machte einen dicken Knoten und gab seiner gespannten Haut einen ordentlichen Klaps. Doch damit war die Herrin noch nicht fertig.

Mit einer zweiten Latexschnur beugte sie sich erneut über seine Weichteile. Dann fing sie an, seine harten Eier damit einzuwickeln, jedes einzeln, so dass beide voneinander getrennt wurden. Die Haut seiner dergestalt hervorgehobenen Klöten spannte sich glänzend, und die Härchen richteten sich auf. Die Herrin beugte sich hinüber zu ihrer roten Spielzeugkiste und holte einen Lederriemen mit einer Schnalle und eine Reihe von D-Ringen heraus. Sie zurrte den Riemen über der Latexschnur fest, die seine Eier umschloss, und hängte dann nach und nach die pfundschweren Angelgewichte daran auf. Jetzt war nur noch seine geschwollene, pulsierende Männlichkeit frei von Fesseln. Sie schlug sie mit der flachen Hand, so fest sie konnte, hin und her und lauschte seinem erregenden, befriedigenden schmerzerfüllten Stöhnen. Die Herrin lachte boshaft und erfreute sich an der Macht, die sie über ihn besaß.

Dann befahl sie ihm, aufzustehen. Sie wusste, dass das nicht nur schwierig werden würde, weil die Gewichte an ihm hingen, sondern auch erniedrigend. Die Herrin liebte solche Spiele. Als er schließlich stand, nahm sie ein Stück Nylonseil aus der Spielzeugkiste. Sie würde damit seine Männlichkeit einwickeln, so dass nur noch die Spitze herausragte. Als Erstes ließ sie eine Handlänge des Seils unten an seinem Schaft baumeln. Der Ausgangspunkt des Seiltricks war allerdings oben. Sie hielt das Seil an seine rote geschwollene Eichel und fing an, es direkt darunter um sein pulsierendes Ding zu wickeln. Sie wickelte bis hinab zu seinem Schaft, bis auch das kleinste Stückchen Haut bedeckt war, ohne etwas einzuklemmen. Als sie damit fertig war, nahm sie das Seilstück, das sie am Anfang hatte hängen lassen, und machte einen festen Knoten. Er sah so schön aus in seinem Gewand, dass sie ihn einfach noch ein bisschen weiter foltern musste.

Dann fielen ihr die magnetischen Gewichte wieder ein! Perfekt! Sie hängte eins nach dem anderen langsam an die Nippelklemmen, wobei sie manchmal mit der Anziehungskraft spielte, um eine herumbaumelnde Klemme hin und her zu bewegen. Dann hängte sie das Gewicht mit einer schnellen Bewegung an, was ihrem Sklaven jedes Mal einen herrlichen Seufzer entlockte. Doch er war ein braver Sklave. Die Herrin hatte ihn selbst ausgebildet, und er ertrug seine Folter äußerst tapfer.

Als Nächstes wies sie ihn an, mit hinter dem Kopf verschränkten Händen und nach außen gespreizten Ellbogen im Zimmer herumzulaufen und bei jedem Schritt das Knie bis an die Brust zu ziehen. Und wie er so auf ihren Befehl hin marschierte, hüpfte und schwankte sein Glied in seinem Seilkleid hin und her, die Angelgewichte klackten fröhlich aneinander und die magnetischen Gewichte zerrten unbarmherzig an seinen Nippeln. Die Herrin war im Paradies. Besonders gern hörte sie das Geräusch der zusammenschlagenden Gewichte. Auf seinem Gesicht zeichnete sich ab, welche Schmerzen er durchlitt, doch er gab keinen Laut von sich. Er war ein famoses Spielzeug und hatte sie gut unterhalten. Die Herrin beschloss, dass er eine Belohnung verdient hatte, bevor sie ihn wieder ins Verlies schickte.

Sie rief ihn zu sich und zeigte vor sich auf den Fußboden. Er fiel auf die Knie, und der Schmerz der baumelnden Gewichte stand ihm ins Gesicht geschrieben. Als Erstes befreite sie sein geschwollenes Glied von seiner Fessel. Es wackelte wie wild hin und her, während sie an dem Seil zog und nach und nach seine Haut wieder freilegte. Sie fand das höchst amüsant (weshalb sie es auch tat), und die Zappelei seines Gliedes brachte sie wirklich zum Lachen. Das Seil hatte auf seiner Haut tiefe Abdrücke hinterlassen, und auf seiner Eichel glitzerte ein winziges Tröpfchen klarer Flüssigkeit. Dann erlöste sie seinen linken Nippel, den sie als Erstes in die Klemme genommen hatte. Das zurückströmende Blut ließ ihn seufzen und stöhnen – Musik in ihren Ohren. Sie wartete ein paar Minuten, bis das Kribbeln begann, und fing dann an, zu dieser Musik mit seinem frisch enthüllten Nippel zu spielen. Selbst die leichteste Berührung ließ ihn seufzen, keuchen und stöhnen, und jeder Klaps entlockte ihm einen leisen Schrei. Die Herrin schwelgte in diesen Tönen. Als der eine Nippel weniger empfindlich wurde, wandte sie sich dem anderen zu und befreite ihn. Wieder ergötzte sie sich an seinem Seufzen und Stöhnen, und sie schenkte dem Nippel die gleiche Aufmerksamkeit wie dem ersten, bis auch er nicht mehr so empfindlich war. Sie war in Gönnerlaune, weil er sie so gut unterhalten hatte, und fand, eine Belohnung für seine guten Dienste sei angemessen.

Die Herrin befahl ihm, sich auf den Boden zu legen, und nahm ihm den Lederriemen mit den Angelgewichten ab. Dann befreite sie erst das eine, dann das andere Ei von der Latexschnur, und schließlich entließ sie auch seinen Sack aus seinen Fesseln. Der Sklave stöhnte auf, als die Taubheit aus seinen Genitalien wich. Die Herrin setzte sich und stocherte mit der Spitze ihres Stöckelschuhs an seinem Sack herum, während sie mit dem anderen Fuß sein steinhartes Glied bearbeitete, als wäre es ein Gaspedal. Der Sklave krümmte sich auf dem Boden vor Schmerz und verwandelte ihn in große Lust, so wie er es die ganze Zeit getan hatte. Es war Zeit für seine Belohnung. Natürlich wusste er, dass die Herrin ihre Sklaven gern auf Kommando kommen ließ, um auch hier noch ihre Macht über sie zu beweisen, und er war bereit, sich ihr zu fügen.

Sie fing langsam an zu zählen, wobei sie jede Zahl mit einem Tritt in den Sack unterstrich. Der Sklave hielt sich bis zurück, bis sie bei »zehn« war, wohl wissend, dass andernfalls eine schwere Strafe auf ihn wartete. Es konnten zwei Tage und Nächte im Verschlag sein, zwei Tage und Nächte im Sarg oder eine harte Auspeitschung durch ihre Assistentin. Er hätte nicht einmal das Vergnügen, dass die Herrin ihn persönlich züchtigen würde. Da es schon eine Weile her war, dass die Herrin ihn zuletzt benutzt hatte, und kein Sklave sich ohne ihre Erlaubnis und in ihrer Gegenwart berühren durfte, verzehrte er sich danach, zu kommen. Nach dem letzten Tritt bei der Zahl »Zehn« konnte sich die Herrin an einer vulkanischen Explosion erfreuen. Es war ein reichlicher Strahl seiner Perlensoße, wie sie es gerne nannte, und auf seinem Bauch und seiner Brust sah er aus wie funkelnde Schnüre. Über das Gesicht der Herrin spielte wahre Freude.

»Ich hatte dich beinahe vergessen. Du bist ein tolles Spielzeug. Ich werde dich wohl öfter herbestellen«, sagte die Herrin freundlich.

Der Sklave war überglücklich, als er das hörte. Er fühlte sich geehrt und gleichzeitig gedemütigt. Dann rief sie ihre Assistentin, damit sie ihn wegbrachte. Man würde ihm erlauben, sich zu waschen, bevor er wieder ins Verlies musste. Als er in dieser Nacht auf seinem Bett aus Stroh und einer Wolldecke schlief, träumte er von ihr, der Herrin, die tief in seine Seele geblickt und ihm gegeben hatte, was er am meisten fürchtete und wünschte.

Nadeln und Nägel

Die Herrin freute sich sehr auf das Treffen mit dem Männchen, obwohl sie ihn nicht besonders sympathisch fand. Sie mochte seine Szene und spielte sie mit Verve – und legte dabei mehr Sadismus an den Tag als bei den meisten ihrer männlichen Spielzeuge. Aber wie kam es, dass sie ihn nicht mochte und sich dennoch jedes Mal auf ihn freute? Sie konnte ihn nicht ausstehen, weil er im Rolls Roys vorgefahren kam und teure Schuhe von Bally trug, und sie wusste, dass das, was er anhatte, teurer war als die Session. Aber brachte er vielleicht einmal Blumen mit, und wenn auch nur den billigsten Strauß? Oder eine kleine Schachtel Pralinen? Oder fragte er jemals nach, ob sie Milch oder Zigaretten brauchte, wenn er zur vereinbarten Zeit aus der Telefonzelle um die Ecke anrief? Nein! Und dann hatte er auch noch den Nerv, jedes Mal über den Preis zu verhandeln, obwohl sie für seine Session spezielle Zutaten brauchte, die oft schwer aufzutreiben waren.

Warum also traf sie sich überhaupt mit ihm? Weil er ein Masochist wie aus dem Bilderbuch war, ein seltenes Pflänzchen, wie sich jede Herrin mindestens eines wünscht, und von denen es, wie jede versichern kann, viel zu wenige gibt auf diesem Planeten. Bei ihm gab es keine Rollenspiele, kein Betteln oder Kriechen, keine halbherzigen Schwüre grenzenloser Ergebenheit, keine idiotischen Wünsche, was die Kleidung angeht, keine albernen Crossdressing-Spielchen à la »beste Freundin«, keine Fummeleien und keine ungeschickten Dienstfertigkeiten, kein Schwanzvergleich in Sachen Willensstärke und Psychospielchen waren auch nicht nötig. Sie war Madame Sadist und er war das Objekt ihres Sadismus. Sie fingen gleich so an, wie sie auch weitermachen würden. Bei ihm konnte sie ihrem schlummernden Sadismus freien Lauf lassen, sie konnte so kalt, gemein und rücksichtslos gegenüber seinen Schmerzen sein, wie sie nur wollte. Ihrer Lust am Sadismus und an gemeinen Spielchen mit diesem männlichen Appendix auf zwei Beinen waren keine Grenzen gesetzt.

Als er eintraf (mit leeren Händen, wie immer), würdigte er ihre Garderobe keines Blickes. Er sagte kein Wort zu ihrem schwarzen Latex-Ballkleid mit dem geschnürten Rücken, ihren eleganten schwarzen Lacklederpumps oder ihren schwarzen Latexhandschuhen, die bis zum Ellenbogen reichten. Sie schwor sich, dass sie ihm irgendwann mal in Jeans, Pullover und Turnschuhen die Tür öffnen würde. Mal sehen, wie er dann reagiert! Als sie ihr Minimum an Höflichkeiten ausgetauscht hatten, versuchte er, einfach an ihr vorbei in die Kammer zu gehen. Die Herrin packte ihn am Arm und wies auf den silbernen Gabenteller. Er griff so zögernd nach seiner Brieftasche, als hätte sie ihm einen Haufen glühender Kohlen gezeigt, auf dem er barfuß tanzen sollte. Das Geld war schon zusammengefaltet, und er schickte sich an, weiterzugehen, doch sie kannte ihren Pappenheimer. Sie packte ihn erneut am Arm und zählte das Honorar vor seinen Augen – was sie bei ihren anderen Stammkunden niemals tun würde. Doch er hatte sie schon einmal betrogen, weshalb sie nun immer erst das Geld prüfte, bevor er in die Kammer durfte. Sie ließ ihn im Foyer stehen und brachte das Geld ins Schlafzimmer, dann erst führte sie ihn ins Verlies.

Dort zog er seine Kleider aus, während die Herrin auf ihrem Thron saß. Immerhin befolgte er ihre Vorschrift, dass keine Kleidung auf dem Boden liegen durfte, und legte sie ohne weitere Anweisung von selbst in einem hübschen Stapel in die Ecke. Das Licht schimmerte schwach, und aus den Lautsprechern kam leise exotische Musik, die nach Nahem Osten klang. Der medizinische Untersuchungstisch mit dem elektronischen Pedal zum Hochfahren des Kopfteils stand bereit, er war frisch bezogen mit weißem Papier, das an den Seiten eingeschlagen und mit Klebeband auf der Unterseite befestigt war. Ein Stapel schwarzer Handtücher lag in Griffnähe, zusammen mit einem Erste-Hilfe-Koffer und einem blutstillenden Stift. Eine Schublade mit einer großen Schachtel OP-Handschuhe und allem, was sie sonst an Spezialwerkzeug brauchen würde, stand gerade so weit offen, dass er einen Blick auf den Inhalt erhaschen konnte. Ein großer, schwerer Holzstuhl und ein Tisch mit einer Tischdecke erregten seine Neugier. Beides hatte bislang nicht in der Kammer gestanden, doch er sagte nichts dazu. Umso besser, dachte sie, so würde ihn das, was sie später noch mit ihm vorhatte, noch mehr schockieren. In ihrem tiefsten Innern strahlte die Herrin vor sadistischer Freude, und sie wusste, dass man es in ihren Augen funkeln sah, doch er sah sie ja nicht einmal an.

Als er splitternackt vor ihr stand, betrachtete sie ihn mit kaum verhohlener Abscheu. Er hatte Übergewicht, aber zumindest hing sein Bauch nicht so weit herunter, dass er seine Genitalien bedeckte. Die Herrin erhob sich von ihrem Thron, schritt voran zum Untersuchungstisch und wies ihn mit einer Geste an, sich draufzulegen. Sie lachte erniedrigend laut, als sie sah, wie schwer er sich damit tat, auf den Tisch zu klettern, aber dick wie er war, hatte er das auch verdient. Dann hatte er sich endlich in Position gebracht, die Füße in den Bügeln, die Knie weit gespreizt. Sie ließ ihn dort so schutzlos liegen und suchte sich eine Peitsche aus der großen Sammlung aus, die sich hinter ihr an der Wand befand. Sie entschied sich für ein fieses, kleines Ding: Sie war kurz und hatte zahlreiche Striemen aus dünner Latexschnur mit schräg abgeschnittenen Enden, mit der man ordentlich zuhauen konnte. Wie gemacht für seine Genitalien! Er brauchte keine Aufwärmrunde, weshalb sie die Peitsche gleich schön kräftig auf ihn niedersausen ließ.

Der erste Schlag ließ ihn vor Schmerz aufjaulen. Er hatte zwar ein Safewort, doch das hatte er noch nie benutzt. Sie machte also munter weiter und ließ die Peitsche hart auf seinen Sack und seinen Penis klatschen, bis ihr richtig warm in ihrem Latex wurde und es ordentlich quietschte. Himmlisch! Einem Vollblut-Masochisten Schmerzen bereiten und gleichzeitig auch noch einen guten Quietschfaktor haben! Sie fühlte sich schon viel besser, und die Party hatte gerade erst angefangen.

Die Herrin amüsierte sich mit jeder Sekunde mehr. Grob stieß sie seine Beine auseinander, erklomm dann den Tisch und kniete sich, die Peitsche in der Hand, dazwischen. Dieses Mal hatte sie es auf seine Männertitten und seine Nippel abgesehen. Da er Übergewicht hatte, sahen seine Titten eher aus wie große, schwere Brüste. Seine Nippel dagegen waren das reinste Vergnügen. Weder klein und schüchtern noch winzig oder nach innen weisend, reckten sie sich stolz in die Höhe und gaben hervorragende Ziele ab. Sie machte sich mit dem gleichen Eifer über sie her, mit dem sie auch seine Genitalien bearbeitet hatte, und schon bald ließ sie vor lauter Aufregung die Peitsche fallen und bearbeitete ihn mit den Händen. Sie klatschte seine Männertitten, so hart sie konnte, mit Vor- und Rückhandschlägen, manchmal eine nach der anderen, manchmal beide gleichzeitig, wie es ihr gerade gefiel. Sie zwickte ihn langsam in die roten Nippel und stellte sich vor, sie seien Berge, zwischen denen sie zermalmt werden könnte. Als sie schließlich fertig war, sahen Nippel wie Genitalien ziemlich mitgenommen aus.

Auch wenn die Herrin sehr genoss, was sie da tat, war es doch Zeit, ans Eingemachte zu gehen. Nachdem sie anmutig vom Tisch gestiegen war, nahm sie ein paar von den schwarzen Handtüchern und legte sie unter seine Genitalien. Dann stellte sie sich an die Kopfseite des Tisches, um ihm ins Gesicht zu sehen. Sie griff sich noch ein paar Handtücher und schob sie ihm im Bereich seiner Nippel unter den Brustkorb, wobei sie darauf achtete, dass eine Hälfte eines Handtuchs unter ihm lag, und die andere Hälfte an seiner Seite zusammengestopft war. Er würde vielleicht bluten, und sie wollte keine Sauerei auf ihrem Tisch oder auf dem Orientteppich. Die Handtücher würden das Blut aufsaugen, das

Papier würde den Tisch schützen, und der Tisch konnte hinterher gründlich desinfiziert werden. Sie lehnte sich über ihn und blickte ihm in die Augen, doch sie sagte nichts. Mit einer Hand griff sie nach unten und öffnete die einen Spalt weit offene Schublade so weit, dass sie ihr zwei Paar OP-Handschuhe entnehmen konnte. Sie warf ihm die Handschuhe auf die Brust und zog sie dann mit einem Schnalzen über ihre schwarzen Latexhandschuhe.

Mit einem kalten Lächeln griff sie erneut nach unten und holte eine Zwölferpackung einzeln verpackter Einweg-Insulinspritzen hervor. Er stöhnte laut auf und warf den Kopf hin und her, doch sie wusste, dass er ihr damit lediglich seine Angst und seine Erregung zeigte, und dass die Nadeln genau das waren, was er wollte. Sie breitete die Nadeln auf seiner bebenden Brust aus und nahm dann eine Augenbinde von einem Haken in der Wand, wobei sie darauf achtete, dass er dabei einen tiefen Blick in ihr Dekolletee erhaschen konnte, bevor sie ihm die Augen verband. Es war Teil scines Masochismus: zu wissen, dass sie ihn mit Nadeln stechen würde, ohne zu sehen, wohin die nächste Nadel ging. Als sie ihm die Augen verbunden hatte, tat die Herrin, was zu tun war. Sie drehte das Licht so hell es nur ging und nahm eine Lesebrille aus einer Schublade des Untersuchungstisches. Er würde jetzt ihr hübsches Gesicht in Erinnerung haben, gerahmt von kastanienbraunem Haar, und ihre großartigen Brüste, die fast aus ihrem schwarzen Latexkleid platzten. Die Herrin hatte keinen Grund, ihren Zauber zu zerstören, indem sie ihn von dem grellen Licht und der Lesebrille wissen ließ. Außerdem war beides unentbehrlich für das, was nun folgte.

Sie strich ihm mit den Fingernägeln über die Brust, nahm die Nadeln in die Hand, riss eine davon heraus und ließ den Rest wieder auf ihn fallen. Sie hielt die Nadel neben sein Ohr und riss das Papier auf. Das Geräusch ließ ihn laut aufstöhnen. Es war eine der Sachen, die ihn scharf machten, auch wenn er nie einen Ständer bekam. Der Herrin war es egal, ob er eine Erektion hatte oder nicht. Für sie war er ihr Nadelkissen, und diesen Zweck erfüllte er recht gut. Sie nahm sich zuerst den linken Nippel vor, da sie ohnehin auf dieser Seite des Tisches stand. Sie zog ihn so weit nach oben, wie sie konnte, und tastete mit den Fingerspitzen nach dem Nerv, da sie diesen nicht treffen wollte. Trotz der ganzen Handschuhe war es leichter, als es aussah, denn sie hatte eine Menge Übung. Sie schob den Nerv mit Daumen und Zeigefinger zur Seite, dann stieß sie ihm die Nadel durchs Fleisch, bis zum Anschlag mit dem blauen Plastikröhrchen, mit dem man die Nadel an eine Spritze anschließen konnte.

Wie immer war sein Stöhnen Musik in ihren Ohren. Sie riss noch eine Verpackung auf und rammte ihm die zweite Nadel durch den Nippel, dann eine dritte, eine vierte, eine fünfte und eine sechste, kreisförmig angeordnet. Mit jeder Nadel, die sie in seine ohnehin schon wunde Brust stieß, stöhnte er öfter und lauter. Als sie fertig war, bildeten die blauen Röhrchen ein hübsches Speichenmuster, auf das sie richtig stolz war. So stolz, dass sie ihre Sofortbildkamera holte und ein Foto von ihrem Kunstwerk machte (wobei sie darauf achtete, sein Gesicht nicht mit drauf zu bekommen). Und weiter ging's zum zweiten Nippel! Sie ging um den Tisch herum zur anderen Seite, um besser an ihn ranzukommen. Wie schon zuvor zog sie den Nippel weit nach oben, ertastete den Nerv, umging ihn und machte sich begeistert ans Werk. Die Herrin war sehr darauf bedacht, dass sie mit dem rechten Nippel genau das gleiche Muster schuf wie mit dem linken. Dann machte sie zwei weitere Fotos: eines nur von der rechten Brustwarze und eines von beiden zusammen. Brav spuckte die Kamera die Bilder aus, und sie legte sie zum Entwickeln zur Seite.

Während sie lächelnd ihre hübschen Rädchen betrachtete und sich an seinem unablässigen, tiefen Stöhnen erfreute, überlegte sie, was sie mit seinem Penis anstellen konnte, das ähnlich kunstvoll war wie ihr Werk an seinen Nippeln. Die Herrin entschied sich für einen deutlichen Kontrast zwischen Brust und Penis: Anstelle eines kreisförmigen Musters, so ihr Gedanke, dürfte eine geradlinige Anordnung der Nadeln sehr hübsch sein, bei der die blauen Röhrchen mal nach links, mal nach rechts zeigten. Sie öffnete die Schublade und holte zwei Zwölferpackungen Nadeln heraus. Da sie die Kapillaren in seinem Penis verschonen wollte, holte sie die Stehlampe näher heran, um mehr Licht zu haben. Sie wusste, dass sie dennoch ein paar treffen und ein bisschen Blut fließen würde. Wer hätte gedacht, dass diese winzigen Äderchen so stark bluten konnten? Aber dafür waren ja die Handtücher da, und sie erfüllten ihren Zweck sehr gut.

Die Herrin stand zwischen seinen Beinen, die noch immer in den Bügeln steckten, und fing am oberen Ende seines Schaftes an. Sie zog die oberste Hautschicht nach oben, schob die erste Nadeln hinein und war hochzufrieden, als sie einen erstickten Schrei ihres Sklaven vernahm. Sie schnappte sich die Fernbedienung und drehte die Musik auf, für den Fall, dass er noch lauter werden sollte. Doch die echte Musik für sie waren seine Schreie. Schnell riss sie die nächste Verpackung auf, zog wieder etwas Haut hoch und stieß die zweite Nadel in entgegengesetzter Richtung hindurch. Die dritte ging in derselben Richtung wie die erste durch seinen Schaft, die vierte genauso wie die zweite und so weiter, bis sein Penis von oben bis unten mit 24 Nadeln mit blauen Enden verziert war. Sie war ausgesprochen zufrieden mit der Präzision und Ästhetik ihrer Arbeit und mit dem hübschen Kontrast zwischen den Speichenrädchen auf seinen Nippeln und dem Längsmuster der Nadeln auf seinem Glied. Dann machte die Herrin ein Foto, auf dem nur der Schaft zu sehen war, und eines, auf dem man Schaft und Nippel zusammen sah.

Doch es gab noch mehr zu tun: Sie musste dieses Wesen, das in freiwilliger Hilflosigkeit auf ihrem Tisch lag, noch weiter foltern und quälen. Bevor sie ihn mit dem Fußpedal in eine sitzende Haltung brachte, konnte sie dem Drang nicht widerstehen, mit den Fingern auf die Nadeln zu schnipsen, die aus seinen Brustwarzen ragten. Zunächst tippte sie nur sanft daran, doch sein Stöhnen versetzte sie in Erregung und stachelte sie an, und sie schnippte fester und fester, bis er schließlich beinahe schrie, als sie es roh auf beide Brustwarzen gleichzeitig schnalzen ließ. Sie wusste, wann es Zeit war, aufzuhören. Sie wollte nicht, dass er sein Safewort benutzte und ihr damit den Spaß verdarb (und, was noch wichtiger war, die Überraschung am Schluss vermasselte). Sie holte ein weiteres Dutzend Nadeln aus der Schublade an der Seite des Tisches und entnahm einer zweiten Lade ein fünf Zentimeter dickes quadratisches Stück Styropor mit einer Seitenlänge von 20 Zentimetern. Dann befahlt sie ihm, die Füße aus den Bügeln zu nehmen. Anschließend betätigte sie das Pedal und brachte ihn in eine sitzende Haltung.

Die Herrin ging zurück ans Fußende des Tisches, zog einen kleinen Ärzte-Drehstuhl heran und setzte sich. Sie legte das Styropor behutsam unter sein Skrotum und über die Handtücher, dann platzierte sie seine Schenkel und Hinterbacken darüber, so dass sie es an Ort und Stelle hielten. Anschließend breitete sie seinen großen und recht schlabberigen Hodensack auf dem Brettchen aus. Sie nahm sich eine Minute Zeit, um seine geräderten Nippel und den Schaft mit seinem Rechteck-Muster zu betrachten, und fragte sich, was wohl die beste Ergänzung für beides wäre. Plötzlich hatte sie eine Idee, die ihr sehr gefiel. Für diesen Plan hätte sie jeden anderen Sklaven fesseln müssen, doch bei dem hier konnte sie sich die Mühe sparen. Er würde die Schmerzen haben, nach denen es ihn dürstete und die der Hauptgrund waren, weshalb er zu ihr kam. Und sie würde bekommen, was ihr so große Freude bereitete, obwohl er selbst sie nicht interessierte.

Die Idee der Herrin bestand darin, sein Skrotum in einem wechselhaften Muster auf das Styroporbrett zu nadeln, das an eine Sternenexplosion erinnerte. Damit »die Sache« am Ende aufging, zog sie seinen Hodensack links und rechts so weit auseinander, wie es ging, und rammte auf beiden Seiten eine Nadel in die Haut, bis hinab zum blauen Röhrchen. Er hätte fast laut aufgeschrien, aber wenn man das »Eingemachte« des Hodensacks, die »Eier«, verschont, ist die Haut darum herum gar nicht sonderlich empfindlich. Sein Beinahe-Schrei war daher eher einer des Erstaunens als des Schmerzes, was aber nichts daran änderte, dass sie sich sehr darüber freute. Dann zog sie auf beiden Seiten die Haut etwa zwei Zentimeter weniger weit nach außen als an den überdehnten Stellen. Er stöhnte und jammerte weiter und warf dabei den Kopf hin und her. Doch sie wusste, dass er den Schmerz im Kopf übersteigerte, dass die ganze Prozedur zwar schmerzhaft war, aber nicht so schmerzhaft, wie er tat. Er spielte ein Psychospielchen mit sich selbst, und sie ließ ihn gewähren. Es machte ihr selbst ja auch Spaß und kam ihren Wünschen nicht in die Quere.

Sie steckte die Nadeln also abwechselnd in überdehnte und in um zwei Zentimeter weniger gedehnte Haut, und im Handumdrehen hatte sie sein Skrotum mit dem Sternenmuster versehen. Sie hielt inne, um ihr Kunstwerk zu bewundern, und machte weitere Fotos. Dieses Mal knipste sie den Sack allein, dann den Sack mit Penis und schließlich den gesamten Torso mit allen drei Werken ihrer »Spitzenstickerei«. Jetzt waren in der Kamera noch zwei Aufnahmen übrig, und die sparte sie sich für das große Finale auf: die Überraschung mit dem Holzstuhl.

Es wurde Zeit, die Augenbinde abzunehmen, doch davor nahm sie ihre Brille ab, dimmte das Licht auf die ursprüngliche Helligkeit, schob den Drehstuhl aus dem Weg, räumte den Plastik- und Papiermüll der Nadelverpackungen beiseite, warf die befleckten Handtücher in eine Plastiktüte und verstaute diese in einer schwarzen Kiste, um ihren Inhalt später dann zu waschen.

Dann erst baute sie sich vor ihm auf, nahm ihm die Augenbinde ab und begrüßte ihn mit nahezu demselben Anblick, den sie ihm geboten hatte, bevor sie ihm die Sicht nahm. Er blickte an sich herab auf ihr Werk und schnappte laut nach Luft. Es war beeindruckend, und die Herrin hatte ganze Arbeit geleistet und kaum eine dieser verflixten Kapillaren angestochen, weshalb kaum Blut geflossen war. Behutsam berührte er seine beiden Brustwarzen und verzog das Gesicht. Dann beugte er sich nach vorn, um seinen gepiercten Schwanz und schließlich auch die Sternenexplosion seines Sacks auf dem Styroporbrett zu betrachten.

»Oh Gott! Oh Herrin, wie wunderschön!«, rief er so begeistert und voller Leidenschaft, wie ihn die Herrin noch nie gehört hatte.

Sie sammelte die inzwischen völlig entwickelten Fotos zusammen und gab sie ihm, woraufhin er erneut ausrief und anfing, sie mit den echten Kunstwerken vor seinen Augen zu vergleichen. Die Herrin überließ ihn seiner Freude und ging zu ihrem Erste-Hilfe-Koffer, nahm heraus, was sie brauchen würde, holte ein paar frische Handtücher (für alle Fälle) und die kleine rote Sondermüllschachtel und den Blutstillstift. Es war Zeit, die Nadeln zu entfernen und zu ihrer Überraschung zu kommen, auf die sie schon mit Spannung wartete.

Als sie fand, dass er sich und ihr Werk lang genug bewundert hatte, nahm sie ihm die Bilder ab und legte sie zur Seite. Die Letzten sollen die Ersten sein, sagte sie sich, und beschloss, den Sack als Erstes zu befreien und sich dann zu seinen Nippeln vorzuarbeiten. Ihre Entscheidung hatte auch damit zu tun, dass sein Sack eher bluten würde als sein Schaft oder seine Nippel, und so hätte der Blutstillstift möglichst viel Zeit, seinen brennenden Zauber zu entfalten. Sie zog den Drehstuhl wieder heran zwischen seine Beine und legte ihre Ausrüstung auf eine Ablage, die man unter dem Tisch hervorziehen konnte. Dann fing sie an, die Nadeln eine nach der anderen herauszuziehen, wobei sie erst die kürzeren nahm, damit die längeren noch länger schmerzen konnten. Dabei tupfte sie jede Wunde mit Alkohol ab, um sie zu desinfizieren, und wenn eine blutete, tupfte sie den Alkohol wieder weg und trug etwas von dem Blutstillstift auf. Zu ihrer großen Freude sah sie sich »gezwungen«, den Stift auf drei der ersten sechs Nadelspuren anzuwenden und sich sein Kreischen anzuhören, während der Stift in der Wunde brannte und den Blutfluss unterband. Weitere drei Anwendungen des so grausamen Stiftes wurden nötig, als sie die letzten sechs Nadeln aus seinem Sack entfernte, und wieder war sie zutiefst befriedigt, als sie sein Kreischen vernahm.

Dann war es Zeit, die Nadeln aus seinem Schaft zu ziehen. Sie wies ihn an, seinen Penis fest an seinen gewölbten Bauch zu drücken, während sie eine Nadel nach der anderen entfernte, wobei sie den Moment und damit seinen Schmerz und ihr Vergnügen in die Länge zog. Mehr als ein Mal hätte er seinen Penis beinahe losgelassen, doch auf ein harsches Wort von ihr (oder zwei) hielt er ihn weiterhin fest wie befohlen. Schließlich war auch die letzte Nadel herausgezogen, und sie hatte nur vier Mal Gelegenheit gehabt, den fiesen Stift zu benutzen. Na ja, sagte sie sich, vier Mal ist besser als nichts, und das Beste, der Holzstuhl (den er anscheinend völlig vergessen hatte), stand ja noch bevor. Sie erhob sich, um die Nadeln aus seinen Brustwarzen zu ziehen, was sich als etwas blutiger erwies als das bisherige Prozedere. Wegen des tollen Schauwerts ließ sie das Blut in kleinen Rinnsalen über seinen vollgestopften Bauch laufen, bevor sie etwas unternahm, um ihn zu säubern und das Blut zu stoppen. Er fing an zu schreien, sie möge ihm doch helfen und seinen Qualen ein Ende bereiten.

»Weichei«, sagte sie laut, doch in einem Ton, der ihn glauben ließ, sie spreche mit sich selbst. »Was für ein Masochist wünscht sich so eine Behandlung und rastet dann aus, wenn er ein bisschen Blut sieht?« Sie lachte laut auf, bevor sie sich um ihn kümmerte. Was würde er wohl von dem Stuhl halten? Bald würde sie es erfahren, und sie fieberte dem Moment mit sadistischer Vorfreude entgegen. Sie ließ ihm ein paar Minuten Zeit, um sich zu sammeln, und räumte währenddessen die befleckten Handtücher, die kleine rote Schachtel mit gebrauchten Nadeln, den Alkohol und die benutzten Wattebällchen fort.

Als die Herrin das alles erledigt hatte, half sie ihrem übergewichtigen Sklaven vom Tisch herunter, nahm ihn bei der Hand und führte ihn zu dem hölzernen Stuhl. Sie richtete ihn sorgfältig darauf aus und achtete besonders darauf, dass sein Sack komplett auf der Sitzfläche auflag. Er ließ eine gewisse Neugier durchblicken, sagte aber nichts, weshalb auch sie schwieg. Als Erstes umwickelte sie seine Arme mit schwarzen Handtüchern und fixierte die Handtücher mit Klebeband. Dann spreizte sie seine Knie weit auseinander und machte das Gleiche mit seinen Knöcheln und den Stuhlbeinen. Jetzt blickte er doch etwas neugieriger drein. Das war etwas völlig Neues für ihn. Als Nächstes nahm sie vier kurze Ketten, an deren einem Ende sich jeweils ein Karabinerhaken befand. Diese Ketten wickelte die Herrin fest um seine Handgelenke und Knöchel. Sie hatte sich nicht verschätzt, sie passten perfekt über die Handtücher und boten nur ein Minimum an Spielraum, ohne dass man sich aus ihnen befreien konnte. Inzwischen standen ihm Überraschung und Furcht deutlich ins Gesicht geschrieben, doch sie hatte noch ein weiteres Utensil an ihm anzubringen, bevor es weitergehen konnte.

Der rote Ballknebel hing an der Wand hinter ihr, dicht unter dem mit einem Tuch bedeckten Tisch neben dem Stuhl. Sie drückte ihn sanft in seinen Mund. Weniger sanft dagegen zurrte sie die beiden Lederriemen mit einem harten Ruck fest und sorgte dafür, dass der Knebel stramm saß. Dann band sie die Enden zusammen.

»Hör mir zu«, sagte sie beiläufig und drückte ihm ein rotes Bandana in die rechte Hand. »Wenn du ein Problem hast, lässt du dieses Stirnband sofort fallen, verstanden?« Er nickte.

Mit einer dramatischen Geste, der sie einfach nicht widerstehen konnte, riss die Herrin das Tuch vom Tisch, wie ein Zauberer, der seine »zersägte Frau« enthüllt. Er warf einen Blick auf den Tisch und riss die Augen auf, bis sie ihm fast ausfielen. Es befanden sich nur zwei Objekte auf dem Tisch: ein Hammer und eine kleine Schüssel mit Desinfektionslösung mit einem langen, drei Millimeter dicken Nagel, den sie persönlich abgekocht und angespitzt hatte. Sein Blick wanderte zu ihr, dann auf den Tisch und wieder zurück zu ihr, doch das Bandana blieb in seiner Hand. Vielleicht kapierte er noch nicht, was sie mit ihm vorhatte, doch das würde er gleich herausfinden. Sie hoffte inständig, er würde das Tuch nicht loslassen. Sie hatte sich seit Ewigkeiten auf diesen Moment gefreut!

Als Erstes nahm sie den Nagel in die Hand und hielt ihn ihm unter die ungläubigen Augen. Sie wollte das unbedingt durchziehen, auch wenn sie wusste, dass es etwas Neues für ihn war. Ihn nicht im Voraus einzuweihen war riskant gewesen. Das rote Bandana war noch immer in seiner Hand, auch wenn er es nun nervös und krampfhaft festhielt. Dann nahm sie langsam den Hammer in die andere Hand. Es war kein großer, fieser, hässlicher, alter Hammer. Er war frisch aus der Fabrik, genauso wie der sterile Nagel: klein und damenhaft. Die Herrin wollte nichts, was großartig hin und her schwingen würde, wenn sie den Nagel einschlug. Im Grunde hatte sie größere Angst davor, sich auf die Finger zu hauen und sich zu blamieren, als vor dem, was sie mit ihm vorhatte!

Während sie weiterhin den Hammer in der einen und den Nagel in der anderen Hand hielt, blickte sie mit Nachdruck auf seinen Hodensack, dann sah sie ihm in die Augen, bis sie sich sicher war, dass er verstanden hatte. Ein leichtes Nicken gab ihr zu verstehen, dass sie weitermachen sollte. Auf seiner Braue sammelten sich Schweißtropfen. Sie kniete sich vor ihn hin, zog seinen Sack in der Mitte nach unten und dehnte ihn so weit, wie es nur ging. Dann setzte sie den Nagel weit genug entfernt von den weiß geflockten Spuren des Blutstillstiftes an. Sie sah ihn erneut an und warf einen Blick auf die Hand, die sich in das Bandana krallte. Zu ihrer großen Freude fand sie in seinen Augen Zustimmung und in der Hand noch immer das Tuch. Sie ließ den Hammer in sechs schnellen Schlägen niedersausen und jagte den Nagel durch seinen Sack direkt in das harte Holz des Stuhls. Sie hörte ihn hinter dem Knebel angsterfüllt schreien, dann ging seine Brust schwer auf und ab, während er nach Atem rang. Er blickte auf sein Skrotum herab und konnte die Augen nicht abwenden: festgenagelt an den Stuhl. Das Bandana hielt er noch immer in der Hand, Gott segne sein masochistisches Herz.

Die Herrin fragte sich, ob ihm bewusst war, dass »rein« auch »wieder raus« bedeutete, und dass sie dazu die Klaue des Hammers benutzen musste. Sie überließ ihn eine Weile der Betrachtung seiner selbst, damit er sich von seinem schwachen Schock erholen und realisieren konnte, dass es nicht annähernd so wehtat, wie es aussah. Die weißen Flecken des Blutstillstiftes hatten ihr dabei geholfen, alle Kapillaren in seinem Sack zu meiden – und natürlich seine kostbaren Eier. Noch gab es kein Blutvergießen, nur den furchteinflößenden Nagel, der sein Skrotum auf dem Holzstuhl fixierte.

Nach ein paar Minuten holte sie ihre Erste-Hilfe-Sachen an den Stuhl. Sie machte die Halsabschneider-Geste mit dem Daumen, der über die Kehle glitt, um ihm zu signalisieren, dass es Zeit war, den Nagel herauszuziehen. Er nickte, und sie zeigte ihm die andere Seite des Hammers mit der Klaue daran. Wieder schienen seine Augen beinahe herauszufallen, als ihm dämmerte, dass es keine andere Möglichkeit gab, den Nagel zu entfernen, doch hatte er eine Wahl? Entweder wurde das Ding mit der Klaue gezogen oder er blieb für immer an diesen Stuhl genagelt! Zögernd und mit mehr echter Angst, als er je zuvor gezeigt hatte, gab er mit einem Nicken zu verstehen, dass er bereit war.

Die Herrin platzierte den Hammerkopf auf dem Stuhl und hielt ihn mit einer Hand fest. Ihr Plan war, den Nagel mit einer einzigen fließenden Bewegung herauszuziehen, damit sie sofort das Blut stillen und ihn so schnell wie möglich aus seinen Fesseln befreien konnte. Mit dem Hammer in der Hand sah sie zu ihm hoch, ob er bereit war. Er nickte. Sie hatte das Herausziehen mit zwei Lagen Sperrholz geübt und es so lange probiert, bis sie den Nagel zwanzig Mal hintereinander elegant herausbekam. Rasch setzte sie die Hammerklaue unter dem Nagelkopf an, drückte den Hammerkopf gegen den Stuhl und zog. Ihre Übung machte sich bezahlt. Der Nagel kam schnell und problemlos mit einem Zug heraus.

Er schrie, und zwar richtig, doch daran, wie er seinen Kopf hängen ließ, konnte sie erkennen, dass es kein Schrei aus unerträglichem Schmerz war, sondern ein Schrei der Erlösung. Rasch säuberte sie die Wunde auf beiden Seiten mit Betadine und tupfte großzügig ein dreifach antibakterielles Mittel darauf. Dann legte sie vorsichtig ein dickes Stück sterilen Verbandsmull auf die Vorder- und Rückseite. So schnell ihre Finger flitzen konnten, befreite sie ihn aus seinen sanften und doch sehr wirkungsvollen Fesseln, zuerst an den Knöcheln (damit er die Beine schließen konnte, wenn er wollte), dann an den Händen. Sie nahm ihm den Knebel aus dem Mund und sagte ihm, er solle sie rufen, falls er sie brauche. Anschließend verließ sie leise den Raum und gab ihm etwas Zeit für sich allein.

Sie saß am Esszimmertisch, noch immer in ihrem Latexkleid, doch ohne die OP-Handschuhe, und genoss eine Entspannungszigarette und ein Glas Eistee, als er wieder vollständig angezogen aus der Kammer kam. Sie erhob sich, ging auf ihn zu und sah ihm tief in die Augen, bevor sie ihn zur Tür begleitete. Sie sah darin eine tiefe Befriedigung und war überrascht, als er plötzlich ihre Hand an seine Lippen führte und sie küsste.

Als er das nächste Mal kam, schenkte er ihr zwei Dutzend langstielige Rosen.

Eine Rasur für Schnarchi

Die Herrin erhielt einen Anruf von einem Gentleman aus dem Süden, der aus seinem Heimatstaat Texas gekommen war, um ihrer Stadt einen Besuch abzustatten. Dieser Gentleman sprach langsam und schleppend über seinen Fetisch, ein Rasurritual, das er am nächsten Tag durchspielen wollte. Er hatte keine großen Anforderungen: Die Herrin solle doch bitte Latex tragen, und die Session solle in einem Untersuchungszimmer stattfinden, aber ohne Doktor- oder Krankenschwester-Unterton. Die Herrin freute sich über das Szenario, denn sie hatte den perfekten Raum für seine Fantasie und sie spielte nicht gerne Doktorspielchen. Die Kammer, die sie dafür im Sinn hatte, besaß ein angrenzendes Badezimmer, einen alten Rollstuhl, einen Boden mit Stahlverkleidung, eine Krankentrage, einen Gynäkologentisch, einen Arztstuhl, einen Glasschrank voller beängstigender Gerätschaften und, das war das Allerbeste, eine voll verspiegelte Decke. Er war während ihres Gesprächs so nett und entspannt, dass sie ihn »Schnarchi« nannte. Sie fand das sehr lustig, weil die Beschreibung, die er von sich abgab, das genaue Gegenteil von diesem Spitznamen war: Mit einem Meter neunzig und 110 Kilo war dieser 63-jährige blauäugige Texaner ein Riesenschlacks und hatte keinerlei Ähnlichkeit mit einem der Sieben Zwerge.

Er hatte die Herrin zwar nicht um weiße Kleidung gebeten, doch war sie der Ansicht, dass zumindest einige weiße Sachen dem Anlass sehr angemessen wären. Nichts, was sie an weißem Latex hatte, erinnerte auch nur im Entferntesten an eine Schwesternuniform oder einen Arztkittel – sie besaß einen Catsuit, Ballkleider und weiße Blusen. Sie entschied sich für etwas, das sie erst kürzlich geschenkt bekommen hatte: eine weiße Rollkragenbluse mit einem Reißverschluss vorn, eine rote Korsage und einen bodenlangen engen Rock mit zwei Reißverschlüssen auf der Rückseite. Ellbogenlange schwarze Latexhandschuhe und einfache schwarze Lacklederpumps rundeten ihr Outfit ab – aber nicht ihren Look. Da sie etwas kurzsichtig war, steckte sie ihr kastanienbraunes Haar hoch, um es aus dem Gesicht zu halten, und setzte ihre Brille mit den großen Gläsern auf, die sie definitiv brauchen würde bei der anstehenden Präzisionsarbeit. Sie wollte schließlich niemanden beim Rasieren schneiden, noch dazu an so empfindlichen Stellen.

Schnarchi erschien pünktlich zur verabredeten Zeit und überreichte ihr eine Kilo-Schachtel mit Godiva-Schokolade. Wie reizend! Nur noch wenige Sklaven hatten heutzutage solch gute Manieren (Anspruchsdenken war weitaus verbreiteter als Manieren oder kleine Aufmerksamkeiten), aber, so dachte sie, Südstaaten-Gentlemen sogen die guten Manieren schließlich mit der Muttermilch auf. Ihre ungehobelten Kollegen aus dem Norden, die so gut wie keine Manieren hatten, verschwendeten viel wertvolle Zeit einer Herrin, weil diese ihnen erst einmal die Manieren beibringen musste, die sie eigentlich schon seit der Kindheit beherrschen sollten. Einem Gentleman aus dem Süden würde die Herrin nicht in endlosen Stunden Dinge beibringen müssen, die er bereits kennen sollte. Sie freute sich jetzt schon auf Schnarchi.

Sie winkte ihn herein und führte ihn in ihr Untersuchungszimmer. Sie hatte alles vorbereitet und eine Schere, einen Stapel großer, flauschiger Handtücher, mehrere Einwegrasierer, ein vier Meter langes Seil und ein Stück Cremeseife bereitgelegt. Sie benutzte nie Rasiercreme, weil sie erstens den Geruch nicht ausstehen konnte und Rasiercremes zweitens Kampfer enthielten, der Hautreizungen verursachen konnte, besonders bei Menschen mit heller Haut. Außerdem war mit einem Stück Seife auch die Reinlichkeit sichergestellt. Während sie den Flur entlanggingen, stellte sie amüsiert fest, wie verschieden groß sie waren, und wie grobschlächtig und raumgreifend er sich im Vergleich zu ihrem anmutigen Gang bewegte. Als er den Raum betrat, ließ sie ihm einen Moment, um alles auf sich wirken zu lassen. Nachdem er jeden einzelnen Gegenstand in Augenschein genommen hatte, zeigte sie zur verspiegelten Decke hinauf. Der letzte Ort, auf den die Leute achteten – falls sie überhaupt nach oben sahen. Ein Grinsen zog sich von einem Ohr zum anderen über sein Gesicht, als ihm klar wurde, dass er dadurch alles würde mit ansehen können. Dann setzte sie sich auf die Krankentrage und ließ ihn das Auszieh- und Inspektionsritual exerzieren, was er offenbar mit Vergnügen tat, im Gegensatz zu manchen anderen Fetischisten. Aber irgendwie musste sie die schließlich aus ihren Kleidern bekommen! Wenn man sie sich selbst überließ, waren sie völlig hilflos, und als Herrin war es ihr gutes Recht, ihre Macht über sie zu demonstrieren. Das Auszieh- und Inspektionsritual eignete sich ganz wunderbar, um ihre Autorität zu festigen.

Nachdem Schnarchi ausgezogen und inspiziert war, ließ sie ihn hinknien und die folgenden Worte nachsprechen: »Ich, der Fetischist Schnarchi, bitte die Herrin ergebenst, meine Genitalien von Körperhaar zu befreien. Ich flehe sie an, alle Haare in meinem Schritt, an meinem Schwanzansatz, an meinem Sack und in meiner Spalte abzurasieren. Ich überlasse ihr die Entscheidung, auf welche Weise sie dies tun will. Jeder Schnitt (oder auch Schlimmeres) kann nur eine Folge von Ungehorsam, Zuckungen oder anderen falschen Bewegungen meinerseits sein, und ich erkläre mich schon jetzt dafür verantwortlich.«

Nachdem er dies zu ihrer Zufriedenheit erklärt hatte, zeigte sie auf zwei Schüsseln, eine kleine und eine große, und befahl ihm, damit ins Badezimmer zu gehen und sie mit kaltem Wasser zu füllen, nicht mit warmem! Warmes Wasser konnte auf seiner hellen Haut zu Rasierbrand führen, und sie wollte ihre Zartheit nicht damit zerstören. Sie glitt anmutig von der Trage und stapelte ein paar Handtücher dort, wo seine Genitalien sein würden, zeigte auf das untere Ende der Trage, wo die Wasserschüsseln abzustellen waren, und befahl ihm, sich hinzulegen. Zum Glück fragte er nicht: »In welche Richtung soll mein Kopf zeigen, Herrin?« Eine äußerst dämliche Frage, die aber viele Sklaven stellten. Einem hatte sie einmal gesagt, er solle seinen Kopf neben die Schüsseln legen, was der Dummkopf auch noch getan hatte. Das verschaffte ihr das Vergnügen, ihn verbal zu erniedrigen, und dann musste er sich hinstellen und für zwanzig harte Schläge mit dem Schuhabsatz auf den Hintern nach vorne beugen. Anschließend erklärte sie ihm so haarklein, dass es schon beleidigend war, wie er sich auf den Tisch zu legen hatte. Doch Schnarchi hatte offenbar nicht nur Manieren, sondern auch Köpfchen, und legte sich richtig herum über den Handtuchstapel, ohne eine der Schüsseln umzustoßen, und wartete auf weitere Befehle.

Die Herrin sah sofort, wo das Problem lag: Die meisten Sklaven waren klein und dick und eine Beleidigung für die Augen, aber zumindest passten sie problemlos auf den Tisch. Schnarchi war ein schlacksiger Kerl, und selbst wenn er seinen Kopf so weit ans obere Ende schob, wie es nur ging, bevor er herunterhing, reichte der Platz nur mit Müh und Not. Schlanke Menschen sind aber beweglicher als ihre übergewichtigen Mitmenschen, und Schnarchi gelang es, die Knie weit auseinanderzunehmen und die Füße an den Tischseiten unterzuhaken, so dass die Herrin genügend Platz zum Arbeiten hatte. Die Herrin ließ ihn so liegen und sich in der Spiegeldecke betrachten, während sie mehrere OP-Handschuhe hervorholte und ein Paar davon mit schnalzenden Geräuschen über ihre schwarzen Latexhandschuhe zog. Als Erstes schnitt sie seine Haare auf eine günstige Länge zurück, damit der Rasierer nicht zupfte und ihr die Arbeit leichter von der Hand gehen würde. Anschließend ließ sie Seife in die große Schüssel gleiten und schöpfte mit den Händen Wasser über seine Genitalien. Sie griff rasch zur Seife, produzierte damit dichten Schaum auf der Vorderseite seines Körpers und fing an, sein rötliches Haar langsam abzurasieren, wobei sie den Rasierer regelmäßig in die kleinere Schüssel tauchte, um die Haare abzuspülen und so ein Zupfen der Klinge zu vermeiden. Je mehr Haare im Rasierer, desto schlechter schnitt er.

Die Herrin ließ sich Zeit mit der Rasur. Nicht nur, weil es ihr Spaß machte, nicht nur, weil sie eine Perfektionistin war, nicht nur, weil sie so offensichtlich begeistert war, sondern weil diese rötlichen Schamhaare im grellen Licht des Untersuchungszimmers verdammt schwer zu sehen waren! Sie war in einen Rhythmus verfallen: streich, streich, tunk, streich, streich, tunk. Mehr Wasser, mehr Schaum, streich, streich, tunk, dachte sie, die Hände im Takt mit ihren Gedanken wie ein etwas seltsames Seemannslied. Sie schob seinen Penis zur Seite, um an jedes Haar auf der Vorderseite seines Körpers zu gelangen, senkte sogar den Kopf auf eine Linie mit seinem Körper, drehte ihn hierhin und dorthin, um aus verschiedenen Perspektiven alles zu sehen und dafür zu sorgen, dass auch nicht der kleinste Ausreißer übersehen wurde. Sie sah, dass Schnarchi lächelte, doch sie riss sich zusammen und behielt ein Pokerface, weil sie wusste, dass er es im Spiegel über ihr sehen würde, wenn sie strahlte. Ein Rasurritual war kein Szenario für plötzliche Freudenausbrüche.

Als sie zufrieden feststellte, dass sein Körper haarlos war, machte die Herrin mit seinem Glied und seinem Sack weiter. Zunächst mähte sie die Haare am Schaftansatz nieder, damit sie sich leichter abrasieren ließen. Zu Schnarchis großer Freude blies sie anschließend über den Ansatz seines Gliedes, um die abgeschnittenen Haare wegzupusten, und wischte dann mit ihrer behandschuhten Hand darüber, damit auch ja kein loses Haar übrig blieb. Sein Teil war von beträchtlicher Größe und sehr hart wegen der Aufmerksamkeit, die dieser Bereich seines Körpers erhielt. Als sie es zur Seite drückte, um den Ansatz zu rasieren, wurde es sogar noch härter. Sie wusste, dass es im erigierten Zustand nicht sehr angenehm war, wenn sie sein Gerät zur Seite drückte, doch die wachsende Erektion zeigte ihr, dass es ihm gefiel. Die Herrin griff nach einem frischen Rasierer und nahm die dickeren, lockigeren Haare am Schaftansatz in Angriff. Auch hier: streich, streich, tunk, streich, streich, tunk. Nebenher hantierte sie mit seinem Glied und drückte es manchmal mit dem Arm nach unten, damit es nicht im Weg war. Bei diesen Gelegenheiten drückte sie richtig fest darauf und hörte mit Genugtuung, wie er stöhnte.

Nachdem die Herrin mit der Rasur des Schaftansatzes fertig war, machte sie Schnarchi darauf aufmerksam, dass sein Glied ohne die unansehnlichen Haare mindestens zwei Zentimeter länger wirkte. Er dankte ihr für diese Verlängerung und spreizte die Knie aus Dankbarkeit noch weiter. Dann wölbte sie ihre Hände, schöpfte damit Wasser und spülte seinen Oberkörper und den Schaftansatz damit ab. Mit ihren behandschuhten Händen tippte sie auf den frisch rasierten Stellen, um auch noch das letzte übersehene Härchen zu entdecken. Wenn sie eines fand, setzte sie den Rasierer an, und schon war es Geschichte. Doch es gab noch immer eine Menge Haare zu entfernen: aus seinem gespannten Sack, seinem Spack, der Innenseite der Schenkel und natürlich seiner Spalte. Da dies der interessanteste und erniedrigendste Teil war, sparte ihn die Herrin bis zum Schluss auf.

Sie bereitete die genannten Bereiche für die Rasur vor, indem sie Wasser darauf schöpfte und Spack und Schenkel großzügig einschäumte. Die Herrin wusste, wie sehr Schnarchi das genoss, weil sein Glied hin und her zuckte, als führte es ein Eigenleben. Doch dieses Gezucke konnte ihr in die Quere kommen, weshalb sie den Arztstuhl, auf dem sie saß, so an die Seite des Tisches rückte, dass sie über seinem Körper lehnte und nicht mehr zwischen seinen Beinen saß. Wieder drückte sie sein Teil mit dem Arm fest und begann mit der Rasur seines Sackes. Nach dem ersten Streich, Streich, Tunk merkte sie, dass diese Sache einfacher vonstatten ging, wenn sie stand. Für Schnarchi hatte das den Vorteil, dass er eine tolle Aussicht auf ihren hübschen runden

Arsch in ihrem engen Rock bekam. Die Herrin beugte sich also über ihn, den Kopf zwischen seinen Beinen, und machte sich an seinem überraschend haarigen und zerfurchten Sack an die Arbeit. Blonde waren normalerweise nicht so behaart, und die Furchen seines Sackes machten es ihr nicht gerade einfach, doch das störte sie nicht. Umso mehr Spaß! Sie verfiel wieder in ihren Rhythmus, und die vorsichtige Rasur seines Sacks fesselte voll und ganz ihre Aufmerksamkeit.

Sie dehnte den Sack, so weit sie konnte. Wenn nötig zog und drückte sie daran herum und rasierte gewissenhaft jedes einzelne Haar, bis alles so unbehaart war wie sein Unterleib und der Schaftansatz. Sie neigte den Kopf zur Seite und betrachtete den Sack aus verschiedenen Winkeln, um sicherzugehen, dass er vollkommen haarlos war. Zufrieden mit ihrer bisherigen Arbeit umschloss sie den Sack mit einer Hand und drückte ihn. Dann schubste sie seinen Ständer hin und her, schlug ihn von der einen in die andere Richtung oder verpasste ihm mit einer Hand kräftige Schläge. Schnarchi ächzte und stöhnte, und manchmal schrie er sogar kurz auf, während sie ihn so grob behandelte, doch seine Erektion blieb intakt, ein klares Zeichen dafür, dass er es genoss. Es machte der Herrin immer große Freude, wenn sie jemand grob behandeln durfte. Doch sie befanden sich in einem Rasurritual, und Schnarchi hatte noch viel mehr Haare, die unter ihren flinken Händen bald ihren Weg in die kleine Schüssel finden würden.

Als Nächstes widmete sich die Herrin seinem *Spack*. So nannte sie den Bereich, weil er weder Sack noch Spalte war, sondern eben dazwischen. Es machte Spaß, den Spack zu rasieren, und seine Empfindlichkeit konnte von Mann zu Mann stark schwanken. Manche waren dort sehr kitzlig, und sie konnte es kaum erwarten herauszufinden, wie empfindlich der Spack von Schnarchi war. Nachdem sie noch mehr Wasser und Schaum aufgebracht hatte, zog sie den Rasierer ganz leicht über den Spack. Zu ihrer großen Freude kreischte er vor Lachen, doch er war sich des scharfen Instruments zwischen seinen Beinen bewusst, weshalb er den unteren Teils seines Körpers absolut still hielt, aber den Kopf lachend hin und her warf. Kitzlige Subs machten die Herrin glücklich, und weil sie es sich erlauben konnte und die Szene um ein bisschen Kitzelfolter bereichern wollte, ließ sie sich eine Menge Zeit für die Spack-Rasur. Doch Lachen hat etwas Ansteckendes, und schon bald musste sie angesichts Schnarchis Litanei aus »nein, stopp, bitte nicht, halt!« kichern, weil sie wusste, dass er genau das Gegenteil meinte. Schließlich gab es auch an Schnarchis Spack kein einziges Haar mehr und das Lachen verstummte, was die Herrin etwas verdross.

Sie spülte die abgeschnittenen Haare von seinem Spack und schäumte die Innenseite seiner Schenkel ein, machte sie bereit für die Klinge und ihre ganze Aufmerksamkeit. Sie drückte sein linkes Bein so weit herunter wie möglich und setzte den Rasierer an. Sie wollte Schnarchi möglichst schnell von seinen rotblonden Härchen befreien, doch er war auch an den Schenkeln ziemlich kitzlig, kitzliger sogar als am Spack, und so dauerte die ganze Prozedur ein bisschen länger, als die Herrin erwartet hatte. Während sie ihn rasierte, musste sie ihn mit dem Körper nach unten drücken und fixieren, weil er immer wieder versuchte, seine Beine zu schließen. Am Ende behielt sie jedoch die Oberhand und konnte ihn durch ihr Gewicht und die ständige Erinnerung an das scharfe Objekt in ihren Händen ruhig halten, das gefährlich nah an Körperteilen war, die er nicht gern verlieren wollte. Sie sagte, er sei bereits *beschnitten*, und mehr als einen derartigen Schnitt wolle er doch sicher nicht. Schließlich wurde sie dann doch mit dem linken Schenkel fertig und wartete erst einmal ab, bis Schnarchis Lachen abgeklungen war, bevor sie sich den rechten Schenkel vornahm. Der war weniger kitzlig als der linke, auch wenn sie ihn erneut mit dem Körper fixieren musste, und so war der rechte Schenkel schließlich schneller rasiert als der linke. Die Herrin spülte ihn gründlich ab und ging zum nächsten Teil ihres Plans über.

Nun war nur noch seine Spalte übrig, die rasiert werden musste, die Lieblingsstelle der Herrin, wenn es um Haarentfernung ging. Schnarchi musste dafür ordentlich gespreizt sein, und deshalb nahm sie das vier Meter lange Seil, das sie in Vorbereitung des Rituals ins Untersuchungszimmer gebracht hatte, und fesselte ihn so, dass sie so gut wie nur möglich an seinen zarten Anus und seine Spalte herankam. Sie zog das Seil also unter seinem Rücken hindurch und machte einen festen Knoten über seiner Brust. Dann zog sie seine Beine mit den beiden losen Enden des Seils so fest an den Oberkörper, wie sie nur konnte. Anschließend wickelte sie ein Ende je zweimal um einen Knöchel und band es mit einem doppelten Knoten fest. Sie trat ans Ende der Trage und sah sich an, ob sie die gewünschte Wirkung erzielt hatte, und das hatte sie. Schnarchis Backen waren weit gespreizt und sein Anus zuckte vor Erregung auf und zu, als sie ihn betrachtete. Sein Blick war an die Spiegeldecke geheftet, und er schien außerstande, die Augen abzuwenden. Perfekt! Die Herrin wusste, dass er jeden Rasierstrich mitverfolgen und jedes Detail seiner erniedrigenden Enthaarung von ihrer Hand registrieren würde. Wenn sie nur daran dachte, welche Qualen er durchmachen würde, wenn das Haar wieder wuchs und ihn pikste und juckte, geriet sie ganz aus dem Häuschen.

Sie machte seine Spalte gründlich nass und schäumte ihre Lieblingsstelle, seinen Anus, üppig ein. Dann nahm sie einen frischen Rasierer und beschloss, im Randgebiet seiner Behaarung anzufangen und sich dann langsam in Richtung Anus vorzuarbeiten. Sie beugte sich dicht über ihn und fing an, ihn mit vielen Rasierstrichen auf kleinen Abschnitten zu rasieren, streich, streich, tunk, streich, streich, tunk, weil sie ihr Vergnügen und seine Erniedrigung möglichst lange hinauszögern wollte. Während sie ihn so rasierte, erfreute sie sich daran, wie sich sein Anus während der Rasur bei jeder Berührung zusammenzog und wieder entspannte. Das konnte sie sich doch zunutze machen, und so fing sie an, die Pausen zwischen dem Streichen und Tunken zu variieren. Das wechselnde Tempo erregte ihn umso mehr, und sein Stöhnen wurde immer häufiger, bis er schließlich nur noch stöhnte. Die Herrin hatte große Freude daran, und schließlich ging sie dazu über, den gesamten Rhythmus zu verändern: dreimal streichen, einmal tunken, kurze Pause; zweimal streichen, einmal tunken, lange Pause; einmal kurz streichen, tunken, streichen. Auf einen langen, langsamen Zug mit dem Rasierer, gefolgt von einem kurzen Tunken, folgte eine Reihe kurzer Züge mit abschließendem Tunken.

So machte die Herrin weiter, bis sämtliche Haare auf seinen Backen rasiert waren und nur noch die wenigen Härchen übrig waren, die direkt um den rosa gefältelten Ring seines Anus wuchsen. Diesen Abschluss würde sie, so weit es nur ging, hinauszögern, indem sie immer nur ein, zwei Härchen abrasierte und ihn dann wieder einschäumte. Das würde seine Endorphine auf Turbo schalten und ihn wahnsinnig machen – umso schöner für sie beide! Mehr Spaß für ihn war mehr Spaß für sie. Die Herrin hasste träge Sklaven, aber Schnarchi war alles andere als träge. Sie beugte sich dicht über ihn und fing an, durch den Mund zu atmen. Sie war so nah, dass er ihren heißen Atem und die kalte Klinge des Rasierers gleichzeitig spüren konnte, ein herrlicher Kontrast. Dann setzte sie die Klinge an. Obwohl sie ihn nicht verletzte, schrie er laut auf, um all den aufgestauten Gefühlen Luft zu machen. Wie immer war auch dieser Schrei Musik in ihren Ohren, und sie seufzte zufrieden.

Dann machte sie sich wieder an die Arbeit: schäumen, streichen, ausatmen, tunken. Bei jedem dieser Schritte vollführte sein Anus einen wilden Tanz, bei dem er zusammenzuckte und sich wieder dehnte, was sie sehr faszinierte. Sie wünschte, es gäbe noch mehr Haare, die zu rasieren wären, damit sie noch länger ihre Macht über ihn genießen und ihn tanzen lassen konnte. Viel zu schnell waren alle seine rotblonden Härchen verschwunden.

Sie zog ihn mit dem Seil nach hinten, sodass sein Hintern in Richtung seines Kopfes kippte, und schob noch mehr Handtücher unter ihn. Dann ging die Herrin ins Badezimmer, goss das Seifenwasser aus und füllte die Schüssel mit sauberem, warmem Wasser. Als sie zurückkam, stellte sie fest, dass Schnarchis Blick noch immer an der Spiegeldecke klebte, als könnte er sich gar nicht daran sattsehen, wie er hindrapiert war. Sein Glied pulsierte noch immer wild vor sich hin, unberührt, unversorgt und so gut wie unbeachtet zwischen seinen Beinen. Langsam neigte sie die Schüssel und ließ das warme Wasser über seine frisch rasierte Haut fließen. Sie wirkte ohne den Schutz seiner rotblonden Haare so zart, so rosa und verwundbar, fast wie die Haut eines sehr großen und ausgesprochen gut entwickelten Neugeborenen. Er seufzte und stöhnte, als das Wasser über ihn rann und alles, was an Härchen oder Schaum noch an ihm war, davonspülte. Als sie ihn so verletzlich, so empfänglich für ihre Berührung vor sich liegen sah, konnte die Herrin nicht widerstehen und nahm ihre Handschuhe ab, um ihn mit bloßer Hand zu berühren. Als Schnarchi spürte, wie ihre nackte Hand seine Genitalien berührte und ihre Finger seine Spalte erkundeten, die Innenseite seiner Schenkel kitzelten, zärtlich seinen Sack untersuchten und schließlich über sein Glied strichen und den Schwanzansatz streichelten, schwoll sein Stöhnen zu einem jammernden Flehen an, sie möge seine Fesseln lösen und ihm erlauben, sich zu erleichtern.

Die Herrin befreite ihn aus den Seilen und ließ ihm einen Moment Zeit, um seine langen Glieder auszustrecken. Sie gab ihm die Erlaubnis, die frisch rasierten Stellen seines Körpers zu untersuchen, während sie bis sechzig zählte. Er hatte eine Minute. Seine Hände machten sich an seinen Genitalien zu schaffen und verbrachten mehrere Sekunden seiner Minute damit, seine Spalte und seinen Anus zu berühren. Währenddessen pulsierte der Ständer zwischen seinen Beinen vor sich hin. Er flehte sie weiter an, doch kommen zu dürfen. Sie holte eine Bettpfanne hervor, eine silberne, runde Schüssel, die man in Krankenhäusern Patienten gab, die nicht auf die Toilette gehen konnten, und hielt sie ihm hin.

»Du darfst in diese Schüssel kommen, aber nur, wenn du mir versprichst, jeden Tropfen aufzulecken. Wenn du das nicht tust, darfst du dich in meiner Gegenwart nicht erleichtern. Wofür entscheidest du dich?«

»Ich werde in die Schüssel kommen, Herrin, und jeden Tropfen auflecken. Ich verspreche es dir, Herrin, aber bitte lass mich kommen«, flehte Schnarchi.

»Dann komm in die Schüssel, Schnarchi, und leck alles auf. Ich sehe dir dabei zu, damit du dein Versprechen auch hältst«, sagte die Herrin neckisch, doch mit strengem Unterton.

Schnarchi fing an, sich zu rubbeln, die Schüssel auf seinem Bauch balancierend, um seinen Saft darin aufzufangen. Er war so erregt, dass er nicht lange masturbieren musste, bevor perlmuttfarbene Tropfen die Schüssel zierten. Die Herrin nahm die Schüssel von seinem Bauch und stellte sie zu ihren Füßen auf den Boden. Sie gab sie Schnarchi eine halbe Minute, um zu verschnaufen und wieder auf die Beine zu kommen. Dann zeigte sie auf die Schüssel. Schnarchi wusste, was sie von ihm erwartete, und er hielt sein Versprechen. Auf allen vieren, die Hüfte in die Höhe gereckt, fing er an, seinen Perlensaft aufzulecken. Beim ersten Kontakt verzog er das Gesicht, doch er leckte fest entschlossen weiter, bis auch der letzte Tropfen verschwunden war. Dann nahm er die Schüssel wie eine Opfergabe an eine Göttin in die Hände. Mit ausgestreckten Armen, Kinn an der Brust, hielt er sie der Herrin zur Inspektion hin. Er hatte jeden Tropfen aufgeleckt, die Schüssel war blitzsauber. Die Herrin entließ ihn aus dem Dienst mit den Worten: »Du hast mir wohl gedient, ich bin zufrieden. Ich entlasse dich nun aus meinem Dienst. Du darfst dich anziehen und gehen.«

Die Godiva-Schokolade war so köstlich, wie man es erwartet hätte, und bereiteten ihr Genuss für viele Nächte. Jedes Mal dachte sie dabei an Schnarchi.

Teil 2

Freunde

Der Bondage-Junge

Die Kammer war in einem satten Dunkelblau gestrichen, als hätte vor langem die Mitternacht Einzug gehalten und wäre seitdem geblieben. Ein dicker, weicher Teppich, ebenfalls tiefblau, bedeckte den Boden und reichte bis zur Hälfte der beiden langen Wände hinauf. An einer Wand stand ein burgunderrotes Ledersofa, auf dem er aber nie sitzen durfte. Die Wände, die keinen Teppich hatten, waren mit Spiegeln verkleidet, die vom Boden bis zur Decke reichten und das Gefühl verstärkten, man würde schwerelos in den Armen des Himmels treiben. Stecknadelgroße Lämpchen in Rot, Purpur, Orange und grellem Pink sorgten für eine stimmungsvolle Beleuchtung, hielten den Raum aber eher dunkel und mysteriös. Kaum erkennbar in dem schwachen Licht lagen weiche schwarze Seile überall im Raum verstreut, und ein spinnennetzartiges Wirrwarr weiterer Seile hing von einem dicken Haken aus Metall, der aus einem Deckenträger ragte. Die Spreizstange war zu sehen, darum verstreut mehrere Dildos und Vibratoren. Im Zentrum des Raums stand ein langer, flacher Tisch, der einem vielleicht bis zur Hüfte reichte und mit Leder bezogen war. An der Unterseite dieses Tisches befanden sich mehrere Haken, und in jeder seiner Ecken war ein Pfosten aus Metall.

Auf diesem Tisch lag, nackt und auf dem Rücken, Luke, einer der Sklaven der Herrin. Die Herrin trug ein durchsichtiges, rot getöntes Latexkleid, das nicht nur ihre Figur zur Geltung brachte, sondern auch die Tätowierung auf ihrem unteren Rücken. Da diese Tätowierung etwas ganz Besonderes war, hatte sie sich ganz bewusst für eine Stelle entschieden, an der sie niemand sehen konnte, es sei denn, sie wollte es. Ihre Füße steckten in ihren, wie sie es nannte, »Cinderella-Schuhen« aus Acryl: Plateau und Absatz waren durchsichtig, genauso wie die Riemchen, dank derer sie an den Füßen hielten. Mit ihnen sah es so aus, als würde sie barfuß auf Zehenspitzen gehen, und sie wusste, dass sie ihr etwas Damenhaftes verliehen. Opernhandschuhe aus durchsichtigem Latex umschlossen ihre Hände und reichten bis hinauf zu ihren Oberarmen. Sie war von mittlerer Größe, schlank und mit überraschend üppigen Brüsten gesegnet. Ihr offenes kastanienbraunes Haar war dick und glänzte. Er konnte riechen, wie es duftete, während sie um ihn herum durch die Kammer schritt und alles für ihren ultimativen Genuss arrangierte. Als der Raum schließlich ihren Anforderungen entsprach, trat sie an die Kopfseite des Tisches und blickte auf ihn herab. Die Herrin wollte sein Gesicht sehen, wenn sie ihm die Spreizstange mit den Knöchelmanschetten zeigte, die sie in ihren behandschuhten Händen hielt. Das furchtsame Leuchten, das sie in seinen Augen sah, stellte sie zufrieden, und so schloss sie die ledernen Manschetten um seine Knöchel und zog sie sorgfältig stramm.

Sie strich ihm mit den Fingern am Bein entlang bis hoch zu seinem Schritt, dann weiter über den Bauch und seine haarlose Brust. Sie hielt einen Moment inne und gab dann dem Impuls nach, ihn zu quälen. Lächelnd ließ sie ihre Finger mit seinen Nippeln spielen, sie zwickte sie, zog daran, drehte an ihnen herum, vor allem aber drückte sie sie zwischen Daumen und Zeigefinger zusammen. Sie drückte langsam immer fester und stellte sich vor, dass sich gar nichts zwischen ihren Fingerspitzen befand, damit sich der Schmerz richtig schön aufbauen konnte. Das war immer ihr Ziel, wenn sie diese Folter anwendete, und sie machte es für ihr Leben gern. Sie studierte sorgfältig sein schmerzverzerrtes Gesicht. Die Nippelfolter zählte nicht zu den Dingen, die ihn scharf machten. Er machte mit, weil es ihr gefiel, weshalb sie nicht so hart ranging, wie sie es gern getan hätte. Aber sie ging ran, und zwar einfach nur, um ihre Autorität über ihn unter Beweis zu stellen. Außerdem machte es ihr Spaß, und es ging hier schließlich auch um sie, was die meisten *Sklaven* allerdings des Öfteren vergaßen. Doch er verstand seine Stellung in ihrer Welt und ertrug die Nippelfolter daher ohne Klagen. Nur ein leises, schmerzvolles Stöhnen kam über seine Lippen.

Sie ließ von seinen belagerten Nippeln ab und entfernte sich vom Tisch, um ein paar Seile zu holen. Wenn er den Kopf ein wenig drehte und in den Spiegel sah, konnte er ihre Bewegungen verfolgen. Als sie sich über die Seile beugte, fiel ihr eine hartnäckige Locke ins Gesicht und nahm ihr die Sicht. Ungeduldig strich sie sie mit der einen Hand hinter ihr Ohr, während sie mit der anderen die glatten schwarzen Seile festhielt, mit denen sie ihn umwickeln wollte.

»Hände über den Kopf!«, befahl sie mit lieblicher Stimme. Er gehorchte. »So ist's brav.«

Mit überraschend starken Händen fesselte sie seine Handgelenke an die beiden oberen Eckpfosten. An ein Entrinnen war nicht zu denken, selbst wenn er gewollt hätte: Seine Beine waren gespreizt und an die Stange gefesselt, die Hände an die Pfosten. Bis auf seinen Kopf konnte er sich nicht bewegen.

Sie war aber noch längst nicht fertig mit ihm. Als Nächstes legte sie die Seile im Zickzack über seinen Körper, wobei sie sie immer wieder über die Haken an der Unterseite des Tisches zog. Sein ganzer Oberkörper war von straff gespannten Seilen überzogen. Sie führte ihr Seil zuerst durch die Öse in der Spreizstange, dann durch eine in der Decke über ihm verankerte Öse. Sie nahm das Seil in beide Hände und zog fest daran, dann zog sie noch mal. Sie hievte seine gefesselten und gespreizten Knöchel nach oben in die Nähe seiner Schultern und sicherte dann das Seil. Sie trat einen Schritt zurück, um ihn sich anzusehen, ihr Spielzeug, ihr Werk. Jetzt gehörte er ihr, bewegungsunfähig gemacht, jeder Teil seines Körpers vollkommen exponiert und hilflos. Sie liebte es, ihn so zu sehen. Sein Schwanz war stahlhart, und sie konnte sehen, wie es in ihm pulsierte. Sie gab ihm ein paar Klapse, dann versetzte sie seinen Eiern ein paar schnelle Schläge, wobei sein Stöhnen sie nur weiter anspornte. Sie unterhielt sich prächtig.

Dann ging sie zu ihrem Arbeitsbereich und holte etwas, das er zunächst nicht sehen konnte. Als sie sich umdrehte und auf ihn zukam, hatte sie einen knallroten Ballknebel in der Hand.

»Nein, Herrin, bitte nicht«, sagte er in einem geheuchelten Anflug von Panik, »bitte knebelt mich nicht!«

»Luke, weißt du noch dein Safesignal?«, fragte die Herrin mit samtenem Rollen in der Stimme. Dann drückte sie ihm einen großen Schlüsselbund in die Hand.

»Ja, Herrin«, sagte er, »ich muss mit den Schlüsseln scheppern.«

»Genau. Und jetzt mach den Mund auf.«

Sie steckte den roten Ballknebel hinein und machte ihn mit den Riemen an seinem Kopf fest. Jetzt konnte er sie nur noch mit den Augen anflehen und mit seinem Safesignal zum Aufhören bewegen. Sie trat zurück, wie sie es immer tat, bevor sie mit ihm zu spielen anfing. Sie nutzte diesen Moment, um ihm seine Hilflosigkeit deutlich zu machen und darüber nachzudenken. Manchmal sagte sie etwas, manchmal nicht. Wenn sie etwas sagte, dann beschrieb sie ihm, wie sie ihn sah, was die Seile, die Lederfesseln und die Spreizstange aus ihm machten. Sie nannte es »ihn mit meinen Sachen aufmotzen«. Manchmal sagte sie ihm, wie erniedrigend es doch sein musste, so gespreizt und hilflos vor ihr zu liegen. Manchmal erzählte sie ihm bis ins kleinste Detail, was sie an diesem Abend mit ihm vorhatte.

Doch heute saß sie schweigend auf dem Sofa und rauchte eine Zigarette. Irgendwie gelang es ihr, diese absolute Stille viel erniedrigender wirken zu lassen als jedes Wort. Ihre kühle Geringschätzung und die träge Art, mit der sie den Rauch ausblies und mit dem kristallenen Schuh an ihrem Fuß wippte, gaben ihm zu verstehen, dass sie nicht den geringsten Gedanken an ihn verschwendete, geschweige denn etwas für ihn empfand. An den Tisch gefesselt, die Nippel noch immer brennend vor Schmerz, die Beine mit einer Stange gespreizt, war er sich selbst und seinem Schicksal überlassen. Nur ein Spielzeug, dachte er, mehr bin ich nicht für sie, nur eins ihrer Spielzeuge. Und wenn ich ihr nicht mehr gefalle, wird sie mich wegwerfen, ohne eine Sekunde zu zögern. Als sie zu ihrer Sammlung hinüberging, die Zigarette hatte sie noch immer in der Hand, verfolgte er sie mit den Augen. Sorgfältig wählte sie einen Dildo für ihn aus. Sie drehte sich lächelnd zu ihm um, der Dildo baumelte aus ihrer Hand. Dann drückte sie ihre Zigarette in einem gläsernen Aschenbecher aus und ging zu ihm hinüber. Sie stellte sich ganz dicht an sein Gesicht und sorgte dafür, dass er den Dildo gründlich mustern konnte. Sie nannte ihn »Big Blackie«, und er trug seinen Namen zu Recht. Ihr Sklave wimmerte leise, doch er konnte weder seinen Kopf noch die Augen davon abwenden.

Er sah zu, wie ihre schlanke, in Latex gehüllte Gestalt ans Fußende des Tisches schritt, an den er gefesselt war. Sie machte es sich auf einem hohen Hocker zwischen seinen Beinen bequem. Alles, was er von ihr sah, selbst wenn er den Kopf hob und sich den Hals ausrenkte, war ihre Stirn. Er hörte das unmissverständliche Schnalzen von OP-Handschuhen, die sie sich über ihre Latexhandschuhe zog. Als er hörte, wie die Verschlusskappe des Gleitmittels klickte, fing er hinter seinem Knebel an zu stöhnen. Er wollte aufschreien, als ihr mit dem Mittel bestrichener Finger in seinen Anus eindrang, doch der Knebel hinderte ihn daran. Der Finger blieb dort nur für einen Moment, jedoch nur, um durch etwas Langes, Kaltes und Glitschiges ersetzt zu werden. Sie hatte eine spritzenartige Röhre mit Gleitmittel gefüllt und führte sie nun in seinen Hinterausgang ein. Er spürte, wie das kalte Gel in seinem Rektum warm und flüssig wurde, und versuchte, die Backen zusammenzukneifen. Zwei harte Klapse auf den Hintern gaben ihm jedoch zu verstehen, dass Kneifen nicht erlaubt war. Ihr wortloser Befehl ließ ihn entspannen. Er wusste, es würde leichter und viel lustvoller werden, wenn er nach ihren Regeln spielte.

Der Finger drang wieder in sie ein. Er streichelte ihn, tastete ihn ab und dehnte ihn nur ein kleines bisschen. Dann gesellte sich ein zweiter Finger dazu. Zunächst waren sie verspielt und sanft, doch dann streichelten ihn diese Finger wilder, tasteten tiefer und dehnten ihn weiter. Ein dritter Finger drang in ihn ein und wand und drehte sich und dehnte ihn immer weiter. Sein Brustkorb bebte vor Erregung und weil sich Schmerz und Erniedrigung in vorzügliche Lust verwandelten. Er war erniedrigt und fasziniert und erregt von dem Bild, das er sich in seinem Innern ausmalte: an einen Tisch gefesselt, die Beine gespreizt und bis zu den Schultern hochgezogen, der Schwanz hart, der Anus bloßgestellt, und eine Frau, die sein Rektum mit ihren Fingern folterte. Sein Ständer pochte, das aufgestaute Blut in seinem Schwanz steigerte seine Qualen nur noch weiter. Ihre Finger hörten nicht auf, ihn weiter zu dehnen, in ihn vorzudringen und ihn zu erniedrigen. Er bezwang den Impuls zu schreien und bekämpfte den Wunsch zu kommen. Er war froh, dass sie ihn geknebelt hatte.

Die Herrin erhob sich, stand zwischen seinen Beinen und lächelte. Es war ein fieses, eisiges Lächeln, und er spürte sein Herz in der Brust pochen. Sie trat hinter dem Tisch hervor und bot ihm einen Blick auf den Dildo, den sie sich in den Schritt drückte. Sie streichelte ihn, wie ein Mann seinen Schwanz streicheln würde. Sie nahm eine große Portion Gleitmittel und verteilte sie betont langsam über den gesamten Dildo, wobei sie ihn die ganze Zeit anlächelte. Er wusste, sie würde ihn vergewaltigen. Immer noch lächelnd, nahm sie ihre alte Position am Ende des Tisches wieder ein. Er spürte, wie die kalte, glitschige Spitze des Dildos seine zarte Analöffnung berührte, und ihm entfuhr ein Keuchen. Sie nutzte die Gelegenheit, mit der Eichel ihres Schwanzes in ihn einzudringen. Für einen Moment zog und zerrte er an den Seilen, dann ließ er locker und ergab sich in sein Schicksal. Sie schob ein bisschen nach, dann zog sie die fünf Zentimeter, die sie ihm gegeben hatte, wieder heraus. Sofort drückte sie sich wieder hinein, diesmal mehr als fünf Zentimeter. Er kannte dieses Spiel. Sie würde immer wieder in ihn eindringen, jedes Mal ein bisschen tiefer, bis er den ganzen Dildo in sich aufnehmen konnte.

Ein ums andere Mal drang sie in ihn ein und reduzierte ihn Stück für Stück auf ein hirnloses Ding, das schlaff am Ende ihres Schwanzes baumelte. Als er vollkommen still geworden war, nahm sie sich ausgiebig Zeit und bumste ihn, als wäre der Dildo wirklich ihr Schwanz. Sie fickte seinen Arsch, wie ein Mann eine Muschi ficken würde, mal hart und tief, mal sanft nur mit der Spitze, mal mit kreisenden Bewegungen in ihr. Sie erinnerte sich an jede Variante, in der sie von Männern genommen worden war, selbst wenn es eine Ewigkeit her war, und nahm ihn sich genauso vor. Sie variierte ihre Stöße, ihren Rhythmus, ihre Tiefe, und wünschte sich, sie könnte mit ihrem Pseudoschwanz wirklich in ihm kommen. Sie bumste ihn und sah zu, wie sein Schwanz mit jedem Stoß noch härter wurde, und konnte spüren, dass auch sein letzter Widerstand allmählich dahinschmolz. Sie war sehr erfreut zu sehen, dass er zu den wenigen ihr bekannten Männchen zählte, die während einer Analpenetration einen Ständer halten konnten. Das erregte sie noch mehr, und sie packte seine Schenkel und zog sie an sich heran, während sie ihn nahm. Sie rammte und rammte ihn, bis seine Öffnung locker war und ihre Muskeln in den Beinen von der ganzen Anstrengung schmerzten.

Die Herrin zog sich langsam heraus und hinterließ nach ihrer Invasion ein leeres Gefühl in ihm. Sie ließ den Dildo auf den Boden fallen und warf sich dann auf das Sofa, wo sie eine träge Pose einnahm. Dann sah sie ihn einen Moment lang einfach nur an, was ihn nur noch mehr erniedrigte und stimulierte. Sie griff nach einer Zigarette; er wusste nicht, was sie mit ihm vorhatte, ihr Gesicht blieb ihm vollkommen verschlossen.

Nach einem tiefen Zug sagte sie: »Für meine Bemühungen um dich möchte ich ein bisschen unterhalten werden. Erleichtere dich vor meinen Augen.«

Während sie sprach, umspielten kleine Rauchkringel ihr Gesicht. Dann stand sie auf und band eine seiner Hände los. Er fand es zutiefst erniedrigend, in ihrer Gegenwart an sich herumzuspielen, doch ein Sklave hat keine Wahl, er muss gehorchen. Also gehorchte er, legte die Hand um seinen Schaft und fing an, sich selbst zu rubbeln. Er versuchte ihre Anwesenheit zu vergessen, doch es gelang ihm nicht. Er spürte ihre Augen auf sich wie glühende Kohlen, und das spornte ihn an. Sie ließ ihn auf ihre Erlaubnis warten.

»Bitte, Herrin, darf ich? Darf ich kommen? Bitte, Herrin?«, bettelte er.

»Nein, du darfst nicht«, sagte sie lachend hinter einer Wolke aus Zigarettenrauch.

Sie genoss sein Flehen fast genauso sehr wie den Anblick seines Perlmuttsaftes, der sich auf ihren Befehl hin auf seinem Bauch und seiner Brust ergoss.

»Bitte, Herrin, bitte, meine Göttin, ich bete euch an. Darf ich bitte kommen?« Luke atmete schwer und keuchte die Worte hervor.

Die Herrin ließ ihn noch ein paar Minuten so weiterjammern, um seine Qualen und ihren Genuss zu verlängern. Dann gab sie nach.

»Sklave, du darfst kommen.«

»Danke, Herrin, danke.«

Von der Anstrengung, seiner Herrin zu danken und gleichzeitig ihren Befehl zu befolgen, waren seine Worte genauso verzerrt wie sein Gesicht. Als sie mit der Menge und Beschaffenheit seines Perlmuttsafts zufrieden war, band sie ihn los, wies ihn an, sie im Wohnzimmer zu treffen, und verließ den Raum. Es war seine Aufgabe, die ursprüngliche Ordnung im Zimmer wiederherzustellen. Während er mit dem Saubermachen beschäftigt war, dachte er über sie nach und über das, was sie mit ihm angestellt hatte. Diese Gedanken faszinierten und erregten ihn, und er musste mehr als einmal innehalten und sich zusammenzureißen. Als er mit seiner Arbeit fertig war, zog er sich an. Er ging ins Wohnzimmer, wie es die Herrin ihm empfohlen hatte und wo sie ihn erwartete. Er fiel auf die Knie, in die Haltung, die überall als Huldigung der Herrin verstanden wird, und küsste ihren Fuß.

Die Herrin begleitete Luke zur Tür, und er hörte, wie der Riegel hinter ihm ins Schloss fiel. Es klang, als wäre etwas für immer zu Ende, doch er wusste, das war nur Einbildung. Er würde wiederkommen. Er wusste es. Er fühlte es mit dem Körper und mit dem Herzen. Luke kannte die Herrin schon lange, und er wusste, dass sie ihn gern zum Spielzeug hatte.

Auf frischer Tat ertappt

Musik drang durch den Spalt in der Tür zu ihrem Schlafzimmer. Der Spalt war gerade groß genug, dass er hindurchsehen konnte. Neugierig drückte er ein Auge dagegen und suchte das Zimmer ab. Sie stand in der Ecke neben dem Sessel, das dunkelrote Haar hochgesteckt, und trug einen hauchzarten sexy Morgenmantel. Ihre hochhackigen Pantoletten mit dem Fellpuschel an den Zehen schnalzten an den Fersen, als sie zur Kommode ging. Sie zog eine der oberen Schubladen heraus, wühlte darin herum und nahm schließlich ein paar schwarze Strumpfhosen, einen weißen Baumwoll-BH und einen winzigen weißen Hüfthalter heraus. Sie wirbelte auf Zehenspitzen zur Musik durch den Raum und schwenkte ihre Unterwäsche durch die Luft wie eine Tänzerin ihr Seidenband. Vor dem Boudoir-Stuhl machte sie halt und ließ sich, den Arm vors Gesicht haltend, in einem gespielten Ohnmachtsanfall hineinsinken. Sie kicherte und seufzte lächelnd, ahnungslos, dass sie beobachtet wurde.

Der unentdeckte Spion war ganz entzückt von diesem nichts ahnenden, ungehemmten Spiel der Weiblichkeit, dessen Zeuge er sein durfte. Er war verzaubert von dieser wunderschönen Kindfrau, die er nun schon lange Jahre kannte und die er angefangen hatte, »Herrin« zu nennen. Wie lange war es nun her? Fünfzehn Jahre? Sie war noch immer seine schöne Göttin, in seinen Augen immer jung, für ihn immer begehrenswert. Ihr Lächeln brachte noch immer jeden Raum zum Strahlen und war über die Jahre sogar noch heller geworden. Nie hatte er es bereut, ihr Sklave zu sein, nie hatte er auch nur daran gedacht, sie zu verlassen. Sie war die Partnerin seiner Träume, seine Freundin, seine Spielgefährtin, seine verführerische Foltermeisterin. Sie war all das, woraus seine Träume gemacht waren, und mit ihrer Hilfe und ihrem Verständnis hatten sie jeden dieser Träume ausgelebt.

Er hörte ein Geräusch im Zimmer und riss sich aus seinen Träumereien. Sie erhob sich, als das nächste Lied begann. Sie öffnete die Knöpfe an ihrem Morgenmantel, doch zu seiner großen Enttäuschung drehte sie sich mit dem Rücken zur Tür, bevor sie ihn öffnete. Hatte sie ihn gesehen? Nein, dann hätte sie schon etwas unternommen. Sie warf BH und Strumpfhose aufs Bett, schüttelte den Hüfthalter und überprüfte dann die Strumpfhalter daran. Sie beugte sich nach vorn, stieg hinein und zog den Halter über die Knie. Dann zog sie ihn weiter über ihre cremeweißen Schenkel, indem sie abwechselnd in den Knien wippte und ihn erst über den einen zarten Schenkel beförderte, dann über den zweiten. Als der Hüfthalter unter ihrem Hintern lag, ließ sie den Morgenmantel fallen. Beim Anblick ihres grazilen Rückens sog er hörbar die Luft ein, doch sie schien ihn noch immer nicht zu hören. Sie packte den Hüfthalter fest mit beiden Händen und zog ihn mit einem kleinen Wackeltanz über den Hintern und über die Hüften, um ihn schließlich in der Taille festzumachen.

Sie drehte sich etwas zur Seite, doch nur so weit, dass er gerade die Kontur ihrer Brust erkennen konnte, nahm den BH und verschloss ihn in Höhe ihrer Hüften. Beim Anblick der spitzen Körbchen, die frech auf ihren Hinterbacken saßen, musste er grinsen. Doch plötzlich bewegten sich die Körbchen ruckartig in Richtung ihres Bauches, als würde jemand an einer Wäscheleine ziehen. Geschickt schlüpfte sie mit den Armen unter die Träger und richtete den BH mit den Händen über ihren unsichtbaren Brüsten aus. Dann drehte sie sich zum Bett und in Richtung des Auges, das durch den Türspalt spähte. Schnell zog er sich zurück, damit sie ihn nicht entdeckte. Doch sie nahm sich nur einen ihrer seidenglänzenden schwarzen Strümpfe und rollte ihn auf. Während ihre flinken Finger ihre Arbeit taten, wiegte sie sich sanft im Rhythmus der Musik. Sie ließ einen Fuß aus seiner Pantolette gleiten, streckte die Zehen nach vorn und legte den Fuß aufs Bett. Sie beugte sich nach vorn und ließ den Strumpf über den

Fuß gleiten, dann rollte sie ihn ab über den hohen Bogen ihres Fußes, ihren zarten Knöchel und über ihre wohlgeformte Wade.

Als sie am Knie angelangt war, schlüpfte sie wieder in ihre Pantolette. Mit ausgestreckten Zehen zog sie den Strumpf anmutig bis hinauf zur ihrem Schenkel und hakte ihn dann an der Außenseite in den kleinen Strumpfhalter ein, der von dem Hüftgurt baumelte. Auf der Innenseite ihres Schenkels tat sie noch einmal liebevoll das Gleiche. Von seinem Posten im Flur aus wirkte sie wie eingerahmt, denn es war nur ein kleiner Teil des Zimmers zu sehen, und sie stand im Zentrum des Bildes. Als sie mit dem letzten Strumpfhalter fertig war und ihr Fuß wieder in der Pantolette steckte, fing sie an zu tanzen. Zuerst nur mit kleinen, unbewussten Bewegungen, die, als die Musik sie packte, weitläufiger und kontrollierter wurden.

Sie tanzte allein zu diesem schnelleren Lied, drehte sich und wirbelte herum, die Pantoletten klapperten mit jedem Schritt und aus ihrem hochgesteckten Haar lösten sich einzelne Strähnen. Als ein langsameres Lied begann, schritt sie schwingend zu ihrem »Spielzeugschrank« und holte seine Lieblingspeitsche hervor, »Die Pragerin«, benannt nach der Stadt, in der er sie für die Herrin gekauft hatte. Fast hätte er laut aufgelacht, weil er sich an das Gesicht des Verkäufers erinnerte, als sie die Peitsche am nächstbesten Baum ausprobiert hatte. Sie war schwarz und hatte einen einzigen Strang. Ein furchterregender Anblick, und noch viel furchterregender, wenn sie einem ins Fleisch schnitt. Er schüttelte sich vor Freude und sah nur sie und seine Träume vor sich. Sie ließ die Peitsche zur Musik knallen und wirbelte mit einem verträumten Ausdruck im Gesicht durchs Zimmer. Er fragte sich, woran sie wohl gerade dachte, und stellte sich vor, dass sie sich vorstellte, wie sie diese Peitsche später an ihm erprobte. Völlig gebannt von ihrem Anblick und seinen Gedanken verlor er das Gleichgewicht und stieß mit der Stirn gegen den Türrahmen. Er kippte auf den Hintern und keuchte verdutzt auf. Ertappt!

Sie schritt zur Tür, riss sie auf und starrte auf ihn herab. Doch sie war kein bisschen überrascht, ihn dort zu finden. Ein feines, fieses Lächeln umspielte ihre Lippen. »Schnüffelst du mir nach? Du weißt, was wir mit Schnüfflern machen, oder?«, fragte sie wie die böse Hexe aus einem Märchen.

Mit diesen Worten packte sie ihn am Ohr, zog ihn auf die Beine und zerrte ihn in ihr Schlafzimmer. Sie riss ihm grob die Kleider vom Leib und warf sie wild durchs Zimmer, weil es ihr nicht schnell genug gehen konnte. Dann packte sie ihn erneut am Ohr und schleppte ihn zur Kommode, wo sie vier Strümpfe aus einer Schublade holte. Nach wie vor am Ohr, das sie wie einen Zügel benutzte, zerrte sie ihn ans Bett mit den vier Pfosten. Sie drückte ihn mit dem Gesicht nach unten darauf und fesselte seine Handgelenke mit zwei Strümpfen an die oberen Bettpfosten. Dann trat sie so schnell zurück, dass er einen leichten Luftzug spürte. Sie ließ die Peitsche in der Luft knallen und ließ damit keinen Zweifel bezüglich seiner Bestrafung aufkommen. Dann legte sie los, und das Nächste, was er spürte, war der Schmerz, mit dem die wunderschöne Peitsche in seinen Hintern schnitt. Nach gerade einmal zehn Schlägen mit der »Pragerin« hatte sie ihn auf ein jammerndes Kind reduziert, das darum bettelte, dass man ihm seine Strafe erließ.

Schnell löste sie seine Fesseln und befahl ihm dann, sich auf den Rücken zu drehen. Sein Hintern brannte wie Feuer und war mit Striemen übersät, und er folgte ihrem Befehl ohne zu fragen. Sie packte rasch das ihr zugewandte Handgelenk und wickelte einen Strumpf darum. Sie machte einen hübschen Knoten und wickelte dann das andere Ende um den Bettpfosten, wobei sie laut darüber nachdachte, dass das »noch nicht alles war«, dass sie »es ihm richtig besorgen« würde.

Ein Durcheinander aus wohlgeformten nackten Armen, weißer Baumwolle und langen, schlanken Beinen in schwarzen Seidenstrümpfen kletterte über ihn, und bevor er sich's versah, war auch sein freies Handgelenk nicht mehr frei. Kurz darauf waren auch seine Knöchel genauso simpel wie wirkungsvoll gefesselt. Sie setzte sich auf ihn und lächelte verspielt. Sie formte ihre Hände zu Klauen, ließ ihre roten Nägel glitzern und sagte drohend: »Ich werde dich kriegen, mein kleiner, hübscher Junge«, gefolgt von einem theatralisch gackernden Lachen. Dann stürzte sie sich auf ihn und kitzelte ihn mit den Nägeln unter den Armen. Obwohl sein Hintern brannte wie Feuer, brach er in dröhnendes Gelächter aus und er versuchte sich wegzudrehen, doch er wehrte sich nur halbherzig. Sie stieg von ihm herab, kniete sich neben ihn und strich ihm auf der Suche nach den kitzligsten Stellen mit ihren Fingernägeln über den Körper.

Sobald sie eine fand, spielte sie liebevoll damit und folterte ihn mit seinem eigenen Lachen und seiner Hilflosigkeit gegenüber ihren Attacken. Sie kitzelte ihn ganz sanft und fuhr ihm nur mit den Spitzen ihrer Fingernägel über die Haut. Dann kitzelte sie ihn richtig wild und grub sich mit böser Lust in eine empfindliche Stelle. Sie kitzelte und kitzelte ihn, bis ihm Tränen übers Gesicht liefen und ihm die Seite wehtat vor lauter Lachen. Und sie kitzelte weiter. Unablässig suchten ihre Finger nach seinen Schwachstellen und nutzten sie schamlos aus. Sehr zu seiner Beschämung war er höchst erregt. Er bettelte und flehte sie an, aufzuhören. Zwischen Kichern und Schluckauf rief er sogar »Ich ergebe mich«, doch sie ignorierte ihn einfach.

Sie kitzelte ihn, bis er japsend und keuchend auf dem Bett lag, Hände und Füße noch immer mit Strümpfen ans Bett gefesselt. Sein Schwanz war stahlhart und pochte. Auf seiner Eichel zeigte sich ein kleines Tröpflein Liebessaft und glitzerte im Licht. Er war so weit, das wusste sie. Sie ging ins Bad und kam mit einer Tasse in der Hand zurück. Sie reichte sie ihm und sagte: »Ich will, dass du in diese Tasse masturbierst. Ich will, dass du so lange masturbierst und kommst, bis du nicht mehr kannst.« Mit diesen Worten beugte sie sich vor und band seine Hände los. Er griff nach unten und packte seinen Schwanz fest mit der rechten Hand. Mit der linken hielt er die Tasse. Zu seiner Überraschung und Freude schloss sich ihre rechte Hand über der seinen und pumpte im Rhythmus seiner Bewegungen.

In Gedanken durchlebte er noch einmal die köstliche Qual ihrer Finger und Nägel auf seiner Haut und seine Hilflosigkeit in den zarten Fesseln ihrer Strümpfe. Die erste und zweite Ejakulation folgten kurz aufeinander. Die dritte brauchte unter ihren wachsamen Augen ein wenig länger, doch langsam, aber sicher führte er ihren Befehl aus, die Tasse zu füllen. Irgendwann zählte er nicht mehr mit, wie oft er für sie kam, doch er kam und kam in die Tasse, bis er nicht mehr konnte. Völlig erschöpft blickte er lächelnd zu ihr auf und reichte ihr mit zitternder Hand die mit seinem Samen gefüllte Tasse.

»Hast du Durst, Schätzchen?«, fragte sie, und ihre freundliche Stimme wurde von dem bösen Funkeln ihrer Augen Lügen gestraft.

»Ja, meine Liebe, ich könnte einen Drink vertragen.«

Wortlos reichte sie ihm die Tasse – dieselbe Tasse, die er eben mit seinem Saft gefüllt hatte. Er nahm sie zögernd an, Unsicherheit im Gesicht.

»Trink!«, befahl sie. »Trink!«

Er führte die Tasse an den Mund und neigte sie. Langsam floss die dicke Soße, die selbst vor dem weißen Hintergrund der Tasse perlmuttfarben glitzerte, auf seine Lippen zu. Dann erreichten die ersten Tropfen seinen Mund. Er mochte den unangenehmen, salzigen Geschmack überhaupt nicht, doch ihr warmer, liebevoller Blick genügte, um ihn anzuspornen. Er ignorierte den Geschmack, der doch ganz sein eigener war, und das dicke, visköse Gefühl auf der Zunge und trank ihr zuliebe weiter. Dann war die Tasse schließlich leer, und er schleckte die letzten Tropfen mit der Zunge aus wie ein Hund.

Als er fertig war, band sie seine Beine los und grollte: »Steh auf. Raus mit dir. Und wehe, ich erwische dich noch einmal, wie du mir hinterherschnüffelst. Ich weiß noch viele Strafen für naseweise Männer.«

Er erhob sich von ihrem Bett, drehte sich um und flüchtete über den Flur ins Bad. Überraschenderweise hatten ihn ihre letzten Worte schon wieder erregt. Er schnappte sich ein Handtuch, dann packte er seinen Schwanz und fing an zu masturbieren. Ihre Betonung der Worte *erwischen* und *Strafe* hallte in ihm nach wie eine Schallplatte mit Sprung, und das erregte ihn nur noch mehr. Er fing an, die Hüften gegen das Handtuch zu pressen, bis er den Drang dazu nicht mehr kontrollieren konnte. Er stieß und rieb sich, bis er seinen Saft in dem Handtuch spürte. Er stöhnte vor Erleichterung, aber auch aus Scham vor dem, was er gerade getan hatte, und versteckte das eingesaute Handtuch ganz unten im Wäschekorb.

Handschellen und anderer Kram

Die Herrin war sehr erfreut. Eines ihrer Lieblingsspielzeuge, der attraktive und gut gebaute Viggo, würde am Abend vorbeikommen und ihr als Spielzeug dienen. Je hübscher das Spielzeug, desto lieber spielte sie damit, und etwas Besseres als Viggo konnte sich eine Herrin nicht wünschen. Er war ein Meter achtzig groß, brachte an die hundert ausdefinierte Kilo auf die Waage, und seine Gesichtszüge wirkten wie gemeißelt – bis auf die großen, sinnlichen Lippen. Sein Haar war sandbraun, und seine tiefbraunen Augen nahmen die Farbe dessen an, was er trug. Wenn er nackt war, waren sie grau wie Morgendunst. Als Spielzeug und als Spielgefährte ließ er nichts zu wünschen übrig. Überdies war er ein höflicher und gefügiger Masochist, der seine niedere Position auszufüllen verstand, ohne kriecherisch zu sein. Für diesen Abend hatten sie viel mit ihm vor, weshalb sie sich für ein schwarzes Latex-Minikleid mit einem Reißverschluss vorn sowie für schwarze Lacklederstiefel mit einer dicken Plateausohle entschied, damit sie ausreichend Bewegungsfreiheit hatte. Sie ließ ihr langes, glattes Kastanienhaar offen und etwas zerzaust und schminkte sich mit sehr dunklem Augen-Make-up und dunkelrotem Lippenstift. Ihre langen Fingernägel waren rot lackiert.

Sobald Viggo erschien, führte sie ihn in ihre Kammer, setzte sich auf ihren Thron und ließ ihn mit einer Geste das Ausziehritual vollführen, damit sie ihn inspizieren konnte. Die Herrin und Viggo hatten schon so oft miteinander gespielt, dass die Eröffnung der Szene keiner Worte mehr bedurfte. Während er sich auszog, konnte sie nicht umhin, seinen Körper und sein schönes Gesicht zu bewundern, doch sie behielt ihre Gefühle für sich, um ihre geheimnisvolle Aura nicht zu zerstören und nicht aus der Rolle der Herrin zu fallen. Als er sich nach vorn beugte und die Backen zur Inspektion spreizte, hauchte sie ihm nicht auf den

Anus, sondern tippte zweimal kurz mit dem Finger darauf. Sie wusste, dass Viggo von diesem Bruch ihrer Routine überrascht sein musste, doch er blieb in seiner Haltung, bis sie ihm befahl, die Backen loszulassen, gerade zu stehen, die Hände im Genick, Ellbogen nach außen, und sich vollständig umzudrehen. Als er ihr gegenüberstand, erhob sie sich und ließ die Hände über seinen Körper gleiten. Sie fühlte seine Muskeln, strich mit den Nägeln über seinen Rücken, zwickte seine Brustwarzen und wog seine Genitalien in der Hand. Sie verkündete, dass sie seine Dienste entgegennehmen würde. Das tat sie immer. Dann entnahm sie der kleinen Kommode neben ihrem Thron ein Paar Handschellen. Sie hielt sie bereit und stellte sich hinter ihn.

»Gefällt dir dieses Geräusch?«, fragte die Herrin, die sehr wohl wusste, dass Viggo es mochte. »Hörst du dieses wunderschöne metallische Klimpern, das dich immer so erregt? Nichts klingt schöner als ein Paar echter Polizeihandschellen, weißt du. Und findest du nicht auch, dass dieses klickende Geräusch, wenn sie sich um deine Handgelenke schließen und dich scheinbar endgültig deiner Freiheit berauben, wahnsinnig erregend ist und ein Gefühl der absoluten Ergebenheit erzeugt? Natürlich findest du das! Sonst wärst du ja nicht hier! Deshalb schließe ich sie ja auch immer besonders langsam. Und da deine Hände hinter deinem Rücken sind, während ich vor dir stehe, weiß ich auch, dass dich die Nähe unserer Körper erregt. Ich sehe dir in die Augen, während ich vor dir stehe. Jedes leise Klicken spiegelt sich darin wider, und ich sehe die Tiefe deiner Unterwerfung. Wenn du wüsstest, wie sehr ich es genieße, die Handschellen genau richtig einzustellen: eng genug, dass du deine Hände nicht herausziehen kannst, und lose genug, dass ich noch einen Finger dazwischenschieben und dich berühren kann, um dich zu beruhigen, wenn du dich unter dem kühlen, rostfreien Stahl windest und abkämpfst. Ganz besonders gern hake ich meine Finger unter die Handschellen, wenn du an mein Kopfbrett gefesselt bist und ich auf dir sitze ... Aber das steht heute nicht auf dem Programm, mein armer Viggo. Heute wirst du für mich leiden.«

Die Herrin liebte es manchmal, mit ihm zu reden, während sie ihn (körperlich und psychisch) vorbereitete. Heute war einer dieser Abende mit Plauderstimmung, zumindest bis jetzt. Obwohl Viggo bereits die Hände auf dem Rücken gefesselt waren, hatte die Herrin noch mehr mit ihm vor. Sie hatte sich die Zeit genommen, aus einem roten Seil eine Art Halfterweste zu flechten, die sie an den Handschellen befestigen konnte. Sie führte das Seil über seinen Nacken, seine Schultern und unter den Achseln hindurch, dann wickelte sie den Rest um seinen Rücken und den Brustkorb. Auf diese Weise würde das Seil ihn nicht erwürgen, während das ganze Arrangement dennoch fest saß und so eng anlag, dass es Abdrücke auf der Haut hinterließ, vor allem auf der Haut unter den Armen. Der Herrin gefiel der Gedanke, dass sie ihn dezent gebrandmarkt hatte und er ein oder zwei Tage lang mit rötlich-blauen Strichen herumlaufen würde. Außerdem hatte sie in seinem Nacken eine geknotete Schleife vorgesehen, und so gut wie sie ihn kannte, fragte er sich bestimmt, wozu sie gut war.

Die Herrin spürte eine unangenehme Erregung in Viggo aufsteigen, weil ihm klar wurde, dass er nackt und schon halb gefesselt war, und dass sie seinen Oberkörper bewegungsunfähig gemacht hatte. Sie nahm ein kürzeres Stück Seil, führte es durch die Schlaufe in seinem Nacken und dann an seinem Rücken entlang nach unten bis zu der Kette zwischen den Handschellen. Seine Arme waren in den Ellbogen gebeugt, und die Herrin spannte das neue Seil in der Senkrechten von den Handschellen in Richtung Schlaufe. Viggo kämpfte gegen den steigenden Druck auf seine Schultern und seine Oberarme, der sich in dieser unbequemen Haltung aufbaute.

»Auf die Knie mit dir, Sklave. Heute, lieber Viggo, werde ich deine Belastbarkeit auf die Probe stellen, und zwar einfach nur, um mich zu amüsieren. Es ist schon so lange her, dass du für mich gelitten hast, und ich fürchte, du wirst langsam verwöhnt. Also, sag mir, wie sehr du es magst, wenn ich dich auf die Probe stelle. Sag mir, dass du dich danach verzehrst, mein Spielobjekt zu sein. Nicht, dass ich das alles nicht schon wüsste, aber ich höre es einfach gern. Und ich rate dir dringend, dass du jetzt Komplimente und Worte der Anbetung und Verehrung für mich findest, denn ich habe heute noch eine Menge mit dir vor, Sklave Viggo. Ziemlich bald wirst du nämlich nicht mehr in der Lage sein, mit deinen schönen, vollen Lippen irgendwelche Worte zu formen.«

Ohne kriecherisch zu werden, sprach Viggo eloquente Worte der Verehrung und machte der Herrin ein aufrichtiges Kompliment nach dem anderen. Er nannte sie die Inkarnation der Göttin auf Erden, eine wahre Überfrau, die einzige, an die er je dachte, die einzige, die seine Bedürfnisse befriedigen konnte, und dass er ihr zur Verfügung stand, was immer sie auch mit ihm tun wollte. Er machte ihr Komplimente zu ihrem Haar und ihrem Latex und sagte viele Dinge mehr, von denen er wusste, dass sie ihr gefielen. Mit jedem Wort fühlte sie sich mächtiger. Mit jedem Wort spürte sie, wie seine Macht aus ihm schwand und in sie überging. Als kleine Belohnung für seine Lobpreisungen packte sie seinen Kopf und knallte ihn in den Latex ihres Schrittes. Doch Viggo würde so einen Moment niemals ausnutzen. Er versuchte nicht, sein Gesicht an ihr zu reiben oder unzüchtige Dinge mit den Lippen anzustellen, sondern ließ seinen Kopf in ihren Händen ruhen. Nach einem kurzen Moment ließ die Herrin seinen Kopf los und sofort nahm er seine alte Haltung wieder ein, ohne dass sie es ihm befehlen musste.

»Jetzt will ich Folgendes von dir, Sklave Viggo: Lege dich auf den Boden und dreh dich auf die Seite. Du musst dabei sehr vorsichtig sein, weil deine Arme so stark nach hinten gebeugt sind.«

Doch der kluge und bewegliche Viggo hatte keinerlei Mühe, ihrem Wunsch zu folgen. Er ging zuerst in die Knie, dann rollte er auf die Seite, wobei er sich mit dem Kopf abstützte und gleichzeitig das äußere Bein ausstreckte. Fertig! Die Herrin war froh, dass er so elegant vorging und mitdachte, wenn er sich ihr hingab. Viele Sklaven hätten sich einfach nur umfallen lassen und dabei womöglich verletzt. Viggo aber nicht. Sie dankte der Göttin für die Nacht, in der sie sich auf der Party einer gemeinsamen Freundin kennengelernt hatten. Es hatte sofort gefunkt. Spielzeug wie Viggo war rar gesät, sehr rar, und sie hatte vor, ihn zu behalten.

»Sehr gut gemacht, Viggo, sehr elegant. Und jetzt dreh dein Gesicht zur Decke«, sagte die Herrin freundlich. Dann stellte sie sich über sein Gesicht, ihre schwarzen Schuhe links und rechts von seinem Kopf.

»Und jetzt, Sklave Viggo, befehle ich dir, an meinen hübschen Beinen entlang unter mein Kleid zu gucken, während ich über dir stehe. Dann sagst du mir, was du siehst.«

Viggo tat, wie ihm befohlen. Er fing mit ihren Stiefeln an und studierte sie gründlich, dann wanderte er weiter nach oben zu ihren süßen, runden Knien, bis er schließlich bei ihren wohlgeformten, aber kräftigen Schenkeln ankam. Dann blickte er unter ihr Kleid, und seine Augen weiteten sich freudig überrascht. Was er sah, ließ ihn alles Ungemach der Handschellen und Fesseln vergessen. Er stöhnte vor purem, nacktem Verlangen.

»Herrin, Ihr seid rasiert!«, rief Viggo aus.

»Ganz recht, Sklave! Ich habe auch hier mit der Routine gebrochen und mich frisch rasiert. Natürlich habe ich es nicht selbst getan! Dieses makellose Werk wurde erst heute Nachmittag von meiner kleinen Sklavin vollbracht. Ich hoffe, du hast nicht gedacht, dass ich dir eine solche Freude machen würde, oder? Na, das würde mich doch sehr wundern.« Den letzten Satz sprach die Herrin äußerst streng. Dann fuhr sie fort: »Nur um dich noch etwas mehr zu foltern, werde ich jetzt ein wenig in die Knie gehen, damit du besser sehen kannst.« Das tat sie dann auch – und sah Viggos Augen glasig werden. Gut! Das hieß, dass er immer tiefer in den Subspace abtauchte, wo sie ihn haben wollte. »So nah und doch so fern«, neckte sie ihn und ging noch ein paar Zentimeter weiter in die Knie.

Dann tat Viggo zu ihrer großen Überraschung etwas, das er noch nie getan hatte und was sie niemals von ihm erwartet hätte. Er streckte die Zunge heraus und wackelte damit herum, als würde er sie lecken!

»Steck diese ekelhafte Zunge wieder in den Mund! Wie kannst du es wagen, mich so respektlos zu behandeln! Von da unten wirst du niemals in meinen geheimen Garten kommen, und das Gewackel deiner schweinischen Schlabberzunge ekelt mich an. Es ekelt mich an und macht mich wütend!« Die Herrin sah ihn sehr streng und bedrohlich an, und Viggo besaß die Würde und den Verstand, ihr sofort zu gehorchen und beschämt dreinzuschauen.

Doch die Herrin hatte oft abrupte Stimmungswechsel, genau wie jetzt. Sie ging so weit in die Knie, bis der Rand ihres Kleides beinahe Viggos Gesicht berührte. Dann senkte sie die Stimme zu einem Gurren, um ihn zu necken und zu quälen. »Meine hübschen rosa Lippen sind fast so nah, dass du meinen Duft schnuppern kannst, stimmt's? Das nenne ich die ›Schnüffeldistanz‹. Du würdest alles tun und alles erdulden, um deine Herrin zwischen den Beinen zu verehren, stimmt's? Also sag mir: Gefällt dir, was du siehst? Ich will es von dir hören!«

Viggo stöhnte vor Verlangen und fing an, seine Gedanken auszusprechen. Er sagte ihr, wie sinnlich ihre rosa Lippen aussahen, Lippen, die er bislang nur kurz gesehen hatte, wenn sie auf ihm ritt. Er erzählte ihr, wie er sich danach verzehrte, sie zu kosten, und beschrieb, wie köstlich süß sie schmecken würde, wie er sich danach sehnte, ihren köstlichen Saft zu schlucken, und wie seine Zunge ihren Lustknopf suchen und immer wieder drücken würde, um sie zu beglücken. Obwohl die Herrin seine sehnsuchtsvollen Worte sehr genoss, stand sie abrupt auf und versetzte ihm einen mittelharten Tritt in den Hintern. Sie wollte an diesem Abend noch viele Spiele mit Viggo spielen, und später wäre noch genügend Zeit für Komplimente und Bewunderung.

Sie sprach in beiläufigem Ton mit ihm, als würden ihr seine Worte nichts bedeuten. »Heute nicht, Sklave, und vielleicht auch nie. Aber träumen kostet nichts! Denk einfach an die paar Mal, die ich auf dir geritten bin, zu meinem Vergnügen. Und heute Abend musst du dich noch würdig erweisen. Ich habe andere Spiele im Sinn, die ich mit dir spielen will. Sag mir, tun dir die Schultern weh von den Handschellen, die ich mit dem Seil in deinem Rücken festgezurrt habe? Du bist so stramm gefesselt und so unheimlich verletzlich. Wenn ich wollte, könnte ich das gleich ausnutzen, um alles mit dir anzustellen, was mir in den Sinn kommt.«

Er fing an zu flehen und zu stöhnen und sich auf dem Boden hin und her zu wälzen, so gut es mit den Handschellen und dem Seil eben ging. Die Erwartung der Dinge, die sie mit ihm als Nächstes vorhatte, wirkte in Verbindung mit seiner erotischen Not extrem erregend auf ihn – und mit jedem ihrer Worte, mit jeder Handlung, die sie an ihm vollzog, fühlte er sich ohnmächtiger. Sein Flehen war nun beständig, fast schon hirnlos, während er nur dalag und hilflos darauf wartete, dass sie sich mit ihm vergnügte.

»Hör auf zu betteln, das gehört sich nicht und weckt in mir den Wunsch, dich zu treten.« Die Herrin versetzte ihm einen kleinen warnenden Tritt in den Bauch. »Weißt du, ich finde es eine gute Sache, wenn man seinen Besitz markiert. Zufälligerweise habe ich da einen kurzen, dicken und hässlichen Buttplug, der sich super dafür eignet. Hör auf, dich so zu winden! Ich weiß, was du vorhast. Du willst dein Ding da (sein Ständer war beachtlich) zwischen den Schenkeln reiben. Du weißt, dass du das nur mit meiner Erlaubnis darfst und machst es trotzdem! Ich fürchte, du hast dir gerade eine harte Strafe eingehandelt, Sklave. Ich werde den Plug nicht langsam einführen, sondern ruckzuck reinrammen. Immerhin kriegst du dennoch etwas Gleitmittel.«

Die Herrin schmierte den hässlichen, dicken Buttplug kurz mit Gleitmittel ein, dann bückte sie sich ohne weitere Vorbereitung und ohne sich um seine Befindlichkeit zu scheren, drehte ihn auf den Bauch, spreizte seine Backen und bohrte das Ding sehr schnell in Viggos enge, faltige Öffnung. Obwohl er nach unten gedrückt hatte, um den Plug leichter aufzunehmen, schrie er auf vor Schmerz, doch das kümmerte sie nicht weiter. Als Nächstes wollte sie dafür sorgen, dass das fiese kleine Ding nicht herausrutschte, und sie beschloss, es festzuschnallen. Dafür brauchte sie noch mehr von dem roten Seil, was ihr ganz recht war, denn sie liebte das sinnliche Gefühl eines Seils in der Hand. Viggo wusste sehr gut, dass die Herrin sehr geschickt damit umgehen konnte.

Sie holte ein Stück Seil, das lang genug war, um einen »Schweifhalter« zu machen, und legte los. Sie nahm das Seil doppelt, wickelte es zweimal um seine Taille und führte die zwei Stränge dann auf seine Vorderseite. Sorgfältig legte sie je einen Strang auf eine Seite seines Sacks, dann zog sie die Stränge stramm durch seine Arschritze. Dabei achtete sie darauf, dass die Seile direkt über der flachen Seite seines Buttplug lagen. Dann zog sie die beiden Stränge unter dem Seil, das um seine Taille gewickelt war, hindurch und wieder nach unten, um sie dann wieder zurückzuführen: zuerst stramm durch die Ritze und über den Buttplug und dann über die Mitte seines Sacks, als Trennung zwischen den Eiern. Schließlich führte sie das verbleibende Seil an seinem Körper nach oben und befestigte es mit einem Doppelknoten an Viggos Taille. So war der Buttplug stramm in seinem Anus fixiert, mit dem weiteren Vorteil, dass seine Eier auseinandergehalten wurden – und überdies sah es sehr hübsch aus. Viggo sah gut aus in rotem Seil, deshalb nahm sie auch immer das rote. Sie hatte es sogar genau auf seine Größe zugeschnitten.

»Oh ja. Ja! Was für ein hübsches Paket du abgibst!«, rief die Herrin. »Dein Hintern ist einfach prächtig, und mein Besitz ist jetzt ordentlich markiert. Und für das, was als Nächstes kommt, mein gefesselter und zugestöpselter Viggo, musst du in die Knie gehen.«

Sie versetzte ihm einen groben Tritt mit der Stiefelspitze, damit er sein Gesicht auch ordentlich in den Teppich presste. Mehr Seile! Sie wollte mehr Seile! Gemütlich wickelte sie ihm etwas davon um die Knöchel und verknotete es zu einer klassischen Fußfessel. Sie nahm die dabei überstehenden Enden und zog ihm die angewinkelten Knie nach hinten. Die Enden waren lang genug, um sie mit dem Seil um Viggos Hüften zu verknoten, was sie denn auch mit der für sie typischen Effizienz tat. Als sie damit fertig war, stellte sie fest, dass sie noch weitere Fesseln einsetzen konnte, um eine maximale Wirkung zu erzielen. Sie zog die beiden Stränge hoch bis zu dem Handschellen-Seil-Arrangement an Viggos Handgelenken und band sie dort fest. Es war nicht die klassische »Schweinefessel«, aber es war hübsch gemacht und sah sehr kreativ aus. Die Herrin war ausgesprochen zufrieden mit sich und dem Ergebnis.

Viggo fing an zu stöhnen, weil die unbequeme Lage sehr anstrengend war: Seine Arme und Schultern taten weh, seine Eier waren auseinandergedrückt, der Schweifhalter drückte in der Taille, seine Öffnung pulsierte und schmerzte wegen des Buttplugs und sein armer ignorierter Schwanz, sein schönstes Ding, wurde unbeachtet in den Boden gequetscht. Doch die Herrin kannte Viggo gut genug, um zu wissen, dass dieses Stöhnen immer noch ein Stöhnen der Schmerzlust war und dass er als guter Masochist in der Lage war, sich in seinen Fesseln zu entspannen, weiter in seinen Subspace abzudriften und den Schmerz in erhebende Lust zu verwandeln. Und Viggo kannte seine Herrin gut genug, um keine Gnade zu erwarten.

»Ich glaube, du wirst so schnell nirgends hingehen, mein lieber gefesselter und zugestöpselter Viggo«, sagte die Herrin, und ihre Stimme triefte vor süßem Sarkasmus. »Ich sehe, wie verspannt deine Schultern und Arme sind, und ich muss sagen, ich finde deine Qualen sehr unterhaltsam und erregend. Ich hoffe übrigens, dass du mein Versprechen nicht vergessen hast, dass du später etwas im Mund haben wirst. Allerdings glaube ich nicht, dass wir beide an das Gleiche denken!«

Mit diesen Worten trat sie einen Augenblick zur Seite, dann kam sie mit einem knallroten Ballknebel wieder. »Schön weit aufmachen«, befahl sie ihm neckisch, als würde sie mit einem Kind sprechen. Als Viggo den Mund aufmachte, schob die Herrin den Knebel hinein und schnallte ihn schnell an seinem Kopf fest. »So ist's brav«, sagte sie. »Du wolltest doch etwas im Mund haben. Da kannst du mal sehen, wie gut ich mich um dich kümmere. Dein Wunsch ist mir Begehr. Er hält den Mund ziemlich weit auf, stimmt's? Du siehst unheimlich verletzlich und hilflos aus mit den ganzen Seilen und den Handschellen. Und ich liebe den Stöpsel in deinem Hintern! Du musst es noch ein bisschen länger aushalten, dass du so verschnürt bist, ich will jetzt nämlich ein schönes warmes Schaumbad nehmen. Ich bin ja richtig ins Schwitzen gekommen, während ich dich versorgt habe. Hier, halte das hier fest.«

Sie drückte ihm ein Messingglöckchen in die Hand. Er wusste, wozu es diente: Er sollte damit klingeln, wenn irgendetwas schiefging oder er Probleme bekam, während sie badete. Das Badezimmer war direkt nebenan, sie war also nicht weit weg.

»Nach meinem Bad ziehe ich meine Stiefel wieder an, damit du etwas zum Verehren und Saubermachen hast, wenn ich dich losbinde und dir den Knebel und den Stöpsel herausnehme. Dann kannst du mit deiner Schlabberzunge endlich mal was Nützliches tun. Wenn du mit meinen Stiefeln richtig gute Arbeit leistest und mir den gebührenden Respekt erweist, erlaube ich dir vielleicht, zu meiner Unterhaltung vor mir zu masturbieren. Ich werde ungefähr eine Stunde planschen. Wenn du brav gewesen wärst, hättest du mich baden dürfen – aber so spielt das Leben! Und Viggo, versuch nicht, auf meinen Teppich zu sabbern, während ich weg bin.«

Die Herrin machte auf dem Absatz kehrt und ging ins Badezimmer. Die Tür ließ sie einen Spalt weit offen. Viggo konnte von seinem Platz auf dem Boden aus ins Bad sehen und wusste, dass sie die Tür absichtlich offen gelassen hatte. Vielleicht, damit sie ihn hören konnte, wenn er klingelte, vielleicht aber auch nur, weil sie ihn noch ein bisschen triezen wollte. Sie saß am Fußende der Badewanne und goss großzügig Badelotion ins einlaufende Wasser. Dann zog sie ihre Stiefel aus. Sie stand auf, drehte sich mit dem Rücken zur Tür, öffnete den Reißverschluss ihres Kleides und ließ es auf den Boden fallen. Viggo stöhnte hinter seinem Knebel vor Lust. Selbst von hinten war sie wunderschön, und er sah zum ersten Mal ihre Tätowierung. Bei den seltenen Gelegenheiten, da sie ihn geritten hatte, war sie immer angezogen und ihm zugewandt gewesen.

Nachdem sie das Wasser mit einem Zeh geprüft hatte, stieg sie anmutig in die Wanne und ließ sich in den Schaum sinken. Viggo hielt die Augen an den Türspalt geheftet, um seine Erregung zu nähren. Er fing an zu warten.

Abendessen, Kino, und dann geht's ab

Ich liebe Seile! Seile sind herrlich sinnliche Fesseln. Das Wesen eines Seils macht eine Fesselung damit aufwändiger, aber auch persönlicher als eine Fesselung mit Leder, und viel intimer, als jemand aus der Vanille-Welt es sich vorstellen würde. Die Zeit und Sorgfalt, die man in die Platzierung der Stränge und Knoten legen muss, und der enge Kontakt zwischen Haut und Seil machen eine Bondage zu einem in mehrfacher Hinsicht höchst fesselnden Erlebnis. Weiche, aber trotzdem erotische Seile aus Nylon und Seide sind für mich das Material für eine meiner liebsten Bondage-Arten, die männliche Genitalbondage. Ich habe sie von einem versierten Switch gelernt, der wusste, was ein Mann an dieser Sache schätzt. Ein wirklich intimer Kenner der Materie. Junge, hatte ich Spaß, als er mir das alles beibrachte – ich konnte so oft an ihm üben, bis ich so gut darin war wie er. Und wie sehr er es genoss, das Objekt einer solch intimen und ungeteilten Aufmerksamkeit zu sein! Ich finde Genitalbondage unheimlich aufregend und befriedigend. Der Anblick der ganzen männlichen Organe, die so eng verschnürt und hervorgezerrt sind, hat etwas unendlich Verletzliches und Unterwürfiges.

Bevor wir heute Abend essen gingen, band ich ein einfaches rotes Band um seinen Schwanzansatz, ein Symbol meiner Herrschaft über ihn. Dieses Band sorgte während des Essens nicht nur für ein leichtes Unbehagen, sondern erinnerte ihn permanent und lebhaft an meine Macht. Ab und zu fragte ich ihn, wie es sich anfühlte, und freute mich sehr über die Schamesröte, die ihm ins Gesicht stieg. Nach dem Essen musste er mich um Erlaubnis fragen, gerade mal so lange ablegen zu dürfen, dass er auf die Toilette konnte. Ich gab ihm diese Erlaubnis, weil ich der Ansicht bin, dass es das unveräußerliche Recht eines Menschen ist, einem derartigen körperlichen Bedürfnis nachzugeben, doch ich ermahnte ihn streng, dass er als mein Eigentum nicht an sich herumspielen durfte. Als er an den Tisch zurückkam, bat ich ihn um seine Brieftasche und gab dem Kellner ein Zeichen, dass wir zahlen wollten. Aus Gewohnheit überreichte der Kellner die Rechnung meinem männlichen »Begleiter«.

»Geben Sie sie mir«, sagte ich, »er bekommt kein Geld von mir.«

Und wieder wurde ich mit dem Anblick der aufsteigenden Schamesröte belohnt. Er trug es aber mit Fassung. Es war nicht das erste Mal, dass ich dieses Spielchen mit ihm spielte. Ich gab ein großzügiges Trinkgeld, dann verließen wir das Restaurant in Richtung Parkhaus. Sobald wir im Auto saßen, verlangte ich eine richtige Bondage für seine Geschlechtsorgane, etwas Anspruchsvolleres als das schmale Bändchen, das er während des Essens getragen hatte. Ich befahl ihm, sich gleich hier im Parkhaus zu entblößen, damit ich meinen Besitz in Anspruch nehmen konnte. Ich förderte ein deutlich längeres Stück roten Bandes aus meiner Tasche zutage. Dieses Mal band ich es fest um seinen Sack und den Schwanzansatz und ließ einen Strang von etwa einem Meter Länge übrig. Diesen Teil des Bandes zog ich unter seiner Unterhose nach oben und über den Bund seiner Hose. Dann steckte ich ihn diskret in seine Hosentasche.

Zu unserer Abendplanung gehörte ein Film nach dem Essen, der vor Kurzem angelaufen war und er uns beide interessierte: *Gladiator* mit Russell Crowe. Sex und Gewalt sind für uns beide eng miteinander verbunden, und der Film war ein schön gefilmtes Action-Drama mit toll gemachten Special Effects. Die Verbindung von angedeutetem Sex und sichtbarer Gewalt hatte bei ihm die gewünschte Wirkung, und ich machte mir während des gesamten Films einen Spaß daraus, in seine Tasche zu greifen und an dem Band zu ziehen. Manchmal gab ich ihm einen harten Ruck, manchmal zog ich langsam daran, um den Druck und die Empfindung langsam zu steigern, und manchmal zog ich ganz sanft daran, nur um ihn daran zu erinnern, dass ich ihn im Griff hatte. Meine Finger berührten nicht einmal seinen Schritt, doch das Band wirkte wie eine Hand, die sich um seine hochempfindlichen und erregten Genitalien schloss. Ich fühlte, dass er sich vollkommen in meinem Besitz fühlte – und meiner Aufmerksamkeit gewiss.

Bevor wir nach dem Film nach Hause fuhren, befahl ich ihm noch einmal, sich auf dem Parkplatz zu entblößen. Die Angst, an diesem weniger versteckten Ort entdeckt zu werden, stand ihm ins Gesicht geschrieben, doch als der gute Sklave, der war, gehorchte er mir. Als er die Hose offen hatte, leitete ich das Band nach oben unter seinem Hemd entlang und durch den Ärmel wieder nach unten. Dann band ich das Ende an das Armband seiner Uhr. Während er fuhr, war das einigermaßen angenehm für ihn (außer vielleicht bei engen Kurven), doch als er dann aus dem Auto stieg, war klar, dass das Band nicht lang genug war für seine Größe. Er war gezwungen, leicht nach vorn gebeugt zu gehen und die Schulter schräg zu halten, um seine Kronjuwelen nicht abzureißen. Ich fand das unheimlich amüsant, und es gefiel mir unheimlich gut, wie er mir seine Hingabe und die Unterwerfung unter meinen Willen demonstrierte.

Als wir nach Hause kamen, nahm ich das Band ab und verpasste seinem Sack und seinem Schwengel durch die Hose hindurch ein paar Backpfeifen. Dann befahl ich ihm, sich zur Inspektion auszuziehen. Ich liebe es, ihn zu inspizieren. Er findet es so erniedrigend und schön, und ich weiß genau, welche Schalter ich bei ihm drücken muss. Ich achte bei der Inspektion immer darauf, dass seine Haut nicht verletzt oder gereizt ist, bevor ich mit der Schwanz-und-Eier-Folter weitermache. Ich hatte beschlossen, dass ich ihn gern mit allen vieren von sich gespreizt auf mein raffiniert getarntes Bondage-Bett fesseln wollte. Für einen uninformierten Beobachter sieht es einfach aus wie ein großer Futon, der gut auf die Einrichtung des Wohnzimmers abgestimmt ist, aber wir wissen es besser, stimmt's? Die Vorstellung, ihn an Händen und Füßen gefesselt zu sehen, weit gespreizt, damit ich mich mit ihm vergnügen kann, macht mich scharf. Der Anblick seiner Finger, die sich an die Fesseln klammern, während ich mich ihm zärtlich (oder auch weniger zärtlich) widme, ist unheimlich erregend. Was ich auch sehr gerne mache, ist, seine Beine mit Seilen an den Knöcheln zu spannen und so weit wie möglich auseinanderzuziehen, um sie dann fest an meinen Bondage-Futon zu binden.

Ich mag es, wenn meine Bondage leichte rote Abdrücke auf seiner Haut hinterlässt, sodass er davon gezeichnet ist, wenn auch nur für kurze Zeit. Ich mache eben gern Eindruck. Heute Abend fessle ich ihn also mit ausgestreckten Armen und Beinen nackt und hilflos ans Bett. Ich weiß, dass seine Gedanken um meine gnadenlose Bondage kreisen, um seine absolute Hilflosigkeit und darum, dass er nicht das Geringste tun kann, um mich an dem zu hindern, was ich mit ihm vorhabe. Ich weiß auch, wie sehr er danach dürstet, sich völlig frei von Schuld zu fühlen, denn das bringt eine Bondage mit sich, und wie sehr er deren umwerfend befreiende Wirkung genießt. Weil er dieses Erlebnis so liebt und weil ich möchte, dass er alles sieht, was ich mit ihm anstelle, verbinde ich ihm so gut wie nie die Augen. Ich liebe es, die Emotionen auf seinem Gesicht zu verfolgen, wenn ich meine Seiltricks vollführe. Ich genieße diesen Anblick sehr, und er hilft mir, seine verborgensten Ängste und Wünsche zu verstehen.

Heute Abend allerdings sollte er nicht viel sehen. Mein Plan lautete, ihm wirkungsvoll die Sicht zu nehmen, während ich meinen Spaß habe und ihm gleichzeitig einen Gefallen tue: Während ich ihm die letzten Genitalfesseln anlegte, wollte ich mich ihm aufs Gesicht setzen. Er hatte nur einen kurzen Moment, um zwischen meinen schlanken, muskulösen Schenkeln nach oben zu linsen, während ich ein Bein über seinen Kopf schwang und es mir auf seinem Mund gemütlich machte. Ich weiß, dass er enttäuscht ist, weil ich ein einfaches Baumwollhöschen trage, aber es ist trotzdem eine Belohnung für ihn, und er wird nicht wagen zu betteln, dass ich es ausziehe. Als würde ich es tun, nur weil er mich bittet! Ich setzte mich vorsichtig so hin, dass meine Beine nicht auf seinen Kopf drückten. Um das Gleichgewicht zu halten, legte ich die Knie auf seinen Schultern ab. Was für eine göttliche Art, jemanden festzuhalten!

Als ich sah, dass er anfing anzuschwellen, lehnte ich mich nach vorn und arbeitete schneller, um das Blut in seinem Schwanz zu stauen. Aus einem Stück dünnen Seils, das ich extra für diese Bondage besorgt hatte, machte ich eine doppelte Schlinge und umschloss stramm seinen Sack damit. Dann führte ich die beiden Stränge zwischen seinen Eiern entlang, um sie auseinanderzuhalten. Nachdem ich dieses Päckchen an seinem Schwanzansatz verschnürt hatte, führte ich das restliche Seil über Kreuz um seinen Schwanz, indem ich einen einfache Knoten machte, den ich leicht anzog, und wiederholte das Ganze, bis die letzte Schlaufe mit Knoten direkt unter dem Rand seines prall geschwollenen purpurnen Köpfchens lag. Ich wusste, dass er an dieser höchst empfindlichen Stelle den Druck spüren würde. Als ich mit allem fertig war, waren immer noch zweimal 30 Zentimeter Seil übrig, die ich immer als »Zügel« verwende. Ich wickele sie mir fest um die Hände, als wären es wirklich Zügel, und gehe gemütlich reiten. Es macht mir unheimlich Spaß, wenn er in mein Höschen stöhnt, und ich werde immer erregter.

Er kennt seine Rolle, und ich habe ihn darauf trainiert, wie man mir zu dienen hat, selbst wenn es durch mein Höschen hindurch geschieht. Ich lasse die Hüften ein ganz klein wenig kreisen, damit er seine Zunge optimal zur Geltung bringen kann, während er damit fieberhaft versucht, meinen Lustknopf unter dem Baumwollhöschen zu finden. An diesem Punkt richte ich mich auf und fange an, die Knie seitlich an seinen Hals zu drücken. Ich schwinge die Hüften immer heftiger und geile mich langsam wirklich auf, wobei ich fast vergesse, dass er da ist. Das Seil, mit dem ich seinen Sack und seine Eier verziert habe und das ich in meinem Lustrausch ziemlich straff gezogen habe, ist ihm schmerzhaft bewusst. Als ich anfange, meinen Hüftschwung mit einer auf und ab wippenden Bewegung über seinem Kopf zu verbinden, wird ihm klar, dass ich wirklich an den Zügeln ziehe, als würde ich nicht auf seinem Gesicht reiten, sondern auf einem Pferd. Ich spüre, wie er nach Luft schnappt, während er sich abmüht, um mir zu gefallen, aber ich mache mir keine Sorgen, da kommt noch genügend Luft ran. Mein Höschen ist schon lange feucht, und meine Feuchte spornt ihn noch mehr an. Ich weiß, dass er meinen klebrigen Saft an meinem Höschen spüren will, damit er versuchen kann, ihn einzusaugen.

Mit geschlossenen Augen schwelge ich darin, ihn zu benutzen, ihn ohne Rücksicht auf seine eigenen Bedürfnisse zu nehmen. Doch dann öffne ich sie kurz und sehe, dass sein pulsierendes und schmerzendes Gerät auf enorme Größe angeschwollen ist und er auf jeden straffen Zug meiner Zügel reagiert. Klare Lusttröpfchen lassen mich böse lachen, weil er so erregt ist. Ich bin kurz davor zu kommen, und wir beide wissen, dass ich meine Lust noch steigern kann, wenn ich ihn zwinge, sich zu erleichtern. Ich lehne mich im rechten Winkel nach vorn, nehme nur seine Eichel in die Hand und fange an, sie zu reiben, wie ich es bei ihm beobachtet habe. Mit meinen rechteckig gefeilten Nägeln kratze ich hauchzart über seinen dick geschwollenen Knubbel. Zwischen meinen Schenkeln höre ich ein ersticktes Stöhnen, und ich befehle ihm, mich weiter zu beglücken, weil er das vor lauter Erregung offenbar vergessen hat. Er gehorcht, und ich wippe und kreise immer energischer, während er mich mit Zunge, Lippen und Zähnen bedient, wie ich es am liebsten mag. Mein Höschen ist triefnass, und ich spüre, wie er daran saugt, um meinen Saft zu trinken.

Während ich ihn reibe, spüre ich das dünne Seil, mit dem ich ihn gefesselt habe, und das erregt mich noch mehr. Seine gespreizte Haltung, die Seile, mit denen ich ihn gefesselt habe, das Gewicht meines Körpers, das auf ihm lastet und ihn noch zusätzlich gefangen hält – die Verbindung all dessen lässt mich beinahe kommen, doch ich halte mich zurück. Ich will, dass er nur das unablässige Zurren an den Zügeln und meine Hand an seinem Schwanz spürt. Ich will ihm den letzten Tropfen entreißen, und ich will, dass er meinen Saft bis zum letzten Tropfen aufleckt. Er pocht und pulsiert, und als ich spüre, wie sich sein Saft den Weg durch seinen Schwanz bahnt, ziehe ich die Hand zurück. Ich liebe es, wenn sich seine Soße in perlmuttfarbenen Fäden über seinen Bauch verteilt. Ich erfreue mich an der Menge und an dem glitzernden Muster, das entsteht. Nachdem er gekommen ist, reite ich auf seinem Gesicht meinem eigenen zuckenden Höhepunkt entgegen und spüre, wie er völlig außer sich den Nektar durch mein Höschen schlürft. Völlig erschöpft sinke ich auf seiner Brust zusammen. Wir ruhen uns beide eine Weile aus, bevor ich die Kraft habe, mich zu erheben und seine Fesseln abzunehmen.

Nachdem er sich saubergemacht hatte, brachte ich ihn zur Tür und dankte ihm für den wunderbaren Abend. Er fiel auf die Knie und küsste mir verehrungsvoll die Füße. Er wusste, dass weitere exotische Freuden auf ihn warteten.

Trink deine Milch, mein Lieber

Als ich um die zwanzig war, fuhr ich mit meinen Eltern für eine Woche ans Meer, was nicht häufig vorkam. Wer will in diesem Alter schon mit seinen Eltern Urlaub machen? Ich ging aber hauptsächlich wegen zwei mit meinen Eltern befreundeten Paaren mit, den Sansones und, vor allem, den Penzas. Die Penzas hatten einen Sohn, Alex, der ein paar Jahre älter war als ich. Alex und ich kannten uns seit der Grundschule, und wenn die Familien einander besuchten, spielten wir oft zusammen. Als wir älter wurden, fing Alex an zu flirten, doch durch Umzüge oder abnehmenden Kontakt zwischen den Familien sah ich Alex immer seltener und es kam nie zu mehr. Ich hatte ihn also seit Jahren nicht gesehen und war unheimlich gespannt darauf, was für ein Mann er nun war. Als Junge war Alex sehr hübsch gewesen, mit dichtem, welligem, mittelbraunem Haar, unglaublichen, himmelblau leuchtenden Augen, einem ausdrucksstarken Gesicht und dem reifenden Körper eines Footballspielers. Doch die Zeit ändert alles, und im Fluss des ewigen Wandels konnte aus einem hübschen Jungen auch ein hässlicher Mann werden. War das mit Alex auch so? Oder hatte er sich einfach vom gut aussehenden Jungen in den gut aussehenden Mann gemausert, wie ich hoffte?

Ich fuhr mit meinem eigenen Auto ans Meer, weil ich ein Fluchtfahrzeug wollte, falls die Lage zu angespannt werden sollte. Ich trug ein hübsches Sommerkleid, und zwar nicht nur, weil es beim Autofahren bequem war, sondern weil ich bei meiner Ankunft zumindest einigermaßen vorzeigbar sein wollte. Wie sich herausstellte, war unser Feriendomizil ein hübsches altes Haus im viktorianischen Stil mit geräumiger Veranda, die die Besitzer mit einer Schaukel, weißen Korbmöbeln und altmodischen Laternen eingerichtet hatten. Als ich in die Einfahrt bog und den Weg hinters Haus nahm, fiel mein Blick sofort auf die »Märchenhütte«.

Eine Märchenhütte war ein großer Schuppen, vielleicht zwei mal drei Meter groß, der innen und außen wie ein kleines Haus eingerichtet wurde. Ich habe keine Ahnung, warum man diese Dinger Märchenhütte nannte, vielleicht weil es fantasievolle Kreationen waren, die den kindlichen Wunsch nach einem kleinen Rückzugsort außerhalb der Welt der Eltern widerspiegelten.

Diese Märchenhütte war besonders bezaubernd. Sie hatte Stromanschluss, so dass man sich auch nach Einbruch der Dunkelheit darin aufhalten konnte. Zwei kleine Treppenstufen führten auf einen Vorsprung, der mit blühenden Topfpflanzen geschmückt war. Links und rechts der Tür befand sich je ein Fenster. Die Tür war nicht verschlossen, und ich ging hinein. Die Wände waren mit einem blasslavendelfarbenen Stoff bespannt, aus dem auch die Vorhänge gemacht waren. Den Boden bedeckte ein Teppichboden in dunklerem Lavendelton, und darauf wiederum lag ein dazu passender Aubusson-Teppich. Ein Sofa und ein Sessel hatten ein weißes Blumenmuster, das sehr gut zu den Lilatönen des Zimmers passte. Vor dem Sofa stand ein kleiner gläserner Couchtisch, neben dem Sessel ein kleines Serviertischchen. In einem kleinen Regal standen neben Büchern auch gerahmte Bilder, ungewöhnlicher Nippes und eine Stereoanlage. In einer Ecke befand sich eine Mini-Küche mit einem kleinen Kühlschrank, auf dem eine kleine Mikrowelle stand. Auf einem Regal darüber stand ein kleiner Stapel ordentlich arrangierter Teller, Schüsseln und Ähnlichem. In einer anderen Ecke, auf einem gefliesten Teil des Bodens, stand ein Kohleofen, direkt daneben ein Eimer mit Kohlen und Ofenzubehör, sodass das Hüttchen auch in kalten Nächten bewohnbar war. Ich war ganz verzaubert und wusste, dass ich dort viele Stunden verbringen würde.

Es war mitten am Nachmittag, und ich war die Letzte der Anreisenden. Genug der Märchen – es war Zeit, hineinzugehen und die Familien zu begrüßen. Natürlich wollte ich vor allem Alex wiedersehen. Ich nahm die Hintertür und ging durchs Haus ins Wohnzimmer, wo ich Leute lachen hörte. Als ich durch den Türbogen ging, entdeckte mich einer von ihnen und rief: »Seht mal, wer da ist!« Bevor ich mich versah, wurde ich von zehn Menschen so überschwänglich bestürmt und umarmt und geküsst, wie man es von vielen italienischen Familien kennt. Über die Köpfe der Küssenden und Drückenden hinweg sah ich Alex, der ein paar Schritte hinter den anderen stand und lächelte. Die Zeit hatte es mit ihm mehr als nur gut gemeint. Aus ihm war ein sehr attraktiver, gut gebauter Mann geworden, und in seinen Augen lag noch immer das himmelblaue Funkeln, an das ich mich erinnerte. Unsere Blicke trafen sich, und schon fingen wir an zu flirten. Doch wir waren keine Kinder mehr. Wir waren beide Anfang zwanzig und konnten tun, was wir wollten. Und ich fand, ich hatte große Lust, mit Alex zu spielen.

Beim Abendessen saßen wir beide nebeneinander, und als die Unterhaltung der anderen am Tisch lebhafter wurde, wobei auch zahlreiche Flaschen des unvermeidlichen Weins ihren Beitrag leisteten, hatten wir Gelegenheit, uns in Ruhe zu unterhalten. Er hatte etwas aus sich gemacht: Er besaß fünf gut laufende Fitnessstudios, ein großes Haus mit einem ebenso großen Swimmingpool und fuhr einen teuren Sportwagen. Er war zweimal geschieden, hatte keine Kinder und verstand sich blendend mit seinen Exfrauen. Natürlich ratterte er das alles nicht einfach so herunter. Es gab viel Blickkontakt in unserer Unterhaltung, zahlreiche Pausen für intime, sanfte Berührungen auf der Hand, und ein- oder zweimal berührten sich unsere Schenkel unter dem Tisch. Ich sagte ihm, dass ich Bücher schrieb, und natürlich fragte er mich, was das für Bücher waren. Ich spürte zwar seine ungezügelte Sexualität, und an seinen Augen sah ich, dass er mich attraktiv fand. Dennoch beschloss ich, dass es am besten sei, wenn ich mich langsam vortastete. Ich spielte die »süße« Nummer.

Ich lehnte mich ganz nah an sein Ohr und flüsterte: »Ich schreibe romantische Sex-Handbücher«, woraufhin ich leise kicherte.

»Romantische Sex-Handbücher? Worüber denn? Was meinst du damit? Ist nicht jedes Sex-Handbuch romantisch?« In seinen Augen sah ich Interesse und hörte es in seiner Stimme.

»Na ja, nicht alle. Viele spulen dröge irgendwelche Sextechniken herunter, ohne auf die emotionale Seite beim Sex einzugehen. Meine sind anders, sehr anders.« Ich sagte das in einem Ton, der zum Nachfragen einlud.

»Na, dann erzähl mir davon. Was ist anders an ihnen?«, fragte Alex, der nun richtig neugierig war.

»In meinen Büchern geht es um unkonventionelle Liebesstile«, sagte ich und lud ihn wieder zum Nachfragen ein.

»Unkonventionelle Liebesstile? Was meinst du damit? Erzähl mal!«, flüsterte er fast schon verschwörerisch.

»Der Unterschied zwischen einem unkonventionellen Liebesstil und normalem Sex ist so groß wie der zwischen Tag und Nacht. Meine Bücher handeln von romantischem BDSM«, sagte ich ein bisschen schüchtern.

»Du meinst mit Bondage und allem?«, fragte Alex leise mit großen, wissbegierigen Augen.

»Ja, genau. Ich schreibe darüber, welche psychologischen Implikationen es hat, wenn man jemand fesselt, und gebe Anleitungen mit Bildern, wie man so etwas macht. Und über Sachen wie Rollenspiele, Crossdressing oder körperliche Züchtigung. Du weißt schon, alles, was nicht zu dem gehört, was man landläufig ›normalen Sex‹ nennt.«

Ich lehnte mich locker im Stuhl zurück, doch ich studierte aufmerksam seine Reaktion. Sie war ausgesprochen positiv. Er dachte darüber nach, was ich gesagt hatte, drehte und wendete es in seinem Kopf, wie wenn man Wein im Mund bewegt, wenn man ihn verkostet. Nur dass Alex diese Informationen im Unterschied zu einem Weinverkoster nicht ausspucken würde. Ich hatte seine sexuelle Neugier geweckt. Sehr gut! Vielleicht würde die Woche gar nicht so öde werden.

Die Gesellschaft saß bis spät am Abend beim Essen. Man trank noch mehr Wein, als Dessert und Früchte gereicht wurden. Meine Taschen waren noch im Auto, und Alex bot mir an, sie für mich reinzutragen. Ich nahm sein Angebot natürlich an und begleitete ihn nach draußen, um das Auto aufzuschließen. Wie schön! Ein attraktiver, viriler Mann, der meine Taschen trug. Die Schlafzimmer befanden sich im ersten Stock, und als wir dort ankamen, stellten wir fest, dass eine der Frauen kleine Namensschildchen an die Türen geklebt hatte. Ich hatte ein bezauberndes kleines Zimmer für eine Person am Ende des Flurs bekommen, das mit einem Doppelbett, einem Schrank, einem Stuhl, einer Frisierkommode, einem Standspiegel und einem Nachttischchen mit einer Lampe ausgestattet war. Es hatte ein Oberlicht und, was am besten war, ein Fenster nach Süden zum Hinterhof, in dem das zauberhafte Hüttchen stand, sowie ein Fenster nach Westen, was bedeutete, dass mich keine Morgensonne allzu früh wecken würde. Ich war schon immer ein Langschläfer und genieße es, mich noch eine Stunde im Bett zu rekeln, bevor ich aufstand. Alex' Zimmer war gleich auf der anderen Seite des Flurs, eine Tür weiter. Wie praktisch!

Alex stellte meine Taschen im Zimmer ab und lächelte mich an. Ich erwiderte sein Lächeln, und bevor ich doch »danke« sagen konnte, war er mit zwei Schritten durchs Zimmer gelaufen und hielt mich in den Armen. Er neigte den Kopf, um mich zu küssen, und ich beugte mich nach vorn, um ihn zu ermutigen. Funken flogen, als unsere Lippen sich berührten. Er war ein sehr talentierter Küsser, und seine Arme drückten mich genau fest genug, um mich fest zu umarmen, ohne mich zu erdrücken. Als wir Schritte auf dem Flur hörten, ließen wir voneinander ab wie ertappte Kinder und Alex ging in sein Zimmer. Jetzt war meine Neugierde auf hundertachtzig, doch ich hatte keine Lust, diesen prächtigen Kerl als Sklaven auszubilden. Ich glaubte kaum, dass er damit einverstanden wäre, zum Sub gemacht zu werden, aber ich wusste, dass ich auch andere Sachen mit ihm anstellen konnte, die ihm großen Spaß machen würden. Ich lag noch lange wach in meinem bequemen Bett und überlegte im Schein einer Kerze, die ich in meiner Tasche gefunden hatte, auf was für kinky Sachen Alex wohl Lust hätte. (Ich habe immer irgendwelche Sachen, die mir wichtig sind, in der Tasche: meine Lieblingstees, Kerzen, CDs ...) Mir kamen verschiedene Dinge in den Sinn, und so blies ich die Kerze aus und schlief darüber. Ich wusste, dass ich am Morgen die perfekte Lösung vor Augen haben würde.

Ich wachte ein bisschen später auf als sonst – wahrscheinlich wegen der ganzen Aufregung, die das Spiel mit Alex gebracht hatte. Ich hatte von einem Szenario geträumt, das sehr erotisch, sehr erregend und extrem ungewöhnlich war und das auch Alex mit großer Wahrscheinlichkeit aufregend finden würde. Es gab ein paar Aspekte der Unterwerfung darin, aber ohne dass der Eindruck entstehen könnte, ich wollte Alex zu meinem Sklaven machen. Ich tappte, nur im Bademantel, den Flur entlang in eines der Badezimmer und absolvierte meine morgendlichen Waschungen. Es war niemand zu sehen, doch es lag der Duft von gebratenem Speck in der Luft und ich hörte Stimmen und das Klappern von Pfannen aus der Küche. Frühstück war fertig.

Nachdem ich in ein langes, flatterndes Sommerkleid mit dünnen Trägerchen und hohen Schlitz geschlüpft war, zog ich meine liebsten Sommersandalen an – mit flachen Absätzen, aber sehr sexy –, schminkte mich nur leicht mit natürlich wirkendem Make-up und ließ mein langes kastanienbraunes Haar offen über die Schultern fallen. Ich warf einen prüfenden Blick in den Spiegel und ging, zufrieden mit dem Ergebnis, nach unten in die Küche.

Die Männer befanden sich gerade im Aufbruch zu einer Achtzehn-Loch-Partie Golf. Sie würden den größten Teil des Tages unterwegs sein. Fantastisch! Die Frauen waren damit beschäftigt zu kochen, Teller abzuräumen, frische Orangen auszupressen, Kaffee zu machen, einen Kessel für Teewasser aufzusetzen und ähnliche Hausarbeiten zu erledigen. Ihr Plaudern und Lachen erfüllte die Luft. Für sie war das keine Arbeit. Es war die übliche Morgenroutine, die durch die Gesellschaft alter Freunde und durch die vielen helfenden Hände verschönert wurde. Sie sprachen davon, einen Picknickkorb zu packen und am Nachmittag zum Strand zu gehen, wo sie mit Liegestuhl und Sonnenschirm das herrliche Wetter genießen wollten. Außer den Eltern waren noch Alex' jüngerer Bruder Ray und die zwei Kinder der Sansones mitgekommen, die beide um die fünfzehn waren. Kurz darauf machten sich die drei auf die Suche nach einem Volleyballspiel, bei dem sie mitmachen konnten. Am wichtigsten aber war, für mich zumindest, dass Alex auch da war. Ein Lächeln überzog sein attraktives Gesicht, als er mich sah, und beeilte sich, mir einen Stuhl zu besorgen. Dann nahm er lachend eine Serviette, schüttelte sie aus und legte sie mir auf den Schoß.

»Und was möchten Madame heute Morgen zum Frühstück?«, fragte er wie ein Kellner, der meine Bestellung aufnehmen möchte.

Ich lächelte und sagte knapp, aber höflich, als würde ich wirklich mit einem Kellner sprechen, dass ich gern zwei Spiegeleier hätte, dazu etwas Bacon, Bratkartoffeln, leicht getoastetes Weißbrot, Orangensaft und eine Kanne Ceylon-Frühstückstee. Bevor er sagen konnte, dass er diesen Tee nicht hatte, gab ich ihm den Teebeutel, den ich in meinem BH verstaut hatte, natürlich mit der Absicht, seine Aufmerksamkeit auf meine schönen Brüste zu lenken. Natürlich funktionierte mein kleiner Trick, und seine Augen blitzten auf, als er einen kaum merklichen Blick darauf warf. Während ich sprach, tat Alex so, als würde er meine »Bestellung« in der Hand notieren. Dann verbeugte er sich förmlich und sagte seiner Mutter, was ich wollte. Ich fand dieses Spielchen, das er für mich erfunden hatte, sehr unterhaltsam, und natürlich spielte ich mit. So kriege ich dich später umso besser, mein Lieber, dachte ich wie der große böse Wolf, der sich in Großmutters Bett versteckt.

Als guter Kellner servierte mir Alex meinen Orangensaft und eine Kanne Tee sowie Teller und Besteck, während mein Frühstück zubereitet wurde. Ich kippte den kalten, frischen, köstlichen Saft in zwei großen Schlucken hinunter und reichte dem wartenden Alex das leere Glas. Er verstand, dass *Madame* noch mehr wollte, und im Handumdrehen stand ein neues Glas vor mir auf dem Tisch. Dann rief seine Mutter, dass mein Frühstück fertig sei. Als er zurückkam, hielt er einen großen Teller in der Hand und balancierte einen kleinen Teller mit Toast auf dem Arm, wie es Kellner tun. Er servierte von rechts, wie es richtig ist, und arrangierte alles vor mir auf dem Tisch.

»Ist alles zu Ihrer Zufriedenheit, Madame?«, fragte er aufmerksam.

Inzwischen waren alle in der Küche auf sein Spiel aufmerksam geworden und amüsierten sich köstlich. Bei seiner letzten Frage fingen sie an zu lachen und schüttelten den Kopf, wie um zu sagen: »Diese Kinder!«

»Ja, vielen Dank, alles scheint in Ordnung«, antwortete ich.

Dann klopfte ich auf den Stuhl neben mir, damit er mir Gesellschaft leistete. Er holte sich ein riesiges Glas Milch, und ich erinnerte mich, dass Alex auch früher schon für sein Leben gern Milch getrunken hatte. Als er kleiner war, trank er Milch sogar zu gegrillten Rippchen und Cheeseburgern. Ich machte insgeheim einen Freudensprung. Seine Vorliebe für Milch würde meinen Plan viel einfacher machen. In angenehmem Schweigen saßen wir zusammen. Er trank seine Milch und ich machte mich über mein Frühstück her. Zwischen zwei Mundvoll unterhielten wir uns locker über dies und das: Orte, die wir bereist hatten, das Leben in den Städten, in denen wir lebten – nichts Ungewöhnliches und nichts, was wir vor den Eltern und den Teenagern hätten verheimlichen wollen. Als ich mit dem Essen fertig war, stand Alex auf und schlüpfte wieder in die Rolle des Kellners.

»War alles zu Ihrer Zufriedenheit, Madame?«, fragte er, als er von meiner linken Seite her abräumte. Ich nickte und bejahte. »Kann ich Ihnen sonst noch etwas bringen?« Ich dankte ihm und verneinte.

Dann räumte er geschickt und effizient alles zusammen, wobei er die noch halbvolle Teekanne schlauerweise stehen ließ. Muskeln, Hirn, Humor und Manieren! Was für eine Freude! Nachdem er das Geschirr in die Spülmaschine eingeräumt hatte, kam er zurück, setzte sich wieder neben mich und fragte, ob ich heute schon etwas vorhätte. Ich sagte, ich hätte noch nicht darüber nachgedacht. Der Duft des Specks hätte mich in die Küche gelockt wie eine Kobra, die dem Klang der Flöte nicht widerstehen kann. Als ich den Duft erst einmal in der Nase hatte, konnte ich an nichts anderes denken als: »Speck, ich rieche Speck«, und so war ich in der Küche gelandet. Er lachte und sagte, dass er bislang auch nichts vorhabe und ob wir den Tag nicht gemeinsam verbringen wollten. Ich hielt einen Moment inne, um ihn auf die Folter zu spannen, und sagte dann, dass ich mich freuen würde. Ich erzählte, dass ich die Märchenhütte so hübsch fand, und als er mich verständnislos anschaute, erklärte ich ihm, welche Hütte ich meinte. Dann bemerkte ich nebenbei, dass wir das ganze Grundstück für uns allein hätten, weil alle andern unterwegs sein würden. Sein freudig überraschter Ausdruck verriet mir, dass ihm die Vorstellung gefiel, mit mir in der Märchenhütte abzuhängen und, besser noch, dass wir alles »für uns« haben würden.

Wir gingen ins Wohnzimmer, wo ich rauchen konnte. Alle anderen packten ihre Sachen und verließen das Haus. Alex beobachtete mich aufmerksam, während ich vor mich hin paffte. Hatte er womöglich einen Rauchfetisch? Ich vermutete richtig, denn nach einer halben Zigarette erzählte er mir, dass er rauchende Frauen faszinierend fand. Also verwandelte ich mich für ihn in die Rauchende Diva, und um seine Faszination aufrechtzuerhalten, rauchte ich unter Aufgebot aller mir bekannten Posen mehr als üblich, bis endlich alle aus dem Haus waren. Ich reichte ihm das Feuerzeug, damit er mir Feuer geben konnte; ich zeigte ihm, wie man es hielt, so dass ich mich nicht nach vorn beugen und mein Haar in Gefahr bringen musste; ich hielt die Zigarette mit geschürzten Lippen; ich blies Rauchringe; ich ließ die Asche sehr lang werden, ohne dass sie abfiel, und ich atmete Rauch aus wie Puff der Zauberdrache, während ich sprach. Er konnte die Augen nicht von mir lassen. Nach einer kleinen Ewigkeit hatten wir das Haus schließlich für uns allein.

»Komm, wir suchen alles zusammen, was wir brauchen, und bringen es in die Hütte, damit wir nicht ständig zurück ins Haus müssen«, sagte ich. Er war sofort dabei. »Du gehst in die Küche und packst eine Kühltasche mit einer Kanne Eistee ein, dazu eine Zitrone, ein Messer, alles, worauf du Lust hast (ich wusste, dass es Milch sein würde), Obst, Käse und Kräcker. Ich gehe nach oben und hole ein paar Sachen aus meiner Tasche. Dann treffen wir uns in der Küche.« Dann flitzten wir los und besorgten unsere *Vorräte.*

Ich hatte nicht nur vor, CDs, Kerzen, Massageöl, eine frische Packung Nelkenzigaretten und einen Aschenbecher zu holen. Ich wollte mich auch passend anziehen. Ich hatte ein Kleid nur für den Fall eingepackt, dass so etwas wie jetzt passieren würde: ein sich anbahnendes Szenario. Es war ein sehr konservatives Trägerkleid in Schwarz, und darunter trug ich eine weiße Bluse. Außerdem hatte ich mädchenhafte Spangenschuhe dabei, die genauso aussahen wie die Schuhe, die ich in der Grundschulzeit trug, als Alex und ich miteinander spielten. Ich hatte ein Höschen an, aber keinen BH. Ein BH hätte meine gewünschte Wirkung geschmälert und die Erinnerungen, die ich in Alex wecken wollte, gedämpft. Ich packte alle meine Sachen in ein kleines Täschchen und ging in die Küche hinab, wo Alex bereits mit der Kühltasche und allen anderen Sachen gespannt auf mich wartete.

Er riss die Augen auf, als er meine neue Garderobe sah. Es machte ihn anscheinend scharf und spornte ganz offensichtlich seine Neugier an. Ich konnte seine Pheromone riechen, doch ich tat trotz meiner eigenen Aufregung, als wäre alles ganz normal. Ich ging voran durch die Hintertür hinaus, folgte dem Plattenweg zur Märchenhütte, stieg die zwei Stufen hinauf und wartete auf der kleinen Veranda neben der Tür, bis Alex die Kühltasche abstellte und sie öffnete. Er folgte mir nach drinnen und packte den Inhalt der Tasche in den Kühlschrank, ohne dass ich ihn darum bitten musste. Währenddessen steckte ich fünf CDs in den CD-Player, drückte auf Start und stellte die Lautstärke richtig ein. Dann verteilte ich die Kerzen an strategisch günstigen Orten und zündete sie an, stellte den Aschenbecher, das Massageöl und meine sexy schwarzen Nelkenzigaretten auf den Couchtisch, öffnete die Fenster und verschloss die Tür, so dass uns niemand sehen konnte. Dann legte ich mich aufs Sofa und zündete eine Zigarette an, während er die letzten Sachen im Kühlschrank verstaute.

Als er damit fertig war, kam er zu mir rüber, doch da ich das ganze Sofa in Beschlag genommen hatte, konnte er sich nur in den Sessel am anderen Ende des Raumes setzen. Es war klar, dass er nicht so weit weg von mir sitzen wollte. Ich hob meine Füße und bedeutete ihm mit der Hand, in der ich die Zigarette hielt, dass er sich dort hinsetzen konnte. Sobald er saß, legte ich ihm die Füße in den Schoß. Er lächelte und sah auf meine Schuhe.

»Ich kann mich an die erinnern«, sagte er. »In der Grundschule hast du die dauernd getragen.«

»Stimmt«, sagte ich, »und jetzt gibt es sie auch für große Mädchen.« Dann nahm ich einen tiefen Zug und blies den Rauch lang gezogen und lässig aus.

Alex wurde immer faszinierter von mir. Ich spürte ein Knistern in der Luft, und ich muss gestehen, dass es nicht nur von ihm ausging. Wir unterhielten uns aber, als wäre überhaupt nichts, und er fuhr beiläufig mit den Händen über meine Schuhe bis zu meinen

Knöcheln. Dann schlug ich vor, meine Schuhe auszuziehen, weil mir so unheimlich warm an den Füßen sei. Er öffnete energisch die Schnallen und zog mir die Schuhe aus, die er behutsam neben dem Sofa auf den Boden stellte. Ich wackelte mit den Zehen und atmete erleichtert auf, weil meine Füße, die übrigens sehr warm wurden, nun aus den Schuhen befreit waren. Er legte meine Füße wieder in seinen Schoß und fing an, zärtlich mit den Fingern darüberzustreichen. Ich ließ ihn machen, und wir unterhielten uns weiter. Dann schlug ich ihm vor, das Massageöl zu nehmen und meine Füße richtig zu massieren. Ich fragte, ob er sich damit auskenne.

»Natürlich!«, rief er ein wenig schroff. »In meinen Fitnessstudios bekomme ich sie regelmäßig. Und man lernt am besten, wie man massiert, wenn man massiert wird.« Da hatte er definitiv recht.

Ich sagte ihm, dass ich gern richtig fest massiert werde. Er goss sich etwas Öl auf die Hände, verrieb es ein bisschen und fing dann an, meine Füße mit seinen großen, starken Händen zu bearbeiten. Er hatte eine wunderbare Technik. Er nahm sich jeden Zeh einzeln vor, widmete sich ausgiebig den weichen Stellen meiner Sohlen, indem er mit den Knöcheln in der Mitte des Fußes auf und ab fuhr, rieb die etwas schwielige Ferse mit mehr Kraft und machte, alles in allem, wunderbar entspannende Dinge mit meinem Fuß. Erstaunlicherweise gelang es ihm sogar, dasselbe mit dem anderen Fuß zu wiederholen, so dass ich kein einseitiges Gefühl bekam. Zum krönenden Abschluss erhöhte er den Druck ein wenig, als würde er mich von einem Hochgefühl zurückbegleiten, und ließ die Massage dann ausklingen, indem er sanft mit den Fingern über meine Füße fuhr – mit jeder Hand über einen. Als er fertig war, hatte ich den Arm über den Kopf gelegt und die Augen geschlossen. Ich muss sehr verträumt ausgesehen haben.

»Das war herrlich«, sagte ich, und meine Stimme kam von ganz weit her. »Fast so gut wie Sex. Und jetzt eine Zigarette.«

Wir lachten beide über meinen Witz: Früher, als das Rauchen noch weit verbreitet war, brauchten alle Raucher nach dem Sex eine Zigarette. Es war Teil des Rituals. Alex beugte sich nach vorn, nahm eine Zigarette aus der Schachtel und zündete sie an, bevor er sie mir reichte. Was für eine nette Geste, vor allem, weil er selbst nicht rauchte. Ich nahm die Zigarette, erfreute mich an ihrem Nelkenduft, ließ mich wieder gegen die Armlehne des Sofas fallen und verschlang Alex mit meinen Blicken. Er hatte die Augen geschlossen, sein Kopf lag auf der Sofalehne und seine Fingerspitzen glitten weiter träge über meine Füße. Gütiger Himmel, dachte ich. Ich könnte drei Tage in dieser Haltung bleiben! Dann fiel mir ein, dass ich wirklich drei Tage so verbringen konnte – wir würden ja eine ganze Woche hier sein!

Nach einer Weile rissen wir uns aus unserer Trance, und Alex fragte, ob er mir etwas Eistee einschenken dürfe. Natürlich durfte er. Im Nu hatte er die Zitrone aufgeschnitten, eine Scheibe davon eingeschnitten und sie dekorativ an das Glas gesteckt. Er reichte mir meinen Tee, dann erst goss er sich selbst ein großes Glas Milch ein, und weil er gerade dabei war, brachte er auch noch einen kleinen Teller mit aufgeschnittenem Obst mit. Kirschen, Melonenstückchen, Kiwischeiben, Pfirsichschnitze, Heidelbeeren – alles sehr verführerisch, und Versuchung zählt zu den Dingen, denen ich einfach nicht widerstehen kann! Ich setzte mich auf und rutschte auf das Kissen neben ihm. Ich ließ eine Kirsche an ihrem Stiel vor seinem Mund baumeln, und als er danach schnappte, hob ich die süße Frucht ein Stückchen höher. Bald war sein Kopf ganz nach hinten geneigt und die Kirsche baumelte über ihm. Ich ließ sie in seinen offenen Mund hängen und er schnappte schnell danach, sodass ich nur noch den Stiel in der Hand hielt. Dann nahm ich mir selbst eine Kirsche, und als ich sie gegessen hatte, steckte ich den Stiel in den Mund und machte einen Knoten hinein. Ich sagte, er solle die Hand aufhalten, und legte den verknoteten Stiel darauf. Er war höchst beeindruckt, wie geschickt ich mit der Zunge war, und wir kicherten uns fast schlapp.

Nachdem wir Hunger und Durst gestillt hatten, legte ich die Beine wieder auf das Sofa und kuschelte mich an seine muskulöse Brust. Er legte seinen starken Arm um meine Schulter. Die Märchenhütte war inzwischen zu unserer kleinen Welt, unserem geheimen Versteck geworden, ein Ort für Rendezvous, und nichts und niemand würde hier eindringen, selbst wenn ich dafür die Tür verbarrikadieren musste. Wir fingen an, uns zu küssen, und mir wurde klar, dass der kurze und leidenschaftliche Kuss des letzten Abends nichts gewesen war im Vergleich zu seinem Talent im Ausdauerküssen. Dieser Mann konnte mich allein mit Küssen zum Höhepunkt bringen, und ich gab mich ihm hin. Dass ich etwas mit ihm vorhatte, musste ja nicht heißen, dass ich mich zwischendurch nicht gehen lassen konnte, weil ich in jeder Situation die Kontrolle haben wollte. Und genau das war es: eine Situation (und zwar eine sehr lustvolle) und kein Herrin/Sklave-Szenario.

Die Zeit verging in unserer Märchenhütte wie im Flug. Viel zu früh hörten wir Autos und Stimmen. Da wir nicht wollten, dass jemand von unserem geheimen Ort erfuhr, bliesen wir schnell die Kerzen aus und stellten die Musik ab. Wir ließen das restliche Essen im Kühlschrank und flitzten aus der Hütte, bevor jemand nach uns suchen kam.

An diesem Abend saßen alle nach dem Essen noch lange zusammen, und es war schon weit nach zwei Uhr, als die Ersten ins Bett gingen. Als die Geräusche aus den Schlafzimmern schließlich abgeebbt waren, schlich sich Alex über den Flur und kam schnell in mein Zimmer und machte ebenso schnell die Tür hinter sich zu. Er kniete sich neben mein Bett und gab mir einen sehr langen, sehr leidenschaftlichen Gutenachtkuss, der meine Schenkel ganz feucht machte.

»Morgen in der Märchenhütte?«, fragte er.

»Natürlich«, sagte ich. »Wo sonst?« Dann verschwand er so schnell aus dem Zimmer, wie er gekommen war.

Am nächsten Tag spielte Alex beim Frühstück zur allgemeinen Belustigung wieder meinen Kellner. Ein paar der Väter spotteten und sagten Sachen wie: »Du wirst sie noch verziehen, Alex« oder: »Wenn du nicht aufpasst, versklavt sie dich noch« und ähnlichen Quatsch. Die Muttis gaben auch ihren Senf dazu, aber es klang ganz anders: »Schlag zu, Claudia, er ist schon gut erzogen«, womit sie auf seine bisherigen Ehen anspielten, und: »Da hast du einen guten Fang gemacht, Mädchen.« Ich fand diese Bemerkungen verständlicherweise lustiger als die anderen. Was Alex anging, so grinste er nur und winkte humorvoll ab. Doch nachdem die anderen am Nachmittag nach Atlantic City aufgebrochen waren, sagte ich Alex, er solle in der Küche auf mich warten.

Mir war klar, dass heute der Tag gekommen war, an dem ich meinen Plan in die Tat umsetzen würde, weshalb ich in einem Hängerkleid und Schlappen zum Frühstück erschienen war. Ich hatte natürlich nicht vor, diesen einfallslosen Aufzug beizubehalten, aber ich wollte nicht, dass die Teenager und die Eltern sahen, was ich später anziehen würde. Als sie weg waren, wetzte ich die Treppe hinauf, zwei Stufen auf einmal nehmend, um mich dem Anlass gebührend zu kleiden. Im Gegensatz zu gestern, als ich Kindheitserinnerungen wecken und Alex an meine heutige Fraulichkeit heranführen wollte, wollte ich heute ganz Frau und Verführung sein.

Ich entschied mich für ein freches, leicht nuttiges rotes trägerloses Kleid mit weitem Rückenausschnitt, das meine Brüste fest umschloss. Es war so kurz, dass es beim Gehen kaum meinen Hintern bedeckte, und ich trug keine Unterwäsche. Hochhackige rote Riemchensandaletten brachten meinen hohen Spann und meine perfekten Zehen zur Geltung. Bis auf blutroten Lippenstift, der zum Kleid passte, schminkte ich mich wieder nur ganz dezent und natürlich. Im Kontrast zu meinem nicht sehr damenhaften Geflitze nach oben ging ich die Treppe ganz langsam nach unten, sodass Alex das Klacken meiner Stöckelschuhe auf der Holztreppe auch in der Küche hörte.

Als ich in die Küche kam, erhob sich Alex von seinem Stuhl und musterte mich anerkennend von oben bis unten. Ich tat, als würde ich es nicht merken, und sagte, dass die Märchenhütte wohl einen neuen Milchvorrat bräuchte, dann wischte ich an ihm vorbei und durch die Tür in den Hof. Alex holte mich ein, einen Liter frischer Milch in der Hand, und öffnete die Tür zur Hütte. Er hatte, offenbar während ich mich umzog, schon die Musik angestellt, die Kerzen angezündet und die Fenster geöffnet. Er schloss die Tür, während ich mich in die Mitte des Sofas setzte. Ich schlug die Beine übereinander, um sie ihm zu präsentieren und damit der kurze Rock meines roten Kleides noch weiter meine Schenkel hinaufwanderte. Vermutlich sah es aus, als hätte ich eine lange Bluse an und kein kurzes Kleid.

Als alles ganz nach unseren Wünschen war, setzte sich Alex neben mich aufs Sofa, und zwar genau da, wo ich ihn wollte: neben die Armlehne. Er bot mir eine Zigarette an, und ich rauchte sie, während ich mich mit dem Rücken auf seinen Schoß legte, den Kopf auf der Lehne, so dass ich sein schönes Gesicht studieren konnte. Er spielte mit den Rauchringen, die ich in die Luft blies, steckte einen Finger hindurch oder hauchte sie an, um sie aufzulösen. Er inhalierte den Rauch, den ich ausatmete, mit seinen Lippen auf den meinen, wie bei einer Mund-zu-Mund-Beatmung, und genoss den süßen Geschmack der Nelkenzigaretten. Dann gab er mir einen kurzen, aber leidenschaftlichen Kuss auf die Lippen. Er meinte, meine Lippen schmeckten süß wie die Zigaretten. Also nahm ich noch einen Zug und forderte ihn auf, mich noch einmal zu küssen. Dieses Mal sorgte er dafür, dass die Nelkensüße von meinen Lippen verschwunden war, bevor er mit dem Küssen aufhörte. Da ich mich beim Küssen auf seinem Schoß bewegt hatte, genügte ihm ein flüchtiger Blick, um zu sehen, dass ich unter meinem Kleidchen nichts anhatte. Ich machte keine Anstalten, mich wieder zu bedecken, und er unternahm keine ungefragten Vorstöße. Alex war keiner von diesen Grabscher-Typen, die die meisten Frauen, mich eingeschlossen, nicht ausstehen konnten. Wir lagen stattdessen bequem beisammen, hörten fast eine Stunde lang die erotisch-verträumten CDs, die ich mitgebracht hatte, und es kümmerte mich nicht die Bohne, ob er sich die Augen aus dem Kopf guckte. Ich wollte ja, dass er guckte.

»Alex«, sagte ich leise, »sei so lieb und hol uns was zu trinken.«

Er half mir, mich aufzurichten, damit er unter mir hervorschlüpfen und aufstehen konnte. Ich rekelte mich wieder auf dem Sofa und ließ ihn mich ansehen, so viel er wollte, während er mir einen Eistee einschenkte, ihn mir brachte, und dann wegen seiner Milch zum Kühlschrank zurückging. Doch als er nach einem Glas greifen wollte, hielt ich ihn zurück.

»Zeig mir die Teller«, sagte ich.

Meine Frage verwirrte ihn, das sah ich ihm an, doch er war höflich und ein sexueller Abenteurer, und deshalb hielt er einen Teller nach dem anderen hoch, damit ich ihn mir ansehen konnte. Der fünfte, ein massives, altmodisches weißes Stück mit einem breiten Rand, eignete sich am besten für meine Zwecke.

»Bring die Milch und den Teller hierher, Alex«, sagte ich verführerisch und zeigte auf den Tisch.

Die Verwirrung in seinem Blick wich erotischer Neugierde, und Alex beeilte sich, mit Milch und Teller zum Tisch zurückzukommen und beides dort abzustellen. Ohne mich zu erheben, stellte ich den Teller auf eine der Ecken des Tisches und goss Milch hinein.

»Wer trinkt Milch aus Tellern, Alex?«, fragte ich, kehlig flüsternd. »Muschis machen so was, stimmt's?«

Ich schwang meine Beine vom Sofa und erhob mich. Dann ging ich den langen Weg um den Tisch herum und bedeutete ihm, sich vor dem Teller auf den Boden zu setzen. Dann ging ich rittlings über dem Teller in die Hocke, schob mein Kleid hoch und setzte mich in die Milch.

Alex stöhnte laut auf und starrte wie gebannt auf meine dunkelrosa Lippen in der schneeweißen Milch. Ich zog ihn auf die Knie und fing an, ihn zu küssen. Ich wurde schnell so leidenschaftlich, wie er es bereits war. Er umschloss mich mit seinen Armen, wie die Milch meine Lippen umschloss, und wurde vom Geküssten zum Küssenden. Da lernte ich die wahre Hochform seiner Küsskunst kennen. Ich hatte einen bebenden Orgasmus, direkt in diesem Teller mit der Milch. Alex war klar, dass ich gekommen war. Er hörte sanft auf, mich zu küssen und hielt mich in kurzem Abstand vor seinem Gesicht, sodass er mir in die Augen schauen konnte. Mein Körper war vollkommen erschlafft, mein Kopf hing ein wenig zur Seite, ich schaute verträumt, verausgabt.

Er hob mich mit seinen starken Armen hoch und legte mich aufs Sofa. Meine Lippen tropften noch immer von Milch und meinem eigenen Saft. »Leck mich«, flüsterte ich. »Schlecke die Milch von mir ab.«

Alex kletterte aufs Sofa und zwischen meine Beine, hielt mit jeder Hand ein Bein fest und drückte meine Schenkel auseinander. Er fing mit der Milch an, die an meinen Beinen hinunterrann und leckte zuerst zärtlich meine Schenkel sauber, bevor er sich quälend langsam den Weg zu meinen Lippen bahnte. Als seine Zunge mich dort zum ersten Mal berührte, hatte ich wieder einen Orgasmus. Er tauchte mit der Zunge in mich ein, um meine Perlenmilch zu trinken. Dann fing er an, mich köstlich langsam überall sauber zu lecken.

Als ich von meinen Orgasmen schon völlig erschlafft war, gelang es mir gerade noch zu keuchen: »Du kannst auch die Milch aus dem Teller trinken, wenn du willst.«

Er machte sich daran, alle Milch mitsamt meinem Perlensaft, der sich damit vermischt hatte, aufzulecken, bis der Teller trocken war. Ich fühlte mich faul und absolut glücklich, weil mein Plan bislang so gut aufgegangen war, und plante insgeheim bereits eine Fortsetzung, die intensiver werden sollte.

Zu meiner großen Enttäuschung regnete es am nächsten Tag. Und da jeder wusste, dass es am Strand bei Regen absolut nichts zu tun gibt, blieben alle zu Hause. Alex und ich wollten unseren Geheimort unbedingt für uns behalten, weshalb wir keine Anstalten machten, auch nur in die Nähe der Märchenhütte zu gehen. Stattdessen gesellten wir uns zu den anderen, als jemand eine Spielesammlung mit Brett- und Kartenspielen zutage förderte. Alex' Bruder Ray und die zwei Sansone-Teenager spielten im Wohnzimmer Monopoly, während die Erwachsenen um den großen Küchentisch saßen und verschiedene Poker-Varianten spielten – Five Card Stud, Seven Card Stud, Five Card Draw und so weiter. Alex und ich saßen nebeneinander und konnten miteinander füßeln und uns an den Schenkeln berühren. Wir waren so abgelenkt, dass wir viele sichere Partien verloren. Die anderen Erwachsenen schienen sich bei Wein und Kartenspiel gut zu unterhalten, doch für uns zog sich der Tag unendlich hin. Wir steckten in der Falle!

Wir spielten bis zum Abendessen weiter, und da die meisten von uns den ganzen Tag Wein getrunken hatten und zum Essen noch mehr Wein tranken, wurde der Abend etwas ausschweifend, und wir saßen bis nach Mitternacht zusammen. Zum Glück waren alle Eltern so betrunken, dass sie praktisch schon eingeschlafen waren, als sie ihre Köpfe auf die Kissen legten. Am

Ende des Flurs schnarchte jemand so laut, dass ein möglicher Einbrecher ungehört davongekommen wäre.

Ich lag bei Kerzenschein in meinem Zimmer und wartete darauf, Alex' Schritte im Flur und das Knarzen der Dielen an dieser einen Stelle zu hören. Er musste den kurzen Weg auf Katzenpfoten zurückgelegt und die quietschende Diele umgangen haben, denn plötzlich war er in meinem Zimmer und kniete sich an mein Bett wie ein Vampir, der sich als Rauchwölkchen durch Schlüssellöcher stiehlt.

»Ich rieche Nelken«, sagte er in dem neckischen Ton, mit dem man mit einem Kind beim Versteckspielen sprechen würde.

Dann schloss er mich in seine Arme und küsste mich. Die Leidenschaft seines Kusses entsprang der Qual, auf unser Stelldichein in der purpurnen Zauberwelt der Märchenhütte verzichten zu müssen. Wir küssten uns sehr lange, und die wilden Schnarchgeräusche vom Ende des Flurs sagten uns, dass wir so ungestört waren, wie wir nur wollten. Wir küssten und umarmten uns, bis wir uns so scharf gemacht hatten, dass wir es nicht mehr aushielten.

»Komm, wir sehen uns gegenseitig beim Orgasmus zu«, flüsterte ich ihm ins Ohr und tippte dabei mit der Hand aufs Bett.

Begierig kletterte er auf den leeren Platz an meiner Seite und half mir, mich aus den Decken zu schälen. Er hatte einen enormen Ständer, und ich war schon ganz feucht von seinen Küssen. Seine starke Hand umschloss seinen Schwanz in der Mitte, und als er sich rieb, glitt sie auch über seine Eichel. Meine Klit war so groß und ich war schon so kurz davor, dass ich ein bisschen Zeit herumbringen und mein Knöpfchen umfahren musste, um nicht bei der ersten Berührung zu kommen. Mit meiner freien Hand spielte ich mit seinen Nippeln, und ich war ganz begeistert, dass sie sich als höchst sensibel erwiesen und ihn noch mehr erregten. Nur eine oder zwei Minuten später sah ich, dass er sich jetzt anders rieb, und ich wusste, dass er kurz davor war.

»Bist du auch so weit?« Seine Stimme war ein heiseres Flüstern.

»Ja, und wie«, sagte ich leidenschaftlich.

Er rieb sich stärker und schneller, und sobald ich die ersten Tropfen seines Perlensafts aus seinem Schwanz spritzen sah, berührte ich mein Knöpfchen und hatte einen umwerfenden Orgasmus. Mein Gesicht fiel auf seine Brust. Eine Perlenschnur verzierte seinen Bauch, und meine Schenkel waren so feucht und klebrig, dass sie fast zusammenklebten. Eine Weile lagen wir einfach nur da, glücklich und befriedigt und noch immer erregt vom Anblick des anderen beim Orgasmus. Alex rieb sich mit ein paar Papiertüchern den Bauch ab. Ich beschloss, nichts zu unternehmen und mit dem Saft zwischen meinen Beinen einzuschlafen. Es war inzwischen sehr spät, und Alex gab mir einen innigen Gutenachtkuss und stand auf, um in sein Zimmer zu gehen.

Mit der Hand auf der Türklinke drehte er sich um und fragte: »Morgen? In der Märchenhütte?«

Ich lächelte rätselhaft und sagte: »Ja, natürlich. Wo sonst? Und wahrscheinlich brauchen wir frische Milch. Geh jetzt, ich schlafe gleich ein.«

Der nächste Tag begann hell und sonnig. Ich zog ein langes, schwarzes ärmelloses Kleid an und ging barfuß und verstrubbelt nach unten. Das Frühstück war eine kurze Angelegenheit, aber Alex bediente mich dennoch, was die Eltern wieder sehr amüsierte und die Teenager zu Hänseleien animierte. Die versammelte Mannschaft wollte in einem Park in der Gegend ein Picknick machen, doch ich sagte höflich ab. Daraufhin hagelte es Widerspruch von allen Seiten, während die Picknickkörbe bestückt wurden. Meine eigenen Argumente blieben ungehört, bis meine Mutter sich zu Wort meldete. Sie erklärte, dass ich sehr allergisch gegen Gras und Pollen sei und Heuschnupfen hätte. Ich würde die ganze Zeit nur nach Luft ringen, mich miserabel fühlen und mich kratzen wie ein Hund. Außerdem, fügte sie hinzu, sei ich allergisch gegen Bienen- und Wespenstiche, und sie habe keine Lust, den Tag im Krankenhaus zu verbringen, falls ich gestochen würde. Damit verstummte jeder Protest, und einer fragte Alex, ob er mit ihnen käme.

»Nein«, sagte er, »ich glaube, ich bleibe hier und leiste Claudia Gesellschaft.«

Die Eltern lächelten und die Kids johlten, aber keiner beschwerte sich mehr. Dann wurde das Frühstück abgeräumt, und endlich fuhren alle zusammen ab. Endlich ungestört! Ich ging nach oben, um mir etwas Passendes anzuziehen, und Alex ging in die Märchenhütte, um die Vorräte zu überprüfen. Als ich in einem schwarzen Top mit eingenähtem Bügel-BH, einem kurzen Schlauchrock und schwarzen Stöckelpumps zurückkam, erwartete Alex mich in der Küche, der Korb war gepackt. Ein Lächeln überzog sein Gesicht, als er mich sah, und ich lächelte wortlos zurück. Er öffnete mir die Hintertür, folgte mir hinaus zur Märchenhütte und überholte mich dann, um die Tür zu öffnen. Mit ausholendem Armschwung lud er mich ein, die Schwelle zu überschreiten. Als ich in der Hütte war, stellte ich fest, dass er unser kleines Versteck auch heute für ein nachmittägliches Vergnügen vorbereitet hatte, als er nach den Vorräten geschaut hatte. Alles war so, wie es sein sollte: die offenen Fenster, die Musik, die Kerzen und der saubere Aschenbecher. Während er eine neue Packung Milch und eine frische Kanne Eistee und den übrigen Inhalt des Korbes in den Kühlschrank packte, massierte ich seine Nackenmuskeln und fuhr ihm mit den Nägeln durchs Haar.

Nachdem wir die Tür der Märchenhütte geschlossen hatten, ließen die Musik und die flackernden Kerzen die übrige Welt ganz weit weg erscheinen – falls sie überhaupt existierte. Er machte mir ein großes Glas süßen, zitronenfrischen Eistee und setzte sich dann wieder ans Ende des Sofas, sodass ich mich in seinen Schoß legen und den Kopf auf die Armlehne betten konnte. Die Luft war erfüllt vom Duft meiner Nelkenzigaretten, und Alex brachte uns beide zum Lachen, weil er den Rauch schnüffelte, während ich ausatmete. Wie ich es geplant hatte, nippte ich zwischen den Zügen oft an meinem Tee und brauchte bald Nachschub. Alex merkte gar nicht, dass ich ein Glas nach dem anderen trank und war so lieb, jedes Mal aufzustehen, wenn ich noch mehr wollte. Manchmal brachte er für sich auch ein Glas Milch mit.

»Trink nicht alle Milch auf«, sagte ich und lächelte geheimnisvoll.

Das machte ihn natürlich unheimlich neugierig, doch er stellte keine Fragen. Vielleicht dachte er, dass es heute eine Wiederholung der gestrigen Vorstellung geben würde, aber ich wusste es besser. Ähnlich, aber doch anders, und ich hoffte, er war bereit dazu.

»Komm, wir legen uns zusammen hin«, schlug ich vor.

Da das Sofa nicht lang genug für Alex war, warfen wir die Kissen auf den Teppich und machten es uns auf dem Boden bequem. Kurz darauf lagen wir einander in den Armen und rollten hin und her, mal Alex über mir, mal ich über ihm. Als ich wieder einmal nach oben kam, drückte ich seine Arme auf den Boden. Er lachte, warf mich ab und machte dasselbe mit mir. Dann gab er mir einen dieser langen, innigen und leidenschaftlichen Küsse, mit denen er so gut war, wobei er mich mit seinen starken Armen niederdrückte, und ich spürte, wie es zwischen meinen Beinen feucht wurde und meine Klitoris anschwoll. Ich konnte durch seine Jeans hindurch fühlen, wie er selber hart wurde, und er fing an, seine Hüften an mir zu reiben. Es war wunderbar: Meine Beine geöffnet, die Arme fixiert, seine Zunge in meinem Mund, sein Schritt, der sich an mir rieb, und ich genoss jeden Moment. Er unterbrach die sanften Bewegungen seiner Hüften, und wir hielten mit dem Küssen inne, um uns in die Augen zu sehen. Ich wusste, dass die meinen vor Lust halb geschlossen waren, und in seinen himmelblauen Augen war eine Tiefe, die ich noch nie zuvor gesehen hatte. Wir hielten uns einen langen Moment mit Blicken fest, dann mussten wir aus irgendeinem Grund lachen.

Er ließ mich los und rollte sich auf den Rücken. Dann streckte er den Arm aus, damit ich mich an seine Schulter schmiegte. Ich passte perfekt hinein, und als er seinen Arm um mich legte und mich an sich drückte, entfuhr mir ein tiefer Seufzer. So lagen wir eine gute halbe Stunde glücklich zusammen, hörten Musik und schauten in den flackernden Kerzenschein. Doch meine Blase drohte langsam zu platzen, und das bedeutete, mein Plan wollte umgesetzt werden.

»Alex«, sagte ich, »hast du keinen Durst? Hol doch mal eine Schüssel und die Milch.«

Er stand rasch auf und kam mit den gewünschten Dingen zurück. Wahrscheinlich dachte er an unsere erotischen Momente der letzten beiden Tage, und vielleicht fragte er sich, weshalb ich dieses Mal eine Schüssel wollte und nicht den Teller. Ich stellte die Schüssel auf die Ecke des Couchtisches und winkte ihn heran, damit er mir zusah. Dann pinkelte ich in die Schüssel. Er war vollkommen fasziniert von dem gelben Strahl, der aus meiner Muschi strömte, und kam näher, während ich es immer weiter laufen ließ. Als ich fertig war, streckte ich ihm meine Muschi hin, und er fing ohne Aufforderung an, mich sauber zu lecken. Dann nahm ich die Milchpackung und füllte die Schüssel fast bis an den Rand. Gebannt sah Alex zu, wie sich mein Urin mit der Milch vermischte und ihr einen leicht gelben Ton verlieh.

Ich kniete mich neben ihn und flüsterte ihm ins Ohr: »Zeit für deine Milch, mein Lieber.«

Ich hatte mich darauf gefasst gemacht, dass er es nicht tun wollte, dachte mir aber, dass die Chancen gar nicht schlecht stünden. Wie ich es liebe, wenn ich recht habe! Ohne ein Wort nahm er sich die Schüssel, setzte sie an die Lippen und fing an zu trinken. Nach dem ersten Schluck grinste er mich über den Schüsselrand hinweg an, dann leerte er das ganze Ding in einem einzigen Zug. Als er fertig war, setzte er die Schüssel ab, leckte sich die Lippen und seufzte: »Ahhhhh.«

Ich musste lachen und warf mich auf ihn, küsste sein Gesicht und suchte seine Lippen. Als unsere Lippen sich trafen, ließen seine starken Arme mich langsam zu Boden gleiten, sein muskulöser Körper lag auf dem meinen, und sein schönes Gesicht war nur Zentimeter von meinem entfernt. Ohne darüber nachzudenken, was ich tat, gelang es mir irgendwie, meine Hand zwischen uns zu schieben und seine Jeans aufzuknöpfen. Er merkte, was ich tat, bevor ich es selber merkte. Bevor ich mich versah, lag seine Jeans irgendwo auf dem Boden, mein winziges Röckchen saß auf meiner Taille und er war in mir. Als er in mich eindrang, schrie ich auf, denn ich war zwar sehr feucht, doch er war ziemlich gut bestückt. Er fing langsam an, damit ich locker wurde, und mit jedem meiner Orgasmen drang er härter und tiefer in mich ein. Nach kurzer Zeit bumsten wir wie die Nerze und bissen uns gegenseitig in den Hals. Ich grub ihm meine Nägel in den Rücken, umschlang seine Taille mit den Beinen. Er war beim Sex genauso geschickt wie beim Küssen. Immer wieder brachte er mich bis an den Rand, und ich staunte über seine Selbstbeherrschung. Als ich dann wirklich kam, verlor ich beinahe das Bewusstsein. Dann spürte ich, wie er seinen Saft heiß und reichlich in mir ergoss.

Wir lagen mit bebenden Herzen nebeneinander, erschöpft und völlig hingerissen von dem unfassbaren Erlebnis, das wir gerade geteilt hatten. Wie schade, dass wir nur noch zwei weitere Tage »unserer« Ferien hatten. Wir hatten noch ein weiteres Rendezvous mit ziemlich wildem Sex und waren beide der Meinung, dass das der beste Familienurlaub war, den wir je hatten.

Ich sah Alex nie wieder.

Elegant

Zum ersten Mal seit Tagen klingelte es auf der Leitung, die für Kunden reserviert war. Die meisten Kunden der Herrin sowie ihr altes Haus der Dominanz wussten, dass sie sich eine Pause nahm und keine Sessions gab, um ein Buch zu schreiben. Das Telefon war deshalb in der letzten Zeit meist still geblieben. Doch jetzt langweilte sie sich, war ruhelos und vermisste ihren alten Beruf und das Gekasper, weshalb sie den Hörer abnahm. Sie war freudig überrascht, als sich herausstellte, dass es ein attraktiver junger Kerl war, dessen Gesellschaft und Aufmerksamkeit sie sehr genoss. Er fragte sie, nein, flehte sie förmlich an, an einem der nächsten Abende eine Session mit ihm zu machen. Er war Fetischist, und sein Fetisch war die Fuß- und Beinverehrung. Sein Ton, der Respekt, den er ihr entgegenbrachte, und der Umstand, dass er eine vorzügliche Fuß- und Beinmassage beherrschte (sie hatte ihn selbst ausgebildet), fachten ihr Interesse an. Sie zögerte nur eine Sekunde, dann sagte sie zu und gab ihm Anweisungen für die Bestätigung. Das würde eine willkommene Ablenkung werden.

Am Tag darauf bestätigte er ihr die Session und gab ihr die Nummer eines Kontakts, exakt so, wie sie es ihm aufgetragen hatte. Das freute die Herrin, weil es zeigte, dass er es ernst meinte und es zu schätzen wusste, dass sie ihre Auszeit nur für ihn unterbrach. Aus diesem Grund wählte sie, als seltene Geste ihres Wohlwollens, dasselbe Outfit, das sie bei ihrem ersten Treffen vor vielen Jahren getragen hatte. Es handelte sich um ein hochgeschlossenes, ärmelloses schwarzes Kleid mit langem Rock, einen breiten schwarzen Samtgürtel, schwarze Strümpfe mit Spitzensaum und Stöckelschuhe aus schwarzem Wildleder mit einem ordentlichen Zehendekolletee. Sie wusste, wie sehr er auf Zehendekolletees stand. War das nicht bei den meisten Fußfetischisten so?

Er war auf die Minute pünktlich, weil er wusste, dass sie Verspätungen nicht tolerierte und spezielle Strafen dafür »zur Wahl« stellte. Wenn sich ein Männchen verspätete, konnte er zwischen drei verschiedenen Strafen wählen, eine davon musste er akzeptieren. Die erste Option bestand darin, dass eine Verspätung von zwanzig Minuten bedeutete, dass die Session zwanzig Minuten kürzer ausfiel, während trotzdem die ganze Stunde zu bezahlen war. Bei Option Nummer zwei zahlte das Männchen für jede verspätete Minute fünf Dollar extra. Die letzte Option wählten nur Masochisten (die deshalb oft zu spät kamen) und sah so aus, dass sich das Männchen freiwillig dem härtesten Caning unterwarf, zu dem die Herrin imstande war. Wer kein Masochist war, wählte meistens Option Nummer zwei. Der Griff in den Geldbeutel war ein wirksames Mittel, um den Männchen eine Lektion in Pünktlichkeit zu erteilen.

Als es klingelte, öffnete die Herrin die Tür und winkte ihn ins Foyer. Er überreichte ihr eine Stange ihrer bevorzugten Nelkenzigaretten, und die Herrin stellte fest, dass das Männchen ordentlich beeindruckt und geschmeichelt war, weil sie dieses Outfit gewählt hatte. Er dankte ihr mit den Augen und verneigte sich vor ihr, doch sie wusste, dass er dabei ihre Beine und ihre Füße in den Dekolletee-Pumps bewunderte. Auf ihr Handzeichen ging er elegant auf die Knie, legte Kopf und Schultern auf den Boden, streckte die Hüften in die Höhe, wobei er den Rücken hübsch durchdrückte, und legte seine Hände mit geschlossenen Fingern links und rechts neben ihren ausgestreckten rechten Fuß. Dann küsste er ihren Schuh mit glühender Verehrung, um ihr gebührend zu huldigen. Als er ihren Fuß und ihren Schuh zu ihrer Zufriedenheit verehrt hatte, wackelte sie in ihrem Pump mit dem Zeh, um ihm zu bedeuten, dass sie ihn in ihre Dienste nehmen würde. Sie vollführte fast eine Pirouette auf einem Absatz, damit ihr langer Rock so richtig schön wirbelte, und schnippte mit den Fingern – das Zeichen, dass er ihr auf allen vieren ins nächste

Zimmer folgen sollte. Das Männchen wuselte den Flur entlang und folgte der Herrin durch die offene Tür.

Ihre Absätze klackerten auf dem Holzboden in Flur und Foyer, doch als sie das Wohnzimmer betrat, wurde das Geräusch mit einem Mal von einem dicken Aubusson-Teppich verschluckt. Auf einem runden antiken Holztisch stand eine große Vase mit ihren Lieblingsblumen, Stargazer-Lilien und roten Rosen. Die Luft war erfüllt von ihrem vertrauten, süßen Duft, im Hintergrund erklang leise Musik, und sobald er das Zimmer betrat, wurden seine Sinne erregt. Nach dem harten Holzboden war der Teppich eine Wohltat für die Knie des Männchens, und er konnte ihr rasch zu dem mit Kissen reich bestückten Diwan folgen, wo sie sich setzte und ihren langen Rock arrangierte. In bequemer Pose, umwerfend sexy, zeigte die Herrin auf eine Stelle auf dem Boden, seinen Platz. Er eilte an die unsichtbare Stelle und kniete sich, scheinbar gehorsam, hin, doch sie wusste, dass er ihre Beine und Pumps mit ihrem verlockenden Zehendekolletee mit den Augen verschlang, indem er bei gesenktem Blick danach schielte. Der Trick war alt, und die Herrin fiel keine Sekunde darauf rein, doch sie hatte ihren Spaß, freute sich über die geschenkten Zigaretten und fand es interessant, ihn zu beobachten, weshalb sie ihm mehr durchgehen ließ als sonst.

Sie ließ ihn ein paar Minuten lang ihre Beine und glamourös beschuhten Füße verschlingen, dann fing sie an, ihm eine Geschichte zu erzählen, wobei sie aufmerksam sein Gesicht beobachtete. Sie erzählte ihm von einem Jungen auf dem College, der einen Fetisch für die Füße und Beine seiner Lehrerin hatte, von den diversen Vergehen des Jungen und von den Strafen, die seine Lehrerin und schließlich auch der Rektor ihm erteilten. Sie wusste, dass er solche Geschichten erregend fand, und obwohl er noch voll bekleidet war, drückte sein Organ gegen seine Hose. Während sie sprach, triezte sie ihn noch weiter, indem sie mehrmals nur wenige Zentimeter von seinem Gesicht entfernt die Haltung ihrer Beine änderte, und zwar so, dass sie immer besonders attraktiv wirkten. Jedes Mal spürte sie nur eine Sekunde später den warmen Hauch seines Atems auf ihren Beinen. Das Männchen wusste es nicht, und die Herrin würde es ihm auch niemals sagen, doch sie fand das sehr erregend.

Wegen seines in der Hose deutlich sichtbaren pulsierenden Organs beschloss die Herrin, dass es Zeit für einen Strip zu ihrer Unterhaltung war. Sie ließ ihn aufstehen und befahl ihm, sich zur Musik bis auf seine engen Boxershorts auszuziehen. Sie mochte seinen Anblick, seinen muskulösen Körperbau, und im Stillen dankte sie der Göttin für die neue Qualität heutiger Männerunterwäsche, die so eine Freude für die Augen war. Er legte seine Kleider ordentlich zusammen und verstaute sie, wohl wissend, dass das zum Ausziehen dazugehörte, und nahm sofort seine Haltung ein. Dann fuhr sie fort mit ihrer Erzählung vom widerspenstigen Collegeschüler.

Während die Geschichte saftiger wurde, zog die Herrin ihren Rock nach und nach ein wenig höher, bis der Spitzensaum ihrer Strümpfe zu sehen war. Er starrte wie gebannt auf ihre Beine, und wenn es nach ihm gegangen wäre, hätte sie auch chinesisch reden können. Er streckte zögernd eine Hand nach dem näher gelegenen Bein aus, doch sie schlug sie ihm weg und sagte: »Du hast es dir noch nicht verdient, mich zu berühren.« Sie beugte sich nach vorn und schlug ihm für seine Frechheit mit Vor- und Rückhand hart ins Gesicht. Das Männchen zog schleunigst seine Hand zurück und starrte enttäuscht zu Boden. Sie hatte zwischen den Kissen des Diwan eine Riemenpeitsche versteckt, die sie jetzt hervorholte, um ihn noch mehr zu bestrafen. Sie zwang seinen Kopf auf den Diwans und drückte sein Gesicht auf ihre wildledernen Schuhe. Das Männchen ließ sich nicht gern auspeitschen, weshalb ihre Füße ein Trost für ihn waren, während sie die Peitsche zur Strafe (und zu ihrem Vergnügen) auf seinen Rücken fahren ließ.

Er nahm seine Bestrafung stoisch hin und dankte ihr, dass sie ihn überhaupt so ernst nahm und ihn zurechtwies. Die Herrin beschloss, ihn zu belohnen und sich selbst noch mehr zu gönnen, und erlaubte ihm, ihre Füße und Waden zu massieren. Kaum hatte er das gehört, glitten seine warmen, starken Hände von ihrem Pump, und er stürzte sich mit beherrschter Wildheit auf die Objekte seiner Begierde. Er fing an, sie zu massieren, und grub sich mal tief hinein, mal streichelte er sie zärtlich, je nachdem, was gerade nötig war. Da sie ihn selbst in der Kunst der Fußmassage unterrichtet hatte, machte er seine Sache sehr gut und musste nur gelegentlich ein wenig korrigiert und an die Stellen dirigiert werden, die noch mehr Aufmerksamkeit vertragen konnten. Während er nach vorn gebeugt das eine Bein massierte, legte sie das andere um seinen Hals und rieb die Spitze ihres Pumps an seinem Nacken. Es gefiel ihr, wie lustvoll er dabei stöhnte, und sie begann, ihn abwechselnd mit der Schuhspitze und ihrem in sexy Nylon gehüllten Bein zu reiben. Sein Stöhnen wurde immer stärker, genauso wie das machtvolle Gefühl in ihr.

Doch das Bein, mit dem die Herrin ihn neckte, wurde allmählich eifersüchtig auf das andere Bein, das so viel Zuwendung erhielt, weshalb sie ihm befahl, sich nun das eifersüchtige Bein vorzunehmen.

»Wir wollen die Herrin doch nicht einseitig verwöhnen, stimmt's?«, fragte sie, aufreizend lächelnd.

»Nein, Herrin«, sagte das Männchen artig und schob den massierten Fuß in seinen Pump.

Er zog den anderen Schuh ab, nahm den anderen Fuß in seine warmen, starken Hände und gab ihm dieselbe umfassende Behandlung wie dem ersten Bein. Die Herrin schob ihre Schuhspitze unter sein Kinn, hob es an und drehte sein Gesicht in ihre Richtung. Sie befahl ihm, er solle sie ansehen, und als sich ihre Blicke trafen, hielt sie ihn fixiert und schob ihren Rock hoch bis zur Taille. Er konnte aus den Augenwinkeln verfolgen, was sie tat, doch er wagte nicht, den Blick von ihr abzuwenden, um die Objekte seiner Begierde zu betrachten. Dennoch konnte er den Spitzensaum ihrer Strümpfe erkennen und die verlockende weiche Stelle zwischen dem Saum und ihrem schwarzen Spitzentanga. Dann fragte ihn die Herrin, was er tun würde, wenn sie ihm die Erlaubnis gab, sie zu verehren, wie er es sich so sehr wünschte.

»Ich würde Sie anbeten«, war alles, was er ehrfurchtsvoll hervorbrachte.

»Dann bete mich an«, sagte die Herrin. »Zeig mir, dass du verstehst, was für eine Göttin ich bin.«

Sanft und liebevoll nahm er ihr rechtes Bein und wiegte es in seinen Armen. Dann neigte er sich zu ihrem Fuß hinab und fing an, ihn zu küssen, wobei er darauf achtete, keinen Speichel zu hinterlassen, weil er wusste, dass sie das wütend machte. Er hatte große, weiche Lippen und verstand sehr gut, sie einzusetzen. Während er den Fuß küsste, massierte er ihr Bein, und die Verbindung von sanften Küssen und hartem Druck war sehr schön und entspannend. Sie schlüpfte mit dem linken Fuß aus dem Schuh, ließ ihn vom Diwan baumeln und drückte damit auf sein in den Boxershorts gefangenes Organ. Dann fing sie an, ihn mit dem Fuß zu bearbeiten. Sie neckte ihn, trat ihn und drückte ihm auf den Sack. Unter ihren Zuwendungen wurde sein Organ immer größer und härter, doch er ließ sich nicht davon ablenken, sie so anzubeten, wie es ihr gebührte und wie er es so sehr begehrte. Welche Freuden würden wohl als Nächstes folgen? Außerdem wollte er sich nicht die Aussicht auf weitere Belohnungen verderben. Mit den Händen massierend, mit den Lippen liebkosend, arbeitete er sich an ihrem Bein entlang nach oben vor, bis er den Spitzensaum ihres Strumpfes erreichte.

Die Herrin wollte sich weiter mit ihm vergnügen, doch ihr rechtes Bein reichte nicht an seine Weichteile heran. Also nahm sie ihn damit in den Schwitzkasten und nahm ihm langsam und vorsichtig die Luft, wobei sie sein Gesicht nicht aus den Augen ließ. Sie drückte nicht sehr stark, nicht stark genug, um ihn bewusstlos zu machen, doch es reichte aus, um ihm das Atmen schwerer zu machen, als es ihm, schnaufend und keuchend vor Lust, ohnehin schon fiel. Trotz des wachsenden Drucks von ihrem Bein an seiner Kehle verehrte er die Herrin tapfer noch mehrere Minuten weiter. Sie fand es sehr erregend, wie er rasselnd nach Luft schnappte, und drückte noch ein bisschen fester. Dass ihm die Luft immer knapper wurde, erregte ihn noch mehr als die Herrin selbst, und er machte sich mit frischer Kraft über ihr Bein her. Die Herrin lachte darüber, wie leicht sie ihn durchschaute, und nahm das Bein von seinem Hals.

Sie ließ ihn aufstehen und seine Boxershorts ausziehen. Er tat, wie ihm geheißen, und sein Organ hüpfte freudig in die Freiheit. Es war wohlgeformt, lang und nicht zu dick und sah in seiner Nacktheit sehr sexy aus. Er war steinhart, wie sie es von ihm erwartete, und das gefiel ihr ungemein. Sie beugte sich nach vorn und gab seinem Gerät spielerisch ein paar Klapse. Das Eigenleben seines Organs amüsierte sie, und sie konnte nicht anders, als zu kichern, weil es mit jedem Klaps mal hier-, mal dorthin wippte. Sein Stöhnen, das jeden ihrer Schläge begleitete, war sehr befriedigend. Um ihn noch mehr zu reizen, legte sie sich auf den Bauch, zog ihr Kleid nach oben und enthüllte ihren Hintern. Sie ließ ihm einen Augenblick, um den hübschen Anblick ihrer Schenkel und festen, runden Hinterbacken zu genießen, dann befahl sie ihm, wobei sie auf eine Stelle direkt neben ihrem tollen Hintern zeigte, wo sie ihn haben wollte. Sofort fiel er auf die Knie, weil er hoffte, nun käme die Belohnung, nach der er sich schon lange sehnte.

Dann trug die Herrin ihm auf, ihr die Oberschenkel und den Hintern zu massieren, verband dies aber mit der Warnung, dass sie ihn hart bestrafen und sofort nach Hause schicken würde, wenn er »frech« werden würde. Wie befohlen, stürzte er sich auf ihre Glieder und Backen, als wäre er völlig ausgehungert, blieb dabei aber sanft und kräftig zugleich, wohl wissend, wie sie es am liebsten mochte. Er schlang seine starken, durchtrainierten Arme um ihre Beine, neigte den Kopf über ihre Schenkel und küsste sie in glühender Verehrung. Seine Lippen fühlten sich auf der Haut über ihren Strümpfen seidig weich an, und sein heißer Atem jagte ihr Schauer über den Rücken. Manchmal streifte seine Nase versehentlich über ihren schwarzen Spitzentanga, und es blieb ihm nicht verborgen, welche Wirkung das auf sie hatte. Angespornt von ihrer Reaktion lockerte er seinen Griff um ihre Schenkel, so dass ein kleines Dreieck entstand. Ihre Schenkel bildeten zwei Seiten dieses Dreiecks, der schwarze Tanga, der ihren geheimen Garten bedeckte, bildete die dritte. Während er sie nun weiter beschnüffelte, streifte er mit der Nase gelegentlich die Pforte ihres Gartens, um erneut das Beben auszulösen, das darauf stets folgte, und war entzückt, wenn seine Bemühungen Früchte trugen.

Zu seinem Entsetzen drehte sich die Herrin plötzlich auf den Rücken und stoppte ihn, indem sie seinen Kopf an den Haaren nach oben riss. Mit der Hand in seinem Haarschopf zwang sie sein Gesicht in ihre Richtung und befahl ihm, sich ein paar Schritte vom Diwan entfernt mit dem Gesicht nach oben auf den Boden zu legen. Dann erhob sie sich, stieg auf ihn drauf und fing an, ihre spitzen Absätze in ihn bohrend, auf ihm herumzulaufen, von den Füßen bis zum Hals. Dort angekommen, sorgte sie dafür, dass er unter ihren Rock linsen und an ihren Beinen entlang bis zu ihrem Tanga sehen konnte, und ließ ihm ein paar Augenblicke Zeit, den Anblick zu genießen. Dann setzte sie sich schnell auf seine Brust. Sie drehte sein Gesicht mit ihren Pumps in ihre Richtung, hielt den Kopf dann eingekeilt und lächelte in seine lusterfüllten Augen. Sie lachte über seine unverhohlene Begierde und freute sich, als daraufhin ein Ausdruck von Erniedrigung über sein Gesicht huschte.

Die Herrin rutschte von seiner Brust, setzte sich neben seinen Kopf, hob ihn an und bettete ihn auf ihr Bein, so dass er sich leicht nach hinten neigte. Dann legte sie ihm das andere Bein um den Hals. Mit Erlaubnis der Herrin fing er an, sich zu berühren und zu reiben, wobei sie ihm immer dann die Luft abdrückte, wenn sie fand, dass er sich nicht genug für sie ins Zeug legte. Er reagierte sehr stark auf die Strangulierung, was man an der wachsenden Schwellung seines Organs nur zu deutlich sah, und sie erhöhte den Druck. Er rieb sich heftiger, sein Atem wurde unstet, seine Brust bebte. Als sich die Schenkel der Herrin ein letztes Mal noch enger um seine Kehle schlossen, kämpfte er gegen die Bewusstlosigkeit an und gewann. Nach einer letzten Handbewegung stöhnte er laut auf und ergoss seinen Perlensaft über seinen Bauch, während er der Herrin, seiner Herrin, mit den Augen dankte.

Ihre Stiefelhoheit

In der Haltung, in der er sich befand, konnte er nichts sehen. Er kauerte nur da, den Kopf auf dem Boden, und wagte kaum, sich zu rühren, ja, selbst zu atmen, wenn sie es nicht ausdrücklich erlaubte. Er hörte die Absätze ihrer Stiefel auf demselben Boden klacken, auf dem er lag, doch was sie tat, war ihm ein großes Rätsel. Er brachte seinen ganzen Mut auf und wagte einen flüchtigen Blick zur Seite, doch plötzlich war sein Kopf eingeklemmt zwischen ihren schenkelhohen LackLederstiefeln, die Ohren genau in dem Freiraum zwischen der gewölbten Sohle und den respekteinflößend in die Höhe ragenden Pfennigabsätzen. Bedrohlich über ihm aufragend, blickte sie auf ihn herab, wie er so dalag und darauf wartete, dass sie sich an ihm vergnügte. Wie sie ihn so überragte, füllte sich sein Bauch mit Schmetterlingen, und sein Atem war ein unregelmäßiges Keuchen. Sein Blick wurde gefesselt von ihren wunderschönen Beinen, dem herrlich geschwungenen Übergang zwischen ihren Schenkeln und ihrem Hintern, dem lockigen dunkelroten Haar, das unter ihrem Latex-Tanga hervorlugte.

Eine schnelle Bewegung lenkte seinen Blick von dem herrlichen Anblick zwischen ihren Schenkeln ab. In ihrer zierlichen Hand mit den schlanken Fingern sah er die wunderschöne, sexy schwarze Reitgerte, die er ihr bei Hermes gekauft hatte. Sie ließ sie auf seinen Penis herabsausen – er war steinhart von ihrer Nähe und der Macht, die sie über ihn besaß. Der scharfe, stechende Schmerz des geflochtenen Leders, das in seine hochsensible Haut schnitt, ließ ihn laut aufstöhnen, bevor er sich beherrschen konnte. Ihre dunklen Augen, weit geöffnet und feurig flackernd, blitzten aus ihrem blassen Gesicht auf ihn herab.

»Was hast du gesagt?«, sagte sie drohend.

»N-n-nichts, Diva Claudia. Entschuldigt, Diva«, stammelte er.

»Warum entschuldigst du dich, wenn du nichts gesagt hast? Du kennst mein Schweigegebot: Keine Geräusche mit offenem Mund, Sprechen ist verboten. Du weißt auch, dass dir in meiner Gegenwart weder Schamgefühle noch Privatsphäre gestattet sind. Alles, was du bist, alles was du hast oder was ich dir erlaube zu haben, kommt aus meiner unendlich großzügigen Hand. Du wurdest geboren, um mir zu dienen. Du lebst nur, um mich zu erfreuen. Selbst deine Orgasmen werden von mir kontrolliert. Wenn es mir gefällt, wenn es meinen Launen entspricht, erlaube ich dir, dich in meiner Gegenwart zu erleichtern.«

Sie wand sich von ihm ab und setzte sich auf einem Stuhl mit hoher Lehne in Pose, den sie »Thron« nannte. Sie rief ihn zu sich, um ihr zu dienen. Er erhob sich, blieb aber geduckt, als er sich ihr näherte. Sie verwies ihn auf den Boden, indem sie schwach vor seinem Gesicht herumfuchtelte, und er kniete ihr zu Füßen, den Hintern auf den Fersen. Schweigend wartete er darauf, dass sie etwas sagte. Stattdessen zündete sie sich eine Zigarette an und blies ihm den Rauch ins Gesicht. Er schloss die Augen und hielt den Atem an. Er mochte den Geruch nicht, das wusste sie. Sie nahm einen tiefen Zug, hielt einen Moment die Luft an, atmete dann kräftig aus und hüllte ihn in eine Wolke aus Rauch. Am Ende der Zigarette bildete sich langsam Asche. Er hustete leise.

»Mach den Mund auf«, sagte sie freundlich.

Er schluckte schwer und wusste im gleichen Moment, dass das ein Fehler war. Ein Knoten wuchs in seinem Bauch. Fast hätte er laut gestöhnt, doch er konnte sich gerade noch beherrschen. Er machte den Mund auf.

»Steck die Zunge heraus«, sagte die Diva mit einer Stimme, die keinen Widerspruch zuließ. Er wusste, wie ihr nächster Befehl lauten würde, doch er wartete immer, bis sie ihre Wünsche aussprach. Es stand ihm nicht zu, selbst zu denken. Gehorsam streckte er die Zunge heraus. Er versuchte, sie still zu halten und ein Zittern zu unterdrücken, doch sie machte, was sie wollte.

Die Herrin bemerkte seine Schwierigkeiten und ließ ihn warten, damit sie noch ein bisschen mit ansehen konnte, wie er mit den leichten Zuckungen seiner Zunge kämpfte. Aus den Sekunden wurde eine Minute, und sie fing an, über seine Bemühungen zu lachen. Ihr tiefes, kehliges Lachen schallte durch das Zimmer und tönte ihm erniedrigend in den Ohren. Die Asche auf ihrer Zigarette wurde immer länger. Sie schnippte sie ihm auf die Zunge. Flüchtig spürte er die Hitze eines glühenden Tabakstückchens, bevor es erlosch.

»Schluck es«, sagte die Diva lieblich.

Er rollte seine Zunge mit der kostbaren Fracht im Mund nach hinten und ließ die Backen spielen, um etwas Spucke zu sammeln, mit der er sie hinunterspülen konnte. Doch während er mit herausgestreckter Zunge dagesessen hatte und von ihr verlacht worden war, war sein Mund nur noch trockener geworden, und als er schluckte, blieb die Asche an Zähnen und Zahnfleisch kleben und hinterließ einen feinen, knirschenden Belag in seinem Mund. Er schluckte mehrmals, doch es war vergebens. Er spürte ihre Augen auf sich ruhen. Sie erinnerte ihn an eine Katze, die eine Maus beobachtete. War er einer so schönen, so grausamen Herrin überhaupt würdig? Er schluckte erneut.

Sie ließ die Zigarette auf den Boden fallen und drückte sie mit dem Stiefel aus. Mit einem Fingerschnipsen wies sie ihn an, ein paar Meter Abstand von ihr zu nehmen. Er gehorchte ihr und legte das gewünschte Maß auf den Knien rückwärts kriechend zurück. Sie schlug die Beine übereinander und streckte ihm die Unterseite ihres linken Stiefels ins Gesicht. Er sah den Makel, den der Zigarettenstummel auf der blitzsauberen Sohle hinterlassen hatte.

»Lecke sie sauber«, sagte die Diva höflich.

Er zögerte eine Sekunde, doch schon landete ihre wunderschöne Reitgerte mit verblüffender Geschwindigkeit und beängstigender Treffsicherheit auf der Außenseite seines Oberschenkels. Der Knall der Gerte ließ ihn schleunigst gehorchen. Er war mit seinen Lippen und seiner Zunge an der Sohle ihres Stiefels, bevor sie einen zweiten derben Schlag landen konnte. Fürs Erste hatte er den Hieb abgewendet, und er machte sich daran, die schwarze Asche zu entfernen, die die unbefleckte Schönheit ihrer Stiefel so verunstaltete. In seinem Mund gesellte sich die neue Asche zu der alten.

Sie zog den Fuß von ihm weg und betrachtete die Sohle. Bis auf einen leichten Brandfleck von der Zigarette war sie absolut sauber. Sie hob beide Füße an und legte sie auf einen Stuhl. Er schielte verstohlen durch seine Wimpern und sah ein leises Lächeln über ihre Lippen spielen.

»Leg dich auf den Rücken und unter meine Füße«, bezirzte ihn die Diva.

Er brachte sich vor ihrem Stuhl auf dem Boden in Stellung, sein Kopf lag direkt neben einem Stuhlbein, seine Taille neben dem anderen. Sie trat auf seine Brust und benutzte ihn als Tritt. Dann rutschte sie an die Kante des Stuhls und ließ ihn das Obere ihrer Schenkel sehen. Sie nahm den linken Fuß von seiner Brust, und er spürte, wie er nach unten wanderte, auf seinen Penis und seinen Sack. Der Absatz ihres linken Stiefels bohrte sich schmerzhaft in die zarte Haut und machte es ihm unmöglich, sich zu bewegen. Er öffnete den Mund, doch sein Keuchen blieb ihm im Hals stecken. Ihr rechter Absatz schwebte über seinem Gesicht und senkte sich langsam in Richtung seines Mundes.

»Lutsch ihn«, gurrte sie weit über ihm.

Ihr Zwölf-Zentimeter-Absatz spielte mit seinen Lippen, schob sie hin und her, benutzte sie, um seinen Kopf zu bewegen, als wäre er eine Marionette. Er lag unter ihr wie ein geistloses Ding. Den Mittelpunkt seines Universums bildeten seine Weichteile, die unter ihrem gestiefelten Fuß litten. Er machte den Mund weiter auf und beugte den Kopf nach hinten, um seine Kehle länger zu machen, und tiefer. Er spürte, wie ihr gummiummantelter Stahl seine Zunge anhob und am Grund seines Mundes kratzte, und er bewegte den Kopf, um Platz für sie zu machen. Er legte seine Zunge um ihren Absatz und lutschte kräftig daran, so kräftig, wie er in einem anderen Leben längst vergessene Partnerinnen ermahnt hatte, an seinem Penis zu lutschen. Heute lutschte er so, wie er damals gelutscht werden wollte. Er war jetzt ein anderer Mensch.

Mit ihrem linken Fuß spornte sie ihn an, drehte seine Weichteile unter ihrer Sohle, drückte ihm den Absatz hinein und drängte seinen Mund, sich mehr zu bemühen. Mit der Ferse drückte sie nachlässig auf ihm herum, als würde sie ein Gaspedal durchtreten. Das rhythmische Stoßen ihres Absatzes in seine Weichteile ließ ihn jedes Mal vor Schmerz zusammenzucken, wenn sie ihr Gewicht verlagerte. Sie hatte den Absatz ihres linken Stiefels beständig tiefer in seinen Mund gedrückt und sein Gesicht keine Sekunde aus den Augen gelassen. Er hatte die Lippen fest um den Absatz geschlossen und lutschte leidenschaftlich daran, weil er sie seine Hingabe durch das Lackleder hindurch spüren lassen wollte.

Sie fing an, den Absatz in seinem Mund rein und raus zu bewegen und seine liebkosenden Lippen damit zu umfahren. Ihr linker Fuß bearbeitete seinen Penis im Rhythmus mit dem rechten Absatz in seinem Mund. Ihm entfuhr ein tiefes, lustvolles Stöhnen.

Mit einem Mal nahm sie den linken Fuß von seinen Genitalien und ließ die Gerte scharf auf sein Skrotum sausen. Sein Körper bäumte sich widerspenstig auf. Ihr Absatz durchbohrte ihm beinah die Kehle, aber er riss sich rechtzeitig zusammen und legte sich wieder auf den Boden. Doch es war zu spät. Sie zog den rechten Fuß aus seinem Mund und stupste ihn mit dem Zeh von sich.

»Du kapierst es immer noch nicht, oder? Du gehörst mir, und ich kann mit dir machen, was ich will. Steh auf. Bück dich und lege die Schultern auf den Stuhl. Anstelle der Belohnung, auf die du gehofft hast, wirst du mir nun deinen Hintern zur Bestrafung darbieten. Zeig dich.«

Er erhob sich und beugte sich über den Stuhl, Gesicht und Schultern in das Leder pressend, das von ihrem Körper noch ganz warm war. Er drückte die Hüften übertrieben in die Höhe, um ein möglichst verführerisches Ziel abzugeben. Die Gerte pfiff durch die Luft und landete mit einem heißen Schmerz auf seinem gespannten Hintern. Sie schlug ihn und schlug ihn, härter denn je, und jeder Hieb landete leicht versetzt neben den anderen. Mit dem Geschenk, das er ihr einst gemacht hatte, der Gerte von Hermes, überzog sie seine Hinterbacken mit einem Zickzack-Muster, und er schwelgte in seiner Bestrafung. Einhundert Schläge später hörte sie auf. Er würde eine Woche lang die Spuren davontragen, eine schmerzhafte, farbenfrohe Erinnerung an seine Unfähigkeit, sich ihrem Willen unterzuordnen. Sie schickte ihn fort, ohne ihn noch eines Blickes zu würdigen.

Er bedeckte sich mit den Händen, um sie nicht zu beleidigen, und verschwand aus ihrem Blickfeld in das Badezimmer, das solche wie er benutzen durften. Dort angekommen, fiel er auf die Knie. Er hielt noch immer sein Teil in den Händen. Er pochte vor Verlangen und Erniedrigung. Sie hatte ihm nicht erlaubt, sich in ihrer Gegenwart zu erleichtern. Dazu hatte er sie nicht genug erfreut. Doch jetzt konnte er sich von diesem schrecklich schmerzhaften Druck befreien. Er knüllte eine Handvoll Papierhandtücher zusammen, die sie für ihre Sklaven vorsah, und rieb sich in der Abgeschiedenheit des kleinen kalten Badezimmers zu einem explosiven Höhepunkt. Er machte sich sauber und zog sich an. Bevor er den Raum verließ, spülte er die mit seinem Saft beschmutzten Papierhandtücher die Toilette hinunter. Er dachte keine Sekunde an die Folgen seines Tuns.

Während er nervös im Vorzimmer wartete, lief ihre letzte Session in seinem Kopf immer und immer wieder ab wie eine Szene aus einem Film. Die anderen Herrinnen im Haus liefen vor der offenen Tür auf und ab und ignorierten ihn, wodurch er sich klein fühlte, unwürdig und unsichtbar. Die Stille war kaum zum Aushalten. Ein Schweißtropfen rann ihm von der Stirn hinab bis auf die Nasenspitze. Er wischte ihn ungeduldig mit dem Ärmel ab, verärgert wegen der Ablenkung. Wann würde sie nach ihm schicken?

Nach einer halben Ewigkeit kam endlich eine zierliche dunkelhaarige Schönheit, um ihn zu holen. Sie sah ihn an und lächelte wissend, dann führte sie ihn auf den Flur und die Treppe hinab in eines der Verliese. Sie wies ihn hinein und schloss die Tür hinter ihm. Ein Riegel fiel. Jetzt war er eingeschlossen in einem Raum mit schwarzen Wänden. Er blinzelte, um seine Augen an die Dunkelheit zu gewöhnen, und stierte um sich, vergeblich versuchend, die Geheimnisse dieses Zimmers zu lüften. Beobachtete sie ihn aus einem verborgenen Winkel heraus? Gab es eine Kamera, die jede seiner Bewegungen verfolgte? Doch es blieb schwarz vor seinen Augen, er konnte nichts sehen. Er sank auf den kalten Steinfußboden und richtete sich darauf ein, so lange zu warten, wie es ihr beliebte. Plötzlich erfüllte die samtene Stimme der Herrin die schwarze Stille. Wie von der Tarantel gestochen, sprang er auf und strengte seine Augen an, um zu erkennen, wo ihre Stimme herkam.

»Dass du bei unserer letzten Session so ungehorsam warst, hat mir sehr missfallen. Mit dem, was du im Badezimmer getan hast, hast du meine Güte mit Füßen getreten. Mit deiner egoistischen Missachtung meines Eigentums und all der vielen Zeit, die ich in deine gute Erziehung investiert habe, hast du meinem Schloss erheblichen Schaden zugefügt. Ich habe dir nicht gestattet, dich zu erleichtern, und dennoch hast du es getan. Dann hast du versucht, deine Falschheit zu verbergen, indem du ihre schmutzigen Spuren die Toilette hinunterspülen wolltest, wodurch sie verstopfte und überlief. Denke über deine Vergehen nach, denn heute Nacht wirst du für deine Respektlosigkeit bezahlen.«

Dann war er erneut von Stille umschlossen. Er fiel zitternd zu Boden, überwältigt von Schuldgefühlen. Er dachte an die köstliche Lust, mit der er sich in die Papierhandtücher erleichtert hatte, und wurde rot vor Scham, weil sein heimliches Vergnügen entdeckt worden war. Er wünschte, er könnte sehen, was sich sonst noch in dem Raum befand. Doch die Dunkelheit behielt ihre Geheimnisse für sich. Eine Minute um die andere verstrich.

Ohne Vorwarnung wurde die Tür geöffnet. Sie stand als Silhouette im Licht, das aus dem Flur hereindrang. Sein Blick blieb sofort wie gebannt an ihr haften. Den dunklen Raum nahm er überhaupt nicht wahr. Sie schloss die Tür hinter sich, und schon war wieder alles in tiefe Dunkelheit getaucht. Er mühte sich auf die Knie, bereit, ihr seine Unterwerfung zu beweisen, sobald sie es von ihm verlangte. Er wusste, dass sie ihn all die Zeit allein gelassen hatte, damit er über sein Schicksal in ihrer Hand nachsinnen konnte.

»Hast du überhaupt schon ernsthaft über deinen Ungehorsam nachgedacht? Hast du erkannt, worin du gefehlt hast und wie sehr du es an Respekt vor meiner Person mangeln lässt? Hast du etwas zu deiner Entschuldigung zu sagen, irgendetwas, das dein vorsätzliches und inakzeptables Benehmen erklären könnte?«

Er ließ beschämt den Kopf hängen.

»Das hätte mich auch gewundert. Keine Erklärung auf der Welt könnte entschuldigen, was du getan hast. Es ist besser, du schweigst und nimmst die Strafe hin, die du mehr als verdient hast. Ich habe für dich etwas ganz Besonderes geplant. Pass gut auf.«

Mit diesen Worten drückte die Herrin auf einen Schalter, doch zu seiner Überraschung wurde nicht der ganze Raum von Licht erfüllt. Stattdessen fiel ein schmaler Lichtstreif auf einen Bondagetisch, der lang genug war, um einen Mann darauf auszustrecken, der viel größer war als er selbst. Er war mit schwarzem Leder umhüllt und hatte Aussparungen an den Stellen, wo seine

Genitalien und seine Brust liegen würden. Er stand auf acht dicken Beinen, und seine Unterseite war von Haken gesäumt.

»Wollen wir den benutzen? Oder lieber den hier?«

Sie schaltete gleichzeitig das erste Licht aus und ein zweites an. Es schien auf einen Spreader in X-Form, der von der Decke hing. An den unteren Enden hingen Stiefel, an den oberen Enden baumelten zwei mit Fell gepolsterte Handschellen. Unter dem Spreader stand eine flache Holzbank. Als er genauer hinsah, erkannte er, dass das Ganze eine automatische Hängevorrichtung war, mit einem Steuerpult, wie man es von Fließbändern kennt.

»Oder sollte ich vielleicht das hier für deine Strafe in Erwägung ziehen?«

Wieder drückte sie zwei Schalter, und die Spreader-Hängevorrichtung verschwand in der Dunkelheit. Dieses Mal schien ein neuer Spot auf einen Pranger mit drei klaffenden Löchern, die auf einen Gefangenen warteten. Die Vorrichtung hing an massiven Ketten von der Decke und schwang in einem unmerklichen Luftzug sanft hin und her. Mit seiner puritanischen Machart war der Pranger bedrohlicher als die modernen Gerätschaften, die er davor gesehen hatte. Er versuchte, die Panik zu unterdrücken, die er davor hatte. In der Vergangenheit hatte sie immer herausgefunden, was ihn am meisten ängstigte, und es gegen ihn eingesetzt. Für den Fall, dass sie wie eine Katze im Dunkeln sehen konnte, hielt er den Kopf gesenkt. Angst, Erwartung und Verlangen ließen seine Schläfen pochen.

»Aber vielleicht wäre doch das hier passender.«

Wieder betätigte sie die Schalter, und der Pranger verschwand in der Dunkelheit. Der kleine Spot fiel auf einen mittelalterlich aussehenden Holztisch, dessen Oberfläche poliert und geformt war wie ein Mann, der auf dem Bauch lag. Es gab Vertiefungen für die Brust, und unter den Hüften erhob sich die glatte Oberfläche, um den Hintern anzuheben. An jeder Ecke befanden sich Lederriemen für Arme und Beine, in der Mitte war ein weiterer für die Taille. Ein Gefesselter würde damit gründlich in Position gehalten, solange es die Herrin wollte. Es handelte sich offensichtlich um eine Vorrichtung für intensive körperliche Züchtigung.

Er versuchte, seine Panik zu verbergen. Jedes der erleuchteten Objekte jagte ihm eine Heidenangst ein, doch keines so sehr wie der Pranger. Er versuchte, seine Gedanken vor ihr zu verbergen und sie zu täuschen, indem er an den mittelalterlichen Tisch dachte, doch sie durchschaute ihn. Es machte zwei Mal bedrohlich »klick«, und das Licht über der Spanking-Vorrichtung erlosch, während der Spot über dem Pranger wieder anging. Ihm entfuhr ein leises panisches Geräusch, bevor er es hinunterschlucken konnte. Sie lachte ein tiefes, böses Lachen, das ihm das Blut in den Adern stocken ließ. Doch sein Glied schwoll schmerzhaft an.

»Steh auf. Zieh dich aus. Stell dich vor den Pranger«, sagte die Herrin leise grollend.

Er erhob sich, gehemmt von der Dunkelheit und seiner Angst, und mühte sich aus seinen Kleidern, ohne den Pranger aus dem Blick zu lassen. Als er nackt war, zwang er sich dazu, einen Fuß vor den anderen zu setzen und sich dem erleuchteten Folterinstrument zu nähern. Die Herrin hatte er noch immer nicht gesehen. Vor dem Gerät, mit dem er bestraft werden würde, blieb er mit gesenktem Kopf stehen und wartete darauf, dass sie sich an ihm vergnügte. Er versuchte, den Pranger nicht mehr anzusehen, doch sein Blick wurde gegen seinen Willen davon angezogen. Der Anblick ließ seinen Schwanz pulsieren.

Er hörte das Klacken ihrer Absätze auf dem Steinboden. Plötzlich trat sie in den Lichtkegel, der das Objekt umgab. Er staunte über ihren Aufzug. Anstelle ihres gewohnt eleganten Latex-Outfits war sie eher dürftig gekleidet. Ein Leder-Teddy mit hoch ausgeschnittenen Beinen und ein Mieder ließen kaum etwas von ihrem wunderschönen Körper verhüllt. Schwarze schenkelhohe Stiefel umschlossen ihre schlanken Füße und betonten ihre herrlichen

Beine. Direkt über dem Schaft der Stiefel sah er den Spitzensaum ihrer schwarzen Strümpfe. Opernhandschuhe aus schwarzem Leder brachten ihre wohlgeformten Arme zur Geltung. Eine geheimnisvolle Haube aus schwarzem Leder verhüllte ihr Gesicht von der Nase aufwärts. In der Hand hielt sie einen wunderschönen Rohrstock aus schwarzem Fiberglas. Es war der grausamste Stock in ihrer Sammlung. Ihr Anblick ließ ihn sinnlos wimmern.

Die Herrin lächelte ihn an, eisig, gnadenlos. Sie entriegelte die obere Hälfte des Prangers und bedeutete ihm, sich hineinzubegeben. Auf diese Weise musste er sich an seiner eigenen Bestrafung beteiligen. Die Kombination aus Zwang und Konsens war eine ihrer bevorzugten Methoden zur Kontrolle ihrer Sklaven. Doch er zögerte noch, erniedrigt und seiner Erregung sehr bewusst. Im Nu sauste ihr Rohstock auf sein wild gewordenes Organ und brannte, schmerzte, spornte ihn an, ihr zu gehorchen. Er nahm all seinen Mut zusammen, trat an das schreckliche, furchterregende Gerät und legte seinen Hals in die Aussparung. Dann legte er seine Hände in die dafür vorgesehenen Öffnungen. Die Herrin setzte die obere Hälfte auf die untere und schloss ihn damit ein. Dann trat sie schnell hinter ihn. Sie ging in die Hocke und fesselte seine Knöchel mit Ledermanschetten, die an Ösenhaken im Boden befestigt waren. In seiner dunklen Furcht hatte er sie bislang überhaupt nicht bemerkt. In dieser erniedrigenden Haltung war er nun ganz und gar ihr Gefangener. Er erkannte ihre Überlegenheit an, gab sich ihr hin und übertrug ihr seinen Willen.

»Für Verfehlungen gegen mich, für willentlichen Ungehorsam, für räuberische Lust, für die gedankenlose Zerstörung meines Eigentums verurteile ich dich zu 150 Hieben mit dem Rohrstock auf Hintern und Schenkel. Du wirst jeden Hieb zählen und dich für jeden einzelnen bedanken. Habe ich mich klar ausgedrückt?«

»Ja, Eure Hoheit.«

»Da fangen wir jetzt an.«

»Sie legte los, und der erste Hieb landete auf seinem straff gespannten Hintern. Die Heftigkeit des Schlags machte klar, dass ihm die Prügel seines Lebens bevorstanden. Er sagte laut: »Eins«, und dankte ihr pflichtschuldigst. Nach dem nächsten Hieb sagte er: »Zwei«, und dankte ihr erneut. Doch seine Ansagen kamen ihr nicht schnell genug, und so verpasste sie ihm zehn Schläge, die er nicht zu den ursprünglichen 150 dazurechnen durfte. Immer wieder, immer härter drosch sie mit ihrem Schmerzensinstrument auf ihn ein. Nach jedem Schlag zählte er laut auf und dankte ihr, so schnell er konnte. Nach 50 Schlägen war er den Tränen nah, und seine Stimme klang gepresst vor lauter Anstrengung, sie zurückzuhalten. Bei 100 liefen ihm die Tränen ungehindert übers Gesicht. Als sie sich den 150 näherten, schluchzte er, während er ihr für die grausame Strafe dankte, die er aus ihrer Hand empfing. Bei den zehn zusätzlichen Schlägen schrie er laut auf. Er wusste, dass er es verdient hatte, und in seinem Dank lag aufrichtige Unterwerfung. Dann war die schreckliche Bestrafung schließlich zu Ende. In der surrealen Mondlandschaft seines Geistes sah er sich selbst schlaff von dem Pranger hängen, sein Hintern eine Welt aus wildroten Striemen.

Die Herrin machte auf ihrem Weg hinaus das Licht aus und ließ ihn in der Dunkelheit über seine Schmerzen nachdenken, die er sich selbst eingehandelt hatte. Sie würde bald jemanden schicken, der ihn aus seinen Fesseln befreien und hinausführen würde. Als Teil der Bestrafung erteilte sie ihm bewusst nicht die Erlaubnis, sich zu erleichtern.

Nachdem eine unbestimmte Zeit vergangen war, in der er sich auf seine Schmerzen und die Dominanz der Herrin über ihn konzentriert hatte, kam dieselbe zierliche, dunkelhaarige Schönheit herein, die ihn in dieses Verlies geführt hatte, und entriegelte den hölzernen Balken, unter dem er gefangen war. Sie stand mit verschränkten Armen und wippendem Fuß ungeduldig daneben, während er sich umständlich anzog. Als er fertig war, begleitete sie ihn nach oben, damit er nicht noch einmal in eines der Badezimmer gehen konnte, und beförderte ihn durch die Tür und hinaus auf die Straße. Er schloss sein Auto auf und setzte sich vorsichtig auf seinen rot geschwollenen Hintern und fuhr los. Er hatte einen enormen Ständer, der schmerzhaft pulsierte, doch er wagte es nicht, sich so nah vor ihrem Haus zu erleichtern.

Zu Hause angekommen, packte er seine schmerzhafte Erektion und brachte sich schnell zur Erleichterung. Er wagte sich vorzustellen, dass er sie bei ihrer nächsten Begegnung so weit zufriedenstellen würde, dass sie ihm erlaubte, sich in ihrer Gegenwart zu erleichtern. Er träumte davon, wann er sie das nächste Mal wiedersehen würde, Ihre Majestät in den schenkelhohen Lederstiefeln.

Schon wieder zu spät

Adam wusste, dass die Herrin es hasste, wenn er zu spät zu einer Session kam. Er hatte schreckliche Angst davor, wie sie ihn wohl für seine Trödelei bestrafen würde. Er wartete beklommen im Vorzimmer ihres Hauses auf ihr Erscheinen. Die Herrin betrat das Zimmer, schloss die Tür, lehnte sich dagegen und starrte ihn wütend an. Er wagte nur einen flüchtigen Blick, bevor er den Kopf senkte und zu Boden sah. Ihr Catsuit aus schwarzem Latex, das eng geschnürte schwarze Korsett, die schwarzen Latexhandschuhe und ihre kniehohen Schnürstiefel verrieten ihm alles, was er über die heutige Strafe wissen musste. Sie hatte sich dem Anlass entsprechend angezogen und sah großartig aus. Ihre Augen schlugen Blitze, und er fühlte sich erniedrigt und wertlos vor ihr.

»Heute Abend akzeptiere ich keine lahmen Entschuldigungen für dein Zuspätkommen. Ich dulde es nicht, wenn man mich warten lässt. Du hast auf mich zu warten! Diese Bestrafung hast du dir selbst zuzuschreiben, und du wirst für deine Verspätung leiden«, sagte die Herrin in dem trügerisch kühlen Tonfall, mit dem sie immer sprach, wenn sie extrem wütend war. Sie klang sogar umso sanfter, je wütender sie war. Nie kam ihr ein schmutziges Wort über die Lippen, doch sie wusste genau, was sie sagen musste, um Adams sensible Stellen zu berühren.

»Du willst doch aus der Hundehütte raus und wieder in meine Dienste genommen werden, oder nicht?«, fragte sie beinahe lieblich. Adam ließ sich vom freundlichen Klang ihrer Stimme nicht täuschen.

»Ja, Herrin«, sagte er unterwürfig.

»Gut! Folge mir«, befahl ihm die Herrin höflich.

Adam wusste, dass auch ein höflicher Befehl ein Befehl war, und sogar ein besonders ernst zu nehmender.

Die Herrin führte Adam nach oben in ihr Schlafzimmer. Dort angekommen, befahl sie ihm, sich auszuziehen. Dann legte sie ihm Handschellen an und zog eine Kette dazwischen durch. Sie schob ihn unter den Türrahmen und hängte die Kette an einem Haken über seinem Kopf ein. Seine Arme wurden über seinen Kopf gezerrt, und seine Füße berührten kaum noch den Boden. Er musste auf seinen Zehenspitzen balancieren, und schon ein kleiner Stoß würde genügen, um ihn im Kreis zu drehen.

»Was für ein prächtiges Stück Fleisch du abgibst, wie du so dahängst und meinen Missmut erwartest! Dein Körper gehört mir, und ich kann damit machen, was ich will, vor allem, wenn du mich geärgert hast. Wie ich sehe, findest du das ziemlich erregend. Deine Rute steht ja ordentlich stramm. Du wirst jetzt eine Lektion erhalten, die du nicht vergessen wirst. Danach wirst du es dir zwei Mal überlegen, ob du mich noch mal warten lässt!«

Die Herrin machte auf ihrem Stöckelabsatz kehrt und kam mit einer breiten Haarbürste aus Plastik zurück, aus deren rotem Gummi viele Plastikborsten ragten. Adam hasste diese Bürste. Um ihn zu reizen und seine Angst zu schüren, fing die Herrin an, sein Brusthaar damit zu bürsten, bis es schön flauschig war und ganz ordentlich aussah.

»So. Das war doch gar nicht so schlimm, oder?« Sie klang beinahe keck, doch er wusste, dass sie keine Antwort erwartete.

Die Herrin kam ihm ganz nahe und fuhr mit der Bürste noch ein paar Mal über seine Brust. Dann hielt sie an seinem rechten Nippel plötzlich inne und drückte die Borsten darauf. Es fühlte sich an, als würde man ihm Nadeln ins Fleisch stechen, und er verzog das Gesicht. Sie lächelte und drückte fester. Als er vor Schmerzen aufstöhnte, wandte sie sich dem linken Nippel zu und wiederholte die Behandlung. Dann trat sie zurück, drehte die Bürste auf die Seite mit dem schwarzen Plastik und haute ihm damit immer wieder auf die Brust. Adam gab sich Mühe, das Gleichgewicht zu halten, damit er sich nicht bei jedem Schlag hin und her drehte. Die Herrin schlug immer härter auf seine Brust, bis ihm ein lauter Schmerzensseufzer entwich. Sie versetzte ihm noch ein paar Schläge auf jede Brust, um klarzumachen, dass sie ihn beherrschte und sich nicht um seine Schmerzen scherte. Dann ließ sie von ihm ab.

Die Herrin schob ihn beiseite, um hinter ihn zu treten. Die Belastung auf den Armen ließ Adam aufstöhnen und er fiel auf die Seite, doch er fand schnell wieder sein Gleichgewicht. Dann spürte er plötzlich, wie die Herrin auf seinem Hintern mit dem kühlen Plastik der Bürste Kreise zeichnete. Allerdings währte dieses kleine Spielchen nicht sehr lange. Sie fing an, ihn mit festen, harten Klatschern auf die Backen zu bearbeiten, wobei sie manchmal zwischen beiden Backen abwechselte, manchmal auf die Unterseite seines Hinternfleisches haute und manchmal gleichzeitig beide Backen traf. Gerade als er dachte, sie würde ihm keine Gnade gewähren, trat sie zurück und bewunderte ihr Werk. Die harten Schläge mit der Bürste ließen sein Gesäßfleisch hellrot leuchten. Die Herrin zog ihre Handschuhe aus und fuhr ihm mit ihren rasiermesserscharfen, rot lackierten Nägeln über seinen glühenden Arsch, dann fing sie an, die Backen mit ihren kleinen, aber starken Händen zu kneten. Mit gesenktem Kopf hing Adam da und ließ es über sich ergehen. Er wusste, dass er alles verdient hatte, was sie ihm antat. Die Herrin ließ ihn ein paar Minuten hängen, ohne ihn weiter anzurühren, dann trat sie wieder aus seinem Rücken und stellte sich vor ihn. Sie lächelte und zwängte ihm den Griff der Bürste in den Mund.

»Lutsch ihn!«, befahl sie ihm. »Mach ihn schön feucht. Du wirst mir gehorchen!«

Adam wurde schlagartig klar, dass sie ihn gleich mit demselben Werkzeug vergewaltigen würde, mit dem sie ihn so brutal versohlt hatte. Er sammelte etwas Spucke, öffnete den Mund und befeuchtete den Bürstengriff mit seinem Speichel. Die Herrin zog den Griff heraus und lehnte sich gegen seine Brust, ihr Catsuit kalt und schlüpfrig auf seiner Haut. Sie führte ihren Arm hinter seinen Rücken, und als Nächstes spürte er, wie sie mit dem Griff nach seiner Analöffnung suchte. Sie hielt die Seite mit den Borsten in der Hand und stocherte zwischen seinen Backen herum. Als sie sein Loch gefunden hatte, fing sie an, den Griff in ihn hineinzuschieben. Er spürte, wie sein Loch gedehnt wurde, und unternahm einen kläglichen Versuch, sich von der fürchterlichen eindringenden Bürste wegzudrehen.

Wütend über seinen Fluchtversucht befahl ihm die Herrin: »Halte gefälligst still! Wenn du dich wehrst oder die Backen zukneifst, bestrafe ich dich mit einem noch viel größeren Teil! Oder ich ramme dir dieses Ding hier so tief rein, dass die Borsten dein sensibles, schrumpeliges Häutchen piksen wie Nadelstiche. Und es kann gut sein, dass ich das nächste Gerät mit ein bisschen Schleifpapier umwickle. Willst du für mich bluten? Ja?«

»Nein, Herrin, bitte nicht«, flehte Adam sie an und versuchte mit aller Kraft, sich nicht gegen ihr Eindringen zu wehren.

»Dann wirst du dich mir unterwerfen und hinnehmen, dass ich jetzt in dich reinbumse. Du bist so unschuldig und so schön eng! Du wirst niemals vergessen, dass es kein Stück an deinem Körper gibt, was nicht dazu da ist, mir zu dienen und mich zu unterhalten. Du bist mein Besitz, ein Spielzeug, ein Objekt, mit dem ich machen kann, was ich will, wann ich will. Du lebst nur, damit ich, deine Herrin, meinen Spaß haben kann.«

Während sie dies sagte, griff sie mit der linken Hand hinab zu Adams steifem Schwanz und seinem Sack. Sie fing an, beide abwechselnd sehr hart zu drücken. Sie rieb seinen Schwanz und drückte seine Eier im Rhythmus der Stöße des Bürstengriffs zwischen seinen Backen und in seinem Anus. Oft piksten die nadelgleichen Borsten in die zarte rosa Haut, die seine Öffnung umgab, und er schrie auf vor Schmerz. Das freute die Herrin und stachelte sie noch mehr an.

Adam war trotz der Schmerzen und der Erniedrigung, die diese Vergewaltigung seines Körpers für ihn bedeutete, bis zur

Unerträglichkeit erregt. Die Belastung auf seinen über den Kopf gezerrten Armen und der mühsame Kampf um Gleichgewicht auf seinen Zehenspitzen brachten ihn an die Grenze dessen, was er ertragen konnte. Er spürte, dass der Griff der Haarbürste bis zum Anschlag in ihm war.

»Kneif die Backen zusammen und halte die Bürste in dir«, wies ihn die Herrin an. »Wenn ich zurückkomme, will ich sie genauso tief drin sehen wie jetzt.«

Adam kniff die Backen zusammen, was bei seiner ausgestreckten und unbequemen Haltung gar nicht so einfach war. Er musste sich enorm konzentrieren, um die Anweisung der Herrin zu befolgen. Sie ging weg und öffnete eine Schublade. Als sie zurückkam, hatte sie etwas in der Hand zusammengeknüllt, was er nicht erkennen konnte. Sie lehnte sich an ihn, griff mit der linken Hand um ihn herum und überprüfte den Sitz der Bürste. Sie drückte fest dagegen, um sicherzugehen, dass er sie kein Stück herausgelassen hatte. Ihm entfuhr ein Schrei, als die Borsten ihn piksten. Ein Lächeln huschte über ihr Gesicht, dann fing sie an, unheimlich böse zu lachen, und ihr Gelächter schmerzte mehr als der Bürstengriff in seinem Anus. Dann umschloss sie seinen Sack fest mit der Rechten und drehte leicht daran herum. Adam verzog vor Schmerz das Gesicht. Er hörte kaum das schnalzende Geräusch, als die Herrin ihm einen Lederriemen um den Sack und seinen schmerzvoll steifen Schwanz schnallte. Jetzt wusste er, dass noch ein Teil seines Körpers von der Herrin gefangen und in Fesseln gelegt worden war. Er fühlte sich immer mehr als ihr Besitz, immer mehr von ihr missbraucht und mehr denn je als Objekt ihrer Unterhaltung. Dann spürte er, wie ein weicher Lederbeutel über seinen verletzlichen, runden Sack gestülpt wurde, gefolgt von einem Zurren, mit dem die Herrin den Beutel verknotete. Was Adam noch nicht wusste, aber bald erfahren sollte, war, dass sich Ringe daran befanden, an die man Gewichte hängen konnte. Nach und nach hängte die Herrin Karabinerhaken darin ein, an denen glänzend schwarz lackierte, 200 Gramm schwere Angelgewichte hingen. Als sie fertig war, baumelten drei Kilogramm schwere Gewichte an dem Beutel, der Adams Sack umschloss. Dieses fiese kleine Beutelchen zerrte seinen Sack in Richtung Boden.

Als die Herrin sich davon überzeugt hatte, dass der Beutel wirklich festgezurrt war und nicht abrutschen konnte, zog sie Adam schnell und geschickt ein Kondom über den Schwanz. Dann stellte sie sich vor ihn, um ihn mit ihrer Nähe zu reizen, und nahm mit dem Griff in seinem Anus wieder ihren beharrlichen Rhythmus auf. Jeder Stoß ließ den schweren Beutel schwingen und vervielfachte Adams Schmerzen. Er sah ihr Gesicht, und er sah, dass sie sehr fasziniert und erregt war von der Kontrolle, die sie über ihn hatte, während er so dahing und ihr hilflos ausgeliefert war. Wieder lachte sie böse über sein Elend und fuhr fort, ihn unablässig hart in den Anus zu bumsen. Mit der freien Hand packte die Herrin seinen Schwanz und fing an, ihn zu reiben. Adam war so hart, dass es schmerzte, und bei ihrer Berührung zeichneten sich in seinem Gesicht Lust und Qual zugleich ab.

»Ich werde dich jetzt zum Spaß melken. Du kennst das Prozedere, wir haben es schon mal gemacht. Das Kondom sorgt dafür, dass du mir den Boden nicht einsaust. Ich erwarte, dass du auf Befehl Leistung zeigst, trotz der Ablenkung durch den beschwerten Beutel oder den Griff, den ich dir in den Anus geschoben habe. Du weißt, dass deine heißen Spritzer auf Kommando das Kondom hier füllen müssen, damit ich zufrieden bin. Falls nicht, bestrafe ich dich noch härter.«

Inzwischen penetrierte die Herrin Adams Anus richtig heftig, während sie seinem geplagten und belagerten Schwanz eine prächtige weiße Fontäne zu erzwingen suchte. Der permanente Zug des beschwerten Beutels hatte Adam so sehr gedehnt, dass er sich sicher war, dass er in schnellen Schüben abspritzen würde.

»Wenn du den Befehl hörst: ›Mach es jetzt, du mieser Wurm‹, wirst du mich mit einem ordentlichen Schwall erfreuen, während ich mit einer Hand an deinem Schwanz hoble und dir mit der anderen die Bürste in den Anus ramme. Wenn ich mit der Menge und der Qualität deiner Darbietung zufrieden bin, nehme ich dich von diesem Haken. Und falls ich sogar sehr zufrieden sein sollte, schnalle ich dich zum Ausruhen ans untere Ende meines Bettes.«

Adam atmete immer schwerer und unregelmäßiger. Er bot alle Kraft auf, um sein Gleichgewicht zu halten und seine Strafe zu empfangen. Er wusste nicht, was schlimmer war, ihre groben Melkbewegungen oder der Bürstengriff in seinem Anus.

»Du gehörst mir, und es macht mir Spaß, dich so zu benutzen. Ich kann spüren, wie dein Schwanz pulsiert, ich spüre, wie deine Adern fast platzen, weil du dich so sehr zurückhalten musst, bis ich dir den Befehl gebe, zu kommen. Aber wir sind noch nicht so weit. Ich will dich noch ein bisschen quälen.«

Die Herrin rieb und rammte Adam weiter in ihrem gnadenlosen Rhythmus, bis er vor Schmerz und Frust nur noch schreien wollte. Dann, endlich, hörte er die Zauberworte.

»Mach es jetzt, du mieser Wurm!«

Adams Strahl fühlte sich glühend heiß an, als er aus seinem Schwanz ins Kondom spritzte und es weiter füllte, als er für möglich gehalten hätte. Die Herrin fuhr fort, seine Rute zu quetschen, bis sie überzeugt war, dass sie den letzten Tropfen gemolken hatte. Dann zog sie das Kondom vorsichtig ab und begutachtete die Menge.«

»Das ist befriedigend«, sagte sie, kühl anerkennend, was er alles für sie erduldet hatte.

Doch statt dass sie Adam vom Haken nahm, legte sie sich auf ihr Bett und fing an, sich durch ihren Latex-Catsuit zu reiben.

»Würdest du nicht liebend gern mit deiner erbärmlichen kleinen Zunge machen, was ich auch problemlos mit den Fingerspitzen selber machen kann?«, fragte sie neckisch. »Und wie gut ich das mache! Du würdest es nicht halb so gut hinbekommen und könntest mich nicht halb so gut befriedigen, ganz gleich, was du probierst und wie sehr du dich ins Zeug legst. Du musst wohl hilflos da drüben hängen bleiben und zusehen, wie ich mich befriedige! Und dafür solltest du dich geehrt fühlen!«

Die Herrin kam plötzlich. Sie stöhnte mehrmals hintereinander und drückte den Rücken durch wie eine Katze, während Adam sie fasziniert und voller Begehren beobachtete. Als sie fertig war, lag sie erschöpft da, die Augen geschlossen, ein Arm über dem Kopf. Sie ließ sich Zeit, bis sie sich erhob.

»Das war vielleicht schön«, sagte die Herrin verträumt.

Sie nahm Adam vom Haken über dem Türrahmen und nahm ihm die Handschellen und die Kette ab. Dann zeigte sie auf den Boden am Fuß ihres Bettes, und Adam ließ sich dankbar darauf niedersinken, erschöpft von allen Strapazen. Wie die Herrin versprochen hatte, machte sie Adam mit einer Handschelle am Knöchel am Bett fest und ließ ihn in dieser Nacht zu ihren Füßen schlafen.

Zuckerrohr

Die Herrin steckte die Hände des Sklaven in Ledermanschetten, beugte ihn über das Spankingpferd und hängte die Manschetten in Ringen an den vorderen Stützen ein. Sie wusste, dass er ängstlich und nervös war. Seine Stirn war übersät mit kleinen Schweißtropfen und er klammerte sich so fest an die Stützen des Pferdes, dass seine Knöchel weiß wurden. Sein Oberkörper lang auf dem schwarzen Leder des Pferdes. Seine Beine waren neben den hinteren Stützen leicht gespreizt nach unten ausgestreckt. An jedem Knöchel hatte er eine Ledermanschette mit Karabinerhaken, von dem aus eine Kette um eine der hinteren Stützen gewickelt war. Sie hatte das Spankingpferd direkt vor eine Spiegelwand gestellt – es wäre umso besser, wenn er sehen konnte, wie sie sich an ihm verging. Sie genoss es, wenn man sie anschaute und bewunderte. Sie befahl ihm, das Kinn auf die Bank zu legen, den Kopf oben zu halten und immer in den Spiegel zu schauen. Er hatte keine Ahnung, was sie mit ihm vorhatte, bis sie damit anfing, und dann wusste er gleich, dass an diesem Abend schwere Körperstrafen auf dem Programm standen.

Der Sklave war jetzt schon erregt. Allein die Haltung, in die die Herrin ihn gebracht hatte, ließ den Wunsch nach Unterwerfung in ihm aufsteigen. Er begab sich tiefer hinein in den Subspace, den er brauchte, um in vollen Zügen zu genießen, was ihm bevorstand, und jeden Schmerz, den sie ihm austeilte, in Lust zu verwandeln. Als Erstes verpasste sie ihm ein Spanking. Sie fing mit netten, kleinen Klapsen an, um das Blut an die Oberfläche des Hinterns zu befördern und ihn für alles Folgende zu sensibilisieren. Er liebte diesen Teil: Ihre Hand auf seinem nackten Fleisch, die ihn immer und immer wieder schlug, kam ihm fast vor wie eine Liebkosung. Und sie gab ihm ein verdammt gutes Spanking. Die Herrin war der Ansicht, dass ein gutes Spanking wohlklingend, rhythmisch und über den gesamten Hintern verteilt sein musste.

Einmal war sie bei einer besonders stupiden Vorführung eines »Meisters« aufgestanden und nach vorn auf die Bühne gegangen und hatte angekündigt, dass *sie* dem »Meister« jetzt mal zeigen würde, wie man ein richtig gutes Spanking austeilte. Am Sklaven des Meisters instruierte sie das Publikum über verschiedene Arten von Klapsen, darüber, wie unterschiedlich sich ein Klaps anfühlt, je nachdem, wo er trifft, wie man Schläge und Hinterbacken abwechselt, um die Erregung des Sklaven aufrechtzuerhalten, und andere Techniken. Als sie fertig war, erhielt sie tosenden Applaus. Sie war großartig. Der Meister besaß den Anstand, betreten dreinzuschauen. Der Sklave war unheimlich stolz darauf, dass er ihr gehörte.

Plötzlich änderte sich die Intensität der Schläge, und er wurde jäh aus seiner Träumerei gerissen. Das waren keine zärtlichen Klapse mehr. Die Schläge waren härter und kamen schneller und hatten seine ganze Aufmerksamkeit. Er beobachtete sie aufmerksam im Spiegel und freute sich am Spiel ihrer Mimik, während sie austeilte, vor allem bei den »richtig schönen Treffern«. Seine zwischen Körper und Lederpferd eingezwängten Genitalien zuckten und pulsierten warm und voll bei jedem Schlag. Dann wurden die Schläge der Herrin so heftig, dass er bei jedem Treffer nach vorn wippte, wodurch sich seine Genitalien am Pferd rieben und noch mehr erregt wurden. Sie hieb auf seine Hinterbacken ein, und sein Arsch bebte und erzitterte bei jedem Schlag. An Händen und Füßen gefesselt, wie er war, konnte er nichts weiter tun, als dazuliegen und seine Strafe einzustecken.

Die Herrin legte eine kurze, gezierte Pause ein, um sich mit einem Taschentuch (das ihm gehörte) kleine Schweißperlen von der Augenbraue zu tupfen, die ihre Anstrengungen darauf hinterlassen hatten. Der Sklave beobachtete sie dabei im Spiegel und bewunderte ihre Schönheit, ihr langes, glattes rotes Haar, ihr enges schwarzes Latex-Minikleid und die kniehohen Lacklederstiefel. Die Herrin war schlank und doch gut gebaut und betonte ihre Vorzüge mit der Wahl ihrer Garderobe. Während er sie so betrachtete, dachte er an die glühende Haut seines Hinterns, und er wusste, dass das Schlimmste erst noch kommen würde. Heute Abend würde er ein Caning bekommen. Mit einem Mal landete ihre eiserne Hand mitten auf der Unterseite seiner beiden Backen. Schmerz und Überraschung ließen ihn leise aufschreien. Ihr tiefes, kehliges Lachen erfüllte den stillen Raum und demütigte ihn. Er wollte den Kopf vom Spiegel abwenden, damit er die Erniedrigung in seinem Gesicht nicht sehen musste, doch sie befahl ihm bellend, nach vorn zu blicken. Es gelang ihm mit großer Mühe.

Dann warf sie ihr ganzes Gewicht in jeden ihrer Schläge. Er konnte die Hitze spüren, die seine Haut abstrahlte, während ihre Hand auf sein gequältes Fleisch eindrosch – ein harter Kontrast zu dem kühlen Leder des Pferdes, das sich an seine Brust und seine pulsierenden Genitalien drückte. Die Herrin schlug ihn immer härter und schneller, bis sein Arsch glühend rot und ein bisschen angeschwollen war. Als sie aufhörte, beugte sie sich über seinen Rücken und legte ihr Gesicht neben das seine. Sie spielte mit seinem Haar, fuhr ihm mit den Fingernägeln an der Seite hinab und gab ihm aus einer Wasserflasche mit Strohhalm reichlich zu trinken. Dann sagte sie, er solle sich ausruhen, sie würde gleich zurück sein. Er hörte sie weggehen, die Absätze auf dem weichen Teppich und das Quietschen ihrer Stiefel waren gerade noch wahrnehmbar. Er wusste, dass sie bald zurück sein würde, weil sie ihn nie lange alleine ließ.

Bald darauf kam sie zurück und schloss die Tür hinter sich. Er betrachtete sie im Spiegel und sah, dass sie in beiden Händen etwas hielt: eine Schüssel mit Eis und ein Töpfchen mit Tigerbalsam. Um ihm Angst einzujagen und ihn zu triezen, stellte sie den Tigerbalsam so ab, dass er ihn sehen konnte. Er wusste, was sie mit Tigerbalsam anstellte. Zunächst aber rieb die Herrin seinen

Hintern mit den Eiswürfeln ab: auf und ab, hin und her und in kreisenden Bewegungen. Nach der gründlichen Behandlung seines Arsches fühlte sich die Kälte des Eises auf seinem brennenden Fleisch herrlich an, doch unter ihm wütete seine Erektion, die gefangen war zwischen seinem Körper und dem Pferd, und wollte freigelassen werden. Während der Sklave die erleichternde Kälte genoss, spürte er, wie sie seine Backen spreizte und einen Eiswürfel neckend in seinen Anus drückte und wieder wegzog. Es war ein unglaubliches Gefühl. Sein ganzer Körper wurde gekühlt, und er genoss die ungewohnte Empfindung sehr. Sanft wurde der Eiswürfel wieder aus seinem Anus genommen. Die Herrin trat vor ihn und drückte ihm den Würfel auf die Lippen, bis er den Mund aufmachte und ihn entgegennahm. Er schmeckte leicht nach seinem Arsch, und wieder übermannte ihn ein Gefühl der Erniedrigung. Dennoch lutschte er durstig daran, und in seinen Augen lag Dankbarkeit.

Als der Sklave das letzte Stückchen des Eiswürfels geschluckt hatte, machte er sich bereit für die richtige Bestrafung, die nun folgen würde. Was bisher geschehen war, waren lediglich Aufwärmübungen gewesen. Doch die Herrin hatte vor der richtigen Bestrafung noch eine Überraschung für ihn. Sie nahm den Tigerbalsam aus seinem Sichtfeld, und erneut spürte er, wie seine Backen gespreizt wurden. Dieses Mal spürte er jedoch kein kaltes Eis, sondern zähen, klebrigen Tigerbalsam, der auf seinen Anus aufgetragen wurde. Sie wusste so gut wie er, dass der Balsam Wärme erzeugte, und wenn seine Backen wieder geschlossen waren und das Caning begann, würde diese Wärme intensiv werden. Und das Zeug war nur schwer wieder abzubekommen.

Die Herrin hatte ganze Arbeit geleistet, durch das gründliche Spanking war er für das Caning vorbereitet. Sie ließ den Tigerbalsam eine Weile einwirken und suchte sich in der Zwischenzeit die Rohrstöcke aus, die sie verwenden wollte. Als sie fertig war, hatte sie die Stöcke in der Reihenfolge ihrer Heftigkeit sortiert:

ein paar dünnere, elastische Rohrstöcke, ein paar dickere, die mehr knallten als brannten, und einen Stock mit silbernem Griff, den sie manchmal als Gehstock benutzte. Er machte sich auf Schmerzen gefasst.

Sie neckte ihn damit, dass sie jeden Rohrstock durch die Luft sausen ließ, damit er hören konnte, was für ein pfeifendes Geräusch er machte. Jedes einzelne klang für ihn so laut wie ein Hurrikan. Er krallte sich fester in eine der vorderen Stützen und machte sich bereit für die Attacke. Doch dann überraschte sie ihn damit, dass sie jeden der Stöcke zunächst nur sanft an seinem roten, geschwollenen Hintern rieb, ihn damit streichelte, zwischen seinen Schenkeln damit trommelte und seine Genitalien damit stupste. Die unerwartete Neckerei ließ ihn keuchen vor Spannung und köstlicher Angst, und seine Erektion pulsierte wild zwischen seinem Körper und dem Spankingpferd. Der Tigerbalsam hatte seinen Anus in Brand gesetzt und verschärfte seine Qualen.

Er sah im Spiegel, wie sie den ersten Rohrstock wählte, mit dem sie ihn schlagen würde. Wie immer fing sie mit einem schlanken und elastischen Stock an, der auf seinem ohnehin schon beanspruchten Arsch stechend schmerzen würde. Die Herrin ließ ihn sausen und für den Bruchteil einer Sekunde hörte er das fiese Pfeifen des Stockes, bevor er auf seinem rot geschwollenen Hintern landete. Ein Hieb nach dem anderen prasselte auf ihn ein. Anfangs konnte er sein Stöhnen noch unterdrücken, doch als die Herrin weitermachte und einen dünnen Rohrstock nach dem anderen benutzte, schrie er bald bei jedem Treffer laut auf. Als sie mit den Striemen zufrieden war, die die dünnen Stöcke hinterlassen hatten, ging sie zu den dickeren über, die eher knallten als brannten und tief reichende Schmerzen in den Muskeln verursachten. Nach unzähligen Schlägen mit diesen Stöcken, von denen jeder einen Schmerz auslöste, der in seinem Arsch begann, um dann das Rückgrat hinaufzuschießen und in seinem Gehirn zu explodieren, konnte er nur noch heulen, doch er flehte nicht um Gnade. Wenn es ihm möglich war, betrachtete er im Spiegel, wie die Herrin ihn vermöbelte, und er liebte sie für ihre Schönheit und ihre Konsequenz. Jeder ihrer Schläge saß perfekt, und dabei strahlte sie absolute Entschlossenheit aus.

Als sie genug hatte von den dicken Rohrstöcken, hielt sie einen Moment inne, um sich den Schweiß von der Stirn zu tupfen. Dann nahm sie den Stock mit dem silbernen Griff in die Hand. Er wusste, dass dies das letzte Schmerzensinstrument sein würde – und das schmerzhafteste. Der erste Hieb brachte seine Welt zum Beben und ließ Sterne vor seinen Augen explodieren. Immer und immer wieder gingen die Hiebe auf ihn nieder. Er hatte schon vor Langem aufgehört zu zählen. Das wiederholte Pfeifen des Stockes und der darauf folgende grausam stechende Schmerz durchdrangen sein Gehirn und füllten es aus, bis nichts anderes mehr darin vorkam. Das Einzige, was er mit Sicherheit wusste, war, dass sein Hintern ein einziges Elend war, knallrot und von Striemen überzogen, geprellt und verprügelt, und nur noch wenige Hiebe davon entfernt, dass seine Haut platzte und er anfing zu bluten.

»Nur noch fünf Schläge«, flüsterte ihm die Herrin ins Ohr. Ihre Stimme klang sanft und sexy, wie die einer Geliebten, und ihr warmer Atem so nah an seinem Ohr jagte ihm Schauer durch den Körper.

Einen kurzen Moment lang zeigte sie Mitgefühl. Sie ließ ihn lange trinken und strich ihm dabei mit den Nägeln über den Rücken, sie fuhr ihm mit den Fingern durchs Haar und stellte sich schließlich vor das Spankingpferd und massierte ihm Nacken und Schultern. Er entspannte sich, doch seine Erektion gab keine Ruhe, eingeklemmt wie sie war. Sie trat hinter ihn und drückte seine beiden Backen mit den Händen, um die Haut zu lockern und geschmeidiger zu machen. Er kämpfte gegen den Impuls an, sein Glied am Leder zu reiben. Das würde sie sehr wütend machen, und sie würde seine Strafe wegen dieses Vergehens ausweiten. Er wollte sie nicht verärgern.

»Bist du so weit, mein Lieber?«, fragte die Herrin freundlich.

»Ja, meine Göttin«, antwortete er aufrichtig, während er sich noch stärker an die Stützen klammerte und körperlich und geistig auf die letzten fünf Schläge vorbereitete.

Der erste Hieb des Rohrstocks mit dem silbernen Griff war härter, als er erwartet hatte, und da wusste er, dass sie vorhatte, ihn mit den letzten Schlägen bluten zu lassen. Er akzeptierte diese Strafe und konzentrierte sich auf den Schmerz, um ihn in Lust zu verwandeln, wie es nur ein Masochist konnte. Der zweite war stärker als der erste, und er spürte seine Haut platzen. Der dritte Schlag sorgte für weitere Bluttropfen, und nach dem fünften fühlte er, wie Blut seinen Hintern hinabrann. Mit dem fünften Schlag erwischte die Herrin ihn kalt. Sie kam um das Pferd herum und stellte sich vor ihn, zielte genau und landete den letzten Schlag genau in seiner Spalte. Der Schmerz war unerträglich, und obwohl das Caning nun vorbei war, schrie er: »Gnade, Herrin, bitte, habt Erbarmen mit eurem armen Sklaven!«

Kaum hatte er diese Worte ausgesprochen, ließ sie den Stock fallen und öffnete schnell die Ledermanschetten an seinen Händen und Füßen. Nachdem sie seinen wunden Körper mit Salbe eingerieben hatte, erlaubte sie ihm, sich zusammengekauert zu ihren Füßen hinzulegen. Er umklammerte ihre Stiefel und küsste sie, und zwischen den Küssen dankte er ihr für ihre Fürsorge um ihn und seine Bedürfnisse. Seine Erektion pochte schmerzhaft zwischen seinen Beinen, und er wimmerte, bis ihre Stimme ihn wieder auf die Erde holte.

»Du hast deine Bestrafung sehr gut ertragen, Sklave, und ich bin mit dir zufrieden. Du wirst meine Zeichen viele Tage lang tragen und jedes Mal an mich denken, wenn du dich hinsetzt. Du hast es verdient, für die Dienste gegenüber deiner Herrin belohnt zu werden.«

Er vernahm diese Worte voller Glück. Sie belohnte ihn nicht immer. Er musste sie sehr zufriedengestellt haben.

»Als Belohnung für deine Dienste erlaube ich dir, dich in meiner Gegenwart und auf meinen Befehl hin zu erleichtern. Du wirst kommen, wenn ich auf zehn gezählt habe. Du wirst dich nicht früher erleichtern, sonst wirst du bestraft. Wenn du bei ›zehn‹ nicht kommst, darfst du gar nicht kommen, und du wirst bestraft.«

Er liebte es, wenn sie so mit ihm redete.

»Und jetzt geh in Stellung und warte, bis ich zähle«, befahl die Herrin.

Er legte sich flach auf den Boden, den Kopf zwischen ihren Füßen, packte eifrig seinen Schwanz und wartete, bis sie mit dem Zählen anfing. Normalerweise gab sie zwischen den einzelnen Zahlen Kommentare ab, um ihn noch mehr zu reizen.

»Eins«, sagte sie, und pochte zur Betonung mit dem Stock auf den Boden. »Zwei!« Wieder pochte sie auf den Boden. So unterstrich sie jede Zahl mit einem Schlag auf den Boden. Schneller als ihm lieb war, rief sie: »Zehn!«

Sobald er die Zahl hörte, explodierte er wie ein Vulkan und hätte fast vor Erleichterung über seine spritzende Erlösung geschrien. Fäden seines Perlensafts überzogen seinen Bauch, und er schüttelte noch die letzten Tropfen heraus, während ihn die Herrin mit einem geheimnisvollen Lächeln eindringlich beobachtete.

Nach ein paar Minuten sagte sie zu ihm: »Du bist jetzt aus dem Dienst entlassen. Ruhe dich noch ein paar Minuten aus, dann kannst du dich saubermachen. Wenn du dich angezogen hast und bereit bist zu gehen, findest du mich im Wohnzimmer. Du darfst meine Füße küssen, bevor du gehst.«

Sie verließ das Zimmer und er tat, wie ihm geheißen. Als er ins Wohnzimmer kam, krabbelte er auf allen vieren. Sie hatte es ihm nicht empfohlen, doch er wusste, dass ihr das gefallen würde. Die Herrin lächelte, als sie ihn krabbeln sah, und streckte den rechten

Fuß aus, damit er ihm huldigte. Dann schickte sie ihn mit einem Winken hinaus.

Auf dem Weg nach Hause rieb der steife Stoff seiner Jeans an seinem geprügelten Hintern und hielt die Erinnerung an sie wach. Er wusste, dass sie recht hatte: Die Striemen würden viele Tage lang erhalten bleiben. Dabei brauchte er eigentlich keine Striemen, um sie nicht zu vergessen. Ihre Schönheit und ihr Sadismus waren immer bei ihm.

Teil 3

Liebende

Diener auf Katzenpfoten

Sie saß seelenruhig in dem großen, bequemen, überdimensionierten Sessel am Feuer, das die einzige Lichtquelle in dem verschwenderisch möblierten Wohnzimmer darstellte. Meine Herrin liebte Gewitter; sie liebte die Schönheit und Gewalt der Natur. Bei Gewitter entschwand sie in eine eigene Welt, und auch heute war es nicht anders als in anderen stürmischen Nächten. Donner grollte am Himmel und die Wolken schäumten am Firmament wie die Gischt der Ozeanbrandung. Ein Blitzstrahl erhellte das Zimmer und tauchte es in ein silbernes Licht, das ihr hübsches Gesicht aufleuchten ließ. Sie seufzte wonnevoll beim Anblick der Naturgewalten und sah lächelnd auf mich herab. Sie trug Jeans, eine tief ausgeschnittene langärmlige Bluse und Ballettschuhe. Es war ein zwangloser Abend zu Hause. Ich lag zusammengerollt an ihren Füßen – meinem Zufluchtsort vor dem Gewitter. Ich brauchte das Unwetter nicht zu fürchten, ebenso wenig wie alles andere. Meine Herrin war bei mir. Warm und geborgen kauerte ich an ihren Füßen, rieb meinen langen, schlanken Körper an ihrem Bein und miaute.

Gedankenverloren schleuderte sie ihre Schuhe von sich und fing an, mich mit ihren Füßen zu streicheln und zu liebkosen. Wie gerne ich die Füße meiner Herrin auf mir spürte; ihre feingliedrigen, empfindlichen Knochen waren umhüllt von weichem, rosigem Fleisch, und ihre reizenden Zehen, an denen ich immerzu saugen und lecken wollte, waren wohlproportioniert und formschön. Keine Schwiele, kein Knochensporn und kein Hühnerauge minderte ihre vollkommene Schönheit. Im Schein des Feuers blinzelte mir ihr perfekt aufgetragener roter Nagellack verschwörerisch zu. Ich sehnte mich danach, ihre Zehen mit meiner rauen Zunge zu liebkosen; ich lechzte nach ihrem salzigen Menschengeschmack in meinem Mund. Ich drehte mich auf den Rücken und bot ihr zum Zeichen meiner Unterwerfung meinen Bauch dar. Und als sie ihre Zehen in mein Fell grub, schnurrte ich vor Wohlbehagen.

Als erinnere sie sich ihrer Pflichten als Wächterin an der Pforte zum Paradies, setzte sie sich plötzlich auf. Das Schnurren erstarb mir in der Kehle. All meine Sinne waren in Alarmbereitschaft, als ich zu ihr aufsah. Ein fragendes kleines Miauen entschlüpfte mir. War etwas nicht in Ordnung? Konnte ich ihr mit irgendetwas dienen? Hatte ich etwa ihr Missfallen erregt? Sie blickte zu mir herunter und lächelte. Ich war beruhigt. Was auch immer sie abgelenkt hatte, es hatte nichts mit mir zu tun. Mit einem sinnlichen Seufzer setzte sie sich entspannt in ihrem Sessel zurück und ließ eines ihrer wohlgeformten Beine über die Kante baumeln. Ich nahm wieder meinen Platz auf dem Boden zu ihren Füßen ein und fühlte abermals ihre Zehen auf meinem Bauch. Ich schloss die Augen und träumte davon, ihr die Füße zu lecken, das tiefe, sinnliche Pulsieren ihres Herzschlags auf meiner Zunge zu spüren – köstlich!

Das Gewitter hatte sich gelegt, und man hörte nur noch das gleichmäßige, melodische Trommeln des Regens. Nachdem Blitz und Donner sich verzogen hatten, schwand auch der verträumte Gemütszustand meiner Herrin. Mit einem Ruck löste sie sich aus dem Bann des Unwetters und zog ihre Füße von meinem Bauch zurück. Sie stand auf, streckte sich und tapste auf ihren reizenden entblößten Füßen in die geräumige Küche. Ich hörte das Wasser rauschen und gleich darauf in den Wasserkessel laufen, gefolgt von dem unverkennbaren Klappern einer Teetasse auf ihrer Untertasse. Ich hörte, wie sie die Büchse mit den Teebeuteln öffnete, und vernahm das Geräusch des Teelöffels in der Zuckerdose. Ich rollte mich auf den Bauch, streckte mich und sprang nach Katzenart in einer einzigen Bewegung auf alle viere. Ich eilte ihr nach, wagte aber nicht, die Küche zu betreten. Stattdessen steckte ich den Kopf um die Ecke, spähte hinein und spionierte meiner Herrin nach.

Sie hatte mir den Rücken zugewandt, als sie die Kühlschranktür öffnete und eine Literpackung Milch daraus hervorholte. Sie schnitt den Tetrapak auf, und der süße Duft von Milch strömte mir in die Nase. Ich war überwältigt von dem Verlangen, sie in ihrer Anmut weiter unbemerkt anzustarren, mich an ihre langen, schlanken Beine zu schmiegen, aber auch von der unbezwingbaren Gier nach der Milch, die sie so gleichgültig in der Hand hielt. Der Wasserkessel pfiff fröhlich auf dem Herd und verlangte ihre Aufmerksamkeit. Ohne Eile goss sie das kochende Wasser in die Teetasse und ließ den Tee ziehen, während sie den Zucker wegstellte. Dann gab sie die leckere Milch hinein. Ich achtete nicht auf das sanfte Klappern des Löffels, als sie den Tee umrührte, denn mein Verlangen nach der Herrin war vorübergehend vergessen. Mein ganzes wolliges Etwas war beherrscht von dem einen Gelüst. Die Gier nach der Milch wurde für mich zum einzigen Grund meines Daseins.

Unfähig, mich noch länger zu beherrschen, sprang ich um die Ecke und stürzte mich auf ihre Beine. Überrascht sah meine Herrin auf mich herab und lachte. Dabei bezeichnete sie mich mit ihren Lieblings-Kosenamen, »kleines Klappergestell« und »kuscheliges Pelzbündel«. Sie stellte sich auf die Zehenspitzen und zog aus einem der Oberschränke eine breite, flache Schale hervor. Ich zitterte vor Freude, als ich das sah. Sie musste wirklich sehr zufrieden mit mir sein. Es kam nicht oft vor, dass meine Herrin diese besondere Schale hervorholte, die einen Festschmaus verhieß. Sie stellte den Karton mit der Milch in die Mikrowelle und wärmte sie an. Ich wartete ungeduldig und strich ihr wohlig schnurrend um die Beine, während die Sekunden vergingen. Nach einer scheinbaren Unendlichkeit gab das Gerät sein schrilles Signal von sich, und meine Herrin entnahm ihm den kostbaren, jetzt angenehm gewärmten Inhalt. Sie stellte den Milchkarton in die Schale und nahm sie in die eine Hand und die Teetasse in die andere. Bevor sie zurück ins Wohnzimmer schlenderte, warf sie einen Blick zu mir herab und bedeutete mir, ihr zu folgen. Ich trottete hinter ihr her ins Wohnzimmer und schnurrte in tiefer Dankbarkeit.

Sie kehrte zu dem großen, weichen Sessel am Kamin zurück und stellte die Schale vor sich auf den Boden. Ich saß in Habachtstellung und beobachtete jede ihrer Bewegungen, während mein Schwanz in gespannter Vorfreude vor und zurück schnellte. Ich miaute sanft, womit ich ihr auf meine Art sagte, dass ich sie liebte, und sie belohnte mich mit einem milden Lächeln. Sie streckte ihren schlanken, graziösen Arm aus, holte die Milchpackung aus der Schale und goss die Milch hinein. Die Milch strömte in elegantem Bogen aus dem Behälter und wirbelte in einer kreisförmigen Bewegung um den Schüsselboden, während ich dem Schauspiel wie hypnotisiert mit den Augen folgte.

Endlich fiel der letzte Tropfen des warmen, köstlichen weißen Nektars aus seinem Pappgefängnis. Während sie mich lächelnd als ihr »hübsches Miezekätzchen« bezeichnete, stellte meine Herrin ihre vollendeten Füße in die Schale und badete sie in der leckeren Götterspeise. »Komm, mein Miezekätzchen, komm und trink deine Milch.« Ich tauchte mein Gesicht in die Schale, streckte die Zunge vor und begann, den Nektar zu schlabbern, der sich zwischen ihren formschönen Zehen sammelte. Die zarte Haut zwischen ihren Zehen war so süß, so lecker und so schmackhaft wie die Milch selbst. Ich drang mit der Zunge zwischen die seidenweichen Zwischenräume und schleckte ihr Geschenk begierig in mich hinein, wobei ich meiner Herrin ein Murmeln sinnlicher Befriedigung entlockte. Jede Zehenspalte behandelte ich mit derselben minutiösen Aufmerksamkeit. Dann bog ich meine Zunge und leckte unter ihren glänzend lackierten Fußnägeln, um die Tropfen der leckeren Milch zu erhaschen, die sich dort verbargen. In einem Chaos der Leidenschaft gab ich mich vollkommen, restlos, demütig dem Unterfangen hin, ihre sinnlichen Zehen sauber zu lecken und mir die Milch bis zum letzten Tropfen einzuverleiben.

Während ich, ihr niedliches Miezekätzchen, meine ganze Aufmerksamkeit ihren Zehen und der köstlichen Milch widmete, lehnte meine Herrin in ihrem Sessel und genoss meine zärtliche Pflege, die sie mit immer häufigerem und immer genüsslicherem Murmeln quittierte. Sie fuhr sich mit den Händen an die üppigen Brüste und begann, ihre blasse Haut mit ihren langen, kräftigen Fingern durch die dünne Bluse hindurch zu massieren. Dann fing sie an, ihre Nippel durch den Stoff ihrer Bluse hindurch zu kneifen und zu ziehen. Ich beobachtete sie mit halb geschlossenen Augen, während ich mich zufrieden schnurrend an der mit Fußgeschmack aromatisierten Milch gütlich tat und mich im Glanz ihres Lobs sonnte. Viel zu schnell war das kostbare Nass aus der Schale aufgeschleckt.

»Schon fertig?«, säuselte sie mit weicher, süßer Stimme.

Sie erhob sich und trat aus der Schale. Dann zog sie den Reißverschluss ihrer Hose herunter und ließ sie auf den Boden fallen. Ich stand dicht daneben und sah ihr erwartungsvoll dabei zu. Mit einem verführerischen Hüftschwung streifte sie ihren Slip an den Beinen herunter und zog ihn aus. Jetzt nur noch mit ihrem Top bekleidet, durchquerte sie das Zimmer und legte sich auf das Sofa. Mit einer Geste bedeutete sie mir, mich zu ihr zu gesellen. In ungeduldiger Vorfreude auf das, was jetzt kommen würde, sprang ich miauend in ihre Arme und schnüffelte an ihrem Hals. Meine Herrin und ich hatten dieses Spiel schon früher gespielt. Ich wusste, was ich zu tun hatte. Ich befreite mich aus ihrer Umarmung und kauerte mich zwischen ihre gespreizten Schenkel. Sie stöhnte und warf einen Arm zurück über ihren Kopf.

Mein Schnurren wurde ohrenbetäubend, als ich mich daranmachte, meine Herrin zu befriedigen. Unaufhaltsam öffnete meine Zunge ihre Gartenpforte; unaufhaltsam leckte ich ihren geheimen Garten und suchte ihn nach der kleinen Knospe ab, die ich erbarmungslos traktierte. Meine Herrin brüllte wie eine Löwin, jedes Mal, wenn meine raue Zunge sie berührte, jedes

Mal, wenn meine schonungslose Liebkosung ihr einen neuen Schwall süßer Säfte entlockte. Ich nahm sie begierig auf; sie waren noch köstlicher als die mit Fußgeschmack versetzte Milch. Ich machte unermüdlich weiter, bis sie in einem letzten Aufbäumen gekommen war und die Spannung aus ihrem Körper wich.

Sie lachte ihr tiefes, kehliges Lachen, setzte sich auf und vertrieb mich von meinem Platz zwischen ihren Schenkeln. »Jetzt bist du dran«, sagte sie. Ich legte mich auf den Boden vor dem Sofa und sie drückte mir ihre weichen, milchigen Füße in die Leiste, bearbeitete mich, erregte mich, folterte mich. Ich spürte, dass ich gleich kommen würde. Wir hatten schon mehrere Stunden miteinander gespielt. Ihre Füße leisteten himmlische Arbeit. Sie benutzte ihre Zehen, um mich zu kneten, auseinanderzuziehen, zu streicheln und zu liebkosen. Ein kehliges Stöhnen entwich mir, als sie mich mit ihren köstlichen Füßen zu einem warmen, zähflüssigen Ende brachte.

Für immer und ewig würde ich ihr Kater bleiben.

Keuschheit ist eine Tugend

»Hast du diese Woche wieder einen Versuch unternommen, deinen Keuschheitsgürtel abzustreifen? Wenn du schlau bist, antwortest du besser mit ›Nein, Herrin!‹ Mach jetzt, dass du hereinkommst und die Tür hinter dir schließt. Ich will, dass du diesen affigen Geschäftsanzug sofort ausziehst, damit ich deinen Keuschheitsgürtel nach Anzeichen von Manipulationen untersuchen kann. In deinem eigenen Interesse wäre es besser, wenn ich keine finden würde! Ich habe in den letzten sieben Tagen mehrmals an dich gedacht, Sklave, und mich gefragt, wie lange du wohl brauchen würdest, bis du dich an den Gürtel gewöhnt hast.«

Der Sklave antwortete, dass er den Gürtel immer spüre und dass er niemals so richtig die Wärme seiner Haut annehme.

»Das heißt also, du hast dich während der ganzen Zeit nicht daran gewöhnt? Es hat mir in diesen kurzen Wochen echt Vergnügen bereitet, mir vorzustellen, wie du mit dem Ding Auto gefahren bist, an Vorstandssitzungen teilgenommen hast und abends ins Bett gegangen bist. Es hat mich einige Mühe gekostet, diesen Gürtel nach Maß für dich anfertigen zu lassen, Sklave. Du solltest mir also dankbar sein. Eine weniger großzügige Herrin hätte dich in einen grob geschmiedeten, schlecht sitzenden mittelalterlichen Eisengürtel gezwängt. Mittlerweile wäre deine empfindliche Haut schon rau und wund gescheuert.«

Mit gesenktem Kopf murmelte der Sklave, wie sehr er der Herrin für die Zeit und die Mühe danke, die sie an ihn verschwendet hatte.

»Ich habe eine Vorliebe für schöne, teure Dinge. Das bin ich mir wert! Ich habe diesen Keuschheitsgürtel aus dünnem, leichtem Edelstahl maßanfertigen lassen. Er sitzt dir ganz flach am Körper und sogar die Seitenscharniere, an denen ich die zwei kleinsten Vorhängeschlösser angebracht habe, die ich finden konnte, sind ganz fein gearbeitet. Schließlich wollen wir ja nicht, dass irgendeiner deiner Geschäftskollegen eine Bemerkung über unansehnliche Beulen oder Ausbuchtungen loslässt und dadurch unser kleines Geheimnis ans Licht kommt, oder? Mein Wunsch ist es, dich Tag und Nacht zu zügeln, ohne dass es jemand mitbekommt. Nur du und ich sollen wissen, was du zu meinem Vergnügen trägst.«

Leise und ehrerbietig bedankte sich der Sklave bei der Herrin für die ihm entgegengebrachte Güte.

»Ich werde den Gürtel jetzt daraufhin untersuchen, ob du daran rumgefummelt hast. Ah, dieses Design erinnert mich an den Strumpfgürtel mit dem angenähten schrittoffenen Stringtanga, den ich dir geschenkt habe und der dir ebenfalls ausreichenden Zugang für gründliche Reinigung und hygienische Erfordernisse geboten hat. Ich weigere mich, einen übel riechenden oder unsauberen Sklaven bei mir zu empfangen. So, jetzt wollen wir mal die vordere Schamkapsel inspizieren. Na, wie hat sich der Gürtel in den vergangenen sieben Tagen angefühlt? War es sehr unbequem, deine Geschlechtsteile in einem engen Edelstahlzylinder eingezwängt spazieren zu tragen? Ich kann diese perfekte Qualitätsarbeit nur immer wieder bewundern. Was für eine praktische Lösung, dass gerade nur das Köpfchen aus der am Rand geweiteten Metalltülle des Zylinders herausspitzt. Zumindest hat dich der Keuschheitsgürtel nicht bei deinen normalen Hygieneverrichtungen behindert!«

»Aber ich kann mich auch vorstellen, dass dein bemitleidenswerter Zauberstab ganz schön zusammengequetscht wurde, wenn er sich aufstellen wollte. Da hat es in dem Zylinder wohl ziemlich schmerzhaft gepocht? Du armes Jungchen! Genau deshalb habe ich dich ja auch angewiesen, am Donnerstagabend für eine Stunde in ein Striplokal zu gehen. Ich habe schon geahnt, welche Frustration du zusammen mit dem pochenden Schmerz empfinden würdest. Da du ihn nicht hochkriegen, geschweige denn dir einen runterholen konntest, wusste ich, dass du absolut keine Erleichterung haben würdest. Was hat mir der Gedanke daran, wie du leiden musstest, für ein Vergnügen bereitet! Und natürlich wirst du jetzt, wo du hier bist, auch nicht gleich erlöst werden! Ich habe mir Verschiedenes für dich ausgedacht und wünsche, dass du mir zu Diensten bist.«

Der Sklave stand noch immer mit gesenktem Kopf und unterwürfiger Haltung da und harrte der Vergnügungen seiner Herrin.

»Ich werde mich jetzt in diesen großen, gepolsterten Ledersessel setzen und es mir bequem machen. Du wirst die Ottomane vor den Sessel schieben, mir die Pumps ausziehen und meine reizenden Füße darauf legen. Dann kniest du dich am anderen Ende der Ottomane mir gegenüber auf den Fußboden und presst deine Wangen gegen meine weichen, rosigen Fußsohlen. Deine Nase und deine Augen sollen frei bleiben und in dieser Pose darfst du mich dann bewundernd betrachten.«

Der Sklave tat, wie ihm geheißen, und benutzte seine Hände, um sein Gesicht in die von der Herrin befohlene Haltung zu bringen.

»Hände und Füße bleiben auf dem Boden, Sklave! Hab ich dir vielleicht erlaubt, mir mit den Händen an die Füße zu grapschen?«

Der Sklave zuckte zusammen, zog rasch seine Hände zurück und murmelte eine Entschuldigung für sein ungebührliches Benehmen.

»Halt deine Nase so, dass sie zwischen meinen inneren Fußwölbungen hervorsieht und meine Fußsohlen flach an deinen Wangen anliegen, damit ich dir mit meinen makellos polierten Zehen die Stirn bürsten kann. Ja, so ist's recht! Meine Füße sind so kalt, und dein Gesicht ist so schön warm. Jetzt sag mir, ob du von deinem Platz unter meinen Füßen etwas sehen kannst. Kannst du über meine Knie zwischen meine schlanken, muskulösen Schenkel sehen? Siehst du das Dreieck meines schwarzen Spitzentangas? Schau nur noch ein wenig höher über den Taillenbund meines Tangas. Kannst du meinen köstlichen kleinen Nabel erkennen? Hast du nicht Lust, ihn mit der Zunge auszuschlecken? Nun, das heben wir uns vielleicht für später auf, Sklave! Vorerst schweben mir andere Dinge vor, bei denen deine Zunge zum Einsatz kommt!«

Der Sklave tat, wie ihm befohlen. Der Anblick seiner Herrin ließ ihn fast die Beherrschung verlieren. Von den reizenden, weichen Füßen mit ihren begehrenswerten rot lackierten Zehen, über die festen, schlanken Waden bis zu den durchtrainierten Schenkeln war sie die Göttin, nach der er sein ganzes Leben lang gesucht hatte.

»Was rutschst du so unbehaglich hin und her? Versucht dein ungezogener Pimmel etwa, das Stahlrohr zu füllen, in das ich ihn eingesperrt habe? Wird's da drin langsam eng? Tun dir die Eier weh? Es freut mich, das zu hören – es freut mich so, dass ich gerade Lust bekomme, dir eine Abreibung mit der Peitsche zu verpassen. Leg dich über die Armlehne des Sofas.«

Sie verließ das Zimmer und kam mit einer schwarzen, elchledernen Riemenpeitsche zurück, deren zahlreiche Enden ihr ein gehöriges Gewicht verliehen. Ohne Vorwarnung versetzte sie ihm damit über fünfzig kurz aufeinander folgende harte Schläge, die ihm einen so konstanten Schmerz zufügten, dass ihm keine Zeit blieb, ihn zu genießen. Das waren Schmerzen, die allein ihrer Lust dienten; das wusste er. Schließlich wurde sie des kleinen Zeitvertreibs müde, ließ die Peitsche auf den Boden fallen und nahm wieder ihren Platz in dem großen, bequemen Sessel ein.

»Komm her. Jetzt hör mir genau zu und befolge meine Anweisungen. Ich habe Lust auf eine ernsthafte Fußverehrung und ich rate dir, die Sache so zu machen, wie es sich gehört, sonst werde ich dich aufs Strengste bestrafen!«

Der Penis des Sklaven schwoll an, als seine Herrin das sagte.

»Zunächst einmal darfst du nie sabbern oder Speichel auf meinen Füßen hinterlassen. Beides wird dir eine prompte, strenge Bestrafung eintragen. Hast du das kapiert?« Die Herrin unterstrich ihre Worte, indem sie dem Sklaven einen Fußtritt ins Gesicht verpasste. »Fang damit an, deine Lippen sanft vor und zurück über meine Zehenspitzen streifen zu lassen. Langsam, liebevoll, vor und zurück, nur mit einer ganz leichten Berührung. Du darfst auch gern mit deinem warmen Atem sanft darüberblasen. Pass aber auf, dass du auch alle zehn Zehen erwischst! Sie werden eifersüchtig, wenn einer mehr Aufmerksamkeit erhält als der andere. Jetzt bewege dein Gesicht weiter herunter. Ich möchte lange, langsame, pinselartige Leckeinheiten mit der flachen Zunge entlang meines Fußspanns spüren. Immer weiter so und langsam. Koste meinen Geschmack und das Gefühl, mich mit deiner Zunge zu lecken. Spüre, wie deine Zunge eine Spur auf der weichen, empfindlichen Haut meines Fußspanns hinterlässt.«

Der Sklave tat, wie ihm befohlen. Die Füße der Herrin waren tatsächlich köstlich mit einem ganz feinen Aroma. Nicht eine einzige Schwiele, kein Knochensporn und kein Hühnerauge beeinträchtigten ihre Vollkommenheit. Ihr Fußspann war hoch und kurvenreich.

»Dreh den Kopf auf die Seite, Sklave. Ich will, dass du meine Fersen von hinten kräftig mit den Zähnen bearbeitest, als würdest du mich massieren. Beiß kräftig, aber sanft hinein mit einer langsamen Auf-und-zu-Bewegung. Pass aber auf, dass du nicht zu fest zubeißt! Das könnte mich erzürnen, und ich könnte mit einem scharfen Fußtritt in dein demütiges Gesicht reagieren. Aber im Augenblick bin ich zufrieden. Offensichtlich legst du es nicht darauf an, meinen Zorn zu erregen, da du die Sache ganz anständig machst! Nimm beide Fersen, Sklave. Und drück deine Zähne in den fleischigen Teil meiner Ferse. Ja, langsam beherrschst du die Technik! Das fühlt sich wirklich gut an!«

Glücklich, seiner Herrin zu gefallen, verstärkte der Sklave seine Bemühungen.

»Jetzt beweg dein Gesicht hoch zu meinen Zehen. Ich will zusehen, wie du mit der Spitze deiner gierigen kleinen Zunge zwischen jeden meiner perfekt polierten Zehen züngelst. Gib mir mehrere trockene, schnelle Schnalzer mit der Zunge, bevor du sie zum nächsten Zwischenraum weiterwandern lässt. Das kitzelt fast, und ich finde das sehr erotisch. Mach so weiter, Sklave. Dann lasse ich dich vielleicht zusehen, wie ich meinen schwarzen Spitzentanga beiseite ziehe und meine Finger in meinen geheimen Garten einführe. Dann kann ich mich berühren, während du mit deiner Zunge kleine Wunder vollbringst. Du musst wohl irgendetwas richtig machen. Meine Finger haben nämlich herausgefunden, dass ich von deiner Fußbehandlung ganz feucht geworden bin! Mir scheint, dass mein Tanga zwischen den Beinen gründlich durchnässt ist!«

Als der Sklave das hörte, schwoll sein im Keuschheitsgürtel unbarmherzig gefangenes Glied schmerzhaft an. Trotzdem gab er sich noch mehr Mühe, der Herrin zu gefallen.

»Ich wünsche jetzt eine Änderung in der Technik, Sklave. Benutze wieder die Zähne und versetze mir zarte Bisse in die Zehballen. Dann fährst du mir sanft mit den Zähnen über das fleischige Polster unter den Zehen. Beiß mir jetzt vorsichtig in den Fußballen. Dieser Teil des Fußes muss den ganzen Druck aushalten, wenn ich zu meinem und deinem Vergnügen Stöckelschuhe trage. Hmm, ich glaube, ich bin nahe daran, mich in meine eigene Hand zu ergießen. Vielleicht sollte ich dir eine kleine Belohnung zuteil werden lassen, indem ich herunterfasse und dir mit meinen nassen, klebrigen Fingern übers Gesicht fahre. Riechst du meinen Duft?«

Ohne seine Pflicht zu vernachlässigen, antwortete der Sklave mit mehrfachem Seufzen und Stöhnen, um seine Freude darüber kundzutun, von der Herrin so reich belohnt worden zu sein.

»Ich habe Lust, meinen süßen Nektar auf meine Zehen zu schmieren und zu spüren und zu beobachten, wie du ihn ableckst. Ich tauche meine Hand noch einmal zwischen meine Schenkel und hole mit den Fingern den warmen Schleim heraus. Dann verteile ich ihn auf meinen Zehenspitzen. Ich weiß ja, dass es dich glücklich macht, wenn du meine Zehen lutschen und dabei meine Weiblichkeit schmecken darfst, während du dein Gesicht an meinen Füßen reibst. Komm hierher, Gegürteter! Ich kann mir schon denken, wie schmerzhaft es sein muss, in dem kalten Stahl eingezwängt zu sein. Die Vorstellung macht mich ganz geil, kleiner Fußsklave. Jetzt will ich dein Gesicht zwischen meinen Beinen spüren.

Als er die Herrin das sagen hörte, begann der Sklave vor Freude und Erregung am ganzen Körper zu zittern. Er wusste, was jetzt kommen würde. Aber in der begierigen Erwartung seiner Belohnung überschritt er seine Grenzen und versuchte, sein Gesicht unter ihren Tanga zu zwängen.

»Nein, nein, nein, nein! Dass du deine Lippen gegen die Pforte meines geheimen Gartens presst, kommt nicht infrage! Dieses höchste Vergnügen bekommst du nicht!« Und die Herrin versetzte ihm bei jedem Nein eine kräftige Ohrfeige.

Die Enttäuschung des Sklaven war unübersehbar.

»Trotzdem will ich dir einen begrenzten Gebrauch deiner Zungenfertigkeit erlauben. Du darfst meinen hübschen, triefenden Tanga lecken. Ich freue mich sehr, dass du aufs Wort gehorchst! Ich wollte, du wärst immer so gehorsam. Jetzt drück deinen Mund fest zwischen meine Schenkel, damit ich mich mit einer langsamen, kreisenden Bewegung an deinem demütigen Gesicht reiben kann. Genau so. Wenn es um Oralservice geht, bist du definitiv mein Lieblingssklave. Was für ein reizender Anblick – ich wollte, ich hätte einen Film in meiner Kamera! Ich würde dich gern so fotografieren, wie du da unten mit dem Kopf zwischen meinen Schenkeln auf allen vieren kriechst und an meinem Tanga leckst, saugst und zerrst, während deine eigenen Geschlechtsteile in meinem Keuschheitsgürtel gefangen sind. Was für ein geiles Gefühl, zu wissen, dass die Lustperle deines armen, gequetschten Schwanzes sicher vor Erregung trieft. Toll, wenn ich daran denke, dass ich dich die ganze Woche über völlig unter Kontrolle hatte und der Keuschheitsgürtel dich daran hinderte, einen Steifen zu kriegen und dich sexuell zu erleichtern. Und jetzt bist du gezwungen, mir allein für meine Lust zu Diensten zu sein, egal, wie unbehaglich du dich fühlst und wie dringend du dir einen runterholen willst. Heute Abend denken wir nur an meine Bedürfnisse, du kleiner, verfickter Leckbock.«

Der Gedanke, dass er wieder nicht zum Zug kommen sollte, demütigte den Sklaven, aber wie es mit der Demütigung nun mal so ist, spornte sie ihn zu noch größeren Anstrengungen an, seiner Herrin zu gefallen und ihr Lust zu bereiten.

»Tu, was ich dir befohlen habe, und lass mich kommen! Spürst du, wie ich dir mit den Fingernägeln kleine Kerben in den Nacken grabe, während ich deinen Kopf fixiere und dir meine Muschi ins Gesicht stoße? Kannst du sehen, dass meine Knie angewinkelt sind und mein Kopf sich vor Lust nach hinten biegt? Merkst du, dass meine Augen geschlossen sind und mein Mund leicht geöffnet ist, während ich dein Gesicht ficke und mich ganz auf meinen bevorstehenden Orgasmus konzentriere? Ganz recht, Sklave! Mein Orgasmus! Saug kräftiger an meinem Tanga! Schlürf meinen heißen Blütenhonig durch ihn hindurch! Zeig mir deine Verehrung, indem du mir dein demütiges Gesicht darbringst! O ja, jetzt komme ich gleich, Sklave! Leck mich härter! Lass deine Herrin kommen!«

Die Herrin packte ihn an den Haaren und lenkte seine Zunge an die Stelle, wo sie ihr am gefälligsten war. Sie kümmerte sich nicht darum, ob er Lust oder Unbehagen empfand. Wieder und wieder schlug seine Nase schmerzhaft gegen ihre Vulva, bis sie kam. Ihr Rücken krümmte sich, als sie den Höhepunkt erreichte, und er saugte mit aller Kraft, um so viel ihres süßen, klebrigen Lustnektars in sich aufzunehmen wie möglich. Nachdem die Zuckungen aus ihrem Körper gewichen waren, lag die Herrin träge im Sessel. Sie zog seinen Kopf weg aus ihrem Schoß und ließ ihn auf ihrem Schenkel ruhen.

»Ach übrigens, vielleicht werde ich dich morgen von deinem Keuschheitsgürtel befreien und dir erlauben, dir einen runterzuholen, während du diesen Tanga auf dem Kopf trägst. Ich werde ihn dir so überstülpen, dass du meinen trockenen, verkrusteten Nektar direkt an der Nase hast. Aber für heute habe ich genug. Nachdem du die Bettdecke ordentlich zurückgelegt und meine Kopfkissen aufgeschüttelt hast, werde ich dich ans Fußende meines Bettes ketten. Heute Nacht werde ich sicher sehr gut schlafen!«

Der Sklave folgte den Anweisungen und richtete das Bett für die Herrin her. Das Klirren der Kette, an der die Herrin zog, als sie ihm die lederne Handfessel anlegte, erinnerte ihn an das Geräusch der Vorhängeschlösser an dem Gürtel, wenn sie sie morgen abnehmen würde. Langsam erschlaffte sein Glied in dem kalten Stahl des Keuschheitsgürtels. Er schlief nicht eher ein, als bis er das leise Schnaufen hörte, das sie im Schlaf von sich gab. Er träumte von morgen, wenn er ihr, seiner Herrin, seiner Göttin, wieder zu Willen sein durfte.

Der Einlaufsklave

Er war im Bett, noch im Halbschlaf, als er meinte, ein Geräusch zu hören. Er lauschte einen Augenblick, hörte nichts mehr und ließ den Kopf aufs Kissen zurücksinken. Er dämmerte eine Weile vor sich hin und schlief dann fest ein. Plötzlich träumte er, dass jemand ihn mit ausgesuchten Leckerbissen dazu verführen wollte, den Mund zu öffnen: Steakhappen, Garnelen, Spargelspitzen mit Sauce hollandaise, Melonenscheiben und Pralinen, die alle langsam an seinen Lippen vorbeigeführt wurden. Unfähig, der Versuchung länger zu widerstehen, machte er den Mund auf und schloss ihn nach dem letzten Bissen, der ihm angeboten worden war. Die süßen Pralinen aus seinem Traum hatten in Wirklichkeit den faden Geschmack von Leim auf Baumwolle. Er rollte auf die Seite und hob mit einem Ruck den Kopf. Durch den Schleier seiner schläfrigen Augen erblickte er eine Frau, die sich über sein Bett beugte – ihr Gesicht, ihre Hände, ihr ganzer Körper waren schwarz verhüllt. Sie war groß und schlank und hatte einen athletischen Körperbau. Durch die Schlitze ihrer Gesichtsmaske konnte er nur ihre vollen, mit rotem Lippenstift geschminkten Lippen und ihre unheimlichen Augen erkennen. Sie trug gänzlich schwarze Kontaktlinsen, so dass den Augen das Weiße völlig fehlte. Die Wirkung lähmte ihn fast.

Er versuchte, sich zusammenzureißen und um Hilfe zu schreien, aber sein Schrei erstickte in dem Stofftaschentuch, das sie ihm in den Mund gestopft hatte. Schnell griff sie in eine kleine Tasche und zog eine Rolle Klebeband hervor. Fachmännisch biss sie seitlich einen Schlitz hinein, riss mit der Hand ein Stück ab und klatschte es über seinen Mund, damit er das Taschentuch nicht ausspucken konnte. Dann packte sie ihn blitzschnell bei den Armen, drehte ihn auf den Bauch und überkreuzte seine Handgelenke. Abrupt aus dem Schlaf gerissen, war er noch zu benommen, um sich zur Wehr zu setzen. Er reckte den Hals und sah, wie sie ein Stück Seil aus der Tasche holte und damit seine Handgelenke hinter dem Hals zusammenband, nicht zu unbequem zwar, aber doch ziemlich fest. Nachdem er mit dem Gesicht nach unten gefesselt und geknebelt dalag, fiel ihm voller Scham ein, dass er ja wie üblich splitternackt zu Bett gegangen war. Eine ihrer behandschuhten Hände drückte seinen Kopf herunter, damit er stillhielt, während die andere Hand seinen Körper untersuchte. Sie strich ihm von der leicht muskulösen Schulterpartie bis hinunter zu den zwei Grübchen im Lendenbereich, so dass sich sein ganzer Rücken mit Gänsehaut überzog.

Ihre festen behandschuhten Hände umschlossen seine Hinterbacken, zogen sie hoch und massierten sie. Zu seiner weiteren Überraschung merkte er, wie seine Pobacken weit auseinandergezogen wurden. Die Schamesröte stieg ihm ins Gesicht, als er ihre Augen auf seinem Arschloch spürte; er wusste, dass sie darauf starrte. Plötzlich spürte er einen kalten Luftzug an seiner Öffnung und versuchte, die Pobacken zusammenzupressen. Sie lachte auf und ließ ihn los. Unsanft rollte sie ihn auf den Rücken. Mit einem starken Arm hielt sie ihn fest an ihre Brust und legte einen Finger an die Lippen, was wohl bedeutet hätte, er solle still sein, wenn er nicht geknebelt gewesen wäre. Er verstand es so, dass sie ihm untersagte, sich zu wehren. Er nickte schüchtern zum Zeichen, dass er keinen Kampf riskieren würde, worauf sie einen Arm unter ihn schob und ihn hochhob. Er war verblüfft, wie stark sie war. Nicht, dass er ein besonders großer oder schwerer Mann gewesen wäre. Er maß etwa 1,76 m und wog rund 73 kg. Geräuschlos stieß sie mit dem Fuß die halb angelehnte Schlafzimmertür auf und schleppte und zerrte ihn durch den Flur zum Badezimmer. Drinnen legte sie ihn auf dem flauschigen Badvorleger ab und verließ den Raum. Kurz darauf kam sie mit ihrer schwarzen Tasche aus dem Schlafzimmer zurück und schloss die Tür hinter sich.

Sie stellte die Tasche auf dem Fußboden ab und beugte sich über ihn. Sie wälzte ihn auf den Bauch und stieß ihn in eine kniende Haltung. Während seine Hände noch immer hinter dem Nacken gefesselt waren, drückte sie ihn mit Kopf und Schultern auf den Fußboden. Als er nun mit gekrümmtem Rücken und in die Luft gerecktem Hinterteil am Boden kauerte, versetzte sie ihm mit ihrem gestiefelten Fuß einen Tritt zwischen die Beine, so dass sich seine Knie weit spreizten. Die Demütigung ließ ihm die Schamesröte ins Gesicht steigen. Dann hörte er, wie der Reißverschluss der Tasche aufgezogen und etwas herausgeholt wurde. Der Wasserhahn am Waschbecken wurde aufgedreht, und er bekam mit, dass sie einen Handschuh abstreifte und ihre Hand unter das laufende Wasser hielt. Es drangen noch verschiedene andere Geräusche an sein Ohr, die er jedoch nicht einordnen konnte – irgendwie quietschend, feucht und gummiartig.

Er zuckte zusammen und rang nach Luft, als ihr mit Gleitmittel überzogener Finger sein Arschloch berührte. Nur für eine Sekunde ruhte er dort, dann war er wieder weg. Hatte er sich das alles nur eingebildet? Nein, er fühlte ja die Kälte des Gleitmittels an seinem After. Plötzlich spürte er, wie ein kalter, offensichtlich aus Plastik geformter Gegenstand gegen ihn gedrückt wurde. Er keuchte heftig, aber gleich im nächsten Augenblick wurde ihm das kalte, geformte Etwas durch den engen Schließmuskel in den After geschoben. Jetzt, da die Spitze tiefer in ihm war, fühlte sich der Gegenstand irgendwie schlanker an. Sanft schob sie ihn weiter hinein, bis sich der Rand der Kanüle an die zarte, runzelige Haut seiner Öffnung schmiegte. Dann spürte er, wie warmes Wasser sanft in ihn einströmte und ihn langsam füllte. Indem sie den Schlauch mit den Fingern mal stärker, mal schwächer zusammenpresste, regulierte sie die Stärke des Wasserstroms. Er fühlte, wie es sanft in ihn einfloss, ihn ausfüllte und auf unerbittliche und dennoch köstliche Weise immer weiter in ihn vordrang. Jetzt erkannte er, dass sie dabei war, ihm einen Einlauf zu machen.

Die Anspannung wich sofort von ihm und dies teilte sich ihren Fingerspitzen mit. Sein Seufzer, der seine endgültige Kapitulation bedeutete, war einvernehmlich und unüberhörbar. Ihre Finger lockerten ihren Griff um den Schlauch, und der Wasserstrom floss schneller in ihn ein. Seine Arme hielten ihn am Boden gefangen. Ein leises Stöhnen kam von seinen Lippen und seine Hüften hoben und senkten sich unwillkürlich. Er spürte seine Männlichkeit anschwellen und schämte sich seiner Erregung. Ein Tropfen entwich und rann an seinem Hodensack herunter. Er stellte sich den glitzernden Tropfen vor, wie er seine Form veränderte, während er sich durch die furchige Haut einen Weg nach unten bahnte und immer kleiner wurde, je weiter er sich dem Ende seines Penis näherte. Für nur eine Sekunde sah er ihn schimmern und zittern, bevor er den Halt verlor, auf den flauschigen Vorleger fiel und dort für immer verschwand.

Das Wasser hörte auf zu fließen und die Kanüle wurde sanft entfernt. Er gab keinen Mucks von sich und wagte kaum zu atmen, den Bauch voller Wasser. Ein prüfender, mit Latex umhüllter Finger wurde bis zum ersten Knöchel in sein Arschloch eingeführt und gleich darauf wieder herausgezogen. Als Nächstes drangen zwei Finger bis zum zweiten Knöchel in ihn ein; auch sie wurden gleich wieder zurückgezogen. Schließlich wurden die suchenden Finger so weit eingeschoben wie möglich. Trotzdem fühlte er sich sonderbar entspannt – die Finger empfand er als angenehm und wohltuend und sogar das Wasser, das seinen Bauch füllte, gab ihm ein merkwürdig sinnliches Gefühl des Schwebens. Ihm war, als hätte sich das Wasser in ihm nach außen verlagert und als treibe er auf dem Meer unter einem strahlenden Himmel. Der Finger, der an seinem Arschloch spielte, war sanft und beruhigend. Das Wasser machte ihn schwerelos, drückte ihn aber dennoch nach unten. Die Finger schienen in ihm anzuschwellen. Er seufzte, verwundert über die erlesenen Sinnesfreuden, die ihm der Einlauf und ihre Finger bereiteten.

Die beiden Finger spielten behutsame Dehnungsspiele miteinander, jagten sich gegenseitig hinein und hinaus und schmiegten sich in seinem Innern gemütlich aneinander. Sein Stöhnen wechselte sich mit durchdringenden Schreien und tiefem Brüllen ab, als die spielerischen Finger ihn entkrampften, entspannten, erforschten und weiteten. Er wusste, dass der Augenblick nahte, und seine Körpersprache teilte es auch ihr, seiner unbekannten Angreiferin, mit. Ihre Arme packten ihn an den Schultern und zogen ihn hoch. Der Fußboden schwand vor seinen Augen und das Wasser fiel schwer in ihm herunter. Er presste seine Hinterbacken zusammen, um seine Fracht zurückzuhalten. Der Raum verschwamm, bis seine Arschbacken das kühle Plastik des WC-Sitzes berührten.

Er konnte es nicht länger zurückhalten. Der Druck war übermächtig. Die Verheißung der Erlösung war zu süß. Sie ging rückwärts aus dem Badezimmer, schloss die Tür und ließ ihn allein. Er stieß das Wasser aus und presste mit aller Kraft, um sich zu entleeren, um sich von dem zusätzlichen Gewicht und dem Druck zu befreien, um wieder zu schweben und sich leicht und luftig, schwerelos und gereinigt zu fühlen. Er stöhnte laut auf und entleerte sich. Als er fertig war, war sie bereits verschwunden.

Wann war es ihr wohl gelungen, den Riegel am Fenster unbemerkt zu öffnen?, fragte er sich gedankenverloren. Wenn es darum ging, solche kleinen Überraschungen für ihn zu planen, war sie einfach nicht zu übertreffen.

Zu deinem Vergnügen

Er sah sich ganz deutlich in der verspiegelten Zimmerdecke, ebenso wie alles andere im Raum, besonders die Diva. Sie war eine Latexfetischistin und er hatte sie nie in anderer Kleidung gesehen. An diesem Abend war sie prächtig gekleidet. Sie trug ein schwarzes Catsuit mit einem runden Ausschnitt über den Brüsten und einem hohen Kragen mit zwei Schnallen. Ein schwarzes Taillenmieder schmiegte sich eng um ihre Hüfte, und die hochhackigen schwarz-roten Plateau-Schnürstiefel reichten ihr fast bis an die Knie. Der Schnitt des Catsuits brachte ihre herrlichen Brüste zur Geltung und schob sie weiter hinauf zu einem verführerischen Dekolleté. Das Taillenmieder war eng geschnürt und betonte ihre Wespentaille und den flachen Bauch. Wenn sie ihm den Rücken kehrte, lief ihm beim Anblick ihres umwerfenden runden Hinterteils, das von dem engen schwarzen Latex umschlossen wurde und durch das eng geschnürte Taillenmieder noch praller wirkte, das Wasser im Mund zusammen. Ihr langes, seidiges kastanienbraunes Haar floss ihr über die Schultern und den Rücken hinunter. Allein vom Hinschauen wurde er schon hart. Dabei wusste er, wie erfinderisch, wollüstig und grausam sie sein konnte. Die Art, wie sie es verstand, Sinnlichkeit und Grausamkeit zu vereinen, erregte ihn aufs Äußerste.

Statt die Wände zu streichen, hatte die Diva das große, fensterlose Gemach geschickt mit gekräuseltem Samt dekoriert, der zwei Wände von der Decke bis zum Fußboden bekleidete. Der weiche gekräuselte Stoff ließ das Gemach luxuriös und endlos erscheinen. Er wusste, dass sich hinter den Vorhangstoffen das Badezimmer und auch eine kleine Kochnische – falls es sie nach »Zimmerservice« verlangte – verbargen. Der purpurrote Samt der Wände harmonierte mit dem dicken Plüschteppich. Zwei weitere Wände waren ebenso wie die Decke komplett verspiegelt, wodurch gewährleistet war, dass die Diva und der Sklave die ganze Spielszene mitverfolgen konnten. Ihr aus Holz und purpurnem Samt gefertigter Thron prangte auf einem zwei Stufen hohen Podest in einer Ecke des Gemachs. Daneben befand sich ein langer, schmaler Käfig mit gläserner Oberseite, auf der ein großer exotischer Blumenstrauß stand. Er wusste, wie schwer es war, sich in diesen Käfig zu zwängen, aber dies schien ihm heute Abend nicht bestimmt zu sein.

Die Kammer enthielt auch ein stabiles hölzernes Andreaskreuz, das leicht nach hinten geneigt war und über eine gepolsterte verstellbare Kinnstütze sowie Fußhalter und Lederfesseln für Hand- und Fußgelenke, Taille und Kopf verfügte. Daneben gab es eine mit schwarzem Leder bespannte Spankingbank und einen langen, schmalen Bondagetisch mit seitlichen Ösenhaken. Die Kammer war mit einer automatischen Aufhängungsvorrichtung ausgestattet. An einer der nicht verspiegelten Wände hingen, an Messinghaken sauber aufgereiht, die zur Sammlung der Diva gehörigen Peitschen, Paddel, Handschellen, Nippelklammern, Hoden-und-Schwanz-Folterwerkzeuge, Masken, Hauben und andere Folterspielzeuge, die ihrem Vergnügen dienten. Eine hohe Bodenvase bot Platz für eine beachtliche Sammlung an Stöcken und Gerten in unterschiedlichen Längen und Dicken. In einem kleinen Sekretär bewahrte sie ihr Elektrofoltergerät sowie OP-Handschuhe, Gleitmittel, Küchenfolie, Kondome und alles Sonstige auf, was eine vielseitige Diva benötigte.

Aber mit all diesen Dingen hatte er es im Moment nicht zu tun. Er war an das Prunkstück ihrer Gerätesammlung gefesselt. Seine Arme und Beine waren x-förmig gespreizt, und sie hatte die daran befestigten ledernen Hand- und Fußfesseln benutzt, um ihn an ein riesiges Rad zu binden, das waagerecht zum Fußboden montiert war. Lederriemen fixierten Kopf und Taille. Das Rad besaß acht Speichen, wobei sein Kopf und seine Glieder an fünf davon gefesselt waren. Die Diva nannte dieses Gerät das Richtrad.

Gerade jetzt stand sie in der Nähe der Tür und suchte mit der Hand irgendwelche Gegenstände zusammen, die er aber nicht erkennen konnte. Sie hatte ihm die Sicht gelassen und ihm die Augenbinde erspart – aber jede Gunst hatte ihren Preis. Es erniedrigte ihn, sich so zu sehen, aber er konnte nicht umhin, seine Augen immer wieder von ihr zu seinem eigenen Bild im Spiegel hin und her schweifen zu lassen. Der Duft ihrer Sexuallockstoffe eilte ihr voraus, und er stemmte sich gegen die Lederriemen, um ihren Gesichtsausdruck zu sehen. Die Diva wirkte freundlich, aber sonderbar gleichgültig. Dann entdeckte er, was sie in der Hand hielt – mit einer Kette verbundene japanische Klammern, ein Paar ziemlich mittelalterliche Nippelklammern und einige Dutzend Wäscheklammern, allesamt glänzend schwarz lackiert. Behutsam legte sie alles auf den Tisch neben dem Rad, auf dem bereits ein Glas Wasser mit einem biegsamen Strohhalm stand. Ihre langen, roten Nägel funkelten blutrünstig im Licht und bildeten einen scharfen Kontrast zu dem schwarzen Holz der Wäscheklammern und dem kalten Schein des Stahls. Sie fuhr mit den Fingern über seine sich hebende Brust, die sie eigenhändig für diesen Anlass rasiert hatte. Es sollte eine Nacht der Nippelfolter werden.

Sie fing an, mit seinen Brustwarzen zu spielen und sie mit den Fingern zu sensibilisieren und zu erregen. Dadurch erreichten sie eine eigene kleine Erektion. Prompt reagierte auch sein Penis. Er wusste, dass ihr dieser Umstand nicht entging, aber sie hatte sich offenbar entschieden, es nicht weiter zu beachten. Als seine Nippel nach Meinung der Diva zufriedenstellend erregt waren, zog sie jeden Nippel in die Länge und klemmte die japanischen Klammern daran fest. Obwohl auch das schon schmerzhaft war, dienten diese Klammern der Diva nur als »Aufwärmspielzeug«, denn von all ihren Nippelspielzeugen waren diese noch die mildesten. Jetzt beugte sie sich mit ihrem entzückendsten Lächeln über ihn und fing an, ganz leicht an der Kette zu ziehen, welche die beiden Klammern verband. Er stöhnte ein wenig, aber das war ein Schmerz, den er noch ertragen konnte und der ihm große Lust bereitete. Als sie dann stärker an der Kette zog und sie langsam an sein Gesicht heranführte, verwandelte sich sein lustvolles Stöhnen in ein schmerzerfülltes Keuchen. Trotzdem wusste er, dass er auch diesen Schmerz aushalten und in Lust ummünzen konnte. Zuletzt stand sie auf und während sie die Kette vollends zu seinem Mund zog, befahl sie ihm, diesen zu öffnen und die Kette darin zu halten. Er gehorchte.

Als er die Kette zwischen den Zähnen hielt, begann die Diva, seinen Körper mit den Nägeln nach empfindlichen Stellen abzusuchen und sich diese für ihr grausames Spiel zunutze zu machen, indem sie ihn gerade dort kniff, kitzelte und gelegentlich sogar hineinbiss. Das Gefühl ihrer Lippen auf seiner nackten Haut jagte ihm Schauer durch den Körper; dennoch hielt er noch immer tapfer die Kette im Mund. Auch wenn sie lächelte und ihm nicht direkt zeigte, dass sie absoluten Gehorsam erwartete, ahnte er, dass sie nicht zu Späßen aufgelegt war. Er nahm sich vor, sich so kooperativ wie möglich zu zeigen, nach bestem Vermögen auf ihre Wünsche einzugehen und duldsam zu ertragen, was immer sie mit ihm vorhatte.

Als sie der Brustklammern überdrüssig wurde, entfernte sie eine nach der anderen, wobei sie zwischen der Wegnahme der ersten und der zweiten Klammer einige Minuten verstreichen ließ. Während sie ihm innig lächelnd in die Augen sah und das Blut in seine Nippel zurückströmte, kniff die Diva unvermittelt hinein. Er biss sich auf die Lippen, um diesem neuen Schmerz und dem einsetzenden Kribbeln zu begegnen. Die lustvolle Qual, die sich in seinen Augen widerspiegelte, behagte der Diva sehr, und ihr Lächeln wurde angesichts seiner Leiden zärtlicher und liebevoller. Nachdem sich seine Nippel von den Brustklammern erholt hatten, gewährte sie ihm einen Schluck Wasser aus dem Glas mit dem biegsamen Strohhalm. Er bedankte sich ergebenst für ihre Güte und hoffte auf ihr Wohlwollen.

Die Diva nahm nun die mittelalterlich aussehenden Klammern und hielt sie ihm vors Gesicht. Sie waren u-förmig und durch eine Kette miteinander verbunden. Die Enden, mit denen die Nippel festgeklemmt wurden, waren gepolstert und außen mit einer Stellschraube versehen. Wenn sich die Diva mit seinen Brustwarzen amüsierte, konnte sie die Klammern mithilfe der Stellschraube festziehen. Sie fasste seinen rechten Nippel zwischen Daumen und Zeigefinger, zog ihn heraus und legte die Klammer an, wobei sie die Schraube zunächst nur um zwei Klicks anzog. Danach setzte sie dieselbe Behandlung mit seiner rechten Brustwarze fort – ihre Augen waren dabei unverwandt auf sein Gesicht gerichtet. Zufrieden lächelnd drehte sie beide Schrauben nun um einen Klick weiter. Dann trat sie einen Schritt zurück und fing an, seinen Bauch mit ihrem langen, roten Haar zu necken und zu kitzeln. Er liebte es, wenn sie ihn mit ihrem Haar reizte; weich und seidig glitt es über seine Haut, und er fühlte sich geehrt, dass sie diese Intimität mit ihm teilte. Genussvoll schloss er die Augen und bemerkte nicht, wie ihre Hand vorschnellte und die mittelalterlichen Klammern um einen weiteren grausamen Klick anzog. Er hatte nicht erwartet, dass ein einziger Klick den Druck auf seine Nippel dermaßen erhöhen würde. Der Schmerz wurde fast unerträglich, aber da war ihr Haar, das noch immer sanft und aufreizend über seinen Bauch strich und seine Erregung fast ins Unermessliche steigerte.

Die Diva versetzte den Klammern den fünften und letzten Klick, und er schrie vor Schmerz auf. Sie lächelte süß und freute sich sichtlich an seiner verzweifelten Lage. Sie beobachtete, wie sich sein Gesicht unter dem einsetzenden Schmerz verzog, und ergötzte sich an jedem flüchtigen Ausdruck seiner Todesqual. Nachdem sie ihn einige Minuten so betrachtet hatte, entfernte sie die mittelalterlichen Klammern eine nach der anderen. Während ihm das Blut in die Nippel zurückschoss, fing sie wieder damit an, sie zu kneifen und zu piesacken. Er kämpfte gegen die Lederfesseln an, bäumte sich auf, aber die Fesseln bannten ihn an den Platz. Als er wieder etwas zur Ruhe gekommen war, gab sie ihm einen weiteren Schluck Wasser aus dem Glas mit dem Strohhalm. Sie stand dicht bei ihm und fuhr ihm behutsam mit den Nägeln über Arme und Brust, dann an seinen Beinen hinauf und hinunter, um ihm ein wohliges Gefühl zu geben und ihn zu beruhigen. Als seine Atmung sich wieder normalisiert hatte, wandte sie sich zum Tisch um.

Als sie sich wieder umdrehte, sah er, dass sie eine Handvoll der glänzenden schwarzen Wäscheklammern umfasst hielt. Sie platzierte sie am Ansatz seines Halses und flüsterte ihm ins Ohr, dass er keine einzige fallen lassen dürfe. Zärtlich streichelte ihn die Diva über Brust und Bauch, damit er sich entspannte und an ihrer Berührung ergötzte. Er seufzte, als sie ihn so liebkoste, und spürte, wie er härter wurde. Im Spiegel konnte er sehen, dass sein bestes Stück in einem steifen rechten Winkel zu seinem Körper stand, und an dem schwachen Lächeln in ihrem Gesicht erkannte er, dass diese von ihr verursachte Härte ihr gefiel. Andererseits empfand er es als erniedrigend, dass die Diva seiner Reaktion keinerlei Beachtung schenkte. Nachdem er ihre zärtliche Berührung einige wonnevolle Minuten lang genießen durfte, hielt sie inne und wandte ihre Aufmerksamkeit den schwarzen Wäscheklammern an seinem Halsansatz zu. Diese klemmte sie nun in genau bemessenen Abständen in einer Reihe an seiner Brust fest. Zuletzt zog sie seine aufgerichteten Brustwarzen nacheinander nach oben und versah jede mit einer weiteren beißenden Klammer. Dabei schaute sie ihm tief in die Augen, maß seine Reaktion, prüfte ihn, stachelte ihn an. Normalerweise konnte er so viel Schmerz nicht ertragen, aber er war ihr Spielzeug; mehr als das, er war ein von ihr unter Vertrag genommener Sklave, der dieser grausamen Form des Zeitvertreibs zugestimmt hatte. Sie trat zurück und begutachtete ihrer Hände Werk.

Plötzlich, mit einem Lächeln, das einen Anflug von Bosheit verriet, versetzte sie dem Rad einen Stoß und ließ ihn und seine

Sinne im Kreis herumwirbeln. Er schloss die Augen, um sich die Qual zu ersparen, sich selbst im Spiegel Karussell fahren zu sehen. Sie bemerkte es aber sofort und befahl ihm, die Augen wieder zu öffnen. Endlich kam das Rad unter nervenaufreibendem Knarren zum Stillstand. Der rasende Schmerz in seiner Brust war abgeklungen. Die Blutzirkulation war so lange unterbrochen worden, dass er den Schmerz nicht mehr spürte. Aber sein Kopf drehte sich noch immer im Kreis, und was jetzt kam, traf ihn völlig unerwartet. Sie nahm eine Bullenpeitsche aus dem Sortiment an der Wand und ging auf ihn zu, indem sie gewissenhaft die Entfernung zwischen ihnen abschätzte. Plötzlich blieb sie stehen. Und ohne Vorwarnung, ohne mit der Wimper zu zucken, ohne die kleinste Veränderung in ihrem Ausdruck und mit demselben gleichgültigen Gesicht ließ sie die Peitsche nach vorne schnellen.

Das Ende der Peitschenschnur wand sich um die erste Wäscheklammer, und mit einer blitzschnellen Bewegung des Handgelenks zog sie die Schnur zurück und riss die Klammer von seiner Brust. Der Schmerz ging ihm durch Mark und Bein, aber der Anblick, wie sie die Peitsche schwang, erregte ihn noch mehr. Mit über der Brust verschränkten Armen und seitlich ausgestellter Hüfte stand die Diva abwartend da, bis sie an seinem Gesichtsausdruck erkannte, dass der Schmerz abgeklungen war und sie weitermachen konnte.

Wieder holte sie aus und ließ die gemeine Peitsche auf seine Brust niedersausen. Diesmal traf sie die andere Seite, und in fast der gleichen schmerzhaften Manier wurde eine weitere Wäscheklammer von seiner Brust gerissen. Dann hielt sie inne und wartete. Doch sosehr er sich auch bemühte, er konnte den Schmerz auf seinem Gesicht nicht verbergen. Mit jedem Peitschenhieb wurde ihr Lächeln zufriedener. Ihre Lust steigerte sich mit dem Grad seines Schmerzes, und es waren insgesamt acht Wäscheklammern, die seine Brust zierten. Bei der sechsten Wäscheklammer, die auf diese Weise entfernt wurde, schien seine gequälte Brust in einem tonlosen Schrei gegen die erbarmungslose Peitsche aufzubegehren. Der Ansturm des Blutes, das wie ein Sturzbach in seine Haut zurückströmte, beraubte ihn fast seiner Sinne. Er winselte um Gnade, obwohl nur noch zwei Klammern übrig waren. Aber sein Safewort benutzte er nicht; was bedeutete, dass er seine Grenze noch nicht erreicht hatte. Selbst diesen furchtbaren Schmerz vermochte er noch in Lust umzuwandeln, wenn er sich in ihr verlor. Die zwei verbleibenden Klammern waren die schlimmsten und saßen an der empfindlichsten, verwundbarsten Stelle seines zitternden Fleischs – den Brustwarzen.

Ihr Lächeln war fast teuflisch, als sie ihren Arm zurückzog und aus dem Handgelenk die Peitsche gegen den entfernteren der beiden Nippel schnalzen ließ. Der schmerzhaft pochende Blutansturm wurde von der Welle dieses erneuten Schmerzes förmlich überrollt. Ohne ein Nachlassen des Schockzustandes abzuwarten, holte sie abermals aus und beförderte auch die letzte Wäscheklammer in die Luft.

»Gnade, Diva Claudia, habt Gnade mit Eurem armen Spielzeug«, flehte er wimmernd und warf qualvoll den Kopf hin und her. Sein herzzerreißendes Jammern stachelte sie nur noch mehr an.

»Kennst du den Unterschied zwischen Lust und Schmerz?«

»Nein, Diva Claudia«, murmelte er, voller Angst, dass er es gleich erfahren würde.

Sie sah ihn durchdringend an und ließ urplötzlich die Peitsche auf die Spitze seines Glieds niedersausen. Dann beugte sie den Kopf zu ihm hinunter, so dass er ihren Atem heiß auf seiner Haut spürte. Rasender Schmerz und himmlische Lust verschmolzen miteinander, und sein Kopf schien von dem explosiven Gemisch zu zerspringen.

Sie hob den Kopf gerade hoch genug, um ihm in die Augen zu schauen, und wiederholte ihre Frage: »Kennst du den Unterschied zwischen Schmerz und Lust, mein Sklave?«

»Nein, Diva Claudia, der Sklave muss sich tausendfach entschuldigen, aber leider nein«, flüsterte er und drehte den Kopf demütig zur Seite.

Nachdem die Peitsche erneut auf sein angeschwollenes Teil niedergegangen war, stürzte sie sich mit dem Mund darauf.

Wieder fragte sie: »Kennst du den Unterschied zwischen Lust und Schmerz?«

»Nein, Diva, leider nicht.«

Wieder leckte die Peitsche an seiner berstenden Eichel und ihr Mund tat es ihr gleich. Sein Gemächt tobte und pochte, als führte es ein Eigenleben.

»Kennst du nun den Unterschied zwischen Lust und Schmerz?«

»Es gibt keinen Unterschied, Diva.«

Sie band eine seiner Hände los und meinte, er verdiene eine Belohnung dafür, dass er seine Lektion gelernt hatte. Die Diva würde die Peitsche zehn Mal knallen lassen. Beim zehnten Peitschenknall sollte er abspritzen. Er betrachtete ihrer beider Spiegelbild im Deckenspiegel, als er masturbierte und jeden Peitschenknall stumm mitzählte. Er hätte der Diva das Vergnügen auch schon vor dem zehnten Streich bereiten können, aber er beherrschte sich bis zum zehnten Knall. Dann, mit einem Aufschrei der Erleichterung, entlud er sich zum Entzücken der Diva in einem wahren Spermafeuerwerk.

Sklave mit Fernsteuerung

An diesem Abend sollte Franco, ein Sklave und langjähriger Freund der Herrin, der dieser sehr ans Herz gewachsen war, zu Besuch kommen, und die Herrin wollte in die Rolle einer ihrer wechselnden Persönlichkeiten schlüpfen – in die der Diva. Sie und Franco liebten die Diva-Rolle gleichermaßen, weil sie beide auf Eleganz, Anmut und einen Hauch von Unnahbarkeit standen, und als Diva verkörperte die Herrin den Inbegriff dieser Eigenschaften. Wenn sie die Diva war, würde sie nicht gleich in ihrer Kammer mit ihm spielen. Stattdessen würde sie ihn zunächst bei gedämpfter Beleuchtung, sanfter Hintergrundmusik und dem Duft von Weihrauch in ihrem Wohnzimmer empfangen. Zuvor hatte sie eine Kerze in Form einer Männerfigur geweiht, seinen Namen hineingeritzt, sie auf ein gemeinsames Foto gestellt und angezündet, um das Gelingen des Abends sicherzustellen. Es sollte heute eine ganz besondere Nacht werden. Die Diva würde so tun, als ob Franco als Sklave ein blutiger Anfänger sei, und ihm erst einmal die nötigen Grundlagen beibringen. Dann würde sie ihn in einen BDSM-Club mitnehmen, und zuvor würde sie ihn für diese Gelegenheit noch ganz besonders ausstaffieren.

Während sie sich ankleidete, malte die Diva sich aus, wie sie Franco »abrichten« und sich selbst für diesen Abend aufdonnern würde, und konnte ihre gespannte Vorfreude kaum zügeln. Sie wählte ein neonblaues Ballkleid mit Dessous-Gurten und schwarz abgesetzten Büstenkörbchen, das ihre Brüste äußerst vorteilhaft zur Geltung brachte und sich eng an ihre schlanke Figur schmiegte. Das Kleid besaß einen sehr hohen Schlitz, der auf der rechten Seite bis zur Taille hinaufreichte und ebenfalls schwarz abgesetzt war. Damit das Kleid noch sexier wirkte, trug sie dazu schwarze Strümpfe mit Spitzensaum; der Saum würde aber nur sichtbar, wenn sie ging oder sich setzte. Ihre begehrenswerten Füße steckten in schwarzen hochhackigen Mary-Jane-Plateauschuhen aus Lackleder. Opernhandschuhe aus schwarzem Latex (die Diva war Handschuh-Fetischistin) zierten ihre Arme. Ihr Haar, das normalerweise glatt herunterfiel, hatte sie nass geflochten. Nachdem es getrocknet war, hatte sie die Zöpfe gelöst, sodass ihr Haar sich kräuselte und dadurch voller wirkte. Die Diva wusste, dass volles Haar die Hüften breiter erscheinen ließ, und sie wollte die allgemeine Aufmerksamkeit auf den hohen Schlitz in ihrem Rock, auf ihre Strümpfe und ihre Brüste lenken.

Franco traf pünktlich ein, und die Diva führte ihn ins Wohnzimmer, wo sie sich herzlich begrüßten und Höflichkeiten austauschten. Er überreichte der Diva einen herrlichen teuren Strauß aus gemischten Blumen, und sie wertete dies als gutes Omen dafür, dass der Abend ein Erfolg werden würde. Franco ließ ihr Outfit auf sich wirken und machte ihr Komplimente über ihr perfektes Aussehen. Derweil arrangierte die Diva den Blumenstrauß in einer hohen Vase, die sie anschließend auf einen antiken Tisch stellte. Franco selbst war ein wahrer Glückstreffer. Er hatte tief liegende dunkelbraune Augen und volle, weiche Lippen und besaß bei einer Größe von 1,75 Meter, einem Gewicht von schlanken 68 kg und seinem zarten Knochenbau den perfekten schlanken Körper für Latex. Da Franco Frisör war, achtete er ebenso sorgfältig auf sein langes, dunkles lockiges Haar, wie er auf das seiner Kundinnen achtete. Auch die Haare der Diva wurden von ihm geschnitten und gefärbt, und wenn die Diva es wünschte, stylte er es auch für sie. Franco war etwa zehn Jahre jünger als die Diva, aber er schätzte ältere Frauen sehr und wusste, welche Behandlung sie von ihm erwarteten. Er war sich darüber im Klaren, dass ihn heute ein ganz besonderer Abend erwartete, und hatte zu diesem Anlass sein bestes Latex-Outfit angelegt, um der Diva zur Ehre zu gereichen.

Da die Diva ihn schon teilweise in das Szenario dieses Abends eingeweiht hatte, war Franco darauf vorbereitet, dass er die Rolle eines ganz unerfahrenen Sklaven zu spielen hatte. Allerdings kannte er nicht den ganzen Plan. Die Diva wusste, dass er ihren Wünschen folgen würde, und es machte sie ganz kribbelig, wenn sie daran dachte, welche Überraschungen sie für ihn auf Lager hatte. Aber jetzt war es höchste Zeit, mit dem Szenario zu beginnen. Die Diva führte Franco in die Kammer und nahm ihren Platz auf dem Thron ein. Sie zeigte auf einen Punkt am Fußboden. Franco beeilte sich, an dem ihm zugewiesenen Platz Stellung zu beziehen, und wartete auf den nächsten Befehl.

Die Diva als eine ihm überlegene weibliche Persönlichkeit blickte verächtlich auf ihn herab. Dann meinte sie herablassend: »So, du würdest mir also gerne dienen. Was macht dich eigentlich so sicher, dass du dieser Aufgabe würdig bist?«

Franco antwortete nicht. Er hielt den Kopf schamhaft gesenkt und wagte nicht, ihr ins Gesicht zu sehen. Er gab sich alle Mühe, das kleine Spiel so gut er konnte mitzuspielen.

»Keine Antwort? Du hast keine Antwort? Dann muss ich wohl annehmen, dass du meiner nicht würdig bist, und werde dich einer Reihe von Prüfungen unterziehen. Aber zuerst will ich dich mal genauer unter die Lupe nehmen, damit ich sehe, ob du überhaupt meinen Standards entsprichst. Zieh dich aus!« Die Diva musterte ihn abschätzig. »Zuerst ziehst du dein Hemd aus, danach Stiefel und Socken. So, und jetzt kommt die Hose an die Reihe.«

Gehorsam leistete Franco diesen vertrauten Befehlen Folge und legte seine Kleider ordentlich auf die Seite. Die Diva genoss den Strip in vollen Zügen. Sie liebte das quietschende Geräusch, das der Latex von sich gab, wenn man ihn aus- oder anzog. Außerdem besaß Franco einen reizenden schlanken Körper und ein sehr langes, wohlgeformtes Teil, mit dem sie gern spielte. Sobald Franco splitternackt vor ihr stand, versuchte er sich mit den Händen zu bedecken. Auch das gehörte zum Spiel.

»Hände an die Seiten!«, befahl die Diva harsch. »Wag es ja nicht, dich zu bedecken! In meiner Gegenwart ist Schamhaftigkeit verboten. Du und dein ganzer Körper gehören mir, und ich kann damit machen, was ich will.« Franco nahm sofort die Hände weg und offenbarte der Diva sein bereits eindrucksvoll erigiertes Geschlechtsteil.

»Das Erste, was du lernen musst«, fuhr die Diva fort, »ist unbedingter und augenblicklicher Gehorsam. Egal, wonach es mich verlangt, du hast meine Wünsche widerspruchslos zu erfüllen. Dieses Würgehalsband wird als Symbol für dein Sklaventum dienen. Jedes Mal, nachdem du dich ausgezogen hast, aber bevor wir richtig anfangen, werde ich dir das Halsband hinhalten und du wirst es küssen. Dann werde ich es dir anlegen. Solange du das Halsband trägst, gehörst du mir und hast zu tun und zu lassen, was ich dir befehle. Jetzt küsse es!« Franco küsste das Halsband. »Beug deinen Hals und halt dein Haar aus dem Weg!« Er tat, wie ihm geheißen, und die Diva schnallte ihm das Halsband um. »Sehr gut, Sklave. Du scheinst langsam zu kapieren. Vielleicht erweist du dich ja doch noch als brauchbar. Als Nächstes erkläre ich dir meine Regeln, die dir in Fleisch und Blut übergehen müssen. Grundsätzlich hast du den Mund zu halten, es sei denn, du wirst angesprochen oder es handelt sich um einen Notfall. Wenn ich eine Antwort von dir verlange, hast du immer leise und respektvoll »Ja, Diva« oder »Nein, Diva« hinzuzufügen. Ohne meine ausdrückliche Erlaubnis ist es dir untersagt, mir ins Gesicht zu sehen. Du hast den Blick ständig gesenkt zu halten. Hast du das verstanden, Sklave?«

Obwohl Franco die Regeln genau kannte, erregte es ihn total, wie die Diva ihn behandelte. »Ja, Diva«, sagte er ihr zuliebe in einem Ton, von dem er wusste, dass er ihr am besten gefiel.

Zufrieden mit seiner ehrerbietigen Antwort, fuhr die Diva mit milderer Stimme fort: »Wenn du nicht gerade eine Besorgung oder einen Dienst für mich verrichtest, ist dein Platz hier zu meinen Füßen, wo du dich hinkniest und still und geduldig meinen nächsten Befehl erwartest. Natürlich wirst du jeden Befehl, den ich dir gebe, freudig und nach bestem Vermögen ausführen. Wenn du gegen meine Regeln verstößt oder in irgendeiner Weise mein Missfallen erregst, werde ich dich nach meinem Ermessen bestrafen. Die Bestrafung soll zum Vergehen passen. Das heißt, ich werde dich nicht immer mit Schlägen züchtigen, sondern auch auf andere Art. Vielleicht lasse ich dich in der Ecke knien und beachte dich nicht. Vielleicht sperre ich dich für ein paar Stunden in den Käfig oder in die Abstellkammer. Vielleicht lege ich dich aber auch in enge Fesseln, stopfe dir die Ohren zu, verbinde dir die Augen, kneble dich und lasse dich so liegen, damit du über dein Fehlverhalten nachdenkst. Hast du mich verstanden?«

»Ja, Diva, ich habe verstanden«, murmelte Franco mit unterwürfiger Stimme.

Die Diva hob Francos Kinn und lächelte ihn an. Während sie noch immer seinen Kopf hochhielt, sagte sie: »Du darfst mir jetzt in die Augen sehen, Sklave Franco.« Er gehorchte und sie fuhr fort: »Ich erwarte, dass deine Erregung immer sichtbar ist, wenn wir allein sind und du nackt vor mir bist. Deine Erregung und deine Ergebenheit mir gegenüber bereiten mir großes Vergnügen, und du solltest dich nach Kräften bemühen, mir jederzeit zu gefallen. Und schreib dir eins hinter die Ohren: Ich arbeite nach dem Strafe-und-Belohnung-System: Strafe für schlechtes Benehmen, Belohnung für gutes Benehmen. Aber die Entscheidung darüber obliegt mir, mir allein. Haben wir uns verstanden?«

»Jawohl, Diva«, war Francos devote Antwort.

Zufrieden mit seiner Antwort und seinem Betragen, sprach die Diva weiter: »Jetzt will ich dir drei Haltungen beibringen, in denen ich meine Sklaven am liebsten sehe. Die erste Haltung ist vor mir kniend.« – Die Diva wies auf eine Stelle am Boden. – »Deine Arschbacken ruhen dabei auf deinen Fersen und deine Hände hältst du im Kreuz verschränkt. Deine Knie müssen weit geöffnet sein, so dass ich freien Zugang zu deinen Genitalien habe. Es handelt sich hier um eine zwanglose Haltung, die du entweder mit dem Gesicht zu mir oder mit von mir abgewandtem Gesicht einnimmst, je nachdem, wie es dir befohlen wird. Die Haltung mit abgekehrtem Gesicht nimmst du zum Beispiel häufig in Gesellschaft ein.« Da Franco schon über langjährige Erfahrung verfügte, ließ er sich anmutig auf die Knie fallen und ging exakt in die Haltung, die ihm die Diva erklärt hatte.

Dann fuhr sie fort. »Die zweite Haltung gleicht der ersten, mit dem Unterschied, dass du deine Hinterbacken über die Fersen anheben musst, so dass sich dein Gewicht auf die Knie verlagert. Diese Haltung fordere ich beispielsweise, wenn ich dir Nippelklammern anlegen will oder wenn ich Lust habe, dich zu knebeln oder dir ins Gesicht zu schlagen. In Haltung zwei müssen deine Arme entweder hinter dem Hals verschränkt oder auf Schulterhöhe ausgestreckt sein. Es handelt sich hier um eine Strafhaltung. Wenn du diese Haltung mit ausgestreckten Armen einnimmst, wirst du über dein ungebührliches Betragen nachdenken, während der Schmerz deine Beine betäubt und dir in die Schultern kriecht. Manchmal stelle ich zur Verschärfung der Strafe Wassergläser in deine nach oben gerichteten Handflächen. Wenn du die Gläser fallen lässt, erhältst du natürlich eine schwere Prügelstrafe mit Rohrstock oder Peitsche. Habe ich mich klar ausgedrückt?«

»Jawohl, Diva, ich verstehe und akzeptiere«, sagte Franco, der genau wusste, welche Antwort sie erwartete und in welchem Ton sie diese hören wollte.

»Gut, nun komme ich zur dritten und für heute letzten Haltung. Du kniest dich hin. Kopf und Schultern hältst du am Boden und die Hüften streckst du hoch in die Luft. Dabei spreizt du die Beine so weit es geht auseinander. Los!«, befahl die Diva und Franco gehorchte ihr sofort. »Jetzt greifst du nach hinten und hältst mit den Händen deine Hinterbacken auseinander.« Franco tat, wie ihm geheißen.

Die Diva stand von ihrem Thron auf und kam mit etwas Gleitmittel, zwei großen Kugeln und einem Rheostat, einem Regler mit Fernbedienung, zurück. Allerdings konnte Franco dies von seiner Position auf dem Fußboden aus nicht sehen. Jetzt kam der Teil des Szenarios, den die Diva zuvor nicht mit ihm besprochen hatte. Dieser Teil war die Überraschung, die sie für ihn bereit hielt. Während er noch in Haltung drei verharrte, schmierte sie die Kugeln und seinen After reichlich mit Gleitmittel ein. Franco schnappte hörbar nach Luft, als er das kalte Gleitmittel an seiner Rosette spürte; trotzdem hielt er die Stellung. Laut stöhnte er auf, als die Diva ihm die beiden Kugeln nacheinander in den Hintern schob, aber er bewegte sich nicht. Nachdem sie ihm die Kugeln eingeschoben hatte, befahl sie ihm, aufzustehen und ans andere Ende des Raums zu laufen. Als er die Ecke erreicht hatte, drehte die Diva an einem der Knöpfe des Rheostat. Die vibrierenden Analkugeln wurden unter Strom gesetzt, und die Diva verabreichte ihm einen schwachen Stromstoß. Francos Reaktion folgte auf dem Fuß: Er stöhnte und lächelte, als er die milde elektrische Ladung verspürte, die ihm gerade durch den Mastdarm gejagt wurde. Dann betätigte die Diva den anderen Knopf, und in einer vibrierenden, aber sanften analen Elektrofolter gesellte sich die zweite Kugel zu ihrem Gegenstück. Es würde ein unterhaltsamer Abend werden, so viel war sicher!

Schließlich wies die Diva Franco an, sich wieder anzuziehen. Sie hatten vor, einen Club zu besuchen, Freunde zu treffen und unter Leute zu kommen. Sie gab ihm genug Zeit, sein Latexkostüm mit Latexöl gleitfähig zu machen und in den eng anliegenden sexy Anzug zu schlüpfen, den er vor der körperlichen Inspektion getragen hatte. Francos Erscheinungsbild war immer mehr als akzeptabel, aber die Regeln verlangten, dass sie stets ein oder zwei Dinge daran auszusetzen hatte. Diesmal befahl sie ihm, er solle sich um sein Haar kümmern, das in Haltung drei tatsächlich ein wenig unordentlich geworden war. Dann half er ihr in den Mantel, wobei er ihr Haar sanft anhob, damit es nicht unter den Mantel geriet. Anschließend gab sie ihm den

Befehl, das Auto vorzufahren, damit sie sich nicht hinbemühen musste. Franco entfernte sich und kam im Handumdrehen mit dem Auto zurück. Er musste wohl einen Parkplatz sehr nahe beim Haus gefunden haben, denn sie musste sich so beeilen, dass sie beinahe ihre Handtasche vergessen hätte, die den Rheostat enthielt. Sobald das Auto vor der Haustür stand, öffnete Franco die Beifahrertür für sie, ging zur Haustür zurück und stand neben ihr, während sie das Haus abschloss. Umsichtig bot er ihr seinen Arm, um sie sicher über den unebenen Gehsteig zum Wagen zu geleiten. Nachdem er ihr beim Einsteigen geholfen und die Tür für sie geschlossen hatte, ging es los zur Party.

Im Auto erklärte die Diva ihrem Begleiter, dass sie ihm im Club etwas Freizeit gewähren würde – Zeit, in der er seine eigenen Erkundungen anstellen, tanzen und neue Leute kennenlernen konnte. Wenn sie ihn aber zurückhaben wollte, würde sie von dem Regler Gebrauch machen, um ihn zu sich zu rufen. In der Zeit, in der er nicht frei herumstreifen durfte, sollte er mit gezücktem Feuerzeug hinter ihrem Stuhl stehen und sobald sie ausgetrunken hatte, sollte er sie fragen, ob sie ein weiteres Getränk wünsche, das er ihr, falls sie bejahe, rasch bringen sollte. Falls er gedanklich abschweifte, würde er durch einen schnellen Knopfdruck wieder auf den Boden der Tatsachen zurückgebracht. Je unaufmerksamer er wäre, desto höher würde die elektrische Spannung. Franco lächelte und versicherte, dass er verstehe und sein Bestes tun werde, um sie zufriedenzustellen. Dann dankte er ihr dafür, dass sie ihm Freizeit gewähren wolle und dass sie sich eine so clevere Methode ausgedacht hatte, um ihn zu sich zu rufen. Sie lächelten einander an; sie waren alte Freunde und kannten sich gut. Sie beugte sich zu ihm hinüber und küsste ihn sanft auf die Wange, wo sie einen schwachen Abdruck ihres Lippenstifts auf seiner Haut hinterließ. Sie wusste, dass er dieses »Ehrenzeichen« stolz zur Schau tragen würde und sich sehr bemühen würde, es nicht versehentlich wegzuwischen.

Franco hielt den Wagen vor dem Club an, öffnete die Tür für die Diva und war ihr beim Aussteigen behilflich. Sie würde im Foyer warten, bis er das Auto geparkt hatte. Dann würden sie den Club gemeinsam betreten.

Als sie drinnen waren, gab Franco den Mantel der Diva an der Garderobe ab und gesellte sich dann wieder zu ihr. Sie war gerade dabei, Freunde zu begrüßen, und stellte sie Franco vor. Während er zur Bar ging, um der Diva einen Drink zu holen, erntete sie vonseiten ihrer dominanten Freundinnen viel Bewunderung für ihn. Sie zeigten sich von Franco, seinem Erscheinungsbild, seinem Benehmen und seiner Aufmerksamkeit der Diva gegenüber höchst beeindruckt. Als er zurückkam, erlaubte sie ihnen, ihn mit den Händen zu befühlen, mit seinem langen lockigen Haar zu spielen und sein in Latex gezwängtes Hinterteil zu tätscheln. Er durfte ihnen ehrerbietig die Hände oder die Stiefel küssen. Franco benahm sich großartig, und natürlich genoss auch er die Aufmerksamkeit, die ihm entgegengebracht wurde. Die Diva konnte in seiner Hose eine beginnende Erektion erkennen. Schnell fasste sie in ihre Handtasche und versetzte ihm einen kleinen »Zap« mit dem Rheostat – keinen langen, nur einen moderaten Nadelstich, dessen Wirkung sie auf seinem Gesicht ablesen konnte. Ihre dominanten Schwestern, die seine Erregung auf sich zurückführten, wandten sich ihm jetzt nur umso aufmerksamer zu. Sie tasteten nach seinen Nippeln und kniffen hinein; sie bemerkten seinen beginnenden Ständer und heizten ihm erst recht ein; sie legten ihn über den Tisch und verpassten ihm noch mehr Klapse. Dabei fassten sie ihm hin und wieder zwischen die Beine und spielten durch den Latex hindurch mit seinem Pimmel. Die Diva amüsierte sich darüber und ließ ihre Freundinnen so lange mit ihm spielen, wie sie wollten – allerdings nur, solange sie es vor ihr taten. Denn schließlich war Franco das Eigentum der Diva, und sie war dafür verantwortlich, ihn zu schützen und vor Missbrauch zu bewahren.

Bald verabschiedeten sich einige der Herrinnen und wandten sich eigenen Belangen zu, während nur eine Handvoll bei der Diva am Tisch verblieb. Franco stand wachsam hinter ihrem Stuhl und zeigte eine unaufdringliche Aufmerksamkeit. Er war schnell mit dem Feuerzeug zur Hand und spielte den Kellner, wenn es darum ging, Gläser nachzufüllen und Aschenbecher zu leeren. Manchmal, wenn er zur Bar ging, versetzte die Diva ihm einen kurzen Impuls, worauf er sich umdrehte und sie anlächelte. Als er wieder einmal zur Bar unterwegs war, reichte die Diva den Rheostat an eine ihrer Freundinnen weiter und sagte ihr, sie solle ihm einen leichten Stromstoß verabreichen. Franco drehte sich spontan um und wollte die Diva anlächeln, aber diese hob schulterzuckend die Hände zum Zeichen, dass sie nichts habe. Er begann, die Gesichter der Herrinnen nach derjenigen abzusuchen, die das Gerät hatte, aber keine ließ sich etwas anmerken, sodass er nicht herausfinden konnte, wer gerade im Besitz des Impulsgebers war. Bald darauf fingen die Herrinnen an, den Rheostat heimlich unter dem Tisch weiterzureichen, und kleine Stromstöße schossen in Francos Arsch empor, ohne dass er wusste, wer die Verursacherin war. Da sie jedes Mal, wenn er auf den Stromimpuls reagierte, allesamt lachten, blieb ihm die Herrin, die das Reizstromgerät betätigte, ein Rätsel.

So ging das etwa eine Stunde weiter, bis die Diva beschloss, mit Franco den übrigen Club unter die Lupe zu nehmen. Nachdem sie den Rheostat wieder an sich genommen hatte, geleitete er sie einen Stock tiefer, wo sich die Tanzfläche, der Kerker und weitere Bar/Lounge-Bereiche befanden. Sie gingen langsam durch alle Räumlichkeiten, begrüßten Freunde und tanzten ein paar Mal. Beim Tanzen »zappte« ihn die Diva hin und wieder mit dem Rheostat, wenn sie einen stärkeren Hüftschwung bei ihm sehen wollte. Sie selbst wirbelte und drehte sich so temperamentvoll, dass der hohe Schlitz ihres Kleides sich öffnete und den Blick auf ihr Bein und den erotischen Strumpf freigab. Nach den wilden Exzessen auf der Tanzfläche setzten sie sich an die Bar und genehmigten sich einen Drink. Als die Diva einen Exlover sah, mit dem sie gern unter vier Augen sprechen wollte, gewährte sie Franco die versprochene Freizeit. Sie sagte ihm, sie würde ihm einen gehörigen Zap verpassen, wenn er zurückkommen sollte. Dann entfernte sie sich, um mit ihrem Ex zu sprechen.

Die Diva und Nigel, ihr Ex, umarmten sich herzlich und küssten sich auf die Wangen. Sie fanden zwei nebeneinanderliegende freie Plätze und unterhielten sich darüber, was sich seit ihrem letzten Zusammentreffen in ihrem Leben alles ereignet hatte. Sein Computergeschäft laufe gut und an den Samstagnachmittagen arbeite er in einem bekannten örtlichen Fetisch-Shop. Sie erzählte ihm von ihren Buchverträgen, ihren Sklaven, von lustigen Begebenheiten während ihrer Sitzungen und von ihrem Sklaven/Begleiter des heutigen Abends, Franco. Sie zeigte Nigel das Reizstromgerät und erzählte ihm von den Analkugeln, worüber er sich sehr amüsierte. Als ein Lied gespielt wurde, das sie beide mochten, begaben sie sich auf die Tanzfläche und tanzten weiter, bis sie Durst bekamen und sich zusammen eine Flasche Wasser teilten. Nigel, der eine brutal-männliche Attraktivität ausstrahlte (und in einem Film ohne Weiteres die Rolle des Marquis de Sade hätte spielen können), besaß noch immer das, was sie bei der ersten Begegnung mit ihm so angezogen hatte: einen starken sexuell antörnenden Geruch nach Pheromonen. Dieser Geruch verfehlte auch jetzt, nach all den Jahren, nicht seine Wirkung, und sie verspürte eine beginnende Erregung. Höchste Zeit, Franco zurückzupfeifen!

Die Diva nahm den Rheostat aus der Handtasche und drehte beide Knöpfe auf volle Power, da sie sich bezüglich der Reichweite nicht sicher war. Nun, entweder besaß das Gerät eine sehr lange Reichweite oder Franco war nicht weit entfernt; jedenfalls erschien er in Sekundenschnelle an ihrer Seite. Nachdem sie den Regler auf eine niedrige, aber konstante Spannung heruntergedreht und wieder in ihrer Handtasche verstaut hatte, machte sie Franco mit Nigel bekannt, ohne Franco über ihre alte Beziehung mit Nigel zu informieren. Hin und her gerissen zwischen ihrer Macht über Franco und ihrer sexuellen Erregung durch Nigels Pheromone, war sie drauf und dran, den Club zu verlassen und nach Hause zu fahren, um dort mit dem schlanken, sexy aussehenden Franco in einem privaten, intimeren Rahmen zu spielen. Kurz wurde sie von dem verführerischen Gedanken übermannt, Nigel zum gemeinsamen Spiel einzuladen, aber sie verwarf ihn gleich wieder, weil dies etwas war, was sie zuvor mit Franco hätte absprechen müssen. Da sie der Meinung war, dass eine diesbezügliche Diskussion sie von ihrer ursprünglichen Zielsetzung abbringen und ihr wahrscheinlich die sexuelle Spiellaune verderben würde, behielt sie die Idee für sich. Schließlich würde es noch andere Nächte geben!

Als sie sich endgültig verabschiedet hatten, machte sich die Diva mit Franco auf den Nachhauseweg. Während der Fahrt gab sie ihm immer wieder kleine Zaps, um ein zügiges Tempo aufrechtzuerhalten. Jedes Mal, wenn sie ihm einen Kick verpasste, drückte er aufs Gaspedal, und schon ging's wieder ein bisschen schneller. Auch trug diese Methode dazu bei, den Zustand der Erregung und der freudigen Erwartung bei beiden aufrechtzuerhalten. So kamen sie in viel kürzerer Zeit zu Hause an, als sie für die Fahrt zum Club gebraucht hatten.

Die Diva schaltete den Impulsgeber aus, während Franco das Auto parkte, und ging ins Haus, um die Vorbereitungen für den weiteren Verlauf zu treffen. Zu Franco hatte sie gesagt, sie werde die Haustür angelehnt lassen, sodass er einfach hereinkommen, hinter sich zuschließen und sie im Schlafzimmer treffen sollte. Leider hatte Franco wegen der vorgerückten Stunde bei der Parkplatzsuche nicht so viel Glück wie zuvor. Als er endlich zurückkam, war die Diva bereits fertig und wartete auf ihn.

Als Franco das Schlafzimmer betrat, war das Erste, was er bemerkte, natürlich die Diva. Überall an den Zimmerwänden waren Spiegel aufgehängt, in denen sich die Gestalt der Diva und das Licht von über einem Dutzend dicker weißer Kerzen widerspiegelten. Die Diva, immer noch angetan mit dem neonblauen Ballkleid, lag auf der Seite im Bett. Sie schien auf dem schwarzen Satin-Bettbezug zu schwimmen wie ein exotischer See auf einem schwarzen Sandstrand. Ihm fiel auf, dass sie nur ihre Handschuhe ausgezogen hatte. Dann nahmen seine Augen die ganze Szene in sich auf. Der Blumenstrauß, den er ihr zur Begrüßung überreicht hatte, zierte jetzt ihre Frisierkommode. Der betörende Duft der Blumen erfüllte den Raum, und im Hintergrund spielte ihrer beider Lieblingsmusik. An Spielzeug konnte er nichts erkennen, mit Ausnahme des Reizstromgeräts, das griffbereit neben ihr auf dem Bett lag, und einer notdürftig verborgenen Flasche Bodyglide.

»Zieh dich für mich aus, Franco! Mach es schön langsam und zur Musik«, sagte die Diva in einem Ton, der ihre Erregung verriet.

Auch wenn enger Latex nicht gerade die Art von Kleidung ist, die sich mühelos in erotischer Weise ablegen lässt, machte Franco seine Sache recht gut. Er führte die normalen Schritte, die man beim Ausziehen von Latexkleidung einhalten muss, einfach langsamer aus als sonst. An manchen Stellen legte er eine Pause ein, zum Beispiel, als er seine Nippel entblößte, damit die Diva ihren Anblick ausgiebig genießen konnte. Auch als er sich das Hemd über den Kopf zog, hielt er inne, sodass sein Gesicht von dem Hemd verhüllt wurde. Er war jetzt nur noch ein Körper zur Befriedigung ihrer sexuellen Wünsche, ein gesichtsloser Sklave, der allein als Lustobjekt für die Diva diente. Als er bei der Hose anlangte, zog er sie hinunter bis kurz über die Leistenbeuge, ohne seine Erektion zu entblößen. Dann vollführte er mit seinem schlanken Körper einen Schlangentanz. Die Diva war höchst zufrieden mit seiner Darbietung und erregte sich zunehmend. Als Franco damit fortfuhr, seine Hose auszuziehen, drehte er sich um, rollte sie leicht herunter und gab den Blick frei auf seine kleinen, knackigen Hinterbacken. Statt dämlich mit dem Arsch zu wackeln, wie es die meisten Sklaven an dieser Stelle zum Besten gaben, beugte er sich leicht in der Hüfte, stand still und schaute der Diva über die Schulter in die Augen. Die Diva fand das viel erotischer als das Gewackel mit dem Hinterteil. Während er sich langsam wieder zu ihr umdrehte, ließ er die Hände an seiner Hose heruntergleiten und rollte sie ein wenig mehr nach unten – dabei sah er sie unverwandt an.

Was die Diva betraf, so schien sie zunehmend dahinzuschmelzen. Francos erotischer Körper, der Blick in seine Augen, die Kreativität, die Anmut und die langsamen Bewegungen seines Strips brachten ihre Säfte in Wallung. Ein träumerischer Blick zeigte sich auf ihrem Gesicht, und sie war sich darüber im Klaren, dass er diesen nicht nur bemerkte, sondern auch wusste, was er bedeutete.

Bevor Franco seine Hose ganz ausziehen konnte, musste er zuerst aus seinen Stiefeln herauskommen. Für einen anderen wäre dies wahrscheinlich ein schwerfälliges Unterfangen gewesen; nicht so für Franco. Er stellte sich mit dem Gesicht zur nächsten Wand und stützte sich mit beiden Händen in einer »Gegen die Wand und Beine auseinander«-Haltung daran ab. Dann benutzte er einen Stiefel, um den anderen abzustreifen; beim zweiten tat er dasselbe mit seinem bestrumpften Fuß. Die »Beine auseinander«-Haltung, die man in so vielen Krimis sehen konnte, war nach dem Empfinden der Diva eine sehr submissive Haltung, und ihre Erregung steigerte sich zusehends. Während er seine Stiefel achtlos zur Seite stieß, kam Franco auf sie zu und fing an, seine Hose bei jedem Schritt etwas weiter nach unten zu rollen. Sein langsamer, geschmeidiger Gang und die lässige Art, wie er seine Hose nach unten rollte, verschlugen der Diva fast den Atem. Je näher er kam, desto heftiger keuchte sie. Jetzt ließ Franco seine Hände seitlich an der Hose hinabgleiten und rollte sie in einer nach außen gerichteten Bewegung mit den Handgelenken so weit herunter, dass sein herrlicher Schwanz herausschnellte. Die Diva schnappte nach Luft und bedeutete ihm stumm, weiterzumachen.

Franco gehorchte freudig. Er spürte die knisternde Spannung, die von der Diva ausging und den ganzen Raum erfüllte. Er spürte aber auch die Kugeln, die noch immer in seinem Analkanal steckten, obwohl sie im Augenblick nicht in Aktion versetzt wurden. Seine Erektion war beeindruckend, und er wusste, dass er für das Vergnügen, das er der Diva heute Abend bereitet hatte, reich belohnt würde. Als die Hose seine Hüften entblößte und sein Sack hervorsprang, um den Anblick seines steifen Schwanzes zu vervollkommnen, musste er die Latexhose jetzt nur noch an den Beinen herunter bekommen. Keine leichte Sache; ein kniffliges Vorhaben, bei dem man überlegen musste, bevor man es in Angriff nahm. Er setzte seinen schlängelnden Gang Richtung Bett fort, legte sich rücklings darauf, zog die Beine an die Brust und rollte die Hosenbeine jeweils mit einer Hand von innen nach außen auf, wobei er die Socken auf elegante Weise gleich mit abstreifte. Dann ließ er sich in einer katzenartigen Bewegung vom Bett heruntergleiten. Die Diva rollte sich auf die Seite und schwelgte in dem Gefühl ihres Latexkostüms, das sich an dem Satin-Bettbezug rieb. Ohne Franco auch nur einen Moment aus den Augen zu lassen, gab sie sich ungehemmt ihrer anschwellenden Lust hin, bis er schließlich völlig nackt vor ihr stand. Franco wiegte sich sanft zur Musik und drehte sich langsam, sodass sie ihn von allen Seiten betrachten konnte. Dabei vermied er es, die typischen albernen Clownbewegungen zu machen, von denen er wusste, dass sie sie nicht leiden konnte.

»Komm her, Franco. Leg dich neben mich aufs Bett«, befahl die Diva sanft. Es war der verführerischste Befehl, den er je erhalten hatte.

Ohne Hast trat er ans Bett heran, denn er wollte nicht zu begierig oder in irgendeiner Weise anmaßend erscheinen. Er legte sich mit ihr zugewandtem Gesicht neben sie. Während sie näher an ihn heranrückte, fuhr die Diva mit der Hand über Francos Körper. Seine tiefschwarzen, unergründlichen Augen, in denen sich ein Meer der Sinnlichkeit widerspiegelte, blickten sie unverwandt an, als sie ihn berührte, streichelte und liebkoste. Seine Haut war mit Ausnahme der Schamgegend glatt, weich und unbehaart; sogar die Haut seines beschnittenen Glieds war seidenweich und makellos. Sein Sack war hoch, straff und eng am Körper liegend. Er stöhnte vor Wonne, als sie seine Genitalien streichelte und ihren Körper noch näher an ihn heranschob. Ihr Latex war kühl an seiner warmen Haut, aber die Kühle erregte ihn noch mehr. Er legte seinen Arm um sie und umschlang sie, während sie ihn zärtlich verwöhnte. Sie begann, sein Gesicht zu küssen, leichte, behutsame Küsse auf Stirn, Wangen, Augenlider, Nase und schließlich auf seine vollen, weichen Lippen.

Als Franco die Zunge der Diva sanft auf seinen Lippen spürte, öffnete er den Mund und erwiderte ihre Zärtlichkeiten. Sie begannen sich langsam und sinnlich zu küssen. Sie ließen sich Zeit, damit ihre Leidenschaft wachsen konnte, jedoch in kontrollierter Form, um ihren Genuss zu verlängern. Es würde keine vulgäre Fickerei geben; stattdessen würde sich die Diva zur Belohnung ihres Sklaven ohne Eile selbst befriedigen.

Mit der Zeit wurden ihre Küsse leidenschaftlicher, ihre Körper drängten sich enger aneinander und von der Diva drang ein leises erotisches Stöhnen an seine Ohren. Francos Leidenschaft drückte sich in tieferen männlichen Lauten aus. Seine Küsse ließen den cremigen Saft zwischen ihren Schenkeln hervortreten und sein harter Schwanz presste sich gegen sie und rieb sich an ihrer geschwollenen Muschi. Lustvoll stöhnte sie auf. Sie wollte kommen und sie wollte auch, dass Franco, ihr lieber Freund und Sklave für diesen Abend, kam. Sie griff nach dem Bodyglide und trug es mit sinnlich massierenden Bewegungen dick auf seinen prächtigen Ständer auf.

Behutsam drehte sie sich in seinen Armen um, sodass sie ihm den Rücken zuwandte. Dann rollte sie sich auf den Bauch und zog ihn mit sich, sodass sie beide übereinander auf dem Bett lagen. Sein nackter Körper schmiegte sich an ihren Rücken, der noch immer von dem jetzt warmen Latex umhüllt war. Er hielt den Kopf unter ihrem Haar vergraben und küsste ihren Hals, während sie nach dem Reizstromgerät tastete.

Sie spreizte die Beine und sagte: »Schling die Arme um mich, Franco, und halt mich fest.«

Franco umfing sie mit einem Arm, während er den anderen weit genug nach unten schob, um ihre Hüften vom Bett hochzulüpfen. Sie sahnte ab, als er dies tat, denn es war eine ihrer Lieblingsstellungen. Sie schob ihre Hand unter sich und vergrub sie zwischen ihren Schenkeln. Der hohe Schlitz in ihrem Ballkleid war ihr dabei sehr hilfreich.

»Jetzt, Franco, mein lieber Franco, tu so, als würdest du mich von hinten nehmen; tu so, als wären wir ein Liebespaar. Ich mach mir's mit der Hand und du fickst von hinten gegen mein Kleid. Wir werden beide gleichzeitig kommen, du auf der Außenseite und ich auf der Innenseite meines Kleids.« Die Leidenschaft in ihrer Stimme war untrüglich und ließ keinen Zweifel an ihrer Erregung, die er in gleichem Maß teilte. Der Geruch nach Sex erfüllte bereits den ganzen Raum.

Er begann, sich an ihrem Kleid zu reiben, wie sie es ihm so verführerisch befohlen hatte – langsam und sachte im Einklang mit der Bewegung ihrer Hand und ihrer Hüften. Ihr makellos gepflegtes Latexkleid war etwas schlüpfrig und die großzügige Menge Bodyglide, mit der sie seinen Schwanz so liebevoll eingerieben hatte, gab ihm bei jedem Stoß ein wundervolles Gefühl. Als seine Stöße schneller und härter wurden, griff die Diva mit ihrer freien Hand nach dem Rheostat und setzte die Analkugeln in Bewegung. Sie stellte es auf eine gleichbleibend niedrige Spannung ein und versetzte ihm zwischendurch scharfe Spitzen, um ihn anzustacheln. Als er immer härter zustieß, erhöhte die Diva den Reizstrom, und die gelegentlichen Schockimpulse wurden stärker. Es bestand kein Zweifel, dass der Reizstrom Franco anfeuerte und damit auch die Leidenschaft und Lust der Diva steigerte, die ihre Hand immer schneller zwischen ihren sahnig-klebrigen Schenkeln hin und her bewegte.

Schließlich konnte die Diva nicht mehr länger warten, und sie wusste, dass Franco ebenso bereit war wie sie. »Lass uns kommen, Franco, lass uns zusammen kommen!«

Sie brauchte keine Antwort von ihm; sie fühlte, wie er zum finalen Stoß ansetzte und sich zurückhielt, bis er das Zucken ihres Körpers spürte. Genau in diesem Augenblick presste sie ihren Kitzler und entlud sich in einem überwältigenden Orgasmus. Völlig erschöpft lagen sie eng umschlungen da, bis ihre leidenschaftliche Anspannung abebbte und in das typische Nachglühen der befriedigten Gelüste und erfüllten Bedürfnisse überging. Der Rheostat sandte jetzt keine Impulse mehr aus.

Eine ziemlich lange Zeit verging, bevor Franco von ihr herunterrollte und flach auf dem Rücken liegen blieb. Sie lag noch immer auf dem Bauch, noch nicht bereit, sich zu bewegen, und genoss die klebrige Nässe zwischen ihren Beinen und die Schlaffheit ihrer Glieder. Ganz leise, um sie nicht zu stören, stand Franco auf und kam mit ihren Zigaretten und einer Auswahl an Getränken ins Schlafzimmer zurück. Über seinem Arm hing ein mit warmem Wasser getränktes Handtuch, mit dem er seinen Perlensaft von ihrem Kleid wischte. Er zündete eine Zigarette an, reichte sie ihr und schenkte ihr dann ein Glas süßen Zitronen-Eistee ein. Bevor sie beides annahm, streckte sie den Arm aus und zog ihn zu sich für einen langen Kuss. Dann nahm sie die Zigarette und das Glas lächelnd in Empfang.

»Du kannst jetzt ins Bad gehen und die Kugeln herausnehmen, Franco«, sagte die Diva sanft. »Nimm ein Bad, wenn du willst, aber dann komm so schnell wie möglich zu mir zurück.«

Franco dankte ihr und eilte gehorsam den Flur entlang. Sie konnte hören, dass er das nahm, was sie als »Vogelbad« bezeichnete und bedeutete, dass er nicht richtig duschte, sondern sich in die Badewanne kniete und den abnehmbaren Duschkopf dazu benutzte, sich gründlich zu waschen und durchzuspülen. Sie hatte ihm selbst beigebracht, wie man das schnelle und doch wirkungsvolle Vogelbad durchführte. Es war besonders geeignet, wenn man sich reinigen wollte, ohne die Haare nass zu machen.

Franco kam frisch gewaschen und nackt ins Schlafzimmer zurück und stellte fest, dass die Diva inzwischen Kleid und Schuhe ausgezogen hatte und nur noch ihre erotischen schwarzen Strümpfe trug. Der Bettbezug war zurückgeschlagen worden und nur eine einzige Kerze brannte noch. Die Musik war sanfter und sexier als zuvor und die Lautstärke war gedämpft. Die Diva hatte es sich bereits auf dem breiten Bett bequem gemacht und klopfte auf den Platz neben ihr. Franco sollte über Nacht bleiben, und sie würden beim Schlafen miteinander kuscheln. Seine tiefdunklen Augen schauten in die ihren, als er zu ihr ins Bett stieg. Sie drehte sich sofort zu ihm auf die Seite und legte ihren Kopf auf seine Brust, eine Haltung, die beiden vertraut und angenehm war. Er schlang seinen Arm um sie und hielt sie fest an sich gedrückt. Im Nu war sie eingeschlafen.

Franco dagegen lag noch lange wach und dachte an die wundervolle Erfahrung, die sie miteinander gemacht hatten. Er liebte sie, er liebte sie, wenn sie die Herrin war, er liebte sie, wenn sie die Diva war, aber am meisten liebte er sie, wenn sie einfach sie selbst war. Endlich fiel er in einen leichten Schlaf, wobei ihm ständig bewusst war, dass sie neben ihm lag, ihr Körper eng an den seinen gepresst, so nah, so vertrauensvoll.

Wölfin im Schafspelz

Bis zu dem Augenblick, als der Sklave mir zum ersten Mal unter die Augen trat und ich ihm meinen Willen aufzwang, hatte er sich immer für ein dominantes männliches Wesen gehalten. Viele »Meister« waren schon zu mir gekommen, um ihre submissiven Seiten zu erforschen, aber sie hatten nicht das richtige Verständnis von Unterwerfung und wussten nicht, wie sie ihren inneren Wünschen nachgeben und was sie tun sollten, um mein Sklave zu werden. So waren sie »Tops« geblieben und spielten das Top-Spiel, alldieweil sie nach der einen Frau suchten, deren Umarmung sie aus ihrem langen Schlaf erwecken würde.

Ich wusste, dass er zu meinem Sklaven bestimmt war, lange bevor er wusste, dass ich seine Herrin sein würde. Wir begegneten uns auf einer Party; ich war mit Freunden da – er allein. Er war hoch gewachsen mit langem, glattem, dunklem Haar, das er zu einem Pferdeschwanz zurückgebunden hatte, tief liegenden Augen mit Schlafzimmerblick und dem durchtrainierten Körper eines Schwimmers. Er war auffallend gut gekleidet: Seine schwarze Lederhose schmiegte sich eng an seinen Knackarsch und betonte die kräftigen Schenkel. Sein weißes Lord-Byron-Hemd bildete den perfekten Kontrast zu seinem guten Aussehen, und seine grünen Augen besaßen ein erotisches Glühen. Dieser Mann war in der Tat eine höchst romantische Erscheinung, und ich hätte wetten können, dass unzählige Sklavinnen bei ihm Schlange standen. Den ganzen Abend lang spürte ich, dass er mich beobachtete, und wann immer ich mich umdrehte, wo immer ich war, er stand nur wenige Meter entfernt. Dieser stattliche, gut aussehende Mann, der eine Peitsche am Gürtel trug und sich offensichtlich noch immer für dominant hielt, weckte meine Neugierde. Deshalb holte ich mir einen Sklaven, der mir eine Fußmassage geben sollte, damit ich diesen Meister in Ruhe observieren konnte. Ich war ziemlich grausam zu dem Sklaven, den ich nur dazu benutzte, diesem Mann zu zeigen, dass ich eine Top war, die er nur dann bekommen würde, wenn er bereit wäre, sich mir zu unterwerfen und mein Sklave zu werden.

Einen Monat später liefen wir uns auf einer anderen Party wieder über den Weg. Wie man einen Mantel der Bequemlichkeit halber an der Garderobe abgibt, so legten wir vorübergehend unsere dominanten Persönlichkeiten ab. Wir setzten uns und unterhielten uns mehrere Stunden, wobei wir herausfanden, dass wir einige wichtige »äußerliche« Dinge gemeinsam hatten – eine Vorliebe für den Strand und ein Faible für Buchläden, Antiquitäten und Secondhandshops. Als ich sagte, ich sei müde und wolle gehen, bot er mir an, mich nach Hause zu fahren. Vor meiner Haustür tauschten wir Telefonnummern aus und nach einem süßen, fast keuschen Kuss trennten wir uns. Er versprach, mich anzurufen, und ich nahm mir selbst das Versprechen ab, nicht darauf zu warten. Doch am nächsten Tag schon rief er an und wir verabredeten uns für Montag.

Es war ein Feiertag und er kam gegen drei Uhr vorbei – mit leeren Händen! Nicht einmal an einen billigen Blumenstrauß hatte er gedacht! So gut er auch aussah, diesem Mann mussten erst mal Manieren beigebracht werden, bevor man daran denken konnte, ihn als Sklaven abzurichten. Wir gingen aus, um einen Happen zu essen, und hatten das ganze Restaurant für uns. Wir saßen einige Stunden über unserer Mahlzeit und unterhielten uns. Zumindest bezahlte er für das Essen. Sei es, dass es schon von vornherein seine Absicht gewesen war, oder sei es, dass er es deshalb tat, weil ich betont wegsah, als die Rechnung kam, und keine Anstalten machte, mein Portemonnaie zu zücken. Auf meinen Vorschlag hin fuhren wir anschließend zu mir nach Hause. Dort saßen wir noch keine fünf Minuten auf dem schwarzen Ledersofa, als er schon versuchte, mich auf seinen Schoß zu ziehen. Ich gab ihm eine schallende Ohrfeige und fragte ihn, was er sich eigentlich einbilde. Völlig verdutzt darüber, dass ich ihn geschlagen hatte, sah er mich an. Dann erklärte ich ihm, dass ein Gentleman sich nicht in dieser Art benehmen würde und dass ich nicht so leicht zu haben wäre. Er hätte sich erst einmal zu bewähren, bevor ich überhaupt im Entferntesten erwägen würde, ihn in meinen Dienst zu nehmen. Er schaute völlig verblüfft aus der Wäsche, als ich das Wort *Dienst* sagte. Ich lachte ihm ins Gesicht, aber freundlich und mit mädchenhaftem Humor. Ich wollte ja nicht grausam erscheinen und ihn abschrecken. Außerdem machte mich der Geruch seiner Pheromone ganz verrückt.

»Hast du noch nicht begriffen, dass du hier bist, um deinen geheimen Wunsch nach Unterwerfung zu erforschen?«, fragte ich mit sanfter Stimme. »Hast du noch nicht bemerkt, dass du das Bedürfnis hast, die Kontrolle über dich selbst an eine starke Frau abzutreten, die weiß, was sie mit der Macht, die du ihr gegeben hast, tun soll? Es stand dir förmlich ins Gesicht geschrieben, als mir der Sklave im Club die Füße massierte. Du hast mehr Zeit damit verbracht, dem Sklaven zuzuschauen, als du mich angesehen hast. Deine ganze Haltung hat mir verraten, dass du gern an seiner Stelle gewesen wärst oder in einer Position, in der du dich der Herrin unterwirfst.«

Für ein paar Sekunden saß er stumm da, während er über meine Äußerung nachdachte und überlegte, was er darauf antworten sollte. Würde er sich seine geheimen Wünsche eingestehen? Bedrängte ich ihn zu sehr, zu einem zu frühen Zeitpunkt?, fragte ich mich. Würde er sein albernes Top-Spiel weiter treiben?

»Nun ja«, begann er und legte eine Pause ein, bevor er weitersprach, »ich hatte schon immer Fantasien, in denen ich mir vorstellte, ein bestimmter Typ Sklave zu sein, benutzt zu werden und unter der Kontrolle einer starken Frau zu stehen. Aber es war mir immer peinlich, mich laut zu diesen Fantasien zu bekennen. Ich habe Angst, darüber zu sprechen, und noch mehr Angst habe ich davor, was es in mir auslösen würde, wenn ich sie in die Tat umsetzen und ihnen freien Lauf lassen würde. Es ist mir eine schreckliche Vorstellung, was die Leute über mich denken würden, wenn sie es wüssten.«

»Was im Kerker geschieht, bleibt im Kerker«, antwortete ich mit gleichbleibender Stimme und schaute ihm direkt ins Gesicht. »Das gehört zum Bekenntnis der sinnlichen Domina. Anders als männliche Wesen, die sich für dominant halten, haben es weibliche Tops nicht nötig, mit sexuellen Erlebnissen zu prahlen, oder sich wichtig zu machen, indem sie solche Geschichten nach außen tragen. Ebenso wenig benutzen wir unsere männlichen Subs, um für uns zu kuppeln. Ich habe mich oft gefragt, wie sich die arme weibliche Sub fühlen muss, wenn sie von ihrem Meister losgeschickt wird, um für seine Spiele ein weiteres Mädchen zu finden.«

Da er wusste, dass ich die Wahrheit sagte, besaß er zumindest den Anstand, verlegen den Blick zu senken. Schließlich war ich schon lange genug in der Szene und hatte schon genug verschiedene Städte und Länder bereist, um diese von Männern erzählten Anekdoten mit eigenen Ohren zu hören. Sie standen herum und gaben lachend ihre Heldengeschichten zum Besten. Ich fand das jedes Mal überaus geschmacklos und respektlos der armen Sub gegenüber, die erwartete, dass ihre sexuellen Handlungen mit dem Meister vertraulich behandelt würden. Und ich habe mich oft gefragt, was die Frau empfand, wenn der Meister ihr befahl, ihm eine andere Frau zu beschaffen. Fühlte sie sich unzulänglich, unfähig, die Wünsche des Meisters zu befriedigen? Handelte der Meister aus reiner Gier? War es eine gute Entschuldigung für ihn, mit anderen Frauen herumzumachen? Oder musste er damit sein schwaches männliches Ego stärken? Wahrscheinlich kommen alle diese Gründe zusammen.

Um ihm die Befangenheit zu nehmen, bot ich ihm Tee an. Ich servierte ihn in meinem silbernen Teeservice auf einem Silbertablett, verhielt mich dabei aber nicht wie eine Sklavin, sondern eher wie eine gute Gastgeberin. Beim Tee lenkte ich die Unterhaltung auf zwanglosere Themen, da ich spürte, dass ich ihm für einen Abend schon genug entlockt hatte. Ich wusste, dass er zurückkommen würde. Nach dem Tee meinte ich, dass es schon spät sei. Er verstand den Wink und dankte mir für den schönen Nachmittag und den anregenden Abend. Als er in der Tür stand, fragte er, ob er mich Ende der Woche anrufen dürfe, was ich lächelnd bejahte. Tief in meinem Innern wusste ich, dass ich die Schlacht, wenn nicht gar den Krieg, gewonnen hatte. Trotzdem musste er mich erst einmal lieb gewinnen, bevor er sich mir unterwerfen konnte. Andernfalls würde er nur gegen mich aufbegehren. Für mich sind Dominanz und Unterwerfung nämlich kein Wettstreit um den stärkeren Willen.

Er hatte Glück, dass er am Donnerstagabend anrief. Hätte er am Tag der Verabredung selbst angerufen, hätte ich »zu tun gehabt«. Wir Damen haben ein Sprichwort: Wenn ein Mann dich am gleichen Abend, an dem er sich mit dir treffen will, nach acht Uhr anruft, dann steckt hinter dem Anruf nichts als ein harter Schwanz. Er aber fragte mich, ob er mich am Sonntag sehen könne. Auch wenn zwischen einem Anruf am Donnerstag und einer Verabredung für Sonntag genug Zeit lag, sagte ich ihm, dass es mir am Sonntag nicht gut passen würde. Genau genommen sind mir meine Sonntage heilig; sonntags besuche oder empfange ich meine Freundinnen oder treffe mich mit ihnen zum Brunch oder zum frühen Mittagessen. Manchmal ziehe ich auch auf eigene Faust los durch Okkultläden, Antiquariate, Fetisch-Shops und dergleichen oder ich bleibe einfach zu Hause und verbringe den Tag im Schlafanzug mit Lesen, Musikhören und Telefonieren. Zu diesem Zeitpunkt hielt ich ihn noch nicht für würdig, einen so wertvollen Tag wie Sonntag an ihn zu verschwenden. Ich schlug stattdessen Samstag um sechs Uhr abends vor, und er war einverstanden.

»Bitte ruf mich um vier noch einmal an, ob du auch wirklich kommst. Wir werden zusammen zu Abend essen. Und denk daran, ein Gentleman erscheint nie an der Tür einer Lady, ohne etwas anderes mitzubringen als sich selbst und einen gesunden Appetit. Ein Gentleman bringt der Lady Blumen, Schokolode, Zigaretten oder einen anderen Beweis seiner Wertschätzung mit, um ihr zu zeigen, dass er gute Manieren hat und ein Gentleman ist.« Ich sagte das mit einem Lächeln in der Stimme, um meinen Worten die Schärfe zu nehmen. Dann legte ich auf. Bei seiner Ankunft am Samstag würde sich herausstellen, ob er seine Lektion gelernt hatte. Männer, insbesondere Meister, können ziemlich begriffsstutzig sein.

Punkt vier Uhr am Samstag klingelte das Telefon. Ich ließ es vier Mal klingeln, bevor ich abnahm. »Tun wir mal so, als ob ich es vergessen hätte«, dachte ich bei mir. »Hallo«, sagte ich mit einer tiefen, schläfrigen Stimme in den Hörer, obwohl ich hellwach war. An seiner Stimme konnte ich erkennen, wie erleichtert er war, dass ich abgenommen hatte. Höflich fragte er, ob er mich geweckt habe. Mein kleiner Trick hatte funktioniert. Das viermalige Klingeln und die schläfrige Stimme ließen ihn glauben, ich hätte ihn vergessen. Aber würde er auch mit zumindest einem der besagten »Geschenke« auftauchen? Wir tauschten Höflichkeiten aus, bestätigten noch einmal, dass er um sechs Uhr kommen sollte und dass wir zusammen zu Abend essen würden. Ich erwähnte nicht, dass ich vorhatte, das Essen liefern zu lassen. Was er ebenfalls nicht wusste, war, dass die Bestellung des Abendessens zu meinen Einstellungstests für potenzielle Subs gehörte. Ich würde das Essen ordern; er würde es an der Tür in Empfang nehmen und für die Lieferung bezahlen. Danach würde er unter meiner Anweisung und Aufsicht das Essen servieren, den Tisch abräumen und das schmutzige Geschirr in die Spülmaschine einräumen. Er hatte ja noch Glück, dass ich einen Geschirrspüler besaß; andernfalls hätte er das Geschirr von Hand spülen müssen!

Eine Minute vor sechs klingelte die Türglocke. Bevor ich öffnete, spähte ich aus dem Vorderfenster. Da stand er, frisch geduscht und rasiert, mit einem recht hübschen Blumenstrauß in der Hand. Gut! Zumindest konnte man ihm beibringen, wie er eine Dame zu behandeln hatte. Das würde seine Erziehung zum Sub erleichtern. Sogar in einer normalen Situation verabscheue ich Männer, die zu geizig oder zu tölpelhaft sind, sich wie Gentlemen zu benehmen. Oder sind zehn Dollar für einen Blumenstrauß oder eine Schachtel Pralinen etwa eine übermäßige Ausgabe für einen Abend mit einer Dame? Ich glaube nicht. Ich zog mein seidig glänzendes schwarzes Kleid zurecht, kontrollierte Frisur und Make-up und öffnete mit einem einladenden Lächeln die Tür. Ich bat ihn einzutreten, und er überreichte mir den Blumenstrauß, während wir uns auf französische Art mit Küsschen links und rechts auf die Wange begrüßten. Ich dankte ihm freundlich für die Blumen, nahm ihm den Mantel ab, führte ihn ins Wohnzimmer und bat ihn, dort zu warten, bis ich die Blumen versorgt hatte.

Mit seinen Blumen in einer Vase kam ich ins Wohnzimmer zurück und stellte sie auf den »Ehrenplatz« auf dem Kaminsims. Der Spiegel über dem Kamin warf die Blumen zurück und ließ den Strauß viel größer erscheinen, als er in Wirklichkeit war. Links und rechts von dem Blumenstrauß standen Wachskerzen in Kerzenständern aus Messing, die ich in einem Antiquitätenladen entdeckt hatte, gerahmte Fotos und andere dekorative Andenken von Menschen und Orten auf der ganzen Welt, die mir etwas bedeuteten. Ich drehte mich zu ihm um, lächelte und fragte ihn, ob er Lust auf ein Glas Wein hätte, was er bejahte. In der Küche nahm ich dasselbe Silbertablett, das ich bei seinem ersten Besuch für den Tee benutzt hatte, bestückte es mit dem Wein, einem Glas, einem Korkenzieher, einem großen Glas Eistee mit vier

Eiswürfeln und einem guten Schuss Zitrone für mich selbst und betrat damit lächelnd das Wohnzimmer. Ich stellte das Tablett auf dem Couchtisch ab und setzte mich in einigem Abstand von ihm aufs Sofa. Ich sagte ihm, dass ich nicht besonders gut darin sei, Weinflaschen zu entkorken, und bat ihn, die ehrenvolle Aufgabe für mich zu übernehmen. Liebenswürdig kam er meiner Bitte nach. Er schenkte den Wein sogar selbst ein, so wie ich es von ihm erwartet hatte. Dann tranken wir auf unser Wohl.

Wir saßen da, unterhielten uns und nippten an unseren Getränken. Als die Nacht hereinbrach und es im Raum kühler und dunkler wurde, entzündete ich mehrere Kerzen und schaltete zwei Lampen mit pinkfarbenen 25-Watt-Birnen ein, die an einander gegenüberliegenden Enden des Zimmers angebracht waren. Dann fragte ich ihn, ob er wüsste, wie man Feuer macht. Ich liebe das Knistern und Knacken von Feuer. Wer kann sich diesem Zauber schon entziehen? Aber wie sich herausstellte, hatte er keine Ahnung davon. Deshalb bot ich ihm an, es ihm zu zeigen. Was in Wirklichkeit bedeutete, dass ich ihm sagen würde, was er zu tun hätte und er es dann auch machen würde. Wir knieten uns vor den Kamin, und ich erklärte ihm, wie er die Holzspäne platzieren musste, reichte ihm den Startklotz, den er darüberlegen sollte, und wies ihn an, wie er das Feuerholz anordnen sollte. Dann reichte ich ihm die langen Kaminstreichhölzer und bedeutete ihm, wo er das Streichholz hinhalten musste, damit die Holzspäne Feuer fingen und den Startklotz entzündeten, der wiederum das Feuerholz in Brand stecken würde. Ich lobte ihn und sagte ihm, dass er sich für einen »Anfänger« tapfer geschlagen hätte. Er hatte nicht einmal bemerkt, dass ich nichts anderes getan hatte, als ihm die Streichhölzer zu reichen. So weit, so gut.

Das Knistern und Prasseln des Feuers, seine warme, flackernde Glut und das sanfte Kerzenlicht machten die Atmosphäre im Wohnzimmer sehr intim, sehr sexy. Ja wirklich, das Feuer ließ es so erscheinen, als gäbe es keinen Platz auf der Welt außer dem Wohnzimmer, dass die übrige Welt irgendwie verschwunden wäre und all ihre Bewohner mit sich genommen hätte. Es war einfach schön, und ich denke, dass er es genauso genoss wie ich. Wir saßen auf dem Sofa; manchmal redeten wir; manchmal saßen wir einfach schweigend da und starrten ins Feuer. Der ursprünglichen, faszinierenden Kraft des Feuers kann sich einfach niemand entziehen. Schön und doch gefährlich, erreichbar und doch geheimnisvoll ist Feuer eine unbändige Naturkraft, die der Mensch mehr oder weniger erfolgreich zu bezähmen versucht. Ich identifiziere mich mit dem Feuer. Auch ich bin schön und doch gefährlich, erreichbar und doch geheimnisvoll und eine Naturkraft, die vielleicht beherrscht werden kann, vielleicht aber auch nicht. Ja, ich bin Feuer. Und ich bin ebenso Eis.

Ich schlug vor, das Abendessen zu bestellen, und er war einverstanden. Ich stand auf, ging in die Küche und kam mit mehreren Speisekarten zurück, auf denen eine Vielzahl in- und ausländischer Spezialitäten angeboten wurde. Die große Auswahl schien ihn zu verwirren. Deshalb fragte ich, ob er gern indisch esse. Er antwortete, dass er diese Küche nie ausprobiert habe, es aber gern einmal versuchen wolle. Ich sagte ihm, er sei in fachkundigen Händen; er brauche mir nur zu sagen, ob er es lieber scharf oder mild gewürzt hätte. Bevor er antworten konnte, entschied ich, dass wir jeweils ein Gericht von beidem bestellen würden: Lamm-Korma als mildes Gericht und Butter-Huhn als die scharfe Variante, außerdem die gemischten Appetizer für zwei Personen: Puri-Brot, Nan, Kasundi (ein Dip aus gehackten Zwiebeln, Zitrone, Paprika und Cayennepfeffer), Basmati-Reis und zwei Mango-Lassis.

Natürlich stimmte er allen meinen Vorschlägen zu. Deshalb ging ich ans Telefon und gab die Bestellung auf. Das Essen würde in einer halben Stunde geliefert werden. Perfekt! Genau so lange würde ich brauchen, um ihm beizubringen, wie er den Tisch fürs Abendessen zu decken hatte.

Ich hatte zwar kein Esszimmer, aber mein Wohnzimmer war groß genug, und ich hatte einen antiken Kirschbaumtisch mit aufklappbaren Seitenteilen und zwei passenden Stühlen vor das Erkerfenster gestellt. Ich erklärte ihm, wie er die Seitenteile ausklappen musste, sodass die Stützen richtig in die Vertiefung einrasteten und der Tisch nicht während des Essens zusammenbrechen würde. Ich zeigte auf zwei Kerzen, die ich auf dem Tisch haben wollte, und er beeilte sich, sie zu holen. Es ging alles wie geschmiert. Allmählich lernte er, wie er sich zugleich als Gentleman und als Sub zu verhalten hatte. In meiner Gesellschaft wirkte er völlig entspannt, und nach dem Essen würde ich das Thema seiner submissiven Fantasien anschneiden. Ich ahnte schon in etwa, wovon sie handelten, und wäre überrascht gewesen, wenn mein Gefühl mich täuschte. Ich täusche mich selten in diesen Dingen.

Ich nahm ihn mit in die Küche, wo ich mich auf einen hohen Stuhl setzte und ihm erklärte, wo die Teller waren, welche und wie viele wir benötigten, welche Gläser ich wollte und wo das Besteck und die Stoffservietten aufbewahrt wurden. Er machte sich freudig daran, alles herauszuholen, stellte alles aufs Tablett und folgte mir willig zurück ins Wohnzimmer, um den Tisch zu decken. Ich zeigte ihm die richtige Anordnung des Bestecks; ich unterwies ihn, wie man die Servietten faltete und in die Gläser stellte, so dass sie wie Blumen über den Rand fielen. Er verhielt sich höchst entgegenkommend, und ich war sehr zufrieden, nicht nur mit der Bereitwilligkeit, mit der er meine Anweisungen befolgte, sondern auch mit seinem Potenzial für die Rolle als Sub. Ich musste schmunzeln, wenn ich daran dachte, dass er sich wie ein Sklave verhielt und es selbst nicht einmal bemerkte. Die eiserne Hand im Samthandschuh bewirkt in der Regel mehr als die eiserne Hand allein, besonders bei einem Mann, der sich für dominant hält. Diese Dinge musste man langsam und in der richtigen Reihenfolge angehen.

Als der Tisch gedeckt war, setzten wir uns aufs Sofa und ließen uns wieder vom Feuer hypnotisieren, bis es ein paar Minuten später an der Tür läutete. Wie ein lieber kleiner Junge, wie ein richtiger Gentleman und wie ein guter Sklave eilte er zur Tür, um die Bestellung entgegenzunehmen und zu bezahlen. Ich hörte, wie er dem Auslieferungsfahrer sagte, er solle das Wechselgeld behalten. Gut, sehr gut. Er kam mit der Tüte in der Hand ins Wohnzimmer zurück und fragte mich, wo ich das Essen haben wollte. Ich »schlug vor«, er solle das Tablett vom Couchtisch abräumen und die Speisen in Buffetform darauf anrichten. Als er in der Küche war, rief ich ihm zu, er solle ein paar lange Servierlöffel aus der Besteckschublade mitbringen, was er umgehend tat. Dann packte er die Tüte aus und stellte die Metallbehälter mit den Speisen auf den Tisch, Hauptgericht zu Hauptgericht, Appetizer zu Appetizer und Brot zu Brot. Ich wies ihn an, die Hauptgerichte zugedeckt zu lassen, damit sie nicht kalt würden, während wir uns an dem Brot und den Appetithappen gütlich taten. Als er an den Tisch trat, um sich selbst den Teller zu füllen, reichte ich ihm meinen. Er schien nicht im Geringsten überrascht zu sein. Er halbierte die Appetizer und servierte sie auf meinen Vorschlag mit der Hälfte des Brots; die andere Hälfte bewahrte er zum Tunken für die Soßen der Hauptgerichte auf.

Wenn unsere Münder nicht gerade voll von den herrlich scharfen Appetithappen waren, unterhielten wir uns. Ich erklärte ihm, wie die einzelnen Appetizer hießen und woraus sie bestanden – welche davon mit den Fingern und welche mit der Gabel gegessen wurden, welche Dips dezent gewürzt und welche scharf waren. Ich lachte gutmütig, als er zu viel von der scharfen Soße nahm, so dass ihm die Augen tränten und seine Nase zu laufen begann. Ich erlaubte ihm, aufzustehen, um sich frisch zu machen und etwas Milch zu trinken. Als er zurückkam, bedeutete ich ihm gnädig, wieder auf seinem Stuhl Platz zu nehmen. Er lachte über sein Missgeschick und ich lachte mit. Ich mag es, wenn ein

Mann – ganz gleich, ob normal oder devot – Sinn für Humor hat und besonders wenn er die Fähigkeit besitzt, über sich selbst zu lachen.

Als die Appetizer aufgegessen waren, forderte ich ihn auf, das gebrauchte Geschirr vom Tisch zu räumen. Auf seinem Rückweg aus der Küche brachte er automatisch unsere beiden Teller mit ans Buffet. Er lernte schnell; umso besser; ich kann es nämlich überhaupt nicht leiden, immer alles wiederholen zu müssen. Ich sagte, ich wolle eine Linie Reis, die sich von oben nach unten durch die Mitte meines Tellers zog, und die Hauptgerichte zu beiden Seiten des Reises. Zuerst bediente er mich, dann füllte er seinen eigenen Teller und brachte mit seinem Essen die zweite Hälfte des Brotes mit an den Tisch. Nur das Mango-Lassi hatte er vergessen. Deshalb wartete ich, bis er sich hingesetzt hatte, bevor ich ihn höflich bat, eine Schüssel Eis zu holen, die Gläser damit zu füllen und das Lassi über das Eis zu geben. Er entschuldigte sich für sein Versehen und verschüttete beim Einschenken nicht einen Tropfen der köstlichen dicken Flüssigkeit. Dann hauten wir rein. Der verführerische Duft der stark gewürzten Speisen erfüllte das ganze Wohnzimmer, als wir am glimmenden Feuer bei Kerzenschein dinierten. Als wir beide pappsatt waren, deckte er den Tisch ab, sammelte die Überreste des Buffets ein und brachte alles in die Küche. Ich konnte das Klirren von Besteck und das Geklapper von Geschirr hören, das in die Spülmaschine geräumt wurde, und lächelte.

Ich saß auf dem Sofa, als er das Wohnzimmer betrat. Ich klopfte auf das Polster direkt neben mir und er setzte sich, sodass unsere Schenkel sich leicht berührten. Es war der richtige Zeitpunkt, ihn dazu zu bringen, über seine Fantasien zu reden. Er schien sich in meiner Gegenwart zu entspannen und wohlzufühlen, und ich wusste, dass er sich von mir nicht bedroht fühlte und ihm auch sonst nichts Unbehagen bereitete. Er war zauberhaft gefangen in der Welt, die ich uns geschaffen hatte, und nichts würde dieses

Empfinden erschüttern oder vertreiben. Meine Körpersprache sagte ihm, dass ich entspannt und empfänglich war und dass ich jemand war, dem er sich anvertrauen konnte, aber tief in mir drin lauerte schon das Raubtier. Er gehörte mir, ich wusste es.

»So«, begann ich mit einer leisen, verschwörerischen Stimme, »ich werde dir von meinen Vorlieben als Domina erzählen, wenn du mir erzählst, was dir als Meister Vergnügen bereitet. Aber du bist als Erster an der Reihe.« Ich lächelte und rückte etwas dichter an ihn heran. Ich sah ihm direkt in seine zauberhaften grünen Augen und hielt seinem Blick stand. Meine Augen waren warm und einladend und gaben ihm das Gefühl, dass er mir vertrauen konnte. Ich wusste, dass ein Top oft genau das mit der Bottom macht, was er sich insgeheim für sich selbst wünscht.

Er zögerte für den Bruchteil einer Sekunde und sagte dann: »Ich liebe es, meine Sklavinnen zu beherrschen, indem ich ihnen die Kontrolle über ihre intimste und unantastbarste Öffnung entziehe.« Mein Herz machte Freudensprünge. Ich hatte recht! Dann fuhr er fort: »Nachdem ich ihnen beigebracht habe, wie sie mir dienen sollen, setze ich sowohl zur Belohnung als auch zur Strafe die anale Penetration ein, in Verbindung mit der üblichen Erniedrigung und gelegentlichen Züchtigungen.« Er räusperte sich und erzählte weiter: »Ich benutze Dildos, Buttplugs, meine Finger und Analkugeln, alles in der Absicht, dass es mir eines Tages gelingt, meine ganze Hand in ihrem Arsch hochzuschieben. Ich lasse sie nach hinten greifen und fühlen, wie meine Hand bis zum Handgelenk in ihnen steckt. Ich führe sie vor einen Spiegel, damit sie richtig sehen können, wie mein Handgelenk sich in ihre Öffnung gräbt und ihr Loch sich weitet, um mir Platz zu machen. Ich wackle in ihnen mit den Fingern und lass sie raten, welcher Finger es war. Wenn sie falsch antworten, bestrafe ich sie, indem ich meine Hand zur Faust balle und sie aus ihnen herausziehe. Es gefällt mir, ihnen große Stöpsel oder Dildos in den Hintern einzuführen, während sie mich bedienen. Ich beobachte gern, wie sie sich auf meinen Befehl selbst große Gegenstände ins Arschloch schieben oder sich die eigenen Finger oder die Hand hineinstoßen. Ich liebe es, zu sehen, wie ihre Löcher auseinanderklaffen, nachdem ich sie benutzt habe, und um sie zu demütigen, kontrolliere ich ihren Mastdarm.«

Ich sagte nichts, aber rückte noch enger an ihn heran, während er mir immer mehr von dem anvertraute, was er sich in Wirklichkeit von mir wünschte. Mein Verlangen nach ihm wurde mit jedem Wort größer, und seine Pheromone stürmten auf mich ein. Ich wusste, warum es ihm widerstrebte, zuzugeben, dass er genau diese Dinge an sich vollzogen haben wollte, dass er genau davon geträumt hatte, als er sich an die Stelle des Sklaven wünschte. Angst davor, als homosexuell abgestempelt zu werden, Angst vor der Tatsache, dass es ihm Lust bereiten würde, seine eigene intimste und am meisten tabuisierte Öffnung einer Frau preiszugeben, Angst davor, einen Dämon freizusetzen, den er nicht mehr kontrollieren konnte. So übte er die Kontrolle darüber bei seinen Sklavinnen aus. Ich wartete, bis er weitersprach.

»Wenn sie gezüchtigt werden müssen, schlage ich sie nicht mit einer Peitsche. Ich lasse sie mit den Schultern am Boden hinknien. Dann befehle ich ihnen, ihre Hinterbacken auseinanderzuhalten, und schlage oder boxe sie aufs Arschloch, je nach Schwere ihres Vergehens. Wenn ich Oralsex will, fick ich sie ins Gesicht oder packe sie am Kopf und stoße ihnen meinen Schwanz in den Mund, bis sie würgen. Bei richtigem Training gelingt es der einen oder anderen, meinen ganzen Ständer zu schlucken, und ich zähle, wie oft ich reinstoßen kann, bis sie nach Luft japst. Nicht allzu oft bringe ich auch eine dazu, sich nach einem tiefen Stoß von mir in den Mund zu kotzen.« Er holte tief Luft und starrte ins Feuer. Ich nahm seine Hand und schwieg. Innerlich war ich total hingerissen. Mein Instinkt hatte mir kein Schnippchen geschlagen. Fast konnte ich seine Gedanken lesen und erkennen, dass er sich selbst in die Rolle der Sklavin versetzte. Es kam ihm gar nicht in den Sinn, sich nach meinen Vorlieben als Domina zu erkundigen.

Es wurde allmählich spät und für einen Abend hatte er genug von sich preisgegeben. Wir saßen schweigend da, bis ich spürte, dass seine Stimmung sich änderte. Mit gespielter Verwunderung äußerte ich mich über die vorgerückte Stunde. Er verstand den Wink und erhob sich zum Gehen. Ich begleitete ihn zur Tür und gab ihm beim Hinausgehen einen sanften, nachklingenden Kuss auf die Lippen. Auf der Türschwelle blieb er noch einmal stehen und fragte mich, ob er mich wieder anrufen dürfe. Ich war sofort einverstanden. Schließlich hatte er mir alles verraten, was ich wissen musste, und noch einiges mehr. Bei seinem nächsten Besuch würde ich seine Wünsche berücksichtigen.

Die Wölfin verfolgt ihre Beute

Dienstagabend rief er an. Er dankte mir für den schönen, vertraulichen Abend, den wir am vorangegangenen Samstag miteinander verbracht hatten, und fragte höflich, ob er mich am Freitag wiedersehen dürfe. Obwohl ich wusste, dass ich nichts vorhatte, sagte ich ihm, ich müsse erst in meinem Terminplan nachsehen, weil ich ihn noch ein bisschen zappeln lassen wollte. Ja, sagte ich schließlich, Freitagabend ginge. Würde es ihm um acht Uhr passen? Er sagte gleich Ja. Darauf meinte ich, dass ich Lust auf Schokoladentrüffeln hätte.

Punkt acht erschien er mit einer Schachtel teurer Trüffeln in der Hand an meiner Tür. Statt eines hautengen schwarzen Kleids trug ich diesmal eine knöchellange weiße Latexreithose, glänzende, schwarze Stiefel mit Pfennigabsätzen, eine geraffte, weiße Latexhemdbluse und ein schwarzes Taillenmieder, ebenfalls aus Latex, das ich so eng geschnürt hatte, wie es ging. Ich hatte dunkles Augenmake-up aufgetragen und dazu knallroten Lippenstift. Als ich ihm gegenübertrat, riss er erst einmal die Augen auf, und als er mir die Trüffeln überreichte, meinte er, ich sehe wirklich sexy aus. Ich dankte ihm sehr freundlich, nahm die Trüffeln entgegen und bedeutete ihm, mir ins Wohnzimmer zu folgen. Ich hatte den Couchtisch schon mit Obst, Wein, Gläsern und einer Glaskanne voll Eistee mit Zitronenscheiben gedeckt. Ein silberner Eiswürfelbehälter stand daneben. Ich hatte selbst das Feuer entfacht, die Kerzen waren angezündet, der Weihrauch brannte, und im Hintergrund ertönte sanfte erotische Musik. Ich spielte die Rolle der perfekten Gastgeberin und bemühte mich, dass er sich in dieser neuen und doch vertrauten Umgebung wie zu Hause fühlte. Ich schenkte ihm seinen Wein ein und sorgte dafür, dass er es bequem hatte. Wir plauderten freundlich und ungezwungen, während er seinen Wein trank und ich die Trüffeln öffnete. Ich machte eine große Sache daraus, sie zu verzehren, und leckte die köstliche, weiche Füllung verführerisch mit der Zunge aus. Ich reizte und neckte ihn damit so lange, bis ich an seiner Körpersprache erkannte, dass es Zeit war zu beginnen.

Was er nicht wusste, war, dass eine der Tischschubladen schwarze, bis über das Handgelenk reichende Latexhandschuhe und eine Auswahl an Spielzeugen enthielt, die ich heute Abend an ihm einsetzen wollte – ebenso wie das Gleitmittel, falls es so weit kommen würde. Dieser Abend sollte ganz anders sein als der erste.

Ich gab einen kehligen erotischen Laut von mir, rückte lächelnd näher an ihn heran und knöpfte die zwei obersten Knöpfe seines Hemdes auf. Meine Annäherungsversuche schienen ihm zu gefallen, denn er sah sehr zufrieden aus, als ich meine Hand unter seinem Hemd an seiner fast haarlosen Brust auf und ab gleiten ließ. Ich zwickte ihn in die Nippel und er seufzte. Sie waren sehr empfindlich, hatten aber eigentlich nichts mit meinem Plan zu tun. Das hier war nur die Aufwärmphase – Zeit, die er brauchte, um sich daran zu gewöhnen, dass ich langsam, aber sicher die Kontrolle übernahm. Ich strich ihm weiter über die Brust, fuhr leicht mit meinen Nägeln über seine Haut und benutzte meine Fingerballen als Ausgleich für ihre scharfen rechtwinklig gefeilten Ränder. Ich machte weiter, bis sein Wein alle war. Er hatte ihn so schnell hinuntergestürzt, dass er schon einen kleinen Schwips hatte. Ich forderte ihn auf, sich zu stellen und sein Hemd auszuziehen, weil ich mir das, was sich unter meinen Händen so gut anfühlte, mal genauer ansehen wolle. Äußerst geschmeichelt durch mein Kompliment, stand er auf und streifte sein Hemd ab. Stolz präsentierte er mir seine durchtrainierte, muskulöse Brust und ebensolche Arme. Daraufhin öffnete ich meine Knie und wies ihn an, sich vor die Sofakante dazwischen zu knien. Mit einer sexy Stimme sagte ich ihm, dass ich ihm Brust und Arme streicheln wolle, ohne von seinem Hemd behindert zu werden. Er zögerte nicht einen Moment und tat mir in fast weiblicher Weise kund, wie sehr ihm meine Berührung gefiel.

Nachdem ich ihn ein paar Minuten so gestreichelt hatte, goss ich ihm noch ein Glas Wein ein und forderte ihn mit einer Handbewegung auf, neben mich aufs Sofa zu kommen. Er setzte sich, nahm den Wein entgegen und prostete mir kurz zu, bevor er zum Trinken ansetzte. Jetzt sollte er die Hose ausziehen, aber um ihn richtig geil zu machen, setzte ich mein neckisches kleines Spiel fort. Ich rückte dicht an ihn heran, zog meine Beine aufs Sofa und schmiegte mich an seine Schulter, während er den Wein trank. Dabei beobachtete ich ihn aufmerksam und achtete auf Anzeichen, die darauf hindeuteten, dass er in die alte Rolle des Meisters zurückfiel. Es waren keine erkennbar. Er verhielt sich einfach wie ein Mann, der es sichtlich genoss, sich von einer verspielten Frau verwöhnen zu lassen. Ich spielte ein gefährliches Spiel und musste jeden Schritt zu seiner Unterwerfung sorgfältig bedenken. Aber bis jetzt lief alles nach Plan und nach meiner Einschätzung würde es nicht schwer werden, ihn dazu zu bringen, sich auf meine sanften, höflich formulierten Befehle hin vollständig zu entkleiden. Wenn er erst alle seine Kleider abgelegt hatte, würde ich ihn behutsam dazu bringen, auch seine Hemmungen abzulegen.

Während er immer noch an seinem Wein nippte, ließ ich langsam eine Hand an seinem Schenkel hoch und runter gleiten. Mit der anderen Hand zauste ich sein langes, glattes, dunkles Haar. Er schwelgte unter meiner Berührung, als ich sein Haar kräftig nach unten zog, meine Nägel wie einen Kamm über seine Kopfhaut gleiten ließ und ihm eine Kopfmassage gab. Unterdessen war die andere Hand eifrig damit beschäftigt, seinen Schenkel zu reiben und sich immer näher an die harte Wölbung heranzutasten, die sich unter seiner Hose abzeichnete. Hin und wieder wanderte sie »versehentlich« zu weit hinauf und streifte mit dem Handrücken seine Schwellung. Ich zog sie dann jedes Mal sofort zurück, als wäre es mir peinlich, ihn an dieser Stelle berührt zu haben. Als er den Wein leer getrunken hatte, nahm ich ihm das Glas ab und stellte es auf den Tisch. Ich sagte ihm, er solle es sich nun bequem machen und sich entspannen. Dann schlug ich ihm vor, sich von mir die Schuhe ausziehen zu lassen; ohne die Schuhe hätte er es sich viel bequemer. Ich kniete mich vor ihn hin und streifte ihm mit geübtem Griff die Schuhe ab. Dann platzierte ich mich zwischen seinen Beinen, die sich während der Behandlung seines Haars und seiner Schenkel willenlos geöffnet hatten. Mit einer Hand auf jedem Knie lächelte ich zu ihm auf und gab – scheinbar verlegen über unsere »plötzliche« Intimität – ein kehliges Lachen von mir.

Er beugte sich vor, um sich noch ein Glas Wein einzuschenken, wohl wissend, dass seine stattliche Brust meinem Gesicht dabei sehr nahe kommen würde. Ich nahm seine offensichtliche Einladung, mein Gesicht an seiner Brust zu reiben, zwar nicht an und gab auch meinem eigenen Verlangen nicht nach, aber ich schnurrte und wackelte mit den Hüften, um ihm zu zeigen, dass ich mich in seiner Nähe wohlfühlte. Wieder stiegen mir seine Pheromone in die Nase und versetzten mich in höchste Erregung. Ich wusste, dass mein Zauber auf uns beide wirkte. Als er sich wieder zurückgelehnt hatte, erhob ich mich auf den Knien, legte ihm eine Hand auf jede Schulter und ließ mein langes, glattes kastanienbraunes Haar aufreizend über seine Brust streichen. Das dritte Glas Wein zeigte allmählich die gewünschte Wirkung. Er gluckste zufrieden in sich hinein, als er diesen neuen Sinneseindruck empfing, und ich lachte unter meinem Haarschleier hindurch. Dann warf ich mit einem Ruck mein Haar aus meinem Gesicht nach hinten. Ich wusste, dass ich dabei umwerfend aussah, und an seinem Gesichtsausdruck konnte ich erkennen, dass auch er es so empfand. Mit gesenktem Blick ließ ich meine Hände an seiner Brust hinuntergleiten, aber durch die Wimpern hindurch konnte ich sehen, dass er mich keine Sekunde aus den

Augen ließ. Ich kniete mich hinunter zwischen seine Beine und spielte mit den Fingern an seinem Gürtel. Gespielt schüchtern gab ich vor, allmählich mutiger zu werden, und löste langsam die Schnalle an seinem Gürtel. Er machte keine Anstalten, mich daran zu hindern. Im Grunde genommen sind doch alle Männer gierige Schweine, wenn sie die Chance wittern, dass jemand ihnen am Schwanz rumfummelt.

Als ich den Gürtel aufgeschnallt hatte, blieb ich zwischen seinen geöffneten Beinen am Boden und massierte ihm Oberschenkel und Waden. Durch die Socken hindurch massierte ich sogar kurz seine Füße. Ich fühlte, wie die Anspannung von ihm abfiel und setzte meinen Plan unbeirrt fort, bis er unter meiner sanften Berührung völlig locker geworden war. Wäre da nicht mein Latex-Outfit gewesen, hätte man glatt meinen können, wir hätten uns zum Blümchensex verabredet. Ich bedachte ihn mit einer abschließenden Liebkosung und kringelte mich dicht neben ihn aufs Sofa. Er legte den Arm um mich, und ich schmiegte meinen Kopf an seine Schulter und beschrieb mit den Fingerspitzen sanfte Kreise auf seiner Brust. Ich bemerkte, dass er seinen Wein jetzt nicht mehr so schnell schlürfte, und dachte: Gut. Schließlich wollte ich ihn nur entspannt und nicht betrunken haben. Sonst hätte er vielleicht hinterher behauptet, ich hätte mich an ihm vergriffen, während er im Vollrausch war und nicht wusste, was um ihn herum vorging.

Sein Kopf ruhte auf dem Rückenpolster des Sofas; er hielt die Augen geschlossen, und jeder Zentimeter seines Körpers sagte mir, dass er meine Zuwendung – die Abendanimation – aus vollen Zügen genoss. Nur, wer animierte hier wen? Ich bewegte meine Hand von seiner Brust abwärts, bis kurz über seine offene Gürtelschnalle. Behutsam knöpfte ich seine schwarzen Jeans auf und fuhr mit der Hand gerade so weit hinein, wie es der zusätzlich gewonnene Spielraum erlaubte. Ich wollte nicht aufdringlich oder bedrängend wirken. Schließlich hatte ich die ganze Nacht

Zeit, um mein Ziel zu erreichen und ihm einige seiner geheimen Wünsche zu erfüllen. Ich wandte mich wieder dem Spiel auf seiner Brust zu und »tauchte« meine Hand nur hin und wieder in den kleinen Spalt an seinem Hosenbund. Es dauerte aber nicht lange, da fasste er nach unten und öffnete den Reißverschluss seiner Jeans. Ich half ihm beim Herunterziehen, indem ich den Hosenbund nach oben hielt. Es war klar, dass er noch intimer berührt werden wollte, und ich nahm ihn beim Wort, allerdings nicht gleich. Dass ich sofort über ihn herfiel und nach seinem Schwanz griff, der jetzt ungehindert aus seinen Jeans hervorragte, kam nicht infrage. Stattdessen setzte ich meine Liebkosung in der gleichen Weise fort, nur dass ich jetzt gelegentlich auch seinen Schwanz mit einbezog, den ich durch seine schwarze Unterhose hindurch streichelte. Jedes Mal, wenn meine Hand zärtlich seine Männlichkeit berührte, stöhnte er zu meiner Zufriedenheit leise auf. Dann hab ich's umso leichter, dich gefügig zu machen, mein Junge, dachte ich insgeheim.

Bald darauf löste er mich sanft aus seiner Umarmung und stand auf. Ohne zu fragen, zog er Socken und Jeans aus. Als er seine Jeans abstreifte, ließ ich jeden Quadratzentimeter seines Körpers auf mich wirken. Er hatte lange, schlanke, fast haarlose Beine und einen tollen Hintern mit hübschen, strammen Backen. Als er fertig war, ließ er sich wieder auf dem Sofa nieder, schlang den Arm um meine Schultern und zog mich eng an sich heran. Das Spielzeug, das ich mir da zum Spielen ausgesucht hatte, gefiel mir immer besser, und ich gratulierte mir insgeheim zu meiner guten Wahl. Ein paar Minuten später meinte ich, dass wir es auf dem Fußboden vor dem Feuer vielleicht bequemer hätten. Mit einer Handbewegung gab ich ihm zu verstehen, dass er sitzen bleiben sollte, während ich aus dem Schlafzimmer einen breiten Vorleger aus Kunstfell holte. Ich legte ein paar Holzscheite nach und warf den Teppich vor den Kamin auf den Boden. Lächelnd bedeutete ich ihm, es sich darauf bequem zu machen. Er legte sich ausgestreckt auf den Bauch, fast katzenhaft, und ich konnte nicht umhin, sein gutes Aussehen und seinen geschmeidigen Körperbau zu bewundern. Das war wirklich mal ein großartiger Fang!

Ich legte mich neben ihn auf den Bauch, und zusammen starrten wir, unsere Körper dicht aneinandergedrängt, ins Feuer, bis wir uns in der neuen Stellung entspannt hatten. Er schien es gar nicht seltsam zu finden, dass er nur seine Unterhose anhatte, während ich vollständig in Latex gekleidet war. Ich rollte mich auf die Seite und begann wieder, mit seinem wunderschönen langen Haar zu spielen. Dann fuhr ich ihm mit den Nägeln am Rücken herauf und herunter. Weil er das augenscheinlich genoss, schlug ich ihm vor, ihm eine richtige Massage zu geben. Damit war er sofort einverstanden, und ich stand auf, um das Gleitmittel zu holen, das ich als Massagelotion verwenden wollte. Er würde den Unterschied nicht bemerken, weil ich die speziell für Frauen entwickelte wasserbasierte Variante gekauft hatte, die nicht klebt und keine Klumpen bildet. Sie würde sich für ihn anfühlen wie normale Lotion. Ohne dass er es sah, nahm ich aber auch die schwarzen Latexhandschuhe heraus. Ich setzte mich rittlings auf seinen hübschen Hintern. Dann drückte ich eine ordentliche Menge Gleitmittel/Lotion in meine Hände, rieb sie aneinander, um das Gleitmittel anzuwärmen, und verteilte es mit kreisenden Bewegungen auf seinem ganzen Rücken. Er stöhnte vor Wonne unter meiner zärtlichen Fürsorge. Doch dann machte ich mich daran, ihm eine richtige Massage zu verpassen.

Ich schob sein langes, dunkles Haar beiseite und begann zuerst sanft an seinem Hals und seinen Schultern. Dann setzte ich Daumen und Finger ein, um die Knoten und Verspannungen ausfindig zu machen und sie kräftig durchzukneten. Er stöhnte laut auf, als ich meine Finger von vorn und von hinten in die Vertiefungen seiner Muskeln grub, dann an den Armen herunter massierte und jeden Arm mit einer Handmassage abschloss. Danach wandte ich mich wieder seinem Rücken zu, massierte ihm noch einmal kurz die Schultern und arbeitete mich langsam zu den Schulterblättern und Trapezmuskeln hinunter. Seine Trapezmuskeln waren so verhärtet, dass ich meine Ellbogen einsetzen musste, um die Knoten zu lösen. Als Nächstes kümmerte ich mich um die Muskeln unter den Schulterblättern, die ich erreichte, indem ich ihm sanft einen Arm nach dem anderen nach hinten bog. Als ich schließlich mit beiden Händen in einer kombinierten Daumen-Finger-Bewegung an seinen Flanken herauf und herunter massierte, hatte er sich unter meiner Behandlung schon fast völlig entspannt. Sein Körper war fast haarlos, straff und hatte kaum Körperfett. Seine Haut fühlte sich unter meinen Fingern weich und geschmeidig an. Haarige Körper sind mir ein Gräuel, und wenn ich auf so einen Körper treffe, rasiere ich ihn normalerweise.

Ich massierte an seiner Wirbelsäule hinauf und hinunter und langte schließlich über sein Kreuz bei den Beinen und Oberschenkeln an, deren festes Fleisch ich mit Daumen und Fingern ordentlich durchknetete. Ich richtete es so ein, dass meine Hände, nachdem ich mit den Beinen fertig war, auf seinem reizenden knackigen Hintern ruhten. Zu diesem Zeitpunkt war alle Spannung aus seinem Körper gewichen. Ich hatte sie völlig weggeknetet; sogar seine Finger waren locker und frei von jeder Verkrampfung. Ich beugte mich vor, legte mich leicht auf seinen Rücken und fragte ihn flüsternd, ob er etwas dagegen hätte, wenn ich ihm die Unterhose abstreifte, um ihm den Hintern zu massieren. Er murmelte, dass er überhaupt nichts dagegen habe, und half mir beim Herunterziehen, indem er seine Hüften anhob. Ich rieb meine Hände mit mehr Gleitmittel ein und machte mich an das Objekt meiner und seiner Begierde. Er seufzte, als ich meine Finger in seine Pobacken grub, um nach Knoten und Verhärtungen zu suchen. Ich kenne eine besondere Stelle, deren Berührung immer lustvolles Stöhnen hervorruft. Sie befindet sich zu beiden Seiten des süßen Punkts, unmittelbar unterhalb des Afters. Ich drückte meine Daumen hinein und erhöhte langsam den Druck, bis er vor Lust stöhnte.

So leise wie möglich schlüpfte ich in die schwarzen Latexhandschuhe, die während der ganzen Massage neben mir gelegen hatten. Ich schmierte sie gut mit Gleitmittel ein und begann sanft, seine Pobacken zu spreizen. Er verkrampfte sich nicht und versuchte auch nicht, die Backen zusammenzukneifen. Vielmehr lag er da, als hätte er das, was jetzt geschah, die ganze Zeit über erwartet. Und durch eine blitzartige Gedankenübertragung wurde mir klar, dass er es nicht nur erwartet, sondern förmlich herbeigesehnt hatte. Ich streichelte seinen After, um sicherzugehen, dass er nicht doch noch umschwenkte und es sich anders überlegte, und um ihm zu vermitteln, dass ich ihm nicht wehtun würde. In Wirklichkeit plante ich sehr wohl, ihm wehzutun, wenn auch noch nicht heute. Heute Abend stand eine sanfte Einführung in seine geheimsten Wünsche auf dem Programm, und wenn er bereit wäre für mehr, dann würde er es bekommen.

Seine Öffnung war sehr eng; ganz offensichtlich war er noch »Jungfrau«, und es würde mir großes Vergnügen bereiten, ihn zu entjungfern. Langsam schob ich meinen Zeigefinger in seinen After ein, und als er anfing sich zu verkrampfen, wies ich ihn mit der hypnotischsten Stimme, die mir zur Verfügung stand, an, zehn Mal tief einzuatmen und zu pressen, wenn ich ihn mit dem Finger penetrierte. Um ihm noch mehr zu helfen, begann ich, laut und langsam zu atmen, so dass er seine Atmung meinem Rhythmus anpassen konnte. Nach zehn tiefen Atemzügen befahl ich ihm, weiter tief durchzuatmen. Dann drang ich mit meinem Zeigefinger weiter in ihn ein. Er presste und atmete weiter, und ruck, zuck steckte mein Finger so weit in seinem Loch, wie es ging. Ich fing an, ihn von innen und von außen zu streicheln, langsam und behutsam, was ihm so guttat, dass er nach mehr lechzte. Ich spielte an seiner Öffnung und dehnte den Schließmuskel, bis er sich so weit gelockert hatte, dass ich zwei Finger zugleich einschieben konnte. Ich schmierte Gleitmittel auf meinen Mittelfinger und machte mich daran, ihn mit zwei Fingern zu penetrieren.

Ich zog meinen Zeigefinger heraus und tastete mich vorsichtig mit beiden Fingern in seine Öffnung vor. Als er den zweiten Finger in sich spürte, stöhnte er auf und wollte sich wieder verkrampfen, aber ich sagte ihm, er solle weiter tief atmen und dabei pressen. Er gehorchte, und ich arbeitete beide Finger in ihn hinein. Seine Muskeln schlossen sich eng um meine Finger, die mit massierenden Bewegungen versuchten, sie weiter zu entkrampfen – ein wunderbares Gefühl, das ich total genoss. Bald hatten sich die Muskeln so weit gelockert, dass ich dazu übergehen konnte, ihn härter ranzunehmen. Er setzte sich überhaupt nicht zur Wehr, ja, er hob sogar die Hüften, was seine Pobacken noch weiter aufspreizte, und gleich darauf fickte er mit rhythmischen Stößen gegen meine Finger. Ich kann nicht beschreiben, wie sehr ich mich über seine Eroberung und Unterwerfung freute. Was für ein schönes Bild gaben wir zusammen ab: dieser große, gut aussehende Mann mit dem langen dunklen Haar, nackt auf dem Bauch vor dem Feuer und ich mit meinem kastanienbraunen Haar und meinem weißen Latex-Outfit mit den schwarzen Accessoires, auf den Knien zwischen seinen geöffneten Beinen, meine zwei Finger tief in seinem After. Die Musik klang durch sein Stöhnen noch exotischer und die erotische Atmosphäre, die den ganzen Raum erfüllte, und meine Macht über ihn wirkten unglaublich erregend auf mich.

Je mehr ich mich erregte, desto intensiver spielte ich mit seiner Öffnung. Von Zeit zu Zeit änderte ich die Haltung meiner Finger, was ihn nur noch gieriger machte. Manchmal behandelte ich ihn sanft, manchmal verursachte ich ihm einen leichten Schmerz. Er hob seine Hüften noch weiter und stützte sie mit seinen geballten Fäusten ab, damit sie oben blieben. Ich legte mich auf seinen Rücken, ließ meine Finger in ihm und hob und senkte meine Hüften, sodass er meinte, meine Finger wären ein Penis, der in ihn hineinstieß. Mit meinem freien Arm zog ich an seinem langen, dicken Haar seinen Kopf zurück und küsste ihn auf Gesicht und Hals. Seine Reaktion begeisterte mich. Er drehte sein glühendes Gesicht zu mir um und erwiderte meine Küsse mit heißer Begierde. Während er seine Hüften im Rhythmus mit meinen bewegte, stöhnte und seufzte er und flehte mich an, nicht aufzuhören. Dann sprach er endlich das Wort aus, auf das ich so lange gewartet hatte: *mehr*. Jetzt war er bereit für den kleinen Anfänger-Dildo aus Silikon, den ich für ihn vorgesehen hatte und der die ganze Zeit über in Erwartung dieses Augenblicks in der Schublade gelegen hatte. Das Raubtier in mir, die Wölfin, heulte stumm und zitterte vor Freude. Aber die andere Seite von mir, die menschliche Seite, fing an, diesen Mann gernzuhaben.

Während meine Finger noch immer in ihm steckten, beugte ich mich zurück und holte den Dildo aus der Schublade. Den dazugehörigen Harness würde ich diesmal weglassen. Ich war der Meinung, dass ein Harness auf eine Jungfrau zu bedrohlich wirkte. Dies würden wir uns für eine andere Nacht aufsparen, und ich wusste, dass es noch viele Nächte geben würde und dass es noch viele Dinge gab, in die er eingeführt werden musste oder die in ihn eingeführt werden mussten. Ich schmierte den Dildo richtig gut ein, und als ich begann, meine Finger herauszuziehen, fing ich gleichzeitig an, den Dildo einzuschieben. Sein Stöhnen glich fast einem Brüllen, als der geringfügig größere Gegenstand ihn penetrierte, aber ich erinnerte ihn daran, zu atmen und zu pressen. Ich legte mein Gesicht auf sein Kreuz und bedeckte es mit Küssen, nicht nur, um ihn zu kontrollieren, sondern auch um ihn zu beruhigen. Ich redete leise und verführerisch auf ihn ein, ohne darüber nachzudenken, was ich sagte. Es ging nur darum, ihn mit Worten zu beruhigen, während ich den Dildo weiter in ihn einführte. Als sein Schließmuskel sich verkrampfte, streckte ich mich neben ihm aus, rückte mit meinem kühlen, latexumhüllten Körper dicht an seinen nackten, heißen Körper heran und legte ein Bein über seine Beine. Dabei hielt ich den Dildo dort, wo er war.

Ich küsste ihn aufs Gesicht und auf die Lippen, knabberte sanft an seinem Hals und flüsterte ihm ins Ohr, und als ich spürte, dass der Schließmuskel sich entspannte, stieß ich den Dildo hindurch. Er schrie auf, zuerst vor Schmerz, doch dann, als die wunderbare Empfindung ihn überwältigte, vor Lust. Keuchend und stöhnend lag er da, während ich sein Gesicht und seinen Hals weiter küsste und streichelte und den Dildo fest in ihm hielt. Er packte mich mit dem Arm, der mir am nächsten war, zog mich an sich heran, umarmte mich und bedeckte mein Gesicht mit leidenschaftlichen Küssen. Als unsere Lippen sich trafen, öffnete ich sie leicht und spürte, wie seine Zunge in meinen Mund eindrang. Er war ein begnadeter Küsser, und überrascht stellte ich fest, dass ich feucht wurde, nicht etwa wegen der Macht, die ich über ihn hatte, sondern wegen der sexuellen Erregung, in die er mich versetzte. Ich lag neben ihm und gab mich noch einige Minuten länger seinen Küssen hin, während ich mich mit dem Dildo behutsam in ihm vortastete, bis er ganz in seiner süßen Öffnung verschwunden war.

Den Dildo immer noch fest im Griff, löste ich mich aus seiner leidenschaftlichen Umarmung und wälzte mich auf seinen Rücken. Die Hand, mit der ich den Dildo hielt, befand sich unter mir, aber jetzt würde ich meinen Körper die Aufgabe der Hand übernehmen lassen. Vorsichtig zog ich meine Hand unter meinem Körper heraus und ersetzte sie durch meine Vulva. Ich schlang die Arme um ihn und fixierte ihn in einer Mischung aus zärtlicher Umarmung und Kontrolle über seine Bewegungen. Ich vergrub mein Gesicht in seinem langen Haar, ließ Lippe und Zunge auf seinen Schultern spielen und flüsterte ihm versaute Worte ins Ohr, während ich meine Hüften vorsichtig gegen die breite Basis des Dildos bewegte. Seine Arme fassten nach meinen und hielten sich an mir fest; er reckte den Hals nach hinten, um meinem Gesicht näher zu sein, als ich ihn mit dem Silikon-Penis penetrierte. Wie von selbst schlangen sich meine Beine um die seinen und passten sich der schaukelnden Bewegung an, mit der ich den Dildo in ihn hineintrieb. Dieser letzte Akt seiner Unterwerfung, die völlige Preisgabe seiner intimsten Öffnung, war übersinnlich, und in diesem Augenblick gab es nichts auf der Welt außer uns zweien und unserer gemeinsamen Lust. Die Wölfin warf den Kopf zurück und heulte; das Herz der Frau aber quoll über vor Glück.

Je mehr unsere Lust und Erregung sich steigerten, desto härter stieß ich zu. Er bewegte sich gegen meine Hüften und half mir, tiefer in ihn einzudringen und ihn zu erforschen. Es war die endgültige Einverständniserklärung zu seiner eigenen Unterwerfung. Ich benutzte meine ihn umschließenden Arme und Beine als Hebel, um meinen Stößen mehr Kraft zu verleihen, und bald glichen wir zwei Tieren beim Paarungsritual. Ich ächzte und stöhnte ebenso laut wie er, weil mein Kitzler auf der Basis des Dildos ruhte und ich mich durch die Bewegung selbst zum Höhepunkt trieb. Ich spürte die klebrige Nässe in meiner Latexhose und genoss das warme, schmierige Gefühl. Heiß vor Begierde zwängte ich meinen rechten Arm unter mich und benutzte ihn, um den Dildo weiter in ihn hineinzustoßen, als meine Hüften es vermochten. Immer schneller glitt der Dildo in ihm vor und zurück und versetzte ihn in einen Zustand völliger Ekstase. Auch seine Stöße wurden härter und drängender. Er bäumte sich auf und warf den Kopf zurück, so dass sein schönes glänzendes Haar unsere Gesichter bedeckte. Ich fragte ihn leise, ob sein Schwanz steif wäre, und war völlig von den Socken, als er mit Ja antwortete. Das hatte ich nicht erwartet, weil die meisten Männer, wenn sie anal penetriert werden, keine Erektion erreichen können.

Ich sagte ihm, dass er mit einer Hand unter seinen Körper fassen und sich den Schwanz streicheln könne, während ich ihn von hinten fickte. Ich verlagerte mein Gewicht und er stemmte uns beide hoch, damit er eine Hand in den Spalt zwischen sich und dem Fellteppich zwängen konnte. Meine eigene Hand hielt den Dildo umfasst, sodass ich mich jederzeit und sooft ich wollte zum Höhepunkt bringen konnte. Während er masturbierte, bediente ich mich und die einladende Öffnung mit dem Dildo. Ich stand in Flammen, völlig überwältigt von der leidenschaftlichen Intensität dieser Erfahrung, und kurz vor einem explosionsartigen Orgasmus. Aber ich hielt mich zurück, bis ich spürte, dass er zu dem ansetzte, was ich als »Saftstoß« bezeichne. Ich wollte, dass wir gleichzeitig kamen – als Belohnung für ihn und als ekstatisches Erlebnis für mich. Als das Tempo seiner Fickstöße schneller wurde und sein Körper unter mir zuckte, drückte ich auf meine geschwollene Knospe, meinen eigenen kleinen Penis, und erreichte im gleichen Moment wie er den umwerfendsten Orgasmus, den man sich vorstellen kann.

Keuchend und völlig erschöpft von der lustvollen Strapaze lagen wir mit vereinten Körpern da. Ich zog den Arm unter meinem Körper hervor, und er tat es mir gleich, und dann umarmten und küssten wir uns wieder, machten aber keine Anstalten, uns voneinander zu lösen oder aufzustehen. Der Augenblick war zu intensiv gewesen, als dass wir uns sofort hätten trennen können, und ich wusste, dass er ihn ebenso sehr auskosten wollte wie ich. So lagen wir unzählige Minuten vor dem Feuer, unsere Körper verschmolzen und umspült von der Nachglut.

Als wir beide wieder normal atmeten, fasste ich unter meine Hüften und zog langsam und behutsam den Dildo aus ihm heraus. Ich musste meinen Unterleib von ihm herunterbewegen, um den Dildo vollständig herauszuziehen, aber mit dem Oberkörper blieb ich auf seinem Rücken liegen. Er stöhnte, als der Dildo seinen Körper verließ. Ich wusste, wie man sich fühlt, wenn man nach einer so leidenschaftlichen Erfahrung plötzlich freigegeben wird. Deshalb küsste ich ihn sanft auf Rücken und Schultern, um das Gefühl abzumildern, gleichzeitig aber zu verstärken. Nachdem ich den Dildo herausgezogen hatte, legte ich mich auf den Rücken neben ihn. Er schmiegte seinen Kopf an meine Schulter und legte einen Arm über meine Brust. Ich zog ihn an mich und gab ihm einen Kuss auf den Kopf. Sein dickes Haar war etwas feucht und klebte ihm in wirren Strähnen an Hals und Schultern, aber durch die Nähe zum Feuer würde es bald trocknen. Die menschliche Seite in mir fand diesen Zustand liebenswert. Die Wölfin heulte vor Freude und Triumph über ihre Eroberung. Ich lächelte und hielt ihn enger umschlungen, während ich schon Pläne für unser nächstes Treffen schmiedete.

Die Wölfin beherrscht die Nacht

Das beharrliche Klingeln des Telefons riss mich aus der herrlichen Fantasiewelt, in der ich mich befand und die ich nicht verlassen wollte. Ich war tief in Gedanken versunken und noch ganz gefangen von der beglückenden erotischen Erfahrung, die ich einige Tage zuvor mit meinem neuen Spielzeug gemacht hatte. Weil ich euch noch gar nicht seinen Namen verraten habe, werde ich es jetzt nachholen. Er hieß Jean Luc und dieser Name klang wie Musik in meinen Ohren. Vielleicht wollte ich das Geheimnis deshalb nicht früher mit euch teilen. Aber das Telefon klingelte immer noch. Sollte ich den Anrufbeantworter anspringen lassen oder selbst abnehmen? Natürlich, der Anrufbeantworter, dafür sind ABs schließlich da – um unerwünschte Anrufer von einem fernzuhalten. Ich hörte auf meine eigene Stimme und dann fing der Anrufer an zu sprechen. Ich ließ ihn ein paar Sekunden weiterreden, bevor ich den Hörer an mich riss. Es war Jean Luc, seine Stimme süß wie weiches Karamell. Er sagte, er wäre enttäuscht, weil ich nicht zu Hause sei, und dass ich ihn doch anrufen solle oder er würde es später noch einmal probieren.

»Hallo?«, rief ich in den Hörer, indem ich vorgab, dass er mich geweckt hätte und ich seine Stimme nicht erkannt hätte. »Wer ist am Apparat?«

»Mein Liebes, ich bin's, Jean Luc. Habe ich dich geweckt? Soll ich ein andermal zurückrufen?«, fragte er besorgt.

»Nein, nein, ich muss ein Weilchen eingenickt sein. Jetzt können wir sprechen.« Ich tat, als würde ich mich selbst wachrütteln, und dachte dabei an sein prächtiges langes, dunkles Haar, seine wunderbare Statur und seinen haarlosen Körper, vor allem aber daran, wie er sich mir hingegeben hatte. An seiner Stimme erkannte ich, dass auch er an seine Unterwerfung gedacht hatte.

»Wie geht es dir, Claudia?«

»Mir war etwas langweilig. Deshalb bin ich wahrscheinlich eingedöst. Ich freue mich, dass du anrufst und die Eintönigkeit durchbrichst. Es war so ein öder Tag, und um sieben Uhr abends einzupennen, ist ja wohl ganz – *normal*«, antwortete ich mit einer trägen, aber nichtsdestoweniger erotischen Stimme.

Er lachte, dann trat eine Pause ein. »Wäre es wohl möglich, die Eintönigkeit deines Abends zu durchbrechen und auf einen Besuch vorbeizukommen? Ich meine, natürlich nur, wenn es dir nicht zu kurzfristig ist und du Lust auf Gesellschaft hast …« Jean Lucs Stimme wurde unsicher und geriet ins Stocken.

Ich gab vor, kurz darüber nachzudenken, nur um zu hören, wie er in Erwartung meiner Entscheidung den Atem anhielt. In der Tat würde ich ja gegen meine eigene Regel verstoßen, die da lautet: keine Rendezvous ohne ein paar Tage Vorlaufzeit. Doch unter völliger Missachtung meiner Regel hörte ich mich sagen: »Ja, ich glaube, das wäre ganz nett. Wie wär's um acht Uhr dreißig?«

»Acht Uhr dreißig ist ganz perfekt, schöne Frau«, antwortete er. »Also dann, bis später.«

An der Art, wie er sich ausdrückte und wie er mich »schöne Frau« nannte und überhaupt an seinem ganzen Benehmen erkannte ich, dass er auf eine Wiederholung unseres letzten Treffens hoffte. Weil ich es in meiner Vorstellung gerade noch einmal erlebt hatte, als er anrief, würde er genau das bekommen, was er sich erhoffte, und vielleicht noch etwas mehr. Es war an der Zeit, ihn auf dem goldenen Pfad der analen Dominanz und Unterwerfung einen Schritt weiter zu führen. Ich stand auf, streckte mich und ging, um mich für das abendliche Treffen anzuziehen.

Ich wählte ein schwarzes ärmelloses Latextop, das sich vorne zusammenschnüren ließ, so dass ich ihn mit meinen hübschen Brüsten reizen konnte, außerdem einen bodenlangen schwarzen Latexrock mit einem hohen Schlitz am linken Bein. Damit das ganze Outfit etwas weniger streng wirkte, trug ich dazu schwarze

Strümpfe mit Spitzensaum, der beim Gehen sichtbar wurde, und normale schwarze Lackleder-Pumps mit dreizehn Zentimeter hohen Absätzen. Meine Arme ließ ich unverhüllt und steckte mein Haar zu einer lockeren Banane hoch mit losen, lockigen Strähnen, um mein Gesicht weicher zu machen und meine schmalen, rechtwinkligen Schultern zur Geltung zu bringen. Im geeigneten Moment würde ich mein Haar später als Zusatzeffekt herunterfallen lassen. Für die Augen wählte ich ein nicht ganz so dunkles Make-up, dafür war der Lippenstift leuchtend dunkelrot. Mir blieb gerade noch genug Zeit, eine CD einzulegen, das Feuer und die Kerzen anzuzünden, den Kunstfellteppich auf dem Boden vor dem Kamin auszubreiten und den Weihrauch in Brand zu stecken, da ging auch schon die Türglocke. Die Vorbereitungen im Badezimmer würde ich in seinem Beisein treffen, denn wenn ich ihm erlaubte, ihnen beizuwohnen, war das gleichbedeutend mit seinem stillschweigenden Einverständnis zu dem, was danach kommen würde.

Ich ließ mir mit dem Öffnen Zeit – schließlich wollte ich nicht den Anschein erwecken, dass ich auf ihn wartete –, und er klingelte auch nicht mehr als ein Mal, was ihm bei mir einen weiteren Pluspunkt eintrug. Gewohnheitsmäßig spähte ich durch den Türspion, um sicherzugehen, dass es auch wirklich Jean Luc war, bevor ich öffnete. Da stand er: Sein langes, dunkles, vor Sauberkeit glänzendes Haar fiel ihm locker auf den Rücken und über die Schultern. Er trug schwarze Jeans, einen eng anliegenden schwarzen Rollkragenpullover und dazu eine teure schwarze Lederjacke. In den Armen hielt er zwei Flaschen Wein und zwei Dutzend langstieliger roter Rosen. Ich machte die Tür weit auf und bat ihn mit einer lächelnden Geste herein. Dabei dachte ich insgeheim: »Komm in meinen Salon, sagte die Spinne zur Fliege. Er machte mir überschwängliche Komplimente zu meinem Outfit und Aussehen und überreichte mir die Rosen. Dabei blieben seine Augen kurz an meinen Brüsten hängen und wanderten dann weiter zu dem Bein, das ich aus dem Schlitz hervorragen ließ, um meine sexy Strümpfe zur Schau zu stellen. Das Herz der Frau in mir schlug schneller, aber gleichzeitig musste ich die Wölfin bezähmen. Noch war es nicht an der Zeit für sie, zum Spielen herauszukommen.

Ich führte ihn zuerst in die Küche, damit ich die wunderschönen Rosen in einer hohen Vase anordnen konnte, während er den Wein entkorkte. Dann wies ich ihn an, die Gläser zusammen mit dem Wein und einer Kanne Eistee für mich auf ein Tablett zu stellen und mir in den Salon zu folgen. Ich platzierte die Vase auf dem Kaminsims vor dem Spiegel, sodass die Blumen und die sie flankierenden Kerzen sich darin reflektierten. Das Tablett stellte er auf dem Tisch vor dem Sofa ab. Er wartete, bis ich mich setzte, bevor auch er Platz nahm und mir Eistee und sich selbst Wein einschenkte. Er lernte schnell und schien instinktiv zu begreifen, dass es darauf ankam, mich zufriedenzustellen und mich nicht ständig dasselbe wiederholen zu lassen. Das andere, worauf es ankam, waren seine neu erworbenen ritterlichen Manieren. Er hatte mir erzählt, wie er seine weiblichen Subs belohnte und bestrafte, aber insgeheim fragte ich mich, wie er selbst sich ihnen gegenüber benahm. War er die eiserne Hand im Samthandschuh oder war er der grausame, fordernde Typ, der selbst das kleinste Vergehen streng bestrafte? Nicht, dass es wirklich eine Rolle spielte; ich kannte seine Bedürfnisse und wusste, wie man sie befriedigen konnte. Wenn er hier war, gehörte er mir. Jetzt gestattete ich der Wölfin ihr stummes Freudengeheul.

Wir saßen auf dem Sofa, nippten an unseren Drinks und kamen uns immer näher. Ich konnte spüren, wie das Verlangen in ihm stieg, während wir uns unterhielten. Ich konnte es sehen an der Art, wie er dasaß und sich zu mir hin neigte, ohne den Blick von mir zu wenden, an der Aufmerksamkeit, mit der er an jedem Wort von mir hing, und an der Geschwindigkeit, mit der er mir Feuer gab und mein Glas nachfüllte. Ich stellte mein Glas ab, drehte mich zu ihm hin und ließ meine Hände über seine Brust gleiten. Der Rollkragenpullover war dünn und eng anliegend und schmiegte sich an ihn wie eine zweite Haut. Sogar seine aufgestellten Nippel traten durch den seidig dünnen Stoff hervor. Ich spielte mit seinem Haar und liebkoste seinen Hals, drückte ihm kleine Küsse ins Gesicht und gestattete ihm, seine Arme um mich zu legen und mit den Händen über meine nackte Haut und meinen latexummantelten Körper zu streicheln. Als unsere Erregung immer mehr zunahm, schlug ich vor, der Bequemlichkeit halber auf den Kunstfellteppich auf dem Boden vor dem Kamin umzuziehen. Jean Luc erklärte sich sofort einverstanden. Er erhob sich, reichte mir die Hand, um mir beim Aufstehen behilflich zu sein, und geleitete mich dann zu dem Vorleger. Ich legte mich auf die Seite und bedeutete ihm durch Klopfen auf den Boden, dass er neben mich kommen sollte. Elegant ging er in die Knie und streckte sich wie eine Katze mit dem Gesicht zu mir auf der Seite aus.

Wir rückten enger aneinander und berührten uns gegenseitig mit den Fingern. Es waren leichte, aufreizende Berührungen, die durch ihre Zartheit total erregend wirkten. Der Schein des Feuers flackerte auf unseren Gesichtern, und seine Wärme umhüllte unsere Körper und steigerte die Erregung. Wir reizten uns so lange, bis ich merkte, dass er bereit war. Sobald ich den Ständer in seinen Jeans bemerkte, kam ich noch dichter an ihn heran und rollte ihn auf den Rücken. Während ich ihn mit meinem Oberkörper am Boden hielt, kraulte ich durch die Jeans hindurch seinen Penis. Er stöhnte unter der zärtlichen Berührung und weckte die Wölfin in mir, um unsere Lust noch zu steigern. Sein Stöhnen stachelte die Wölfin an, ihn härter und dominanter anzufassen. Durch seine Hose hindurch packte die Wölfin seinen harten Perlenstab und vollführte eine streichelnde Auf-und-ab-Bewegung. Dann umschloss sie seine Eier mit der Hand und drückte sie. Seine Antwort auf diese härtere Behandlung war sehr vielversprechend. Widerstandslos lag er mit gespreizten Beinen auf dem Rücken und stöhnte laut und ungehemmt vor Wollust unter der gnadenlosen Berührung der Wölfin, die kaum noch zu bändigen war. Ein leises Knurren entwich ihrer Kehle, als sein lustvolles Stöhnen lauter und selbstvergessener wurde. Und so ließ sie noch etwas mehr von der Wölfin an die Oberfläche kommen.

Die Wölfin setzte sich rittlings auf ihn und öffnete Knopf und Reißverschluss seiner Hose. Unwillkürlich richtete er sich halb auf, streifte sich in einer schnellen Bewegung den Rollkragenpullover über den Kopf und warf ihn beiseite. Als sie sich daranmachte, ihm die Hose herunterzuziehen, ging er in den Hüften hoch und half ihr dabei. Dann ging sie an seinen Füßen in Stellung und zog ihm Schuhe und Socken aus; zuletzt befreite sie seine Beine von der Unterhose. Jetzt lag er splitternackt vor ihr und sah ihr in die Augen, als ob er darauf wartete, was sie als Nächstes tun würde. In einer katzenartigen Bewegung robbte sie an seinem Körper hinauf, schwang sich über ihn und fixierte seine Beine, indem sie ihre eigenen darum schlang. Als sie in voller Länge auf ihm ausgestreckt war, packte sie ihn fest am Haaransatz und sah mit den Augen eines Raubtiers auf ihn herab. Er atmete schwer, seine Augen halb geschlossen, während sein steifes Glied unter ihr pulsierte und tobte. Jean Luc versuchte nicht, sich zur Wehr zu setzen, als ob er wüsste, dass nun eine andere, wildere Seite in Claudias Persönlichkeit die Kontrolle übernommen hatte. Sie zog seinen Kopf an den Haaren auf die Seite und beugte sich dicht über sein Ohr.

»Ich weiß, warum du ständig wiederkommst, Jean Luc. Weißt du es auch? Hast du es dir schon selbst eingestanden? Ich weiß, dass du die ganze Zeit daran gedacht hast, was ich bei deinem letzten Besuch mit dir gemacht habe. Du hast davon fantasiert, dass es wieder passieren würde. Deshalb bist du heute Abend hier – weil du darauf hoffst, weil du es willst, weil du dich danach sehnst – und du wirst es bekommen, Jean Luc, du wirst es bekommen. Aber zuerst musst du dich mir völlig unterwerfen. Bist du dazu bereit? Bist du bereit, deine Macht an mich abzutreten, damit ich dir geben kann, was du willst?«

»Ja, ja, ich bin bereit. Aber wer bist du? Du bist nicht die Frau, die ich als Claudia kenne. Du bist sie, aber trotzdem bist du ganz anders.«

»Ja, da hast du recht. Ich bin sie und doch bin ich sie nicht. Du kannst mich Lupia nennen.« Mit diesen Worten löste sie ihr Haar aus der lockeren Banane und schüttelte es sich über die Schultern. Dadurch, dass es in der Hochsteckfrisur gebändigt gewesen war, fiel es jetzt leicht lockig und voluminös herab.

»Ja, Lupia. Was soll ich tun?«

»Du sollst mir gehorchen und dich mir ausliefern. Dann werde ich deine geheimsten Wünsche erfüllen. Gehorchst du mir nicht, werde ich dir Schmerzen zufügen, und zwar an Stellen, von denen sich deine Sklavinnen keine Vorstellung machen.« Die Wölfin hatte die Oberhand gewonnen, und Claudia wartete im Hintergrund, während sie die Wölfin nur noch für den Notfall locker an der Leine hielt und dem Ausgang des Plans, den die Wölfin in die Tat umsetzen wollte, in gespannter Vorahnung entgegensah.

Lupia kletterte von Jean Luc herunter und befahl ihn auf Hände und Knie. Sie fasste sein Haar und benutzte es als Leine, um ihn auf allen vieren den Flur entlang zum Bad zu zerren. Drinnen zog Lupia ihren Rock hoch und setzte sich auf die Toilettenschüssel. An den Haaren zwang sie seinen Kopf so weit es ging zwischen ihre Beine und fing an zu pinkeln. Einige Tropfen spritzten ihm ins Gesicht, aber sie hielt ihn mit eisenhartem Griff an Ort und Stelle. Als sie fertig war, befahl sie ihm, sie sauber zu lecken und ihre Venuslippen trocken zu blasen. Als er seine Aufgabe zu ihrer Zufriedenheit erfüllt hatte, versetzte sie ihm mit den Knien einen Tritt, sodass er einige Schritte von der Toilettenschüssel weg flog. Sie erhob sich, öffnete den Toilettenschrank unter dem

Waschbecken und holte einen zwei Liter fassenden Einlaufbeutel aus rotem Gummi heraus. Nachdem sie den Sitz der Verschlussklemme überprüft hatte, wies sie ihn an, ihr zuzusehen, wie sie den roten Klistierbeutel mit warmem Wasser füllte. Vor seinen Augen rieb sie die Einlaufdüse mit Gleitmittel ein und hängte den vollen Beutel an der Handtuchstange auf.

Sie stieß ihn mit Kopf und Schultern auf den Boden und befahl ihm, die Knie zu spreizen. Dann trat sie hinter ihn und wartete ab, wie er auf diese erniedrigende Haltung reagierte und welche Wirkung sie auf ihn hatte. Nach einer Minute begann er zu zittern. Trotzdem machte Jean Luc keine Anstalten, sich aufzurichten oder auszubrechen; er sagte auch nichts, lediglich ein leises, unzusammenhängendes Gewimmer war zu hören. Sie presste das Gleitmittel direkt aus der Flasche und ließ es an seiner Arschspalte herunterrinnen, um seine Rosenknospe zu schmieren. Dann nahm sie die lange Düse und schob sie langsam durch die Öffnung in den Analkanal vor. Sie fasste den Schlauch, lockerte vorsichtig die Klemme und ließ das Wasser in ihn einlaufen. Sein Stöhnen, als das Wasser seinen Bauch füllte, hätte die Wölfin beinahe laut aufheulen lassen. Aber Claudia hielt sie zurück, so dass Lupias Geheul in ihrem Kopf blieb. Bevor der Beutel halb leer war, bat er um eine Pause, die sie ihm gewährte. Er brauchte Zeit, um ihr Geschenk ganz in sich aufzunehmen. Für die Art von Spiel, die sie heute mit ihm realisieren wollte, konnte sie keinen braunen Schlamm brauchen, der sie von ihrem Ziel ablenkte. Nur ein paar Sekunden später bat sie Jean Luc, fortzufahren, und mit großem Vergnügen löste sie die Klemme und verabreichte ihm den Rest des Beutelinhalts.

Lupia legte ihren Rock ab und schnallte sich den Harness um, den Claudia in dem Toilettenschränkchen bereitgelegt hatte. Auch ein kleiner Dildo lag darin, einer, der sehr gut in den Harness passte. Alle von Claudias/Lupias Dildos passten in diesen Harness, der deshalb auch ihr Lieblingsharness war. Zuerst schlüpfte sie mit einer Hand in einen OP-Handschuh und prüfte seinen Mastdarm, um sicherzugehen, dass sich kein Wasser mehr im Kanal befand. Dann, nachdem sie den Dildo gründlich mit Gleitmittel eingerieben hatte, stapelte sie mehrere Handtücher auf den Boden hinter Jean Luc und kniete sich darauf. Sie führte den kleinen Dildo in ihn ein und befahl ihm, zu atmen, aber nicht zu pressen, während sie sich langsam vorarbeitete. Sie packte ihn bei den Hüften und schaukelte sich in ihn hinein, während sein Bauch noch immer voll Wasser war. Jean Luc stöhnte besinnungslos angesichts dieses Übergriffs, und um seiner Qual noch eins hinzuzusetzen, ließ Lupia eine Hüfte los, fasste nach vorn um ihn herum und spielte mit seinem Penis, während sie ihn penetrierte. Nun ist es ja so, dass die meisten Männer bei dieser Art von Spiel ihre Erektion nicht beibehalten können. Umso entzückter war Claudia/Lupia, als sie feststellte, dass es sich bei Jean Luc anders verhielt. Ihre Hand pumpte seinen Schwanz im Rhythmus zu den Stößen ihrer Hüfte, und sie gab sich hemmungslos ihrer Lust hin.

Nachdem sie sich mit dem angeflanschten Sockel des Dildos selbst hatte kommen lassen, zog sie den Dildo heraus und wies Jean Luc an, sich den Daumen in den Hintern zu stecken, auf die Toilettenschüssel zu klettern und sich zu entleeren. Fasziniert schaute sie zu, wie er den Daumen hineindrückte und sich vom Boden aufrappelte. Es war das erste Mal, dass er sie sah, seit sie den Rock ausgezogen und sich den Harness angelegt hatte. Der Kontrast zwischen dem Umschnall-Dildo, ihren reizenden spitzenumränderten Strümpfen und dem zusammengeschnürten Oberteil, das ihre prächtigen Brüste betonte, verschlug ihm schier den Atem. Sobald er sich gesetzt hatte, gab sie ihm die Erlaubnis, sich zu entstöpseln und das Wasser herauszulassen. Sie horchte genau, um festzustellen, ob ein Einlauf ausreichen würde oder ob er einen weiteren bräuchte. Jean Luc empfand es als kolossale Demütigung, dass Lupia im Badezimmer blieb und dabei zusah, wie das Wasser ihm aus dem Hintern schoss, aber er konnte nicht den Blick von ihr wenden und brachte kein Wort über die Lippen. Wenn es das war, was er für sie tun musste, damit sie seine Fantasien in die Tat umsetzte, dann würde er jede Erniedrigung – so groß sie auch sein mochte – ertragen können.

Nachdem er sich entleert hatte, beorderte sie ihn in die Badewanne und befahl ihm, sich gründlich zu waschen. Als er fertig war, wies sie ihn an, in der Badwanne zu bleiben, sich hinzuknien und sich mit dem Kopf auf den Wannenboden zu beugen. Sie benetzte ihren Zeigefinger mit Flüssigseife und rieb sein Loch damit ein, da sie wusste, dass die Seife einen Krampf auslösen würde, der jeden übrig gebliebenen Tropfen aus ihm herauspressen würde. Lupia hatte keine Lust, darauf zu warten, bis diese Tropfen von selbst herauskamen. Schließlich wollte sie nicht, dass er Claudias/Lupias saubere Laken beschmutzte. Die Seife zeigte ihre unangenehme brennende Wirkung, und die letzten Tropfen verließen sein Hinterteil. Für einen Augenblick stieß Claudia Lupia beiseite. Sie nahm einen frischen Waschlappen zur Hand und schickte sich an, Jean Luc behutsam zu waschen. Dabei redete sie zärtlich auf ihn ein, sagte ihm, wie stolz sie auf ihn sei, wie glücklich er sie mache und dass sie ihm heute Abend, ja schon heute Abend, das geben würde, wonach sein Herz am sehnlichsten verlangte. Dann bat sie ihn aufzustehen, trocknete ihn ab und bürstete sein langes dunkles Haar. Dieser plötzliche unerwartete Zärtlichkeitsbeweis erfüllte ihn mit dankbarer Freude. Das merkte man an seinem Blick und an seiner Haltung. Er griff nach einer ihrer Hände, küsste sie und drückte sie an seine Wange, bevor er sie sanft wieder freigab. Sie erwiderte diese Geste der Dankbarkeit mit einem süßen Lächeln und hielt Lupia an der kurzen Leine.

Es war Claudia, die den kleinen Dildo aus der Halterung des Harness entfernte und Jean Luc mit einem Handtuch die Augen verband. Dann legte sie seine Hände an ihre Taille und dirigierte leise »rechts, links, rechts, links«, damit er auf dem

Weg ins Schlafzimmer mit ihr Schritt halten konnte. Unterdessen wartete Lupia ungeduldig auf ihren Einsatz. Sie wusste, dass sie schon bald wieder das Heft in der Hand hätte und ihn unter Claudias Anleitung in die Knie zwingen würde. Als Claudia ihm die Augenbinde abnahm, stand Jean Luc mit dem Gesicht zum Bett. Pelzgefütterte, lederne Hand- und Fußfesseln an Ketten, die an den Metallfüßen des Bettgestells befestigt waren, lagen auf der luxuriösen purpurfarbenen Tagesdecke. Ein Berg farblich passender Kissen war am Kopfende aufgetürmt. Der fast vollflächig verspiegelte Raum reflektierte das Licht von Dutzenden langer, dicker weißer Kerzen, und der Blumenstrauß, den Jean Luc ihr beim letzten Treffen mitgebracht hatte, stand jetzt auf dem Frisiertisch. Im Hintergrund spielte erotische, wenngleich düstere Musik. Auf dem Nachttisch neben dem Bett befanden sich ein weiterer Harness und eine ganze Sammlung von Dildos, die der Größe nach geordnet in einer Reihe lagen. Jean Luc spürte, wie er steifer wurde, während er sich im Zimmer umsah.

Claudia hieß ihn, stehen zu bleiben, ging hinüber zum Nachttisch und deutete auf die Dildos. »Du sollst ruhig sehen, was ich an dir benutze, und auch in welcher Reihenfolge ich sie benutzen werde. Damit du immer weißt, was gerade in dir drin ist, dich öffnet, dich weitet, in dich eindringt. Ich will, dass du dir jeden einzelnen einprägst. Wenn ich ihn dann an dir ausprobiere, hast du eine Vorstellung, wie der Dildo aussieht, der gerade in deinem Popoloch verschwindet.« Ihre Stimme war leise und verführerisch, und Jean Luc stand völlig verzaubert da und tat, was sie von ihm verlangte. Dann beobachtete er, wie Claudia in den Harness stieg und beide Seiten um ihre Taille herum zuschnallte.

Sie kletterte aufs Bett und lehnte sich zurück gegen den Berg von seidenbezogenen Kissen. Lupia war es dann, die nach dem ersten Dildo griff, einem fleischfarbenen aus Silikon, und ihn in den Harness steckte. Jean Luc bemerkte sofort die Veränderung in Haltung und Auftreten, als Claudia die Wölfin von der Leine ließ. Ihre Augen verdunkelten sich und ihr Körper erschien schlanker und muskulöser. Claudias elegante Anmut wurde durch Lupias wilde Anmut ersetzt. Er senkte unterwürfig den Kopf und wartete darauf, was sich die Wölfin zu ihrem Vergnügen einfallen lassen würde.

Lupia öffnete die Beine und winkelte sie in den Knien ab. Dann rief sie mit kehliger, erotischer Stimme nach Jean Luc und wies ihn an, aufs Bett zwischen ihre Beine zu kommen. Lupia streichelte den Dildo, als wäre er ein richtiger Penis, den sie hart machen wollte, einer von den vielen Penissen, die sie besaß, und heute würde Jean Luc Bekanntschaft mit ihnen machen, und zwar genau so, wie seine Sklavinnen mit seinem eigenen männlichen Teil Bekanntschaft gemacht hatten.

»Komm näher heran – bring deinen Mund an meinen Schwanz«, knurrte Lupia mit kehliger Stimme. »Zuerst wirst du mir einen blasen. Ich hab es so gern, wenn man mir richtig einen bläst. Mach den Mund auf und nimm das Köpfchen hinein.«

Jean Luc befeuchtete sich die Lippen und senkte seinen geöffneten Mund über Lupias Schwanz. Er war sich der Nähe zu ihrer Vagina voll bewusst und der köstliche Duft der Säfte von dem Orgasmus, zu dem sie sich selbst gebracht hatte, während sie ihn benutzte und ihn zwang, den Einlauf in sich zu behalten, drang ihm verführerisch in die Nase. Ihre Hand mit den rot lackierten Nägeln umfasste den Schwanz am Ansatz, um ihn in Stellung zu halten, während sein Mund die Eichel umschloss und vorsichtig daran auf und ab glitt. Er ließ die Zunge kreisen und saugte mal sanft, mal hart. Dabei gelang es ihm ein paar Mal als Teil der Saugbewegung, den Kopf zur Seite zu drehen und einen Blick in einige der vielen Spiegel zu werfen. Der Anblick seiner selbst zwischen ihren Beinen, ihr schlanker Körper mit den vollen, durch das Top emporgehobenen Brüsten, die Spitzenstrümpfe an den offenen Schenkeln, ihre hochhackigen Pumps, die noch immer ihre Füße zierten, und sein Mund, der ihren Penis umgab und zärtlich verwöhnte – all das wirkte unheimlich erregend auf ihn. Eingequetscht zwischen seinem Körper und der seidenen Tagesdecke und angestachelt durch das leichte Reiben, das die Auf- und-ab-Bewegung seines Kopfes verursachte, wurde sein eigenes Teil härter und härter.

Er spürte Lupias Hand am Hinterkopf, dann knurrte sie in hörbarer Erregung. »Jetzt will ich, dass du mehr davon schluckst. Ich fahre mit der Hand an meinem Schwanz hinunter und will deine Lippen daran spüren. Wenn du ihn so weit aufgenommen hast, gehe ich mit der Hand weiter nach unten und du nimmst noch etwas mehr von mir auf.«

Sogar als Lupia ihm das befahl, konnte weder sie noch Claudia seine umwerfende körperliche Schönheit übersehen, seinen still erduldeten, begeisterten Gehorsam, seine Hingabe an seine tiefsten Wünsche und sein Vertrauen in seine Eroberer und Peiniger, die elegante Claudia und die wölfische Lupia. Mit einer Hand hielt Claudia ihm das Haar aus dem Gesicht und übte leichten Druck aus, um seinen Kopf weiter an ihrem Schwanz hinunterzuzwingen. Als Lupia ihre Hand immer weiter zurückschob und Jean Luc mehr und mehr von »ihrem« Schwanz schlucken musste, fingen ihre Hüften an, in rhythmischen Bewegungen seinem Mund entgegenzustoßen. Lupia warf ihren Kopf auf die Kissen zurück und gab ein heulendes Stöhnen von sich. In ihrer Erregung stieß sie seinen Kopf so tief hinunter, dass er würgen musste. Das machte sie nur umso wilder.

Sie tat es wieder und wieder, völlig außer Kontrolle, wie das Tier, das sie verkörperte. »Ja, lutsch ihn mir«, stieß sie hervor, »würg ruhig, los, noch ein Stückchen weiter, so wie du es von deinen Sklavinnen verlangst.« Unnachgiebig zwang sie Jean Lucs Kopf weiter auf ihren Schaft, so dass ihm der Rotz aus der Nase schoss und sein Augen tränten, bis Claudia ihm Einhalt gebot.

Claudia hob Jean Lucs Kopf von ihrem Schwanz und reinigte ihm behutsam das Gesicht mit einem Bündel Papiertaschentücher. Dann hielt sie ihm ein paar frische unter die Nase und forderte ihn auf, zu »schnäuzen«, als wäre er ein kleines Kind, das das noch nicht alleine kann. Sie streichelte sein Haar und erlaubte ihm, sich zur Seite zu lehnen und seinen Kopf auf ihrem Bauch zwischen ihren offenen Beinen auszuruhen. Sie umarmten sich, und Claudia sprach zärtlich mit ihm, wohl wissend, dass das Instrument seiner eben genossenen Folter noch gegen seinen Körper drückte. Sie bemerkte seinen mächtigen Penis, der aufrecht stand und pulsierte und überhaupt keine Beachtung fand. Sanft fuhr sie mit den Fingerspitzen darüber und entlockte ihm ein schmerzlich-lustvolles Stöhnen. Er kuschelte sich enger an sie und hielt sie fester umfasst. Lupia beobachtete das Geschehen gespannt, während sie ihre Kräfte sammelte und ihren nächsten Schritt plante. Sollte Claudia ihn derweil ruhig haben. Er verdiente diese kleine Atempause, wenn er später ertragen sollte, was sie ihm geben würde.

Als sie fand, dass Jean Luc genug Aufmerksamkeit bekommen hatte und genug gehätschelt worden war, um weiterzumachen, trat Claudia zurück und ließ Lupia wieder hervorkommen. Jean Luc bemerkte den Wechsel der Persönlichkeiten sofort. Unaufgefordert erhob er sich von Claudia-Lupia und kniete sich zwischen ihre Beine, um den nächsten Befehl der Wölfin abzuwarten, die ohne Eile den Dildo, den er eben gelutscht hatte, entfernte und ihn gegen den nächstgrößeren austauschte. Auch dieser bestand aus Silikon, war dazu aber leuchtend rot. Ein wölfischer Ausdruck legte sich über Lupias Gesicht, während sie einige Minuten darüber strich und Jean Luc beobachtete, der ängstlich unter den Wimpern seiner niedergeschlagenen Augen hervorschielte. Wie gebannt folgte sein Blick ihrer Hand, die den Dildo streichelte.

»Stell dich ans Fußende des Betts und bück dich«, kommandierte die Wölfin. »Spreiz die Beine für mich.«

Sie ließ sich Zeit beim Aufstehen, damit er sich der verletzlichen Position, in der er war, richtig bewusst wurde. Schließlich erhob sie sich doch und schien sich von hinten an ihn heranzuschleichen wie ein Raubtier an seine Beute. Aus der Schminktischschublade nahm sie OP-Handschuhe; er hörte das unverwechselbare Klatschen, als sie sie überstreifte. Eine Sekunde später spürte er das kalte Gleitmittel an seinem Anus, und gleich darauf drang sie mit Zeige- und Mittelfinger in seine Öffnung ein. Nachdem sie sich so weit hochgearbeitet hatte, wie sie konnte, befahl sie ihm, sich aufrecht hinzustellen. Zu seiner Erniedrigung führte sie ihn mit den Fingern, die fest in seiner Rosenknospe steckten, im Zimmer herum, den Flur auf und ab und wieder ins Schlafzimmer zurück. Jetzt war ihm endgültig klar, wer hier das Sagen hatte, nämlich nicht er. Ihn überkam das Gefühl, dass die Durchdringung seines Mundes und seines Afters durch Claudia/Lupia der letzte Akt der Unterwerfung war. Sein Herz pochte in seiner Brust in ängstlicher und doch begieriger Erwartung dessen, was sie ihm als nächste Erniedrigung auferlegen würde.

Kaum waren sie zurück im Schlafzimmer, da zog Lupia abrupt ihre Finger aus seinem Hintern, was ihm einen kleinen Schmerz verursachte, der schon vorüber war, ehe er begonnen hatte. Aber das plötzliche Entfernen ihrer Finger hinterließ bei ihm ein Gefühl der Verlassenheit und Leere. Lupia ließ ihn mit dem Gesicht zum Bett stehen und wippte demonstrativ mit ihrem roten Teil, während sie zum Nachttisch ging und ein dickes Latextuch herausnahm. Dann stieg sie aufs Bett und begann, den Kissenberg in einer bestimmten Weise in der Mitte des Bettes anzuordnen. Als sie fertig war, deckte sie das Latextuch darüber. Wölfin oder nicht, man musste zugeben, dass sie es verstand, ihren Körper und ihre Anmut aufs Vorteilhafteste einzusetzen. Ihre spitz zulaufenden Zehen, ihr leicht gewölbter Rücken, ihre Armmuskeln beim Aufschichten der Kissen und ihre Art, das Haar zurückzuwerfen, wenn es ihr ins Gesicht fiel – all das wurde schier endlos von den Spiegeln zurückgeworfen. Er fand es äußerst erregend, alle diese Spiegelbilder zu betrachten, die ihm vorgaukelten, er wäre mit vielen Lupias im Zimmer, allesamt bereit und begierig, von ihm Besitz zu ergreifen und seine geheimsten Wünsche zu erfüllen.

Als alles zu ihrer Zufriedenheit hergerichtet war, beorderte Lupia Jean Luc mit einer gebieterischen Geste aufs Bett. Auf einen weiteren stummen Befehl hin ging er mit den Hüften auf dem latexbedeckten Kissenberg in Stellung. Dann verstärkte sie ihre Kontrolle über ihn, indem sie ihm die pelzgefütterten Hand- und Fußfesseln anlegte. Sie zog die Ketten straff und stellte mithilfe der Cliphaken, die an den Metallbeinen des Bettgestells hingen, die richtige Länge ein. Kleine, fast schluchzende Laute kamen von Jean Luc, als er sich seiner Hilflosigkeit bewusst wurde und sich daran ergötzte – die Ketten, die ihn bewegungslos aufs Bett bannten, befreiten ihn von den Schuldgefühlen wegen seiner Vorlieben. Er wandte den Kopf zur Seite und schaute sich im Spiegel an. Auch Lupias Spiegelbild war darin zu sehen, und er war überwältigt von der absoluten Schönheit und Erotik ihres Anblicks. Seine Augen folgten ihr, als sie ans Fußende des Bettes ging, sich mit wölfischer Geschmeidigkeit darauf schwang und auf allen vieren zwischen seine gespreizten, gefesselten Beine krabbelte.

Als ihre Hände seine Pobacken aufspreizten, rang er hörbar nach Luft, aber er zuckte nicht zusammen und setzte sich nicht zur Wehr. In dieser Haltung war jeder Widerstand zwecklos, das wusste er, und eine innere Stimme fragte ihn, warum er überhaupt gegen etwas aufbegehren sollte, was er sich doch so sehnlich wünschte. Er entspannte sich in seinen Fesseln und ließ alle Anspannung aus seinem Körper weichen. Ein überwältigendes Gefühl von Ruhe und Frieden stellte sich ein, und zum ersten Mal im Leben erkannte Jean Luc, was Unterwerfung tatsächlich bedeutete. Er hörte das glibberige Geräusch des Gleitmittels, mit dem Lupia ihren roten Dildo bestrich, bevor sie in ihn eindrang. Er ahnte nicht, konnte nicht ahnen, wie schön, wie sexy und wie begehrenswert er auf Claudia/Lupia wirkte und wie sehr sie ihn wollte, als er so auf dem seidenweichen Bett lag und seine Hingabe an sie in seiner entspannten Haltung und tiefen, gleichmäßigen Atmung überdeutlich wurde. Sachte spürte er, wie der Kopf des Dildos seine Öffnung sondierte, nicht ahnend, dass Claudia und Lupia drauf und dran waren, gemeinsam in ihn einzudringen. Er spürte den Kopf durch seine Rosenknospe gleiten und in seinen Mastdarm vordringen. Laut stöhnend warf er den Kopf zurück, sodass sein Haar ihn umfloss wie eine dunkle Wolke.

Sie ließ ihn eine Weile den köstlichen Schmerz genießen, den die anale Penetration immer verursacht, egal wie behutsam sie vollzogen wird. Zwischen seinen offenen Schenkeln kniend, verschlang Claudia/Lupia ihn mit den Augen. Wie gebannt blickte sie auf seinen Anus, aus dem ein Teil des Dildos hervorragte, auf seinen durchtrainierten Körper, der mit ausgestreckten Gliedern vor ihr lag, und auf seine Hände, die sich leicht an den Ketten festhielten, mit denen seine Fesseln am Bett fixiert waren. Während sie Lupia im Zaum hielt, legte Claudia sich auf ihn, schlang die Arme um ihn und schob den Dildo dabei tiefer in ihn hinein. Sie wollte ihn sanft und zärtlich nehmen und ihm die Lust bereiten, die er verdiente, weil er sich ihr so rückhaltlos und vertrauensvoll unterworfen hatte. Als er den Kopf zur Seite drehte, strich sie ihm das Haar aus dem Gesicht, während sie liebevoll auf ihn einredete und ihn auf Hals, Ohren und Gesicht küsste. Als er ihre Zärtlichkeiten erwiderte, fing sie an, den roten Dildo vorsichtig immer tiefer in ihn einzuarbeiten. Sein leises, unzusammenhängendes Stöhnen, gemischt mit heiseren, lusterfüllten, geflüsterten »Jas«, törnte sie an und sie fühlte, wie ihr eigener kleiner Penis hart wurde.

Als Jean Lucs Hüften nach oben stießen, um die ihren zu treffen, tauchte sie härter und schneller in ihn ein. In ihrem Kopf hörte sie Lupia knurren, man möge sie herauslassen, aber Claudia befahl ihr zu schweigen. Sie würde schon noch an die Reihe kommen, aber erst dann, wenn Jean Luc bereit war, das zu ertragen, was Lupia ihm geben wollte. Aber jetzt noch nicht. Im Augenblick gehörte er Claudia, und sie wollte sich die Lust nicht durch das fordernde Geheul der Wölfin in ihrem Kopf verderben lassen. Lupia schlich davon, gleichermaßen bekümmert darüber, dass sie Claudia verärgert hatte, wie darüber, dass sie Jean Luc im Moment nicht haben konnte.

Obwohl Claudia Jean Luc immer leidenschaftlicher nahm, achtete sie dennoch darauf, ihm nicht mehr Schmerz zu bereiten als nötig und ihm viel Zuneigung zu geben. Gleichzeitig war sie aber auch bestrebt, dass der flache Rand des roten Dildos ihrem eigenen kleinen Penis eine lustvolle Massage verpasste. Während sie in Jean Luc hineinpumpte, pumpte sie auch gegen ihre Venusknospe. Ihre ganze geschwollene Vagina pochte vor Begierde, und sie hatte viele kleine Orgasmen, während sie es ihm von hinten besorgte. Sie zwängte eine Hand unter Jean Lucs Hüften und begann, mit seinem Penis zu spielen. In einer gewinnenden, zuvorkommenden Art lüpfte er seine Hüften von den Kissen, und um es für sie beide bequem zu machen, änderte auch sie ihre Stellung, indem sie seinen Rücken entlastete und sich mit den Armen abstützte. Sie konnte nun freier agieren, und schon war sie dabei, sich zu einem umwerfenden Höhepunkt hochzuarbeiten. Danach würde sie Lupia, der lauernden Wölfin, die Führung überlassen, damit sie es Jean Luc auf *ihre* Weise besorgte. In der neuen Stellung war es für Claudia ungleich schwerer, sich unter Kontrolle zu halten, und gleich darauf durchzuckte sie ein alles erschütternder Orgasmus vom Kopf bis in die Zehenspitzen. Erschöpft, schweißgebadet und klebrig brach sie auf Jean Luc zusammen. Sie löste sich sachte aus seiner Umarmung, rollte sich neben ihn auf die Seite und knuddelte und küsste ihn.

Durch ein markerschütterndes Geheul brach sich Lupias Freiheitsdrang Bahn. Nur noch wenige Augenblicke, dann war es so weit, und sie konnte tun und lassen, was sie wollte. Tief befriedigt und müde von der Anstrengung und den mehrfachen Orgasmen, ließ Claudia die Wölfin schließlich los. Lupias unverkennbares Freudengeheul blieb auch Jean Luc nicht verborgen. Eine ängstliche und doch lustvolle Vorahnung jagte ihm Schauer über den Rücken. Auch ohne Lupias lautstarkes Triumphgeheul kannte er bereits den Unterschied zwischen Claudia und ihrem zweiten Ich, der Wölfin. Er liebte und fürchtete sie beide, war sich aber nicht im Klaren, welche von beiden er bevorzugte.

Lupia erhob sich vom Bett und schlenderte zum Nachttisch hinüber. Dabei zog sie lässig den roten Dildo aus dem Harness und ließ ihn achtlos auf den Boden fallen. Sie überging einen der auf dem Nachttisch ausgebreiteten Dildos und wählte stattdessen den letzten und größten. Einen solchen Dildo hatte Jean Luc noch nie zuvor gesehen; er hatte auf der Seite einen Knopf und an der Basis einen Stöpsel, den Lupia herausgezogen hatte. Sie war jetzt dabei, den Schaft mit Gleitmittel zu füllen. Mit wölfischem Lächeln sah sie ihn an. Der Anblick ließ ihn vor Angst zittern und stöhnen, aber sie warf nur den Kopf zurück und lachte voll Entzücken über seine Verzweiflung. Sie steckte den Dildo in den Harness und kletterte langsam und bedrohlich aufs Bett, indem sie zuerst beide Arme auf dem Bett abstützte und sich dann mit beiden Beinen zugleich darauf schwang. Die Bewegung erinnerte Jean Luc an die Art, wie ein Tier auf ein Bett springen würde, wobei sein Eindruck durch das wölfische Grinsen auf ihrem Gesicht noch verstärkt wurde. Aller Angst zum Trotz spürte er, wie sein Penis sich versteifte, und unbewusst fing er an, ihn an den Kissen zu reiben.

Lupia packte ihn an den langen dunklen Haaren und drehte sein Gesicht in ihre Richtung. Auf allen vieren über ihm kauernd, brachte sie sich so in Position, dass ihr Schwanz sich über seinem Gesicht befand. Dann begann sie, mit den Hüften auf und ab zu federn, so dass ihr Schwanz ihm ein übers andere Mal ins Gesicht schlug. Augenscheinlich erregt, knurrte und grunzte Lupia bei jedem Stoß und genoss es aus vollen Zügen, ihn zu demütigen. Nach ein paar Minuten brach sie auf ihm zusammen, ihr Schwanz stieß ihm ins Gesicht und sein Kopf war unter ihrem Körper gefangen. Keuchend und nach Luft ringend, lag sie da. Aber kaum hatte sie verschnauft, da fiel ihr schon wieder etwas Neues ein. Sie stand auf, machte seine Handgelenkfesseln los und befahl ihm, sich mit dem Gesäß auf dem Bett so weit es ging hinzuknien. Jean Luc gehorchte sofort, obwohl diese Haltung angesichts seiner noch immer in Grätschhaltung gefesselten Fußgelenke sehr unbequem und schwierig zu halten war. Lupia erhob sich vor ihm auf den Knien, ihr Penis direkt vor seinem Gesicht.

»Ich will dich ins Gesicht ficken«, knurrte sie. »Mach den Mund auf und halte ihn offen und bedecke die unteren Zähne mit der Zunge. Du sollst nicht an mir lutschen und auch sonst nichts mit der Zunge machen. Ich benutze deinen Mund als Loch für mein Vergnügen. Dir wird es nur wenig oder überhaupt keinen Spaß machen. Das einzige Vergnügen, das du daraus ziehen kannst, ist der Umstand, dass du mir Vergnügen bereitest. Mach jetzt den Mund auf!«

Als er den Mund öffnete, packte ihn Lupia mit beiden Händen am Kopf und hielt ihn genau an die Stelle, wo sie ihn haben wollte. Dann zwängte sie ihren Schwanz in seinen Mund und fing an zu pumpen. Wenn man bedachte, welche Rolle sie spielte, begann sie tatsächlich etwas schonend, aber es dauerte nicht lange, da wurden ihre Stöße tiefer und härter. Er konnte den Duft ihrer vorausgegangenen Orgasmen riechen, und obwohl er sich zutiefst erniedrigt fühlte und hier unverhohlen als Behälter für ihre Lust benutzt wurde, törnte ihn dieser Geruch noch mehr an. Als sie ihm tief in die Kehle stieß, schossen ihm die Tränen in die Augen und der Rotz lief ihm aus der Nase. Aber unnachgiebig zwang sie ihm den prallen Schwanz noch tiefer ins Gesicht, bis er würgen musste. Hin und wieder ermahnte ihn Claudia, seine Kehle zu entspannen und sich nicht zu wehren, damit es nicht so schlimm für ihn wäre. Er versuchte, auf sie zu hören, ihren Anweisungen zu folgen, aber solange Lupia seinen Kopf festhielt und ihn brutal in den Mund fickte, fiel ihm das sehr schwer. Lupias Pumpenschübe wurden zunehmend härter, so dass ihm gelegentlich sogar der Harness an die Lippen prallte, was sein Unbehagen und sein inneres Feuer noch verstärkte und ihn langsam, aber sicher zum Höhepunkt trieb.

Erst als er erneut würgte, ließ Lupia von ihm ab. Sie legte sich aufs Bett zurück und streichelte ihren Schwanz, indem sie seinen Speichel als Gleitmittel benutzte. Weil er keine Erlaubnis erhalten hatte, sich zu bewegen, verharrte Jean Luc in seiner unangenehmen knienden Haltung und beobachtete sie von unten heraus mit tränenverschleierten Augen. Ihre Beine waren weit auseinandergespreizt und ihr Rücken lag in der Mitte auf dem Kissenstapel auf, wodurch ihr Schwanz aufrecht nach oben stand, während sich ihr Hals über die Kissen nach hinten bog. Ihr rechter Nippel hatte sich über den Ausschnitt ihrer Bluse geschoben, und beide Brüste waren kurz davor, ganz herauszuspringen. Ihr langes Haar war zerzaust und unordentlich. An der Art und Weise, wie sie ihren Schwanz streichelte, erkannte Jean Luc, dass sie damit an ihrer Klitoris rieb, um sich zum Orgasmus zu bringen. Bald ging ihre Atmung schwerer, wurden ihre Bewegungen heftiger. Sie hielt den Dildo jetzt ganz dicht an der Basis, um die Wirkung auf ihre Venusknospe zu erhöhen. Ein paar Sekunden später verkrampfte sich ihr Körper in unkontrollierten Zuckungen und ein Brüllen, gefolgt von einem Lustschrei, kündete davon, dass sie gekommen war. Lupia lag auf dem Bauch, einen Arm über den Kopf zurückgeworfen und mit geschlossenen Augen, als sie langsam wieder auf die Erde zurückschwebte.

Schließlich setzte sie sich auf und schaute Jean Luc an, als wisse sie nicht, wer er war oder was er hier zu suchen hatte. Dass sie ihn anscheinend nicht wiedererkannte, erschreckte ihn mehr als alles, was in dieser Nacht passiert war. Sein ganzer Körper spannte sich an und es kam ihm der völlig irrationale Gedanke, sie würde sich auf ihn stürzen und ihn mit ihren scharfen Wolfszähnen in Stücke reißen. Aber langsam verlor sich der ausdruckslose Blick und machte einem breiten Lächeln Platz, das Claudia und Lupia gehörte, und sie wurde wieder sie selbst. Jean Lucs Erleichterung war übergroß, und die Anspannung entwich aus seinem Körper wie eine Sturzflut. Er kniete immer noch, während Claudia/Lupia den Kissenberg wieder richtete. Als sie fertig war, bedeutete ihm die Frau, die jetzt wieder mehr Claudia als Lupia war, dass er sich darüber ausstrecken solle. Sobald er sich in Position gebracht hatte, legte sie ihm wieder die ledernen Handfesseln an. Als sie an ihm hinunter zu den gespreizten Beinen kroch, rieb sie ihren Körper gegen seinen, biss ihn zart in den Nacken und fuhr ihm mit den Fingernägeln über den Rücken, was ihm Schauer die Wirbelsäule hinauf und hinunter jagte. Er stöhnte vor Wonne über ihre Zuwendung und bereitete sich innerlich auf das vor, was jetzt kommen musste.

Nachdem Claudia ihre Stellung zwischen seinen Beinen eingenommen hatte, kam Lupia wieder mehr ins Spiel. Lupia ritzte mit den Nägeln sachte an seinen Schenkeln auf und ab und knetete dann seine festen, wohlgeformten Hinterbacken. Mit ihrem zerzausten Haar kitzelte und peitschte sie seine Gesäßbacken und biss dann nacheinander in jede hinein. Sie streckte sich auf ihm aus, fasste ihn bei den Händen, schlang ihre Beine um die seinen und drückte ihre Brüste gegen seinen Rücken. Und wieder spürte er kleine Bisse in seinen Hals, Knabbern an seinen Ohrläppchen, heißen Atem in sein Ohr und Nägel, die ihm übers Fleisch ritzten, diesmal an den Seiten auf und ab. Sie stöhnte und wand sich, als sie völlig Besitz von ihm ergriff: von seinem Geist, seiner Seele, seinem Körper. Im Eiltempo näherte sich Jean Luc dem Punkt, wo sie ihn beide haben wollten – der rückhaltlosen Unterwerfung unter ihren Willen. Dann würde sie ihm das geben, wonach er im verborgensten Winkel seines Herzens sehnlichst verlangte.

Jean Luc stöhnte unter ihr, und zwischen dem Stöhnen entwichen ihm hie und da verständliche Worte. Zu tief in ihre animalische Natur versunken, nahm Lupia diese Worte gar nicht wahr, aber Claudia hörte sie deutlich. Jean Luc flehte sie an, ihn von hinten zu nehmen, bat sie inständig, ihn zu durchdringen, wiederholte immer und immer wieder, sie solle ihn anal penetrieren und ihm damit seinen tiefsten Herzenswunsch erfüllen. Claudias Herz schmolz bei diesen Worten dahin; das war es, worauf sie die ganze Zeit gewartet hatte. Alles, was sie bis jetzt mit ihm angestellt hatte, war mit seinem stillschweigenden Einverständnis geschehen, aber stillschweigendes Einverständnis und bewusstes Bitten unterscheiden sich wie Tag und Nacht. Bis jetzt hatte er sich ihr untergeordnet, aber er hatte sich nicht völlig für sie aufgegeben. Für sie bedeutete diese verbale Kapitulation, dass er mit Leib und Seele zu seinen Wünschen stand und sie jetzt ohne Schuldgefühle, voller Freude und Lust akzeptieren konnte. Sie brachte Lupia unter Kontrolle und sagte ihr, dass sie nun hätten, was sie wollten, und ihm seinen Wunsch gewähren konnten, ohne dass er sich gezwungen, schuldig oder missbraucht fühlen würde.

»Mein Liebling, mein lieber Jean Luc, deine Worte bedeuten mir so viel«, flüsterte sie ihm zärtlich ins Ohr, während sie noch immer auf seinem Rücken lag und ihn mit sanften Küssen bedeckte. »Ohne sie wären wir nicht weiter gegangen. Heute Nacht hätten wir das Ende erreicht. Aber weil du sie jetzt gesprochen hast, werde ich deinem Wunsch entsprechen, mein süßer Jean Luc. Ich gebe dir, wonach du verlangst, weil du mich darum gebeten hast. Und danach werden wir ein Liebespaar sein, falls das ebenso dein Wunsch ist wie meiner.«

»Ja, Claudia, ja. Heute Nacht ist noch nicht das Ende. Ich gebe mich dir ganz hin …« Von Leidenschaft erstickt, versagte seine Stimme. Widerstrebend erhob sich Claudia von seinem Rücken. Nur ungern trennte sie sich von dem Gefühl seines starken, schwitzenden Körpers unter dem ihren. Sie rieb den Dildo mit Gleitmittel ein und ging über seinem Gesäß in Stellung. Weil dieser Dildo der größte war, drang sie nur langsam und vorsichtig in ihn ein und achtete genau darauf, dass alle Laute, die er von sich gab, nur von Lust und nicht von Schmerz zeugten. Sie bat ihn, nach unten zu drücken, um ihr hineinzuhelfen, und er tat es. Bald trieb er den Dildo aus eigener Kraft in sich hinein und stöhnte ungehemmt, wenn er sich hochreckte und immer tiefer in sich selbst eindrang. Claudia umfasste ihn unter den Hüften mit den Armen und ließ ihm freie Hand mit ihrem Dildo. Seine rhythmischen Schübe rieben seinen Penis an dem latexbedeckten Kissenstapel und den Dildo an ihrem geschwollenen Kitzler. Sie wollten gleichzeitig zum Höhepunkt gelangen, und zu diesem Zweck umfasste Claudia mit einer Hand seinen Penis und begann, ihn zu streicheln. Sie packte ihn fest in der Mitte und ließ ihre Hand hoch und runter über die Eichel gleiten. Sie hielt sich selbst zurück, bereit, jederzeit mit nur einem Stoß des Dildos gegen ihren Körper zu kommen.

Jean Luc fing an zu ächzen und bat um die Erlaubnis, kommen zu dürfen. Sie schwieg einen Moment, während sie weiter seinen Penis bearbeitete und ihn zum Äußersten trieb. Fast unbemerkt zog sie eine Hand unter seinem Körper hervor und tastete nach dem Knopf am Dildo. Sie standen kurz davor zu explodieren, und sie wollte ihm den erregendsten, lustvollsten Augenblick bereiten, den er je erlebt hatte. Alles sollte perfekt sein. Als keiner von beiden sich auch nur eine Sekunde länger zurückhalten konnte, gab sie ihm die Erlaubnis zu kommen. Mit ihrer Hand um seinen Penis konnte sie den genauen Moment seines Höhepunkts erkennen. Als sie fühlte, dass sein Glied anfing zu zucken, und die ersten heißen Tropfen seiner Liebesmilch aus ihm hervorquollen, drückte sie den Knopf am Dildo, und das jetzt warme Gleitmittel schoss heraus. Auf die Sekunde genau in diesem Augenblick spritzte Jean Luc ab, und als er das Gleitmittel spürte, das zeitgleich in ihn einströmte, konnte er nicht mehr an sich halten. Er schrie und stöhnte, dass es den ganzen Raum erfüllte, und rief ihren Namen, immer und immer wieder. Bevor sie den Knopf gedrückt hatte, um sich in ihn zu ergießen, hatte sie dafür gesorgt, dass die Basis des Dildos genau ihre Klitoris traf, so dass auch sie einen weiteren überwältigenden Orgasmus erlebte. Lupia heulte vor Erleichterung und Lust, als sie und Claudia diese ergreifende Erfahrung teilten.

Gesättigt und erschöpft zog sich Lupia in den hintersten Schlupfwinkel von Claudias erotischer Seele zurück. Sie hatte kein Interesse an den Liebkosungen und Zärtlichkeiten, die Claudia und Jean Luc jetzt austauschen würden. Den Dildo noch immer tief in Jean Luc versenkt, streichelte sie ihn und flüsterte ihm süße Worte ins Ohr. Auch jetzt drängten sich ihre schweißgebadeten Körper in leidenschaftlicher Umarmung aneinander, während sie sich küssten und knuddelten und das Gefühl genossen, so eng beisammen zu sein. Als das Nachglühen allmählich abebbte, zog sie sich sanft aus ihm zurück. Sie entfernte Harness und Dildo und warf beides mit einer Handbewegung außer Sichtweite auf den Boden. Dann befreite sie ihn von den Fesseln. Jean Luc setzte sich auf, zog sie in seine Arme und küsste sie leidenschaftlich. Sie unterbrach seinen Kuss, schleuderte das Latextuch beiseite und schob die Kissen ans Kopfende des Bettes zurück. Dann legte sie sich ausgestreckt auf die Seite und lud ihn ein, sich neben sie zu legen. Das ließ er sich nicht zweimal sagen. Im Handumdrehen lagen sie eng umschlungen da und küssten sich leidenschaftlich, so wie es Liebespaare tun.

Es dauerte nicht lange, da hatte Jean Luc eine weitere Erektion, und auch Claudia war feucht vor Verlangen nach ihm. Sie öffnete sich ihm, und er drang in sie ein. Sein Liebesspiel war eine perfekte Mischung aus rau und sanft, und er besaß eine große Selbstbeherrschung. Er zögerte es lange hinaus, bevor er ihr einen weiteren, alles mitreißenden Orgasmus bescherte. Beim innigen Beisammensein danach flüsterten sie sich ins Ohr, dass dies nur der Anfang war, dass sie sich weiter gegenseitig erforschen, genießen und sich näher kommen wollten. Dass jeder das gefunden hatte, wonach er suchte.

Teil 4

Mehrere

Das Dienstmädchen Cissy

Eines Abends wollte die Herrin eine Party geben und bestimmte, dass Cissy, ihr französisches Dienstmädchen, sie und sechs befreundete Herrinnen bedienen solle. Da Cissy eine ausgezeichnete Köchin war, sollte sie auch die Zubereitung des Horsd'œuvre übernehmen. Außerdem war sie dafür zuständig, das Blumenarrangement zu besorgen, den Herrinnen aus ihren Mänteln zu helfen, diese aufzuhängen und sich genau zu merken, welcher Mantel welcher Herrin gehörte, Drinks zu servieren, den Tisch zu decken und abzuräumen, nach dem Essen das Geschirr zu spülen, die Aschenbecher zu leeren, Füße zu massieren und sich bei den Gästen der Herrin im Allgemeinen nützlich zu machen. Cissy hatte Anweisung, drei Stunden früher zu erscheinen, damit sie genug Zeit hatte, zu kochen und sich von der Herrin ordentlich in ihr Dienstmädchenkostüm kleiden zu lassen, bevor die Gäste eintrafen. Cissy würde sich von Kopf bis Fuß in eine Frau verwandeln, mit Make-up, Perücke und allem, was dazugehörte. Dabei sollte ihr auch – was besonders wichtig war – das lästige Anhängsel nach hinten zwischen die Beine gebunden werden! Cissy war sich bewusst, welch große Ehre ihr die Herrin erwies, und versprach, sich von ihrer besten Seite zu zeigen.

Als Cissy kam, verlangte die Herrin als Erstes von ihr, dass sie die Horsd'œuvres und die Platten mit den Appetithappen vorbereitete, damit diese zusammen mit den Blumen bereits kunstvoll auf dem Tisch angerichtet waren, wenn die Gäste kamen. Die Herrin hatte eine ganz bestimmte Art, wie sie das Essen präsentiert haben wollte, und zwar nicht einfach flach auf dem Tisch; vielmehr wurden umgedrehte Schüsseln und andere Dinge pfiffig unter die Tischdecke geschoben, damit das Essen auf verschiedenen Ebenen stand – ein hübscher Anblick, der die Speisen noch appetitlicher und verlockender wirken ließ. Das Blumenarrangement befand sich in der Mitte, wobei einige Blätter und Blüten dazu verwendet wurden, die leeren Zwischenräume zu dekorieren. Lange, kegelförmige Kerzen standen in glänzend polierten Messingkerzenhaltern an den Tischenden. Als die Herrin mit dem Anblick des Buffets zufrieden war, nahm sie sich Cissy vor, um sie in ihr Dienstmädchenkostüm zu stecken.

Die Herrin befahl Cissy, ihre Kleider abzulegen, und gab ihr zum Anziehen ein Frauenkleid. Dann wies sie Cissy an, sich vor dem Auftragen des Make-ups gründlich zu rasieren. Cissy war eine Blondine. Das machte es für die Herrin leichter, sie zu schminken, weil kein dunkler Bart oder Teint ihren Bemühungen im Weg stand. Als Erstes behandelte die Herrin die Stellen, wo Cissys Barthaare wuchsen, mit Rouge. Dadurch wurde ihr Teint ausgeglichen und für den nächsten Schritt vorbereitet, die Grundierung und die Abdeckcreme für die untere Augenpartie. Auf Cissys Lider und unter ihre Augen trug die Herrin losen Gesichtspuder auf. Sorgfältig suchte sie aus ihrem Lidschattensortiment einen dunklen Farbton aus, weil Cissy heute Abend etwas nuttig wirken sollte. Die Herrin hielt nämlich für den Abschluss des Abends eine kleine Überraschung für Cissy bereit, eine Überraschung, in die sie die anderen Herrinnen eingeweiht hatte, und die dunklen Farben würden über den Plan der Herrin eine eindeutige Aussage machen.

Nachdem der Lidschatten aufgetragen war, umriss ihn die Herrin am oberen Lid mit einem dünnen Strich Eyeliner. Dann setzte sie die Wimpernzange an und zählte langsam bis zehn. Als sie damit fertig war, trug sie zwei dicke Schichten Wimperntusche auf, die eine, um den Wimpern mehr Volumen zu geben, die andere, um sie länger erscheinen zu lassen. Cissys Wangen wurden längs der Linie ihrer hohen Backenknochen mit leicht dunkelrotem Rouge bepinselt. Es fehlte nur noch der rote Lippenstift, aber schon jetzt sah Cissy fast ganz aus wie ein Mädchen.

Die nächste Handlung, die die Herrin an Cissy vornahm, bestand darin, ihr einen kleinen bis mittelgroßen Buttplug in den Hintern zu schieben. Die Herrin hatte Cissy gelehrt, wie sie den Buttplug ohne zeitverschwenderisches Gefummel und unverdientes Vergnügen entgegenzunehmen hatte. Cissy drückte kräftig nach unten, so dass der Buttplug geradewegs hineinglitt. Als Nächstes musste Cissys Wurmfortsatz nach hinten gebunden werden, damit vorne rum alles schön glatt aussah, wie die Vulva bei einem richtigen Mädchen. Die Herrin drohte oft mit Kastration, wenn Cissy unartig war. Das war ein sehr wirkungsvolles Mittel, um sie in die Schranken zu weisen. Zum Zurückbinden verwendete die Herrin eine Art Schweifriemen. Sie nahm ein dünnes Seil, das normalerweise für die Schwanz-und-Hoden-Bondage verwendet wurde, in der Mitte zusammen, legte die Schlinge um das Köpfchen von Cissys Schwanz und band es ab. Anschließend zog sie Cissys Schwanz zwischen den Beinen nach hinten bis in die Mitte der Eier. Das Seil führte sie durch die Arschspalte straff nach oben bis zur Taille. Dann machte die Herrin wie gewohnt mit dem Schweifriemen weiter, legte ihn um Cissys Taille, schlang ihn vorne um sich selbst, zog ihn um Cissys Rücken und band ihn fest.

Falls Cissy eine Erektion bekäme, während ihr Schwanz so gut verzurrt war, würde es ziemlich schmerzhaft werden, das wusste die Herrin ebenso wie Cissy. Sie wussten aber auch, dass Cissy auf jeden Fall einen Steifen kriegen würde. Allein die Tatsache, dass der Buttplug, auch wenn er nicht sehr groß war, mehrere Stunden in ihrem Hintern bleiben musste, würde bei Cissy Wunder wirken. Das gehörte zum Spaß dazu.

Nachdem Cissys Teil sicher aus dem Weg geräumt war und keine der Besucherinnen, wenn sie Platz genommen hatten, durch die Nähe zu ihrem Gesicht verärgern konnte, wählte die Herrin Cissys Unterwäsche aus. Sie reichte ihr eine durchsichtige, figurformende Control-Top-Strumpfhose mit stützendem Höschenteil. Seit Langem hatte die Herrin Cissy beigebracht, wie man die Strumpfhose zwischen Daumen und Zeigefinger aufwickelt, bevor man den Fuß hineinsetzt, wie man sie an den Beinen abrollt und wie man sie zwischen den Beinen und um die Taille herum für optimalen Sitz zurechtzieht. Dazu musste sie einen breiten, schwarzen Strumpfgürtel mit vier Strapsen für jedes Bein anlegen. Dann gab die Herrin ihr noch ein Paar Netzstrümpfe mit Spitzensaum, die sie über die Strumpfhose ziehen sollte. Die Herrin verlangte von Cissy nicht, sich die Beine zu rasieren, weil Cissys Haar fein und sehr hell war. Außerdem verdeckte die doppelte Schicht aus Strumpfhose und Netzstrümpfen ohnehin jeglichen Haaransatz.

Als Nächstes kamen Cissys BH und die naturgetreuen Silikonbrüste an die Reihe. Es war ein schwarzer Spitzen-BH, dessen Körbchen, Größe D, von den Brüsten ordentlich ausgefüllt wurden. Die Herrin legte großen Wert darauf, dass alles zusammenpasste. Deshalb hatte sie dieses Dessous-Set für Cissy auf einer gemeinsamen Shopping-Tour persönlich ausgesucht. Nachdem Cissy unter dem wachsamen Auge der Herrin den BH angezogen und die Strapse justiert hatte, zog die Herrin Cissys kleine »Männer-Titten« nach oben und schob die falschen Brüste darunter, damit das Dekolleté natürlich aussah. Jetzt war Cissy bereit für das Glanzstück, das schwarze Samtkorsett. Cissys natürlicher Taillenumfang betrug achtzig Zentimeter. Deshalb hatte die Herrin für Cissy ein Korsett der Größe sechsundzwanzig ausgesucht.

Zunächst löste die Herrin die Schnürbänder, damit Cissy den Fischbeinstab vorne schließen konnte. Dann schickte sich die Herrin an, das Korsett so fest wie möglich zu schnüren. Sie genoss es, wenn Cissy korsettiert und obendrein noch zugestöpselt war. Sie wusste, dass es Cissy ein enges und volles Gefühl vermittelte, das sie ständig an ihre Herrschaft über sie erinnerte. Die Herrin befahl Cissy, sich am Türpfosten festzuhalten, während sie mit den Bändern beschäftigt war. Ihre geschickten Finger in Verbindung mit dem Einsatz ihres Knies in Cissys Kreuz waren nur der erste Schritt im Schnürsystem der Herrin. Im zweiten

Schritt musste Cissy die Arme über den Kopf halten, während die Herrin, das Knie noch immer in Cissys Kreuz, die Schnüre fester zog. Im dritten Schritt musste Cissy sich bäuchlings auf das Bett legen, damit die Herrin den Schnüren den letzten Zug verpassen konnte. Dann hob Cissy Hüften und Taille, damit die Herrin die überschüssigen Schnurenden von vorn nach hinten ziehen und auf dem Rücken verschnüren konnte. Erst danach durfte Cissy für die Begutachtung durch die Herrin aufstehen.

Die Herrin wies Cissy an, sich in die Mitte des Fußbodens zu stellen. Dann ging sie um Cissy herum, korrigierte den Sitz ihrer Netzstrümpfe, richtete sowohl die falschen als auch Cissys eigene Brüste, versetzte dem Buttplug einen kleinen Stoß, nur um Cissy daran zu erinnern, dass er noch da war, und überzeugte sich, dass das Korsett so eng anlag, wie es sich gehörte. Cissy fühlte sich in ihrem Korsett wohl. Es kam ihr vor, als würde die Herrin sie bei jeder Bewegung umarmen. Doch auch die Herrin fand es toll, Cissy das Korsett anzulegen, einerseits wegen des Aspekts von Bondage und Kontrolle, der dem Tragen eines Korsetts innewohnt, andererseits gefiel ihr, wie Cissy durch die eingezwängte Taille gleich viel weiblicher wirkte. Zufrieden mit Cissys äußerer Erscheinung, musste sie ihr jetzt nur noch eine passende Perücke aussuchen. Sämtliche Crossdresser- und Dienstmädchenperücken wurden von der Herrin sorgsam unter Verschluss gehalten. Einmal hatte sie nämlich den Fehler begangen, Cissy eine Perücke mit nach Hause nehmen zu lassen. Als Cissy das gute Stück zurückbrachte, sah es aus, als hätte Cissy eine Woche lang damit geschlafen und es nicht ein einziges Mal durchgekämmt. Dafür hatte Cissy eine ordentliche Tracht mit dem Rohrstock bekommen, und die Perücke wurde ihr weggenommen.

Da Cissy blond und blauäugig und ein heller Hauttyp war, konnte die Herrin sich aussuchen, ob sie das Blond beibehalten oder ihr eine rabenschwarze Perücke verpassen wollte. An diesem Abend ließ die Herrin die blonden Perücken links liegen.

Ebenso überging sie die langen, wallenden schwarzen, weil sie keine Haare im Essen haben wollte. Stattdessen wählte sie eine schwarze Perücke mit sauberem Pagenschnitt und Pony.

Sie kämmte die Perücke ordentlich durch, ohne sie weiter zu stylen. Das schwarze Haar zusammen mit dem dunklen Augen-Make-up und Cissys blauen Augen verlieh Cissy ein leicht nuttiges Aussehen, genau richtig für die kleine Überraschung, die die Herrin für später bereithielt. Jetzt war es an der Zeit, das Dienstmädchenkostüm auszuwählen, das Cissy an diesem Abend tragen sollte.

Die Herrin öffnete die Kleiderschranktüren und wägte jede Möglichkeit mit Kennerblick ab. Sie verweilte kurz bei dem schwarzen Latex-Dienstmädchenkostüm, ließ es dann aber beiseite, zum einen weil sie die Latexpolitur nicht in der Nähe des Essens haben wollte, zum anderen weil sie verhindern wollte, dass Cissys Kleid mit hässlichen dunklen Flecken beschmutzt wurde. Schließlich fiel die Wahl auf eine schwarze Satin-Uniform, deren tiefer Halsausschnitt ebenso wie der Saum und die Ränder der kurzen Ärmel mit weißer Spitze besetzt waren. Diese Uniform war speziell für Cissy geschneidert worden und passte ihr wie angegossen. Cissy war ganz begeistert davon, dass die Herrin für den Abend gerade dieses Kostüm aussuchte. Vorsichtig stieg sie in das Kleid, denn sie wollte auf keinen Fall ihr Haar oder ihr Make-up durcheinanderbringen. Schwarze Kunstlederpumps mit bequemen, neun Zentimeter hohen Absätzen sollten Cissys Füße zieren. Cissy schlüpfte hinein und stand auf, um sich von der Herrin begutachten zu lassen. Nachdem sie ein oder zwei abstehende Haare glatt gestrichen, Cissys Ausschnitt gerichtet und die kurzen Ärmel an Cissys Kleid hochgebauscht hatte, kam die Herrin nun zu dem, was Cissy für die abschließende Feinarbeit hielt: dem Auftragen des dunkelroten Lippenstifts.

Aber die Herrin steckte voller Überraschungen und reichte Cissy ein Paar schneeweiße, bis zu den Handgelenken reichende

Baumwollhandschuhe, die Cissy beim Bedienen tragen sollte. Obwohl die Handschuhe wirklich hübsch aussahen und das Outfit perfekt vervollständigten, wussten sowohl die Herrin als auch Cissy, dass die Handschuhe das Bedienen der Herrinnen in mancher Hinsicht schwieriger machen würden. Cissy durfte die Handschuhe nur ablegen, wenn sie eine Fußmassage gab. Nach der Fußmassage musste sie die Hände waschen und die Handschuhe wieder anziehen.

Nur wenige Minuten, nachdem sie mit dem Ankleiden fertig waren, traf auch schon die erste Herrin, Alexis, ein. Cissy öffnete die Tür, hieß sie willkommen, nahm ihr den Mantel ab und bot ihr etwas zu trinken an. Cissy war darin unterwiesen worden, wie sie ein Tablett mit nur einer Hand an der Unterseite zu tragen hatte und in welcher Reihenfolge die Getränke zu servieren waren, nämlich zuerst die Getränke, die auf der ihr abgewandten Seite des Tabletts standen. Cissy hatte viel Prügel bezogen, bevor sie es richtig beherrschte, aber jetzt wurde ihr die Sache durch die weißen Baumwollhandschuhe zusätzlich erschwert: Das Tablett konnte leicht abrutschen, und Cissy musste noch größere Vorsicht walten lassen als sonst. Wenn sie ihrer Herrin Schande machte, indem sie das Tablett fallen ließ oder Getränke verschüttete oder beides, musste sie mit einer sofortigen schlimmen Bestrafung rechnen.

Kaum hatte Herrin Alexis ihren Drink bekommen, da läutete die Türglocke abermals und die Herrinnen Brianna und Claire trafen ein. Auch bei diesen erfüllte Cissy ihre Willkommenspflichten, musste sich aber beeilen, den Neuankömmlingen ihre Drinks zu servieren, weil es gleich darauf schon wieder klingelte. Zwei weitere Herrinnen, Herrin Elaine und Herrin Meris, hatten sich zusammen ein Taxi in die Innenstadt genommen. Mäntel wurden abgenommen, Getränkewünsche geäußert, und Cissy eilte in die Küche, um die Drinks für die Herrinnen zu holen, bevor die Glocke wieder läutete. Endlich war auch die letzte Herrin, Herrin Francesca, angekommen.

Nachdem Cissy Herrin Francescas Mantel versorgt und ihr das Getränk gebracht hatte, gönnte sie sich eine Verschnaufpause, um einen Blick auf die versammelten Herrinnen zu werfen. Jede war auf ihre eigene Weise schön, und es erfüllte Cissy mit Stolz, dass ihre Herrin ihr die Ehre erwiesen hatte, bei einer so entzückenden, vielseitigen Zusammenkunft bedienen zu dürfen. Zwar war es Cissy antrainiert worden, den Blick gesenkt zu halten und keiner Herrin ohne ihre ausdrückliche Erlaubnis ins Gesicht zu sehen, aber angesichts der großen Ehre, die ihr zuteil wurde, stand sie etwas aufrechter als sonst da.

Die Herrinnen hielten Cissy auf Trab. Sie musste Drinks nachfüllen, Aschenbecher leeren, häufig auch selbst die Asche schlucken, Platten mit den Appetithappen, die sie zuvor bereitet hatte, herumreichen, und, wenn gerade nichts anderes anstand, Fußmassagen geben. Weil sie den ganzen Abend über von niemandem zurechtgewiesen wurde, war Cissy der Meinung, dass sie ihre Sache großartig machte. Es fiel ihr gar nicht ein, dass eine Absicht dahinterstecken könnte und dass die Herrinnen bereits einen geheimen Plan für sie geschmiedet hatten.

Der geheime Plan bestand darin, dass keine Herrin irgendetwas zu Cissys Verhalten sagen würde, was ihr missfiel. Etwa eine Stunde bevor die Herrinnen aufbrechen würden, würde der geheime Plan in die Tat umgesetzt. Endlich war der Zeitpunkt gekommen. Die Herrinnen bildeten einen Sitzkreis und Cissys Herrin befahl dieser, sich in die Mitte zu stellen. Dann eröffnete sie ihr den geheimen Plan.

»Meinst du, dass du uns heute Abend gut bedient hast, Cissy?«, fragte die Herrin.

»Jawohl, gnädige Frau!«, antwortete Cissy etwas dünkelhaft, weil niemand sie bislang bestraft hatte.

»Nun, bevor wir uns anhören, was die Herrinnen dazu zu sagen haben, erzähle ich ihnen mal ein bisschen davon, was du heute Abend trägst«, sagte die Herrin kühl. »Cissy wurde der

Schwanz zwischen den Beinen zurückgebunden und zwischen ihren Eiern eingezwängt, damit es vorn herum aussieht wie eine Vulva. Das Seil habe ich hinten an dem Buttplug befestigt, den Cissy schon den ganzen Abend im Arsch stecken hat, damit er nicht herausrutscht.«

Cissy errötete vor Scham, wie die Herrin es erwartet hatte, und ließ den Kopf hängen, das Kinn auf der Brust, die Augen fest auf den Boden geheftet.

»Jetzt wollen wir hören, was meine dominanten Freundinnen zu deinem Betragen zu sagen haben!«, fuhr die Herrin fort, der Cissys Erniedrigung sichtlichen Genuss bereitete. »Beginnen wir mit Herrin Alexis!«

Herrin Alexis beschwerte sich, dass Cissy sehr lange gebraucht habe, um ihr einen neuen Drink zu bringen, und dass er dann so stark gewesen sei, dass ein anderer bereitet werden musste, wodurch sie noch länger hatte warten müssen. Herrin Alexis befahl Cissy, ihr ihren Mantel zu bringen. Aus einer Innentasche zog sie eine lederne Riemenpeitsche hervor und wies Cissy an, sich über die Armlehne des Sofas zu beugen und ihren Rock hochzuheben, um ihr fünfundzwanzig Peitschenhiebe zu verabreichen. Jeder Hieb musste laut mitgezählt werden, und am Ende sollte sie sich bei Herrin Alexis bedanken. Cissy nahm ihre Strafe entgegen, dankte Herrin Alexis und kehrte dann auf Geheiß ihrer Herrin wieder in die Mitte des Kreises zurück.

Als Nächste kam Herrin Brianna an die Reihe. Obwohl Herrin Brianna fand, dass Cissy ein ganz passabler Aschenbecher sei, äußerte sie sich dennoch unzufrieden damit, dass ihr Kristallaschenbecher zum Überquellen voll gewesen sei und Cissy ständig vergessen habe, ihn zu leeren. Herrin Brianna legte ihren Ledergürtel ab, nahm ihn doppelt und zeigte auf die Armlehne des Sofas. Noch einmal flog Cissys Rock hoch, und schweigend erhielt sie von Herrin Brianna fünfundzwanzig Hiebe mit dem Gürtel. Nach den fünfundzwanzig Hieben wurde Cissy auf die

Knie befohlen und musste Herrin Briannas Stiefel küssen. Cissy fügte sich und kehrte in die Mitte zurück, um die nächste Kritik und Strafe entgegenzunehmen.

Herrin Claire war die Nächste, und sie schalt Cissy wegen ihres männlich-plumpen Gangs – »du trampelst im Zimmer herum wie ein Lastwagenfahrer«, waren ihre genauen Worte. Sie zog einen ihrer Pumps aus, mit dem sie Cissy disziplinieren wollte. Aber anstatt sich wie zuvor über die Sofalehne zu beugen, musste Cissy sich diesmal in der Taille vornüber beugen und ihre Fußgelenke umfassen. Diese Haltung ließ Cissys Rock ganz selbstverständlich nach vorne fallen und enthüllte ein Gesäß, dessen beginnende Rotfärbung sogar durch die Strumpfhose hindurch zu erkennen war. Die fünfundzwanzig Hiebe mit Herrin Claires Schuhsohle landeten absichtlich genau auf dem vorstehenden Ende des Buttplugs und waren die schmerzhafteste Strafe, die Cissy bislang bekommen hatte. Demütig bedankte Cissy sich bei Herrin Claire für die Maßregelung und Züchtigung und kehrte auf ihren Platz in der Mitte zurück.

Jetzt war Herrin Elaine an der Reihe. Herrin Elaine reklamierte, dass Cissys Lippenstift verschmiert sei. Herrin Elaine fand das ausgesprochen anstößig und undamenhaft. Zur Strafe sollte Cissy Schläge ins Gesicht erhalten, und zwar fünf mit der Vorhand und fünf mit der Rückhand. Cissy wurde auf die Knie befohlen, und Herrin Elaine verabreichte ihr die von ihr bestimmte Strafe mit sichtlicher Begeisterung. Am Ende war Cissys Lippenstift noch verschmierter als vorher. Als Herrin Elaine von Cissy wegtrat, fingen alle Herrinnen an, sie auszulachen, und Cissys Scham war für alle deutlich sichtbar.

Herrin Meris, die selbst Köchin war, beklagte, dass Cissy sich nicht ordnungsgemäß um das Buffet gekümmert habe. Sie habe Platten erst leer werden lassen, bevor sie sie wieder auffüllte, und habe außerdem nicht genug darüber gewacht, dass alles ordentlich, sauber und appetitlich blieb. Alle Herrinnen nickten zustimmend und meinten, dass da wirklich was dran sei. Gespannt warteten sie, wie Herrin Meris Cissy bestrafen würde. Herrin Meris entschied, dass Cissy ihren Mund öffnen und Herrin Meris' Spucke schlucken sollte. Alle wussten, dass Herrin Meris Probleme mit den Nebenhöhlen hatte; deshalb machte man sich allgemein auf ein paar schöne Schleimklumpen gefasst. Herrin Meris enttäuschte sie nicht, und Cissy war gezwungen, etliche zähflüssige Ladungen hinunterzuwürgen. Die Herrinnen lachten so sehr, dass die letzte Herrin, Herrin Francesca, mit ihrer Beschwerde und der geforderten Strafe warten musste, bis sie sich beruhigt hatten. Cissy musste die ganze Zeit in der Mitte stehen und das Gelächter und den Spott über sich ergehen lassen.

Herrin Francesca bemängelte, dass die Fußmassage, die sie von Cissy bekommen hatte, nicht sehr gut, um nicht zu sagen überhaupt nicht gut, gewesen sei. Als Herrin Francesca Cissy befahl, sich noch einmal über die Sofalehne zu beugen, bemerkte sie lachend zu den anderen Herrinnen gewandt, dass Cissy das Sofamuster jetzt sicher schon in- und auswendig kenne. Vielleicht wäre das auch ein guter Platz für das Buch über Fußreflexzonenmassage, das sie Cissy wärmstens zum Kauf empfehlen würde! Wieder brachen die Herrinnen in ein Gelächter aus, und Herrin Francesca nahm den johlenden Beifall mit einer leichten Verbeugung entgegen. Herrin Francescas Strafe war dem Vergehen angemessen: Sie hob Cissys Rock und gab ihr fünfundzwanzig Tritte in den Hintern, wobei sie genau darauf achtete, dass einige Tritte mitten auf dem vorstehenden Ende des Buttplugs landeten.

Zu Cissys Überraschung beteiligte sich ihre eigene Herrin nicht an der Gruppenbestrafung, aber das gehörte auch nicht zu ihrem Plan. Sie wollte die Bestrafung im privaten Rahmen durchführen und auf eine Weise, wie Cissy es nicht erwartete.

»Jetzt, Cissy, wirst du auf den Knien zu jeder Herrin kriechen und dich persönlich bei ihr entschuldigen«, befahl die Herrin. »Du wirst dein Vergehen nennen und ihr nochmals für die

Zurechtweisung und Bestrafung danken. Dann wirst du jeder Herrin den Schuh küssen.« Gedemütigt und geehrt, tat Cissy, wie ihr befohlen wurde.

Die Party war nun offiziell zu Ende, und Cissy hatte die Aufgabe, jeder Herrin in den Mantel zu helfen und sie nach draußen zu begleiten. Nachdem alle Herrinnen gegangen waren, gab die Herrin Cissy die Erlaubnis, zu duschen und wieder ihre Männerkleider anzuziehen. Die Strafe der Herrin bestand darin, dass Cissy sich an diesem Abend nicht in Gegenwart der Herrin erleichtern durfte. Stattdessen sollte Cissy die Herrin am nächsten Morgen um Punkt elf Uhr anrufen; vielleicht würde ihr dann gestattet, sich auf Befehl der Herrin einen runterzuholen.

Trotz dieser Enttäuschung verließ Cissy das Haus der Herrin mit einem breiten, dämlichen Grinsen auf dem Gesicht. Es war ihr bewusst, welch großes Privileg es war, für ein so wundervolles und seltenes Stelldichein der Herrinnen ausgewählt worden zu sein.

Reihenschaltung

Das Dasein als Herrin birgt seine Freuden, aber auch dementsprechende Ärgernisse. Eines der schlimmsten Ärgernisse sind Telefonanrufe oder E-Mails von männlichen Subs, die mir antragen, ihren Frauen oder Freundinnen »beizubringen«, sie zu dominieren. Warum, werden Sie fragen, sollte das ein Ärgernis sein? Nun, weil es sich bei näherem Nachfragen fast immer herausstellt, dass diese »Trainings-Session« als »Überraschung« für die Frau oder Freundin gedacht ist. Was für eine Überraschung, wenn sie überhaupt keine Ahnung oder noch schlimmer vielleicht überhaupt kein Interesse an seinen Plänen hat und nicht zugestimmt hat – was für gewöhnlich der Fall ist. Um das Problem zu lösen und diese männlichen Wesen schnell und ohne Mühe wieder loszuwerden, erkläre ich ihnen, dass ich es zwar toll finde, Paare zu trainieren, dass ich den Termin aber grundsätzlich nur mit der beteiligten Frau vereinbare. Dann bitte ich ihn, seiner besseren Hälfte auszurichten, sie solle mich anrufen, damit wir im Gespräch klären können, ob wir auf einer Wellenlänge sind und welche Erwartungen sie an die Sitzung hat. Wie Sie sich vorstellen können, ruft nur eine von hundert Frauen tatsächlich an.

Glücklicherweise verhielt es sich bei Herrin Sonya und ihrem Ehemann/Sklaven Joel anders. Joel schickte mir eine E-Mail, umriss kurz und sachlich, worum es ging, und erwähnte auch, dass Sonya mit Begeisterung *Die Kunst der weiblichen Dominanz* gelesen habe, das ihnen als Starthilfe für ihre sexuellen Abenteuer gedient habe. Ich antwortete mit der Aufforderung, dass Sonya mich anrufen solle. Zu meiner großen Überraschung tat sie es wirklich. Wir verstanden uns auf Anhieb. Sonya und ich unterhielten uns lange und lernten uns dabei nicht nur kennen, sondern erörterten im Detail Joels Vorlieben. Das war der Beginn einer netten, bereichernden und überaus lustigen Beziehung.

Joels Vorlieben waren ziemlich breit gefächert: Bondage, Nippelfolter mit Gewichten, körperliche Züchtigung mit Peitsche, Stock und Paddel, Verabreichung von Fußmassagen, Entzug des Sehvermögens, Oraldienst mit dem Dildo und anale Penetration. Und interessanterweise war er auch neugierig darauf, an einer Sitzung mit einem männlichen Switch teilzunehmen, der zunächst als sein Mit-Sklave auftreten und ihn später dominieren sollte. Bei so vielen Interessen, wie sollte es einem in einer Sitzung mit Joel je langweilig werden? Insbesondere in der letztgenannten. Aber Sonya und ich waren uns darüber einig, dass wir erst zu dritt miteinander vertraut werden müssten, ehe noch eine vierte Person hinzukäme. Denn sei es nun in der normalen heterosexuellen Welt oder in der Welt der ungewöhnlichen sexuellen Praktiken, je mehr Leute mit einbezogen werden, desto komplizierter gestaltet sich das Szenario.

Nach mehreren erfolgreichen und für alle sehr zufriedenstellenden Sitzungen zu dritt rief Sonya an und fragte, ob ich nicht einen heterosexuellen männlichen Switch kenne, der aufgeschlossen wäre und gerne an einer Sitzung teilnehmen wolle. In der Sitzung sollte der andere Mann zunächst Joels Mit-Sklave sein und sich dann in einen Dom verwandeln, der sich von Joel einen blasen lassen würde. Diesen Wunsch zu erfüllen, würde vielen schwerfallen: Die meisten heterosexuellen Männer kriegen nämlich keinen Steifen, wenn ein anderer Mann ihnen einen blasen will. Da kommt ihnen immer dieser irrationale Schwulenhass in die Quere. Aber ich habe da einen wahren Wunderknaben, und der Wunderknabe heißt Wyatt. Wyatt ist durch und durch männlich und dazu noch überaus schön anzuschauen. Er ist mittelgroß mit einem leicht muskulösen Körperbau, strahlend blauen Augen und sauber rasiertem Kopf und ein vollendeter Switch, dem es vollkommen schnuppe ist, wer ihm einen runterholt, solange ein Kondom verwendet wird. Wegen dieser besonderen Fähigkeit ist Wyatt bei vielen Herrinnen ein gefragter Mann. Sonya war hocherfreut, als ich ihr Wyatt beschrieb, und sie war sofort damit einverstanden, dass er an der Sitzung teilnehmen sollte. Jetzt mussten wir uns ausdenken, wie es zugehen sollte, dass Wyatt sich von Joels Mit-Sklaven in Joels Meister verwandelte.

Ich ließ mir ein tolles Szenario einfallen, bei dem wir alle auf unsere Kosten kämen und das uns von Punkt A nach Punkt B bringen würde. Ich sprach es mit Sonya durch, um ihre Zustimmung einzuholen und zu hören, ob sie noch weitere Vorschläge hätte. Zuerst würden wir mit einem gleichzeitigen Strip und der Begutachtung beider Sklaven durch jede einzelne von uns beginnen. Das war etwas aus meinem Buch, das Sonya total antörnte. Dann würde es für jede Dame eine Fußmassage geben. Aus einem Beutel mit Werbegeschenken aus der Businessclass eines Flugzeugs hatte ich ein Büchlein über Fußreflexzonenmassage. Darin waren die verschiedenen Fußbereiche mit Nummern versehen. Jeder Nummer entsprach eine Beschreibung der Wirkung, die eine Massage in dieser Fußzone hervorbringen würde. Ich würde für jeden von uns vieren eine Kopie davon machen. Wyatt würde bei mir anfangen, Joel bei Sonya. Dann würden wir tauschen und am Ende die Leistungen der beiden bewerten. Der Bewertung würde die angemessene Belohnung oder Bestrafung folgen. Danach würden wir zur Ermittlung des Siegers einen »Wettkampf« veranstalten, bei dem die Sklaven in drei verschiedenen Disziplinen gegeneinander antreten würden. Natürlich war das Ganze ein abgekartetes Spiel, sodass auf jeden Fall Wyatt zwei der drei Partien für sich entscheiden würde und zum Meister aufsteigen würde. Joel, der Verlierer, hätte dann Wyatt zu gehorchen.

Am vereinbarten Abend traf ich mich mit Wyatt vor dem sehr eleganten New Yorker Hotel, in dem Sonya und Joel residierten. Mit unseren »Zauberköfferchen« in der Hand, die alle Spielzeuge enthielten, die wir für die Session brauchten, fuhren wir hinauf in den siebenundvierzigsten Stock, wo Sonya und Joel eine Suite bezogen hatten. Nachdem ich alle miteinander bekannt gemacht hatte, zog ich mich mit Wyatt ins Badezimmer zurück, damit ich mit seiner Hilfe mein Outfit anlegen konnte. Da das große Finale erforderte, dass ich mit einem Umschnall-Dildo auftrat, hatte ich mich für einen langen schwarzen Latexrock mit hohem Schlitz am linken Bein entschieden, den ich schnell abstreifen konnte, dazu ein Korsett mit Leopardenmuster, das sich pelzartig anfühlte und das ich anbehalten würde, während ich den Harness trug. Ich trat aus dem Badezimmer, während der noch immer bekleidete Wyatt mir mit drei Schritten Abstand ehrerbietig folgte und die ausgewählten Spielsachen trug. Sonya und Joel hatten, während ich mich umzog, das Zimmer hergerichtet. Schals waren über die Lampen drapiert worden, um das Licht zu dämpfen, und eine sexy CD spielte im Hintergrund. Getränke, Gläser und ein Kübel mit Eis standen auf einem Tablett, um den Durst zu löschen, und die Öle für die Fußmassage waren auf dem Schreibtisch angeordnet.

Sonya und ich setzten uns und plauderten, während Joel Wyatt dabei half, die Spielzeuge, die wir mitgebracht hatten, griffbereit auszubreiten. Ich sah es Sonya an, dass Wyatt ihr gefiel. Man musste zugeben, dass er wirklich ein ziemlich gut aussehender Mann war. Nachdem sie ihre Arbeit verrichtet hatten, stellte sich jeder Sklave vor seine Herrin und unterzog sich dem üblichen Entblößungs- und Inspektionsritual. Sonya und ich begutachteten sowohl unseren eigenen Sklaven als auch den anderen Sklaven und befanden beide für diensttauglich. Dann wurde ihnen die Anleitung für die Fußreflexzonenmassage ausgehändigt, und schon ging das Massieren los. Sonya und ich wiesen unsere Sklaven an, die Stellen zu massieren, wo wir es am nötigsten brauchten. Dann tauschten wir die Sklaven. Wyatt und Joel hatten beide sehr gute, wenn auch ganz verschiedene Techniken, und am Ende entschieden Sonya und ich, dass der Massagetest »unentschieden« ausgegangen war und beide Sklaven eine Belohnung erhalten sollten. Wir belohnten sie, indem wir ihnen erlaubten, unsere Füße mit Zunge und Lippen zu verehren, stellten aber klar, dass wir keinen »Sabber« auf den Zehen haben wollten. Mit Sabber meine ich, wenn zu viel Speichel auf den Zehen zurückbleibt. Wir verklickerten ihnen also, dass Sonya und ich eine trockenere Form der Fußverehrung wünschten.

Die Sklaven leisteten mehr als gute Arbeit, sodass Sonya und ich bald darauf beschlossen, zu den Wettkämpfen überzugehen. Der erste Wettbewerb war der »Strumpfhosen-Contest«. Jeder Sklave erhielt eine Strumpfhose, die er so schnell wie möglich anziehen musste, während er am Boden lag. Wer es zuerst geschafft hatte, sollte aufstehen. Wir wussten beide, dass Wyatt den Wettkampf gewinnen würde, nicht nur deshalb, weil er sich gelegentlich als Transvestit kleidete, sondern auch, weil er wesentlich schlanker war als Joel. Von daher würde es ihm leichter fallen, die Strumpfwaren überzustreifen. Belustigt sahen wir zu, wie beide Männer sich am Boden wanden wie gestrandete Wale. Joel plagte sich noch immer damit ab, mit dem Fuß in das zweite Bein zu schlüpfen, als Wyatt schon fertig war und zum Zeichen des Sieges aufstand.

Der zweite Wettkampf war der »Nippel-Klammer«-Wettbewerb, und dieser war der einzige, von dem Sonya und ich wussten, dass Joel ihn gewinnen würde. Joels Brustwarzen waren riesig, während Wyatts sehr klein und zart waren. Nachdem wir sie mit der Hand entsprechend stimuliert hatten, versahen wir die Nippel der Sklaven zeitgleich mit japanischen Klammern, an die wir dann nacheinander runde magnetische Gewichte hängten. Wyatt stöhnte schon nach zwei leichten Gewichten an jeder Brustwarze vor tatsächlich empfundenem Schmerz auf, während Joels Stöhnen von echtem Vergnügen zeugte. Nach dem dritten Gewicht fielen Wyatts Klammern beide ab, und Joel mit seinen enormen Nippeln wurde zum Sieger erklärt. Jetzt war der Gleichstand erreicht: Jeder Sklave hatte einmal gewonnen. Der letzte Wettkampf würde über den Sieger entscheiden.

Der letzte Wettkampf war in humorvoller Weise erniedrigend. Ich hatte zwei ziemlich lange Dildos mitgebracht, die

Sonya und ich ans hinterste Ende des großen Zimmers werfen würden und die die Sklaven »apportieren« mussten. Die Regeln besagten, dass jeder Sklave auf allen vieren bleiben und den Dildo der jeweiligen Herrin im Mund zurückbringen musste, ohne die Hände zu benutzen. Obwohl der Raum eine beachtliche Größe hatte, war der Durchgang zum entferntesten Winkel recht schmal. Es war die enge Stelle zwischen dem übergroßen Bett und dem Toilettentisch, durch die nur ein Sklave auf einmal hindurchpasste. Wieder lag der Vorteil bei Wyatt. Da er kleiner und wendiger war als Joel, schwang er sich behände aufs Bett, krabbelte in Windeseile darüber und sprang weit vor dem langsameren Joel wieder herunter. Sonya und ich waren ganz hysterisch vor Begeisterung. Wyatts Eskapaden waren völlig unerwartet und gefielen uns sehr. In null Komma nichts hatte Wyatt den Dildo im Mund und wollte den Rückweg antreten; nur dass ihm der große, schwerfälligere Joel dabei den Weg versperrte. Aber der erfinderische und einsatzfreudige Wyatt machte einen regelrechten Bocksprung über Joel, den Dildo fest zwischen den Zähnen, und strebte zielsicher zu mir zurück. Ich lachte so sehr, dass ich Seitenstechen bekam. Ich nahm ihm den Dildo aus dem Mund, und Sonya und ich erklärten ihn zum Sieger des Wettbewerbs. Mit gespielter Trauer über seine Niederlage erwartete Joel mit gesenktem Kopf die Verkündung seiner Strafe.

Nach »reiflicher Überlegung« erklärten wir, dass Joel zur Strafe von hinten rangenommen werden sollte, und zwar erst von mir und dann von Sonya. Nachdem wir unseren Spaß mit ihm gehabt hatten, sollte er Wyatts kondomüberzogenen Schwanz lutschen, bis er abspritzte. Falls Sonya, Wyatt und ich mit seiner Leistung zufrieden wären, bekäme Joel die Erlaubnis, sich in eine Schüssel zu erleichtern und den Perlensaft aufzuschlecken. Während Wyatt ins Badezimmer ging, um seine Lederhose anzuziehen und in die Rolle des Meisters zu schlüpfen, machte ich eine große Sache daraus, meinen Rock abzustreifen, mir den

Harness umzuschnallen und den Dildo daran zu stecken. Sonya hatte keinen Harness. Ihre Methode war es, den Dildo mit der Hand festzuhalten und ihn mithilfe ihrer Vulva in Joel hinein und hinaus zu stoßen. Joel stöhnte und flehte mit beredten Worten um Gnade, aber Sonya und ich wussten, dass es einfach nur zu seiner Show gehörte. »Gnade« war nicht sein Safewort, und dass er es ständig wiederholte, klang wie Musik in unseren Ohren.

Da erschien Wyatt als völlig veränderte Person aus dem Badezimmer. Vorbei war's mit seinem unterwürfigen Verhalten und seiner demütigen Körperhaltung. Stattdessen trug er die Macht, Stärke und Größe eines männlichen Doms zur Schau. Joel war hinreichend eingeschüchtert und wartete darauf, dass wir in seine Öffnungen eindringen würden. Ich beugte Joel über das Bett, stellte mich hinter ihn und penetrierte ihn mühelos. Er und Sonya spielten dieses Spiel ständig, so dass Joel keine Anleitung oder Lockerung benötigte, bevor er einen Dildo komplett in sich aufnehmen konnte. Es war ein wahres Vergnügen, ihm meinen gut geschmierten Dildo in einer einzigen geschmeidigen Bewegung in voller Länge in den Arsch zu schieben und sofort damit anzufangen, ihn zu ficken. Sonya bezog Stellung auf dem Bett, damit Joel ihre Muschi essen konnte, während ich tief in ihn vorstieß. Während Joel ihr die Muschi leckte, stellte sich Wyatt neben Sonya, damit sie ihm mit einer Hand einheizen und ihn für Joel vorbereiten konnte. Das Vergnügen mit Wyatts Schwanz würde Joel aber erst gewährt, nachdem Sonya und ich unseren Spaß mit ihm gehabt hatten.

Sonya hatte Joel so abgerichtet, dass er genau wusste, wo seine Zunge ihr am meisten Vergnügen bereitete, und schon nach wenigen Minuten hatte Sonya einen wunderbaren und ziemlich lautstarken Orgasmus. Während sie sich erholte, setzte ich meine Pumpenschübe in Joel fort, bis Sonya aufstand und erklärte, dass jetzt sie an der Reihe wäre, sich Joel vorzunehmen. Ich zog den Dildo aus ihm heraus, und Sonya trat an meine Stelle mit einem noch größeren Dildo. Ich warf meinen Dildo und den Harness beiseite, kletterte aufs Bett und winkte Wyatt zu mir her. Ich zog den Reißverschluss von Wyatts Hose herunter und holte nur seinen Schwanz heraus. Als Sklave stand es Joel nicht zu, Wyatts Körper zu sehen. Dieses Vergnügen musste ihm versagt bleiben. Ich streifte ein Kondom über Wyatts Glied. Dann bezog Wyatt dieselbe Stellung, die Sonya zuvor eingenommen hatte, und ich setzte mich hinter ihn und hielt ihn in den Armen, sein Kopf zwischen meine Brüste gepresst. Dass er in Gegenwart eines Mannes einen Ständer bekommen konnte, bedeutete schließlich nicht, dass der andere Mann den Grund seiner Erregung darstellte. Ich spielte mit Wyatts Brustwarzen, küsste ihn und rieb meinen Körper an ihm, bis er vollkommen steif war. Dann wies Sonya Joel an, seinen Mund zu öffnen und Wyatt zu lutschen.

Joel fiel wie ein Ausgehungerter über Wyatt her. Sein Zungenspiel war ausgezeichnet und er arbeitete sich mit unverhohlener Begeisterung an Wyatts Schwanz hinunter. Je härter und tiefer Sonya in ihn hineinpumpte, desto weiter ließ er seinen Kopf an Wyatts Schwanz hinuntergleiten. In null Komma nichts vollführte er die tiefsten Kehlschübe, und sein Speichel floss so reichlich, dass kein Gleitmittel nötig war. Ich zog vorne an meinem Leopardenkorsett den Reißverschluss auf und quetschte Wyatts Kopf zwischen meine Brüste. Ich hatte die Beine um Wyatts Bauch geschlungen und rieb meine Vulva so an seinem Rücken, dass ich bald selbst zu einem kleinen Höhepunkt gelangte. Das Zucken meines Körpers, als ich kam, erregte Wyatt und ließ seinen Penis noch mehr anschwellen. Seine Hände packten Joel am Hinterkopf und zwangen ihn noch weiter an seinem Schwanz herunter, während Sonya von der anderen Seite immer härter und schneller zustieß, bis Joels beide Öffnungen komplett ausgefüllt waren.

Ich pumpte gegen Wyatt, Wyatt pumpte in Joel hinein, und Sonya füllte Joel von hinten. Wyatts Schwanz steckte so weit in Joels Hals, dass dieser zur würgen begann, und Sonya meinte, dass Joels Arschloch so ausgeweitet sei, dass sie ihn mit Leichtigkeit fisten könne. Das war das Zeichen, dass Joel Wyatt kommen lassen sollte. Er legte sich noch mehr ins Zeug, und nur ein paar Sekunden später fühlte ich, wie Wyatts Körper sich verkrampfte, als er sich in das Kondom entlud. Sonya trat von Joel zurück und zog den Dildo mit einer genüsslichen Handbewegung heraus. Schnell griff sie nach dem Tablett und zog Joel an den Haaren von Wyatts Schwanz herunter. Sonya, Wyatt und ich standen im Kreis um ihn herum, als Joel in Stellung ging und unter unseren Blicken anfing zu masturbieren. Es dauerte nicht lange, da spritzte Joel auf das Tablett ab, und gütig, wie wir waren, gaben wir ihm eine Minute, um vor dem großen Finale noch einmal Luft zu holen. Dann kommandierte Sonya ihn auf die Knie und gab ihm den Befehl, die Wichse auf dem Tablett bis zum letzten Tropfen aufzuschlecken. Mit viel Hingabe machte sich Joel daran, seinen Perlensaft in sich hineinzuschlabbern. Nachdem er sich versichert hatte, dass das Tablett makellos sauber war, hob er in Erwartung unserer Anerkennung den Kopf. Um ihn noch ein wenig auf die Folter zu spannen, unterzogen wir das Tablett erst einer gründlichen Inspektion, bevor wir ihn schließlich für seine Leistung und seinen Gehorsam lobten und tätschelten.

Erschöpft von unseren Anstrengungen, ließ Sonya sich in einen Sessel plumpsen, während Wyatt und ich uns aufs Bett lümmelten. Joel ließ sich an Ort und Stelle auf den Boden fallen und kam mit dem Kopf dicht neben dem Tablett zum Liegen. Schweigend ließ jeder von uns vieren die intensive Erfahrung, die wir miteinander gemacht hatten, Revue passieren und dachte darüber nach, was sie für uns bedeutete.

Als wir uns erholt hatten, zogen wir uns um und beschlossen, zum Abendessen auszugehen. Spielen macht hungrig, darin stimmten wir lachend überein. Sonya und Joel bestellten eine Flasche Wein mit der Bezeichnung »Claudias Auslese«. Die leere Flasche nahm ich als Andenken mit nach Hause!

Flotter Dreier

Kevin legte seine Kleider in der Diele ordentlich auf einen Haufen und schlich auf leisen, nackten Sohlen ins Wohnzimmer, wo ich mich entspannt auf dem Diwan rekelte, mein Mineralwasser und meine Zigaretten griffbereit vor mir auf dem langen gläsernen Couchtisch. Ich trug ein schwarzes perlenbesetztes Abendkleid, schwarze Opernhandschuhe und Wildlederpumps. Während ich dalag und über meinen Plan für den Abend sinnierte, hatte ich alle Mühe, mein Verhalten und meinen Gesichtsausdruck unter Kontrolle zu halten, damit nichts von der Boshaftigkeit nach außen drang. Kevin wusste nur teilweise darüber Bescheid, was ihm bevorstand. Er hatte nur die Anweisung erhalten, an diesem Abend bis auf sein wundeschönes langes, glattes Kopfhaar vollkommen enthaart zu erscheinen. Als er den Raum betrat, deutete ich auf einen runden orientalischen Teppich vor dem Fenster. Ich hatte eine ausgesprochene Vorliebe, ihn nackt vor dem riesigen Panoramafenster stehen zu lassen und ihn der Gefahr auszusetzen, von den Bewohnern des gegenüberliegenden Apartment-Hochhauses beobachtet zu werden.

Ich ließ Kevin Haltung zwei einnehmen und führte die optische und physische Begutachtung zur Feststellung der Diensttauglichkeit durch. Er war etwas unter ein Meter achtzig groß, schlank und doch muskulös, mit einem hübschen flachen Bauch, einem knackigen Hintern, aufregenden meergrünen Augen und langem, gepflegtem Haar. Obwohl Kevin schon etwas über vierzig Jahre alt war, sah er um Jahre jünger aus und wurde immer als diensttauglich befunden. Außerdem muss ich anmerken, dass wir früher einmal ein Liebesverhältnis miteinander hatten und dass es einer untauglichen Person noch nie gelungen ist, mein intimer Freund zu werden. Der starke, moschusartige Duft seiner Pheromone wirkte noch immer erstaunlich anziehend auf mich.

Ich fuhr ohne Handschuhe über seinen Körper, um ihn nach übrig gebliebenen Haaren abzusuchen. Aber Kevin hatte meine Anordnung sehr ernst genommen: Sein Gesicht war glatt und seine Achseln waren absolut haarlos. Er hatte die kleinen behaarten Stellen, die seine Brust zierten, ebenso abrasiert wie die versprengten Haare um seine Nippel herum. Sogar seine Beine waren blank und frei von den harten, gekrümmten Borsten, die sie sonst bedeckten.

Was mir aber besonders gefiel, war, dass Kevin zusätzlich Zeit und Sorgfalt darauf verwendet hatte, seine Leistenbeuge zu rasieren. Sie war so sauber rasiert, dass ich unwillkürlich das Bild vor mir sah, wie er seinen Sack in diese und jene Richtung zog und mit dem Rasierer unter sein Gehänge und darum herum fuhr, um ja nicht ein Haar auszulassen. Kevin konnte an meinem lüsternen Grinsen sehen, dass ich zufrieden war.

»Dreh dich um und bück dich!« Ich nahm eine Pobacke in jede Hand und spreizte sie auseinander. Ich spürte, wie er sich kurz anspannte und gleich wieder locker wurde.

»Wie schön! Du hast dir sogar die Arschspalte und diese runzlige rosa Öffnung rasiert. Ich mag es, wenn man auf Einzelheiten achtet. Du bist so glatt wie ein Babypopo. Und du weißt ja, dass dein Schwanz länger wirkt, wenn du da unten rasiert bist«, sagte ich mit süßer Stimme. Dabei dachte ich insgeheim, dass Kevin einen schönen Schwanz hatte und ziemlich gut bestückt war und es eigentlich nicht nötig hatte, diesen zusätzlichen Zentimeter durch Rasieren freizulegen.

Als Kevins Pobacken sich in meinen Händen entspannt hatten, blies ich einmal kräftig auf sein Arschloch. So ein kleiner Luftzug, fast wie eine Liebkosung, aber Kevin fuhr hoch, als hätte ihn ein Rohrstock zwischen die Hinterbacken getroffen. Ich gab ihm mehrere harte Schläge, um ihm mein Missfallen zu zeigen, und freute mich gleich darauf über die roten Abdrücke, die meine Hand auf seinem blassen, haarlosen Gesäß hinterlassen hatte.

»Steh auf! Verschränk die Hände im Nacken, stell die Ellbogen nach außen und dreh dich dann mit dem Gesicht zu mir!«, befahl ich. Mit gesenktem Blick folgte er meiner Anweisung, aber ich wusste, dass er die sich ihm bietende Aussicht nach *unten* genoss, nämlich die auf mein Dekolleté und mein langes Haar.

»Es freut mich, dass du so gute Arbeit an dir selbst geleistet hast, Kev. Das war aber nur eine Vorübung. Es wartet nämlich noch eine Rasierarbeit auf dich. Sieh auf und dreh dich um!«

Aus dem dunklen Flur hinter ihm, der in den privaten Teil des Hauses führte, tauchte die wunderschöne Renee auf. Renee hatte ich einmal kennengelernt, als ihr Mann mich mit ihr verwechselte, weil wir uns so ähnlich sahen. Dann hatte er uns miteinander bekannt gemacht und bald wurden wir drei Freunde, und zwar ziemlich intime. Renee war in ein langes, hauchdünnes schwarzes Gewand gehüllt, das sich bei jedem Schritt, den sie tat, wallend öffnete; dazu trug sie schwarze korsettartige Schnürschuhe mit Plateauabsätzen. Unter dem Kleid trug Renee nichts als ihre nackte Schönheit. Kevin riss vor Schreck die Augen auf; doch gleich darauf wich der Schrecken einem Gesichtsausdruck, der sein Erstaunen über ihre umwerfende Schönheit widerspiegelte. Renee war so schön, dass er bei ihrem Anblick vor Demut erstarrte. Und meine reizende Renee, deren exhibitionistische Neigungen immer wieder zum Tragen kamen, insbesondere vor einem gut aussehenden Mann, konnte nicht anders, als mit ihm zu poussieren, wenn auch mit niedergeschlagenen Augen. Renee hatte die schönsten grünen Augen und war die beste Flirterin, der ich je begegnet war.

Wenn die Leute Renee und mich zusammen sehen, fragen sie immer, ob wir Schwestern, Tante und Nichte oder sonst irgendwie verwandt wären, vielleicht Halbschwestern oder Cousinen ersten Grades. Die Antwort auf all diese Fragen lautet natürlich Nein. Aber Männer macht es unheimlich geil, wenn sie glauben, dass sie mit Frauen »zusammen« sind, die miteinander verwandt sind. Unsere verblüffende Ähnlichkeit lässt sich in etwa so beschreiben: Wenn man mich ansieht, sieht man *Renee in fünfzehn Jahren*, und wenn man Renee ansieht, sieht man *mich vor fünfzehn Jahren*. Unser ganzer Bekanntenkreis macht sich darüber lustig. Und immer wenn uns eine dieser »Miteinander-verwandt-Fragen« gestellt wird, beantworten wir die erste Vermutung gleich mit Ja. Wir finden das extrem amüsant.

Kevin hatte Renee noch nie persönlich kennengelernt, aber er hatte mich oft von ihr erzählen hören, und einmal war sie kurz vorbeigekommen und hatte ihm aufreizende Blicke zugeworfen. Das gehörte zu unserem Plan. Ich wusste, dass eine zweite Frau eine seiner Fantasien war. Welcher Mann kann sich schon von dieser Fantasie freisprechen? Alle meine Erzählungen von Renee und dazu noch ihre flüchtigen Blicke hatten Kevin auf dieses Intermezzo vorbereitet. Die Saat war ausgebracht und hatte Wurzeln geschlagen! Und ich war in der richtigen Stimmung, um mit meinen Freunden etwas Spaß zu haben. Er stand noch immer unter Renees Zauber und starrte sie wie gelähmt an, als ich ihm seine nächste Aufgabe ankündigte. Und was für eine schreckliche Aufgabe! Ich wusste, wie sehr er sie hassen würde.

»Du wirst sie rasieren, Kevin«, sagte ich in einem Ton, als würde es sich um eine Urteilsverkündung handeln. »Zuerst trägst du alles zusammen, was du brauchst: mehrere große Handtücher, einen großen, weichen Schwamm, eine große Schüssel mit warmem Wasser und eine kleine, in der du den Rasierer von den Haaren reinigst, das Massageöl, die Rasierer, die ich für dich im Bad bereitgelegt habe, das neue Stück milder Seife und dann noch die zwei Paar Handfesseln, das eine Paar für Männer, das andere für Frauen. Hol jetzt alles her, und zwar ein bisschen dalli. Und wenn ich ›alles‹ sage, dann meine ich es auch.«

Entzückt über die Urteilsverkündung, eilte er hinaus, um die Sachen zusammenzusuchen. Renee und ich umarmten uns und küssten uns leidenschaftlich, bis wir hörten, dass Kevin zurückkam. Wir küssten uns gerade lange genug, dass er uns noch sehen konnte, bevor wir uns schnell voneinander lösten und wieder in unsere Rollen schlüpften. Ich wusste, dass der Anblick von Renee und mir beim Zungenküssen Kevin zur Raserei bringen würde. In meiner Rolle als »Die Herrin« inspizierte ich die Gegenstände, die er mitgebracht hatte, befand sie für vollzählig und quittierte seine Bemühungen mit einem anerkennenden Nicken. Kevins Gesicht glühte. Als Belohnung strich ich mit meinen Lippen, an denen noch ein Rest von Renees Speichel klebte, über seine und benetzte sie damit. Dann gab ich Renee ein Zeichen, sich mit dem Rücken ans Ende des Glastischs zu stellen. Als sie ihre Position bezogen hatte, befahl ich Kevin, sich vor Renee zu stellen. Obwohl ihr Gewand durchsichtig war, blieben Renees Konturen und ihre natürliche Grazie trotzdem teilweise verborgen.

Ich stand neben Renee, mit dem Gesicht zu Kevin gewandt, sodass ich jede seiner Bewegungen, jede kleinste Veränderung, jedes Schaudern und jedes Anschwellen seines hübschen Teils genau beobachten und in mich aufnehmen konnte. Dann ließ ich das lange, hauchdünne Gewand an der schönen Renee herabgleiten, sodass es sich wie eine durchsichtige Lache zu ihren Füßen sammelte.

Kevin schnappte nach Luft und schien wieder wie erstarrt. Renee hatte einen wunderschönen Körper. Ihre runden Brüste erhoben sich über einem flachen Bauch; sie hatte zierliche Hüften und einen herzförmigen Hintern. Mit einem Meter siebzig war sie gerade groß genug, um die Langbeinigkeit zu besitzen, wegen der sie von allen bewundert und beneidet wurde. Sicher dachte Kevin insgeheim: Was für eine herrliche Arbeit steht mir da bevor! Aber gerade wenn er dachte, es würde alles glatt laufen, hatte er sich gehörig geschnitten. Ich stand neben Renee, während Kevin auf mein Zeichen eines der Handtücher ausbreitete und ihr dann half, sich mit dem Rücken auf den Glastisch zu legen, wobei sie die Knie angewinkelt hielt und sich mit den Füßen gegen die

Endstücke der Tischplatte stemmte. Sie schob sich nach unten, so dass ihr Hinterteil leicht über die Tischkante ragte und ihre Knie und Schenkel herrlich weit offen standen. Sie sah aus, wie einem Traum entsprungen. Als sie unsere Blicke auf sich spürte, schloss sie die Augen. Ihre Brust hob und senkte sich im Rhythmus ihrer Atmung, und hin und wieder entwich ihren Lippen das vertraute kleine Wimmern, das von ihrer Erregung zeugte.

»Fang an, mein Lieber. Worauf wartest du noch?«, fragte ich Kevin mit einem Anflug von Verwirrung in der Stimme, als könne ich nicht begreifen, warum er noch zögerte.

Darauf fiel Kevin auf die Knie und hatte nun Renees flaumiges, goldbraunes Dreieck direkt vor dem Gesicht. Völlig überrascht stellte Kevin zum ersten Mal fest, dass Renee gepierct war. Sie hatte zwei Ringe in jeder ihrer vier Schamlippen und einen Stecker an der Oberseite ihrer Spalte. Diese Bereiche waren grob rasiert, aber Kevin stand schon bereit, begierig und entschlossen, seine Aufgabe bis zur äußersten Perfektion zu verrichten. Kevin tauchte den Schwamm ins Wasser, machte ihn seifig und begann, Renees Muschi tüchtig einzuschäumen. Ich beobachtete ihn und vergewisserte mich, dass er mit dem Kopf bei der Sache war. Dies war eindeutig der Fall. Seine Augen klebten förmlich an Renees Muschi und er widmete sich seiner Aufgabe mit voller Aufmerksamkeit. Ich sah, wie er steif wurde und verstohlen versuchte, sich selbst zu stimulieren, indem er sein Glied an seinen eigenen Schenkeln oder zwischen ihnen rieb.

»Gib dir keine Mühe, deine Geilheit zu verbergen, lieber Kevin«, sagte ich. »Ich habe dir diesen Auftrag eigens gegeben, damit du knüppelhart wirst. Ich hab noch was mit dir vor, mein Stangentänzer. Jetzt mach weiter mit Rasieren!«

Er seifte, rasierte und tauchte ein, immer und immer wieder, bis die Wasseroberfläche der Schüssel ganz bedeckt war mit den roten Ringellöckchen, von denen er sie befreit hatte, um ihre süße Spalte freizulegen.

»Hast du sie alle erwischt? Spreiz ruhig ihre Lippen auseinander und rasiere auch die letzten vereinzelten Härchen ab, besonders um die Piercings herum. Ich will nur noch Rosa sehen.« Als ich das sagte, fing Renee an zu stöhnen, und wölbte ihren Rücken. Wortlose Laute entwichen ihrer Kehle, als Kevins Finger sie berührten.

Gott! Sie war einfach umwerfend! Kevin wandte sich mit gesteigerter Begeisterung wieder seiner Arbeit zu. Renee bäumte sich auf und warf den Kopf vor und zurück, als seine Finger ihre Schamlippen nach vereinzelten Haaren absuchten. Er fand zwei oder drei, die er vorsichtig entfernte. Dann wies ich ihn an, die große Schüssel mit frischem Wasser zu füllen, damit er die restlichen Haare, die noch an ihrer feuchten, rosafarbenen Spalte klebten, abwaschen konnte. Danach befahl ich ihm, Renee mit dem zweiten Handtuch trocken zu tupfen.

»Jetzt trägst du ein paar Tropfen von diesem Himbeer-Liebesöl auf ihre Blütenblätter auf, Kevin. Aber tu es sanft. Renee soll betteln, wenn du fertig bist.«

Er nahm die Flasche von mir, goss eine großzügige Menge auf Renees Lustritze und begann, das Öl mit massierenden Bewegungen auf und in Renee zu verteilen. Dieses spezielle Öl roch nicht nur nach Himbeeren, sondern wurde durch Reibung immer wärmer. Das wusste aber nur ich! Ich dachte, es wäre eine nette Überraschung für die beiden, wenn es richtig zur Sache ging. Renee bebte am ganzen Körper, sowie er sie berührte. Kevin berichtete mir pflichtgemäß, dass seinen Fingern ein süßer, klebriger Strom entgegengekommen sei, als er mit dem Auftragen des Duftöls begonnen habe. Kevin hatte sich nicht ganz unter Kontrolle, auch nicht im Hinblick auf Renee. Mehrmals, während er das Öl auftrug und dachte, ich würde gerade nicht hinschauen, glitt er mit zwei Fingern in Renees Muschi und einmal mit dem Daumen in ihren Arsch.

Aber Renee stand darauf. Sie fing an, mit den Hüften zu kreisen und in der für sie typischen hemmungslosen Art zu stöhnen. Ihre Nippel waren steil aufgerichtet, und sie keuchte vor Erregung und flehte nach mehr. Ich wusste, dass das Himbeer-Massageöl sich erwärmte und ihre Lust steigerte. Meine liebe Renee! Sie sollte auch ihren Spaß haben. Darum beschloss ich, Kevin zwar für sein »unerlaubtes« Eindringen in Renee streng zu bestrafen, aber irgendwann anders, nicht heute. Das würde nur meinen Plan verderben. Was Renee betraf, so schrien ihre Nippel geradezu nach ein wenig zärtlicher Folter, so keck wie sie sich nach oben streckten. Ich spielte mit ihren herrlichen Brüsten und griff dann nach zwei Paar japanischen Nippelklammern. Ich achtete darauf, dass Kevin es mitbekam, wie ich nur eine Klammer von jedem Paar an ihr befestigte. Ihr Stöhnen verwandelte sich bei jedem Anklemmen in einen kurzen gellenden Aufschrei. Mit dem Gesicht knapp oberhalb ihrer frisch rasierten Möse, schielte Kevin von unten herauf gierig auf ihren Bauch.

»Steht auf. Das hast du gut gemacht«, befahl ich Kevin.

Ich hieß ihn, sich über Renee zu beugen, und befestigte die freien Enden der beiden Klammernpaare jeweils an einer seiner Brustwarzen. Er biss die Zähne zusammen und ertrug den Schmerz, aber ich konnte sehen, wie sehr es ihn erregte, in dieser Weise an Renee gefesselt zu sein. Während ich ihm die Klammern anklemmte, sagte ich: »So, die sind für dich!«, eine völlig überflüssige Bemerkung, die ich aber im Zusammenhang mit der Handlung total geil fand. Jetzt durfte ich Renee aber nicht mehr zu lange warten lassen. Deshalb griff ich nach den zwei Paar ledernen Handfesseln.

Ich befahl Kevin, sich auf Renee zu legen, sich aber mit den Armen auf der Tischplatte neben ihren Handgelenken abzustützen, um sie nicht mit seinem ganzen Gewicht zu belasten. Als er seine Stellung eingenommen hatte, forderte ich die beiden auf, sich an den Händen zu fassen. Dann schloss ich ihre Hände zusammen, indem ich die größeren Männer-Handfesseln für Kevin benutzte und das kleinere Paar für Renee. Kevins Arme waren lang genug, dass er sich über der liegenden Renee in der Schwebe halten konnte. Als ich die Fesseln sicherte und sie mit einem Karabiner zusammenschloss, erreichte Renees Erregung einen neuen Höhepunkt. In dieser Haltung waren die Ketten zwischen den beiden Klammern-Sets straff gespannt, und wenn sich einer von beiden bewegte, bekam es der andere zu spüren. Ich ließ sie in dieser Haltung ausharren, um ihnen Gelegenheit zu geben, entweder mir bei den Vorbereitungen für den nächsten Schritt zuzuschauen oder etwas miteinander anzufangen. Sie wählten das Zweite. Ausgezeichnet! Alles verlief ganz nach Plan.

Während die beiden halb in der Luft hängend den Bump and Grind tanzten, ließ ich mein Kleid auf den Boden fallen, zog BH und Tanga aus und schnallte mein Harness um, dessen Öffnung ich mit einem süßen, schlanken Dildo bestückte. Mit ein paar Kondomen in der Hand trat ich zu Renee und Kevin, die unter dem Zug auf die zweifachen Nippelklammern und den gelegentlichen Stößen gegen ihre Genitalien, die sie durch ihre wilden Drehbewegungen bewirkten, ächzten und stöhnten. Ich klatschte Kevin mehrmals eine mit dem Dildo, einerseits um auf mich aufmerksam zu machen, andererseits um zu prüfen, ob er es überhaupt wahrnahm.

»Genug jetzt, meine geilen Lieblinge.« Zumindest brauchte ich keinen Wasserschlauch, um sie zu trennen.

Kevin stemmte sich von Renee hoch, soweit die Fesseln und Klammern es zuließen, und versuchte, sich aufrecht zu halten. Renee hatte sich beruhigt, wand sich aber immer noch mit straff gespannten Nippeln auf ihrem Handtuch auf dem Tisch. Schnell riss ich zwei Kondome aus der Verpackung und rollte im Handumdrehen eines über Kevins Luststange, das andere über meinen Dildo. In einer Hand hielt ich das Gleitmittel, sowohl für Kevin als auch für Renee. Aber Renee hatte es gar nicht nötig. Dafür bekam mein Dildo, den ich an Kevin einsetzen wollte, eine großzügige Schmierung.

Ich stellte mich hinter Kevin, packte ihn an den Hüften und begann, ihn spielerisch von außen zu berammeln. Plötzlich hörte ich auf zu stoßen, ohne jedoch meinen Griff um seine Hüften zu lockern. Ich wollte nicht, dass er es in seiner Erregung mit Renee zu weit trieb, bevor er nicht meine Erlaubnis dazu hatte.

»Dring in sie ein!« Vor Überraschung und Freude über diesen Befehl blieb Kevin einen Augenblick lang stocksteif in der Luft hängen. »Aber steck ihn nur bis zum Köpfchen rein!«

Renee stöhnte laut und fing an zu betteln, »Ja, o bitte, ja, mach's mir, steck ihn mir rein!«, ein übers andere Mal. Ihre Erregung war so groß, dass sie sowohl meine als auch Kevins Begierde steigerte. Sie wollte es wirklich, und Kevin war ein toller Stangentänzer. Immer noch bettelnd, zog sie ihre Beine an die Brust, um ihn aufzufordern und ihre Bereitschaft und Zustimmung kundzutun. Kevin beugte sich über sie und drang sachte mit seiner Lustspitze in ihre triefende Muschi ein. Sie drehte und wendete sich und bettelte darum, mehr von seinem Schwanz in sich haben zu dürfen, meine kleine, süße, geile Schlampe. Sie würde es schon noch bekommen, aber noch nicht jetzt.

»Du kriegst mehr davon, Renee, du hübsches kleines Luder, aber erst wenn Kevin seinen bekommt.«

Rasch verpasste ich meinem eigenen Silikonschwanz noch eine Ladung Gleitmittel und tastete mit den Fingern nach Kevins Gesäßöffnung. Ich weitete sie ein wenig und steckte das Köpfchen gerade weit genug hinein, um ihn dazu zu bringen, sich aufzubäumen. Er zerrte an den Fesseln und Klammern und riss Renees Arme und Beine, die in ihn verschlungen waren, mit sich hoch. »Wenn ich mit dir fertig bin, darfst du für jeden Zentimeter, den du von mir genommen hast, einen Zentimeter weiter in Renee eindringen. Aber nicht *bevor* ich mit dir fertig bin. Ist das klar?« Ich packte sein langes Haar, riss seinen Kopf zurück und küsste ihn hart.

Kevins Erregung und Dankbarkeit schwangen in seiner Stimme, als er antwortete: »Ja, Herrin« und sich darauf vorbereitete, mich in sich aufzunehmen. Als er anfing, langsam ein- und auszuatmen, spürte ich, wie seine Muskeln sich entspannten und wie er nach unten stieß, um mich in sich aufzunehmen. Jedes Mal, wenn er ausatmete, schob ich mich ein wenig weiter in ihm vor und half mit Gleitmittel nach. Langsam, aber sicher nahm er mit jedem Stoß etwas mehr von mir, nicht nur deshalb, weil er begierig war, seinen Schwanz in Renee zu versenken, sondern auch, weil er sich gerne anal penetrieren ließ. Renee war der köstliche Schokoladenguss auf seinem Kuchen.

Während ich in Kevin eindrang, gab sich Renee alle Mühe, ihn erregt zu halten. Sie zog an den Nippelklammern, packte und drückte seinen Schaft und fummelte an seinen Eiern, wo immer sie ein Ende davon erwischen konnte. Und allein ihr Anblick, wie sie so auf dem Rücken lag, die Beine erhoben und teilweise um Kevin geschlungen, ihr rotes Haar, das ihr Gesicht umrahmte, und die fantastischen grünen Augen, die zu Kevin aufblickten, hätte schon ausgereicht, um jedem Mann einen Dauerständer zu bescheren. »Testosteron-Kevin« machte da keine Ausnahme. Seine Pheromone waren so durchdringend, dass ihr Geruch den ganzen Raum erfüllte. Mit einem letzten Stoß hatte ich meinen Dildo so weit in Kevin drin, wie es ging. Seine Pobacken verkrampften und lockerten sich, als ich ihn durchvögelte. Ich nahm ihn hart ran, rammte ihn tief und hart, und, wie besessen von meiner rasenden, aber megageilen Rammelnummer mit Kevin, vergnügte ich mich noch eine Weile länger mit ihm, bis ich ganz außer Atem war und meine Beine schmerzten. Dann hielt ich inne, mein Schwanz immer noch in ihm, und ließ ihn um ihn herumtanzen und sich selbst Vergnügen bereiten. Renee und ich wussten genau, wie er sich in diesem Moment fühlte. Behutsam ließ ich meine Fingerspitzen an Renees Schenkel emporgleiten, um sie an meiner Lust teilhaben zu lassen.

Nach kurzer Zeit hatte Kevin sich an dem Dildo müde getanzt. Völlig erschöpft und keuchend ließ er sich daran herunterhängen und vergaß darüber fast die unter ihm liegende schöne, heiße und sehr feuchte Renee, die noch immer seine Lustperle umschloss. Ich zog den Dildo bis zum Kopf aus ihm heraus und blieb damit nicht weiter in ihm, als ich es ihm bei Renee gestattet hatte.

Ich riss seinen Kopf an den Haaren zurück und flüsterte ihm ins Ohr: »Hier bestimme ich. Ich sage, was wie zu geschehen hat. Wenn ich wieder in dich eindringe, dringst du in Renee ein. So weit, wie ich mich hineinbohre, so weit darfst du es bei Renee tun. So, wie ich dich ficke, so fickst du Renee.«

Ich wusste, dass ich als Hintermann bei dem ganzen Unternehmen die Zügel in der Hand hatte und Kevin sich meiner Führung anpassen musste. Ich begann sachte, so dass Renee das lustvolle Gefühl einer langsamen Durchdringung genießen konnte, bis Kevin so weit in ihr drin war, wie es ging, und ich so weit in Kevin drin war, wie es ging. Dann fielen wir in eine langsame, gleichmäßige Bewegung. Renee genoss den gut gebauten Kevin aus vollen Zügen, und das mittlerweile sehr warme Himbeeröl trug seinen Teil zur Luststeigerung bei. Aber auch ich kam voll auf meine Kosten, als ich ihn von hinten berammelte. An Renees Schreien erkannte ich, dass er jedes Mal, wenn er in sie eindrang, ihren G-Punkt traf. Die Basis meines Dildos hatte sich so weit nach unten geschoben, dass sie jetzt direkt meine Klitoris berührte, die sich wie ein guter Soldat in Habacht-Stellung befand. Spontan kam es mir in den Sinn, wie gut es doch wäre, jetzt einen dieser Spritzschwänze zu haben, aus dem man Gleitmittel abspritzen konnte. Ich fände es geil, wenn Kevin erfahren könnte, wie es sich anfühlt, wenn jemand in ihm kommt.

»Gib ihr noch einen Orgasmus«, stieß ich keuchend hervor.

Kevin kam meinem Befehl umgehend nach und änderte die Gangart. Renee löste ihre Beine von seinem Rücken und ließ sie weit gespreizt und widerstandslos herunterhängen. Gleich darauf hörte ich das vertraute Stöhnen/Schreien, das Renee immer von sich gibt, wenn sie einen umwerfenden Orgasmus hat. Sobald ich diesen süßen Laut vernahm, hörte ich auf, Kevin zu stoßen, gab ihn aber noch nicht frei. Er sollte seinen Schwanz erst aus Renee herausziehen, wenn ich meinen aus ihm herauszog. Für ein paar Augenblicke standen, hingen oder lagen wir einfach da und verschnauften. Meine Klitoris triefte, weil der Rand des Dildos ständig daran gerieben hatte, während ich in Kevin hineinpumpte. Aber am Ende würden wir alle unsere Befriedigung bekommen. Kevin hatte die Gabe, mehrmals hintereinander zu kommen und trotzdem einen bewunderungswürdigen Ständer zu behalten. Kevin, der Stangentänzer, die Sex-Maschine, die Testosteronfabrik. Und ich wusste, er würde die Belohnung für seine Dienste an Renee aus vollen Zügen genießen.

»Kevin, zieh ihn jetzt aus Renee heraus, aber langsam, langsam«, befahl ich, aber meine Stimme verriet noch immer, wie erregt ich war.

Er tat, wie ihm befohlen, und ich begann, mich genauso langsam aus ihm zurückzuziehen, wobei ich den gemeinsamen Rückzug voll auskostete. Als mein Dildo aus Kevins Lustrosette schlüpfte, stellte ich zufrieden fest, dass sie weit aufklaffte. Ich beugte mich vor und spreizte seine Pobacken, um einen Blick in seinen Enddarm zu werfen – ein Ort, den er selbst nie gesehen hatte. Er sah so glatt und weich aus, genau so, wie er sich anfühlte, wenn meine bloßen Finger in ihm waren. Ich trat an seine Seite und befahl ihm, Renees Schamlippen zu spreizen. Ich wollte sehen, wie groß ihre Öffnung von Kevins Stangentanz geworden war. Als er sie aufspreizte, stöhnte sie wieder. Ich wusste, was für ein kleines Loch sie hatte, und war mehr als zufrieden, als ich sah, dass er es ziemlich geweitet hatte. Und obwohl auch Kevin gekommen war, stand sein Schwanz noch immer knüppelhart. Perfekt!

Ich befreite Renee und Kevin von den gemeinsamen Nippelklammern und Fesseln, legte Harness und Dildo ab und entfernte die Kondome. Dann verkündete ich beiläufig, dass wir erst mal eine »Pause« einlegen würden, bevor es weiterging. Sie blickten mich erstaunt an. Sollte etwa noch mehr kommen?, so schienen sie sich zu fragen.

»Aber natürlich, meine Lieben. Die Nacht ist doch erst halb vorbei!«, sagte ich mit einem breiten Lächeln.

Kevin half Renee vom Tisch herunter, und sie und ich rekelten uns eng umschlungen auf dem Sofa. Kevin holte für uns alle Zigaretten, zündete sie an und verschwand dann in der Küche, aus der er gleich darauf mit einer Auswahl an Getränken und gekühlten Früchten zurückkam. Wir fielen über die Servierplatte her, als hätten wir seit Tagen nichts gegessen. Sex macht eben hungrig, und von dem ganzen Keuchen und schweren Atmen bekommt man einen ganz trockenen Mund. Sogar die Zigaretten schmeckten köstlich. Aber da noch mehr kommen sollte, musste Kevin auch noch ein paar Arbeiten verrichten. Träge befahl ich ihm, die Schüsseln, den Schwamm, die Seife und die Handtücher wegzuräumen, die Kondome zu entsorgen, Dildo und Harness zu waschen und die Fesseln und Nippelklammern an ihrem Platz zu verstauen. Ich fügte hinzu, dass er mehr Kondome mitbringen solle. Begeistert führte er den Befehl aus und fragte sich wohl, was ich mir in meiner verruchten, schmutzigen Fantasie als Nächstes ausgedacht hatte. Nun, er würde es bald herausfinden und würde entzückt, einfach nur entzückt darüber sein, da war ich mir sicher.

Er kam mit den Kondomen zurück und sah mich erwartungsvoll an. Was immer als Nächstes geschehen würde, er war bereit. Ich ließ ihn eine Minute oder zwei ausruhen, weil er für den letzten Teil meines Plans seine ganze Kraft brauchen würde. Und was für ein großartiges Finale würde das geben! Ich kicherte laut bei dem Gedanken daran und weckte damit Renees und Kevins Neugierde. Sogar Renee war nicht genau im Bild, was passieren sollte, obwohl sie dem allgemeinen Spielplan zugestimmt hatte. Jetzt war es Zeit, mit dem Finale zu beginnen.

Da wir uns alle von den vorangegangenen Vergnügungen etwas klebrig fühlten, hieß ich Kevin, sich zu waschen und anschließend mit den beiden Schüsseln voll warmem Wasser, Seife, einer Menge Handtücher und zwei Plastik-Mülltüten zurückzukommen. Ich wies ihn an, die Mülltüten auf dem Teppich nebeneinander auszubreiten und Handtücher darüber zu legen. Hand in Hand standen Renee und ich vom Sofa auf und legten uns mit dem Rücken auf die Handtücher. Wir hielten die Arme umeinander geschlungen, und unsere Körper und Schenkel waren eng aneinandergepresst. Dann befahl ich Kevin, uns beide zu waschen. Kevin war nicht nur ein guter Stangentänzer, sondern auch äußerst geschickt. So benutzte er eine Hand, um Renee zu waschen, und gleichzeitig die andere, um mich zu säubern. Er tat es gründlich, aber ungemein erotisch, und schon bald drehten Renee und ich uns halb auf die Seite und fingen an, uns zu küssen und unsere Brüste zu streicheln. Kevins Schwanz begann wieder zu wachsen. Uns zu berühren und gleichzeitig mit anzusehen, wie wir uns küssten und liebkosten, versetzte ihn in einen Zustand äußerster Erregung.

Als unsere Küsse leidenschaftlicher wurden, gestattete ich Kevin die Freiheit, seine Finger, während er uns badete, in unsere Muschis zu schieben. Mit wachsender Leidenschaft rollten wir uns weiter auf die Seite und schmiegten uns enger aneinander. Dabei hoben wir das äußere Bein, damit Kevin an unsere seifigen, klebrigen Muschis herankommen konnte.

»Mehr, Kevin, mehr«, keuchte ich, »such unseren G-Punkt und lass uns kommen!«

Wie ein Echo griff Renee meine Worte auf und fing an zu bitten und betteln, wie man es von einer guten Sklavin erwarten würde. Kevin schob seine Finger weiter in uns und tastete nach unseren inneren Venusknospen. Da er nun einmal ein ausgezeichneter Liebhaber war, ließ Kevin uns im gleichen Augenblick kommen. Unser gleichzeitiges Schreien und Stöhnen machte ihn nur noch härter, und genau das war meine Absicht gewesen.

»Zieh deine Finger raus, Kevin, und spül uns die Muschis aus«, stieß ich atemlos hervor.

Renee und ich machten uns voneinander los und legten uns flach auf den Rücken, während Kevin die Seife von uns abwusch. Ohne einen weiteren Befehl abzuwarten, tupfte er uns vorsichtig und aufreizend trocken. Die nassen Handtücher unter Renee und mir fühlten sich kalt und unangenehm an. Indem wir uns auf die andere Seite rollten, konnte Kevin sie unter uns herausziehen und wegbringen. Als er zurückkam, lagen Renee und ich auf dem Boden, hielten uns in den Armen und küssten uns. Er blieb einen Augenblick wie angewurzelt stehen und nahm die Erotik, die dem Anblick von zwei eng umschlungenen, küssenden Frauen innewohnt, in sich auf. Aus dem Augenwinkel konnte ich sein enormes Glied sehen, das in strammer Haltung auf seinen Einsatz wartete. Ich sagte nichts und fuhr fort, mit Renee Küsse und Zärtlichkeiten auszutauschen. Wir hörten Kevins keuchende Atmung, während er uns betrachtete, und allein das Geräusch stimulierte uns noch mehr. Aber der letzte Schritt zum großen Finale stand uns noch bevor.

Renee und ich unterbrachen unseren Kuss, und ich stützte mich auf einen Ellbogen, während Renee sich weiter am Boden rekelte. »Leg dich auf den Rücken, Kevin«, forderte ich ihn mit verführerischer Stimme auf, ohne mir jedoch anmerken zu lassen, was ich mit ihm vorhatte, »hier, in die Mitte, auf den Boden.«

Er beeilte sich, Folge zu leisten. Sein bestes Stück stand mittlerweile wie eine Zeltstange in Habachtstellung von seinem Körper ab. Ich riss eine der Kondompackungen auf, platzierte das Kondom zwischen meinen Lippen und rollte es mit dem Mund an seinem Schwanz ab. Das war offensichtlich neu für ihn, ein Trick, den er sich todsicher merken würde. Er stöhnte vor Vergnügen, als ich das Kondom langsam bis zur seiner Schwanzwurzel hinunterschob, wie wenn ich ihm einen blasen würde. Ich rieb sein Gemächt großzügig mit Gleitmittel ein und setzte mich rittlings auf seine Hüften. Als ich über seinem schönen harten Schwengel Stellung bezogen hatte, wies ich Renee an, sich auf sein Gesicht zu setzen. Sie eilte herbei, und mit einem Knie auf jeder Seite seines Kopfes brachte sie ihre Muschi genau über seinem Mund in Stellung. Ich fasste hinunter und spreizte meine Lustblüten, die sich beim bloßen Gedanken an das, was jetzt kommen würde, buchstäblich vollgesogen hatten. Langsam senkte ich mich auf seinen Schwanz hinab, während ich Renee stumm bedeutete, ihre Lippen auf seine zu drücken. Mit zuckersüßer Stimme gab ich ihm jetzt den Befehl, sie auszulecken, und fügte hinzu, dass sie es etwas härter mochte. Ich wusste, dass er genau verstand, was ich mit *etwas härter* meinte, und dass er mir begeistert gehorchen würde.

Obwohl ich Kevin erlaubt hatte, mich beim Waschen zu fingern, war ich sehr eng, sodass ich mich langsam an seinem Schwanz hinunterarbeiten musste. Himmlisch, einfach himmlisch! Renee flippte fast aus, als Kevin seine Zunge in ihr spielen ließ. Sie rieb ihm ihre Muschi ins Gesicht, hüpfte hoch und runter und stöhnte wie von Sinnen. »Ja, ja, beiß mich, beiß mir in die Fotzenlippen, steck mir die Zunge rein, ja, besorg's mir, besorg's mir, leck mich«, und andere reizende Ermunterungen. Und so geschah es. Mittlerweile war ich so weit an Kevins Schwanz heruntergelangt, wie es ging. Ich beugte mich vor, um mich mit den Armen abzustützen und mit meinem eigenen Stangentanz zu beginnen. Da Renee auf seinem Gesicht gut allein zurechtkam, griff Kevin nach unten und fasste meine Hinterbacken, und im Nu arbeiteten seine Hüften meinen Stößen entgegen und steigerten meine Lust ins Unermessliche. Es dauerte nicht lange, da brach ich auf seiner Brust zusammen, mein Gesicht dicht vor Renees Muschi, und überließ es Kevin, mir nach seinem Willen die Kimme zu feilen. Da er ziemlich genau wusste, wo sich meine empfindliche Stelle befand, sorgte er dafür, dass er mit jedem dritten Stoß meinen G-Punkt traf. Meine Säfte umspülten uns beide, und während er mit rhythmischen Schüben in mich eindrang, machte meine Muschi bei jedem Stoß reizvolle, nasse Geräusche.

Aber trotz seiner eifrigen Liebesdienste an mir hatte er auch Renee nicht vergessen. Ihr fortwährendes Stöhnen und Seufzen deuteten darauf hin, dass auch sie gut versorgt wurde. Ich beschloss, dass wir alle gemeinsam kommen sollten. Irgendwie gelang es mir, die Worte zwischen Kevins Schüben hervorzustoßen, und alle gaben zustimmende Laute von sich. Es war kein Countdown nötig. Wir waren allesamt bereit und vollkommen im Einklang miteinander. Ich spürte, dass Kevin zum finalen Stoß ansetzte, und er begann, vor Anstrengung zu ächzen. Ich wimmerte und stöhnte unkontrollierbar, während Renee ihre Möse in Kevins Gesicht zermalmte. An den kleinen Lustschreien, die sie von sich gab, erkannte ich, dass er ihre Klitoris mit zarten Bissen verwöhnte. Als ich brüllte »Ja, ja, o jaaaa«, explodierte ich in einem alles zerfetzenden Orgasmus. Ich spürte Kevins Schwanz in mir zucken, als er kam, und hörte gleichzeitig Renees vertrautes Orgasmus-Stöhnen.

Alle drei verharrten wir einige Minuten, wie wir waren, zu überwältigt, um uns zu bewegen. Dann ließ ich Kevins Schwanz sachte aus mir herausgleiten und genoss das köstliche Gefühl, wie er mich langsam freigab. Noch immer heftig keuchend, schob Renee sich zurück und hockte sich auf die Fersen. Kevin blieb mit geschlossenen Augen liegen, während seine Brust sich von der Anstrengung hob und senkte. Ich legte mich auf seine eine Seite, Renee auf die andere. Er legte um jede von uns einen Arm, als wir uns mit den Köpfen auf seiner Brust an ihn schmiegten und jeweils ein Bein von ihm mit einem Bein von uns umschlossen.

Obwohl wir unser Spiel in den Rollen der Herrin, des Sklaven und der Sklavin begonnen hatten, waren wir jetzt nur noch drei innig kuschelnde Menschen, die eine überirdische Erfahrung miteinander geteilt hatten. Ich liebe es, wenn alles genau so läuft, wie es geplant war.

Die Männer der Herrin

Es ist der innigste Wunsch aller Sklaven, ihrer Herrin zwischen deren Schenkeln zu huldigen, aber nur wenige sind bereit, die strengen und notwendigen Handlungen, Opfer und Erniedrigungen auf sich zu nehmen, um sich diese Ehre zu verdienen. Die Herrin war sich darüber sehr wohl im Klaren, und bis dahin hatten nur sehr wenige Sklaven ihre Prüfung bestanden. An diesem Abend standen ihr Kyle und Jake, zwei gut ausgebildete und erfahrene Sklaven, zur Verfügung, und so bestand wenigstens eine kleine Aussicht auf Erfolg. Aber das würde sich erst noch herausstellen. Außerdem war eine perfekte Leistung der Sklaven noch lange keine Garantie, dass ihnen ihr geheimster Wunsch auch erfüllt würde. Die Herrin hatte sich dem Anlass entsprechend hergerichtet. Sie trug ein eng geschnürtes rotes Latexkorsett, rote Latexopernhandschuhe und niedrige rote Plateauschuhe als perfekte Accessoires zu ihrem blütenweißen Latexballkleid. Ihr normalerweise glattes Haar war lockig und auftoupiert; ihr schwelend dunkles Augen-Make-up gab ihren hellen, rötlichbraunen Augen eine durchdringende Note. Die Herrin vertrat die Meinung, dass ihre Garderobe dem Anlass entsprechen und bezüglich ihrer Autorität eine deutliche Sprache sprechen sollte. In dieser Hinsicht lag sie nie falsch.

Als Jake kam, hatte er natürlich keine Ahnung, dass ein anderer Sklave, nämlich Kyle, schon vor ihm da war. Weder Jake noch Kyle wussten, was die Herrin mit ihnen vorhatte. Kyle war zwar darüber im Bild, dass noch eine weitere Person dazukommen sollte, aber er wusste nicht, dass diese andere Person ein Mann war. Bevor Jake eintraf, hatte die Herrin Kyle mit in ihr Schlafzimmer genommen. Kyle war ein erfahrener Sklave und ein wahres Bild von einem durchtrainierten, muskulösen männlichen Pfundskerl. Er zählte zu den Lieblingsspielzeugen der Herrin. Er stand da, splitternackt, sehr erregt und mit einem leuchtendroten Ballknebel im Mund. In einer Hand hielt Kyle ein rotes Halstuch, das er im Notfall als sein vereinbartes Safesignal fallen lassen sollte. Die Herrin hatte Kyle mit ledernen Handfesseln fixiert. Diese waren mit Karabinerhaken an Ösen befestigt, die auf Schulterhöhe in die dem Bett gegenüberliegende Wand eingelassen waren. An einer Spreizstange befestigte lederne Fußfesseln gaben ihm zwar noch genug Spielraum, um mit dem ganzen Fuß auf dem Boden zu stehen, aber nicht genug, um seine Beine zu schließen oder auszutreten. Dann überließ sie ihn, so wie er war, völlig verwundbar und unfähig zu sprechen, seinem Schicksal, während sie draußen auf Jakes Ankunft wartete.

Als Jake kam, führte die Herrin ihn in den Salon, um den rituellen Strip und die optische und physische Begutachtung durchzuführen. Auch Jake sah recht gut aus, aber sein Körper unterschied sich von Kyles muskulöser Bodybuilder-Statur. Jake war schlank und besaß eher den feingliedrigen Körperbau eines Schwimmers oder Tänzers. Ein guter Kontrast, besonders für das, was die Herrin sich in ihrem boshaften, erfinderischen Kopf ausgedacht hatte.

Nachdem Jake sich entkleidet, sich der Begutachtung unterzogen und der Herrin die ihr gebührende Ehrerbietung erwiesen hatte, befahl sie ihm, auf den Knien zu bleiben und hinter ihr her ins Schlafzimmer zu kriechen. Sie legte den Flur entlang ein scharfes Tempo vor, und Jake hatte alle Mühe, auf dem harten Holzboden, an dem er sich die Knie aufscheuerte, mit ihr Schritt zu halten. Die Herrin öffnete die Schlafzimmertür und bedeutete Jake, ihr in den Raum zu folgen. Als er den gefesselten und geknebelten Kyle erblickte, konnte man Jake im Gesicht ablesen, wie überrascht und erschrocken er war. Aber die Herrin zeigte sich vollkommen gleichgültig. Sowohl Kyle als auch Jake hatten der Herrin schon vor langer Zeit gestanden, dass sie gerne mit einem anderen Mann zusammen wären. Sie hatte aber so getan, als hätte sie es völlig vergessen, bis eine angemessen lange Zeit verstrichen war. Jetzt würde sich herausstellen, ob Kyle oder Jake oder auch alle beide den Mut aufbringen würden, zu ihren Bekenntnissen zu stehen.

»Du hast doch nicht etwa geglaubt, du wärst mein einziger Sklave, was?«, fragte die Herrin mit einem spöttischen Lächeln. »Ich verlange ein hohes Maß an Ergebenheit, Aufmerksamkeit und Abwechslung, viel mehr als nur ein einziges männliches Wesen mir bieten kann. Und ist er nicht der prächtigste männliche Fleischbrocken, den du je gesehen hast?«

Die Herrin gab Jake einen Moment Zeit, um nicht nur Kyle, sondern das ganze Szenario auf sich wirken zu lassen, dann fuhr sie fort: »Ihr habt mir gegenüber beide geäußert, es sei euer geheimster Wunsch, mit einem anderen Mann zusammen zu sein. Kyle, du hast zugegeben, dass du gern die Zuwendung eines Mannes empfangen würdest, und Jake, du hast gestanden, dass du einem Mann gern diese Zuwendung geben würdest. In meiner großen Güte und zu meiner Unterhaltung und meinem Vergnügen habe ich es deshalb so eingerichtet, dass jedem von euch sein Wunsch erfüllt wird.«

Jake und Kyle beeilten sich, der Herrin für die Mühe, die sie zur Verwirklichung ihrer Wünsche aufgewandt hatte, ihre Dankbarkeit und Ergebenheit auszudrücken. Die Herrin ließ sich auf dem Bett nieder und nahm ihre Dankesbekundungen gnädig entgegen.

»Jake, komm zu mir. Du sollst heute durch deine Handlungen unter Beweis stellen, wie sehr du mir ergeben bist. Du willst doch alles für mich tun, nicht wahr, Jake? Natürlich willst du! Und hier kommt nun das Erste, was du für mich tun wirst: Bleib auf den Knien und berühre mit Kopf und Schultern den Boden. Streck die Hüften hoch und halt deine Knie weit gespreizt.«

Jake folgte ihren Anweisungen mit einer Mischung aus Furcht, Erwartung und Erregung. Von seiner Position auf dem Boden konnte er Kyle sehen, der ihn mit unverhohlenem Interesse beobachtete.

»Ich habe nur für diesen Abend ein ganz spezielles Spielzeug für dich besorgt, Jake. Fass nach hinten und spreize deine Pobacken«, befahl ihm die Herrin höflich.

Jake gehorchte und spürte kurz etwas Kaltes, Feuchtes, das ihm auf die gerunzelte Öffnung gestrichen wurde. Er merkte, dass es Gleitgel war und dass er wohl penetriert werden sollte.

»Was ich hier für dich habe, Jake, ist ein zigarrenförmiges Metallrohr, das ich dir jetzt tief in den Arsch schieben werde«, sagte die Herrin, als ob überhaupt nichts dabei wäre.

Er spürte, wie zwei ihrer behandschuhten Finger zwei- oder dreimal in ihn eindrangen, um ihn auf das zigarrenförmige Metallrohr vorzubereiten. Dann fühlte er das kalte Metall des Rohrs, das ihm so weit in den Analkanal eingeschoben wurde, bis es ganz in ihm verschwunden war. Trotzdem stellte er fest, dass irgendetwas noch immer aus seiner Öffnung hing.

»Jake, du hast sicher bemerkt, dass zwischen deinen Hinterbacken etwas heraushängt, das sich wie ein Seil anfühlt«, sagte die Herrin. »Es ist ein ganz dünnes Stromkabel, das mit dem Gerät hier in meiner Hand verbunden ist. Mit dem Gerät kann ich die Stromstärke regulieren. Ich gebe dir jetzt einmal einen kleinen Vorgeschmack auf den Strom, damit du weißt, was passiert, wenn du mein Missfallen erregst. Du handelst dir meinen Unmut ein, wenn du mit dem nackten und megasteifen Kyle nicht genau das machst, was ich dir befehle. Mir scheint, Kyle fand es sehr erregend, zuzusehen, wie ich dir mein neues Spielzeug hineingeschoben habe.«

Mit diesen Worten drehte die Herrin einen Knopf an dem Gerät und versetzte Jake einen leichten Stromstoß. Kyle schaute fasziniert zu und wurde härter und härter, als er Jakes Reaktion erlebte. »Wie ich feststellen muss, hast du schon bei diesem kleinen Surren die Pobacken fest zusammengepresst, hab ich recht? Du solltest besser tun, was man dir sagt. Der Strom kann nämlich viel, viel stärker werden und viel, viel länger anhalten als dieser kleine Furz!«, sagte die Herrin schroff.

»Jetzt hol die Nippelklammern aus der Spielzeugkiste und leg sie Kyle an, aber ein bisschen dalli! Zieh sie fest, bis du siehst, dass die kleinen Zähne sich leicht in Kyles Haut bohren. Aber wage es ja nicht, ihm blutende Wunden zu verursachen. Das gequälte Gewimmer, das er die ganze Zeit von sich gibt, kannst du getrost überhören. Der Knebel hindert ihn am Sprechen, aber mir persönlich gefallen die reizenden kleinen Geräusche, die er tief in der Kehle macht, viel besser.« Die Herrin war augenscheinlich amüsiert.

»Jake, jetzt will ich, dass du vor Kyle auf die Knie fällst. Du weißt schon, was ich sehen will, oder? Kuschel dein Gesicht genau in seine Leistenbeuge! Reib es an seinem Schwanz! Hau es ihm in den Sack! Jetzt nimm deine Hände und spiel mit ihm. Mach seinen Lustkolben so hart, dass er pocht und pulsiert. Ich will sehen, wie du ihn hätschelst und verwöhnst.«

Von ihrem Platz am Fußende des Bettes beobachtete sie mit wachsamem Auge sowohl Kyle als auch Jake. Ihre ganze Aufmerksamkeit konzentrierte sich auf sie, während Jake das tat, was sie ihn geheißen hatte. Nach ein paar Minuten sagte sie zu Jake: »Ich glaube nicht, dass du mit ganzem Herzen bei der Sache bist, so wie ich mir das vorstelle. Um deiner Leistungsbereitschaft etwas nachzuhelfen, nimm das hier!« Die Herrin drehte am Knopf des Geräts, das sie immer noch in der Hand hielt, und versetzte Jake einen ordentlichen Stromstoß zwischen die Arschbacken. Jakes Backen krampften sich zusammen. Der Angriff auf seinen Anus ließ ihn vor Schmerz laut aufschreien, was der Herrin ungemein zu gefallen schien. Mit schadenfrohem Blick sah sie ihn an.

»Jetzt bist du wohl etwas motivierter, nicht wahr?«

»Ja, Herrin«, erwiderte Jake demütig.

»Gut! Jetzt lass mich sehen, wie flink deine Hände sind! Du sollst Kyles Glied so lange streicheln und pumpen, bis es sich in eine lange, harte Fleischflöte verwandelt. Dann wirst du deine oralen Fertigkeiten unter Beweis stellen!«

Jake und Kyle stöhnten auf, als sie die Anordnung der Herrin vernahmen, aber der Herrin war der lustvolle Unterton in ihrem Gestöhne nicht entgangen. Jake wandte sich der zu erledigenden Aufgabe zu und begann Kyles Fickrüssel mit den Händen zu bearbeiten, wie die Herrin es ihm aufgetragen hatte.

»Schon besser«, befand die Herrin und gab Jake sicherheitshalber noch einen *Zap!* aus ihrem niedlichen Spielzeug. »Du machst es jetzt so viel besser, und ich glaube, dass du allmählich kapiert hast, wer hier das Sagen hat! Und mein Spielzeug-Muskelprotz ist auch schon ganz schön hart.«

Noch ein paar Minuten sah die Herrin Jake dabei zu, wie er mit Kyles geschwollenem Glied spielte, dann erteilte sie ihren nächsten Befehl. »Jake, mach den Mund auf! Glotz mich nicht so dämlich an! Mach, was ich dir sage!« Ein schneller, heftiger Stromstoß durchzuckte Jakes Analkanal. »Muss ich dir dauernd schockierende Kostproben meiner Macht liefern, damit du mir gehorchst?« Wieder drehte die Herrin am Knopf des Geräts und jagte ihm eine gleichmäßige, stechende und kribbelnde Stromladung in den Anus. Sie hielt die Spannung so lange aufrecht, bis Jake um Gnade flehte und versprach, ihr von jetzt an aufs Wort zu gehorchen und jeden Befehl begeistert auszuführen. Da drehte sie den Knopf herunter, aber nicht ganz auf Null, sodass Jakes Anus noch immer von einem schwachen Strom durchflossen wurde. Kyles Augen hatten sich vor Erregung über Jakes Bestrafung und Erniedrigung geweitet, und sein knüppelharter Ständer hüpfte und zuckte, als hätte er seinen eigenen Willen.

»Du wirst ihm jetzt einen lutschen, wie ich dir befohlen habe, Jake! Nimm seine ganze geschwollene Eichel in den Mund und lass deine Zunge darüber flitzen! Ich will viel Lippenbewegung sehen! Ich will sehen, wie dein Mund mehr und mehr von Kyles Schwanz umschließt! Gleichzeitig setzt du die Hände ein. Mit der einen Hand packst du ihn an der Schwanzwurzel, mit der anderen massierst du ihm die Eier! Sieh dich nur an! Du bist jetzt eine richtige kleine Blasschlampe für deine Herrin. Und du bist doch ganz geil drauf, mir eine gute Show zu bieten, nicht wahr, Jake?«

Jake bemühte sich aus Leibeskräften, den Ansprüchen der Herrin zu genügen. Er stellte sich vor, er wäre die Blas-/Leckmaschine, als die die Herrin ihn bezeichnet hatte. Die Herrin lümmelte sich derweil auf dem Bett. Das fiese kleine Gerät hatte sie noch immer in der Hand, und der schwache elektrische Strom floss gleichmäßig durch Jakes Analkanal und trieb ihn zu noch größerem Einsatz an, um der Herrin zu gefallen. Im Gegensatz zu Jake hatte Kyle freien Blick auf ihr Gesicht, in dessen Ausdruck sich eine boshafte Freude über die Macht widerspiegelte, die sie über die beiden Sklaven ausübte. Was Kyle betraf, so konnte er gar nicht glauben, wie sehr er die intimen Zuwendungen, die er von Jake erhielt, genoss. Nicht einmal in den kühnsten Träumen hätte er sich ausgemalt, dass es so geil und lustvoll sein würde, von einem anderen Mann oral befriedigt zu werden. Es war fast besser, als von einer Frau einen geblasen zu bekommen! Jakes Mund war größer, er saugte kräftiger, und zudem spielte sich alles unter dem wachsamen Auge der Herrin ab, die mit ihrem umwerfenden Outfit und der konstanten Bedrohung durch das fiese kleine Metallrohr in Jakes Anus den beiden tüchtig einheizte. Nie hätte Kyle sich träumen lassen, dass eine Mann-zu-Mann-Begegnung so aufregend sein würde.

Nachdem sie Jakes Darbietung in Bezug auf Kyle eine Weile zugeschaut hatte, sprach die Herrin: »So, Jake, und jetzt lässt du Kyle in deinen Mund abspritzen.«

Jake warf der Herrin einen flehenden Blick zu, behielt Kyles Glied aber weiterhin im Mund. »Du ungezogener Junge! Was soll denn dieser Blick? Du willst es doch, du willst es ebenso sehr wie Kyle und ebenso sehr wie ich! Glaubst du, ich habe all diese Mühen auf mich genommen, dass du jetzt davor kneifst?« Ihre Stimme verriet kaltblütigen Zorn, und Jake wusste, dass es ihr todernst war. Daran wurde er durch einen weiteren starken Stromstoß in den Arsch erinnert. »Du sollst mich darum bitten, Kyles warme, weiße Sacksuppe schlucken zu dürfen! Los, mach schon, bitte mich darum!«

Jake begann zu bitten, indem er abwechselnd bettelte und flehte und sich Kyles hartem Gemächt noch aufmerksamer zuwandte. Schließlich gab die Herrin nach und erteilte Jake die Erlaubnis, Kyles Wichse zu schlucken. Aber sie sprach weiter, um die beiden anzuheizen.

»Ich hasse es, wenn du bettelst. Ich erwarte sofortigen Gehorsam von dir! Nimm dir ein Beispiel an Kyle. Der jammert nicht herum und hat auch noch nicht sein Halstuch fallen lassen, um anzuzeigen, dass er nicht mehr kann!« Sie drehte das elektrische Gerät ein oder zwei Grad höher und beließ es bei dieser Einstellung, obwohl Jake an Kyles Ständer ganze Arbeit leistete. Während Jakes Kopf an Kyles Schwanz hoch und runter fuhr, versetzte die Herrin ihm kleine Stromstöße im Takt zu seinem Schwanzlutsch-Rhythmus. Ohne sein Zutun war Jake fast ebenso hart geworden wie Kyle. Aber noch immer trieb die Herrin ihn an.

»Du findest es geil, den Mund voll zu haben mit dickem, pochendem Fleisch, was, Jake? Du stehst total drauf, von mir penetriert und beherrscht zu werden. Und meine kleinen Stromstöße machen deinen Ständer jedes Mal härter. Was spricht dagegen, dass ich dir jetzt noch einen verpasse?« Die Herrin tat, wie angekündigt, und schon entlud sich ein weiterer Stromstoß in Jakes Analkanal.

Ein leises Winseln von Kyle sagte der Herrin, dass er bereit war, sich in Jakes Mund zu ergießen.

»Ja, nimm es! Würg es runter! Schluck jeden Tropfen, den er dir in die Kehle schießt!«, rief die Herrin Jake ermunternd zu.

Jake spürte, wie Kyles Glied anfing zu zucken. Er wusste, dass Kyle kurz davor stand, zu kommen, und ihm seine heiße Wichse tief in die Kehle spritzen würde. Er musste fast würgen, aber aus

Angst vor einer weiteren Bestrafung durch den Gegenstand, den die Herrin ihm in den Hintern geschoben hatte, machte er sich bereit, Kyles Perlensaft komplett hinunterzuschlucken.

Gerade als Kyle zum Abspritzen ansetzte, hörte Jake die Herrin von weit weg sagen: »Wenn Kyle sich in deinen Mund entleert, gebe ich dir die Erlaubnis, dich mit einer Hand selbst zu erleichtern. Das ist die Belohnung dafür, dass du deiner Herrin deine Ergebenheit bewiesen hast.«

Jake brauchte keine weitere Aufforderung. In nur wenigen Schüben hatte Jake seine eigene weiße Soße auf Kyles Füße abgespritzt, was die Herrin außerordentlich amüsierte.

»Jake, leck Kyles Füße sauber!«, befahl sie. »Dann nimmst du Kyle den Knebel und die Nippelklammern ab, bindest seine Arme los und befreist seine Beine von der Spreizstange. Zieh dir das Rohr aus dem Hintern und lass Kyle genau zusehen, was du tust. Dann dürft ihr euch beide zehn Minuten ausruhen. Danach zieht ihr euch an und geht nach Hause.«

»Jawohl, Herrin«, antwortete Jake ein wenig enttäuscht. Diese Enttäuschung spiegelte sich auch in Kyles Gesichtsausdruck wider.

Die Herrin aber wusste, was dieser Ausdruck der Enttäuschung zu bedeuten hatte: Sie hatten erwartet, die Herrin zur Belohnung für ihre Dienste zwischen den Schenkeln verehren zu dürfen. Aber schon allein an der Wahl ihrer Garderobe hätten sie erkennen müssen, dass dies von vornherein nicht infrage gekommen wäre.

Als ob sie ihre Gedanken hätte lesen können, sagte die Herrin: »Ich kann mich nicht entsinnen, euch versprochen zu haben, dass ...« und zog sich lachend in den Flur zurück. Es war ein sehr unterhaltsamer Abend gewesen.

Auf Trab

Sie bewohnte eine alte geräumige Wohnung mit hohen Decken und gusseisernen Heißluftradiatoren. Die Wohnung war nach Süden und Westen hin ausgerichtet. Im Süden erhoben sich weit in der Ferne die Häuser der Vorstadt. Wenn man nach Westen schaute, stand im Vordergrund ein buddhistischer Tempel mit einem tiefblau eingedeckten Pagodendach und in der Ferne erstreckte sich die Skyline von Manhattan. Die Lieblingsenkelin hatte die Mietwohnung von ihrer Großmutter übernommen, als die liebenswerte alte Dame das Zeitliche gesegnet hatte. In der Wohnung gab es fünf Zimmer: das Wohn-/Esszimmer, das Schlafzimmer, die Küche, die als Arbeitszimmer genutzte Bibliothek und das Zimmer, in dem er wartete. Manchmal nannte er diesen Raum »die Kammer«, ein andermal »den Kerker«. Es war die Kammer, wenn sie zärtlich und liebevoll zu ihm war, und der Kerker, wenn er bestraft werden musste. Welches von beiden es heute sein würde, wusste er noch nicht, da sie ihn nur aufgefordert hatte, »im Zimmer« auf sie zu warten.

Also wartete er, angezogen, wie sie es ihm aufgetragen hatte: enge schwarze Jeans, schwarzes T-Shirt und schwarze Schlangenlederstiefel. Er hatte, wie er wusste, einen schönen Körperbau, was ihr als Erstes aufgefallen war, als sie sich im Nachtclub Pagan Angels begegnet waren. Das war jetzt schon drei Jahre her, aber der Augenblick würde ihm immer in lebhafter Erinnerung bleiben: Er – damals noch ein ganz anderer Mensch, flapsig und unkoordiniert, ein Kind im Körper eines Mannes – bemerkte sie vom anderen Ende des Raums. Sie betrachtete seinen Oberkörper. Vielleicht spürte sie seine Augen auf sich; jedenfalls blickte sie plötzlich hoch in sein Gesicht und schien erstaunt, es dort zu finden, als hätte sie geglaubt, dass er aus nichts anderem als diesem fantastischen Oberkörper bestünde und dass seine ganze

Person nur als Gerüst dafür diente. Ihre Augen blieben aneinander hängen.

Damals wusste er noch nicht, dass er gerade seine neue Welt erblickte – *sie.* Sie hatte eine unglaubliche Ausstrahlung, die sie als »Glamour« bezeichnete, und sie erzählte ihm, dass es sich dabei um einen alten Trick der Wiccans handele. Sie konnte gebieterisch und streng sein und erwartete stets den ihr gebührenden Gehorsam. Fehlverhalten oder schlechtes Benehmen wurden von ihr gnadenlos mit Paddel, Rohrstock, Peitsche oder mit der flachen Hand geahndet. Aber oft war sie auch verspielt mit einem Anflug von Spitzbübigkeit und konnte sehr zärtlich und fürsorglich sein. Was ihm aber am meisten an ihr gefiel, war ihre Unberechenbarkeit. Er wusste nie, worauf er sich gefasst machen musste, wenn sie ihn zu sich rief, und so lebte er in einem ständigen Zustand der Sehnsucht und Unruhe. Aus diesem Grund gehörte er ihr.

Während er in dem Zimmer saß und auf sie wartete, durchlebte er in Gedanken noch einmal die Session des vergangenen Abends. Als sie vom Abendessen zurückgekommen waren, hatten sie sich im Hauseingang geküsst. Dann hatte sie den Kopf geneigt, um ihm zu bedeuten, dass sie direkt in *das Zimmer* gehen würden. Als sie die Tür hinter sich geschlossen und den Rest der Welt draußen gelassen hatten, küsste er sie wieder. Er küsste ihren Hals, ihre Brüste und ihren Bauch, ließ sich dann auf die Knie nieder und küsste sie langsam, mit einer Mischung aus Ehrerbietung und Verlangen, mehrmals durch ihren Rock hindurch zwischen die Beine. Nach einer langen Weile schob sie sanft seinen Kopf beiseite und setzte sich in den hohen Lehnsessel. Manchmal schien es, als könnten sie gegenseitig ihre Gedanken lesen, denn er verstand sofort, stand auf und stellte sich vor sie. Einen Augenblick lang sahen sie sich in die Augen. Dann heftete sie ihren Blick auf seine schwarzen Jeans, schaute auf den Boden und machte eine kleine Geste. Er knöpfte seine Hose auf, zog sie mitsamt der Unterhose bis zu den Knien herunter und legte sich langsam, mit voller Überlegung über ihren Schoß. Er stützte sich mit den Händen am Fußboden ab und schloss die Ellbogen. Sie begann, ihm zuerst sanft, dann immer fester, aber die ganze Zeit liebevoll, den Hintern zu versohlen. Ab und zu hielt sie inne, um ihm ihre langen, quadratisch gefeilten Nägel über den Rücken zu ziehen. Danach liebten sie sich, genau da, wo sie gerade waren, auf dem Fußboden des Zimmers, und anschließend hatte sie ihn lange, mit seinem Kopf auf ihrer Brust, ganz fest in den Armen gehalten.

Kein Wort war zwischen ihnen gesprochen worden, seit sie die Wohnung betreten hatten. Er saß jetzt allein in dem Zimmer und schwelgte gedankenverloren in seinen Erinnerungen.

»Miles!«, rief sie von der Bibliothek her. Ihre Stimme klang streng und befehlsmäßig.

Hatte er etwas falsch gemacht? Hatte er ihr missfallen? Er eilte in die Bibliothek. Sie sprach ruhig und sah ihm direkt in die Augen. »Ich brauche dich, um eine Besorgung für mich zu machen. Geh in das Büro unter dieser Anschrift. Dort hat eine gewisse Misses A. Grant ein Päckchen für mich. Ich muss die Arbeit um Punkt 17.45 Uhr abgeschlossen und hinausgefaxt haben. Du hast also eine halbe Stunde Zeit, um dort hinzugehen und wieder zurückzukommen. Für ein Taxi ist zu viel Verkehr. Es ist besser, du rennst. Geh jetzt!«

Sie reichte ihm einen Zettel mit der Adresse. Er wollte gerade gehen, da fiel ihm ein, wie er angezogen war. Es sah nicht gerade sehr »büromäßig« aus, und die Stiefel waren auch nicht dazu bestimmt, um damit zu joggen. Er fragte sie, ob er sich erst noch umziehen dürfe, was sie mit der Begründung ablehnte, es wäre nicht mehr genug Zeit. Gehorsam verließ er die Wohnung.

Als er im Aufzug nach unten fuhr, schaute er auf die Adresse, die sie ihm gegeben hatte. Sie befand sich elf Häuserblocks entfernt. Er hatte gerade genug Zeit, um hin und zurück zu laufen. So, wie er gekleidet war, wusste er, dass jedermann auf der Straße ihn anstarren würde. Er würde sich deswegen viel gefallen lassen müssen, aber egal. Es waren ja nur verschwommene Gesichter, und er würde ihr Geglotze einfach nicht beachten. Und überhaupt, was kümmerten ihn schon die Leute? Er würde das, was er zu tun hatte, über sich ergehen lassen und nur an eines denken – an *sie*. Er war ihr Eigentum, und sie hatte ihm etwas aufgetragen.

Miles kam in der Eingangshalle an und rannte los. Der Erste, dem er begegnete, war der Pförtner. Obwohl der Pförtner sehr wohl registrierte, in welchem Outfit dieser Mann herumlief, war er viel zu professionell, um es sich anmerken zu lassen, als er ihm die Tür aufhielt. Dann kam er an zwei gut gekleideten Damen Mitte fünfzig vorbei, deren Unterhaltung mit einem Schlag ins Stocken geriet, als er vorübereilte. Er bemerkte es und wusste genau, was sie dachten. Er kannte den typischen niederträchtigen Unsinn, der ihnen durch den Kopf ging. Für ihn gehörten sie ganz allgemein zu den »Unerleuchteten«, den Vanille-Leuten, die nur zu gern mit seiner Herrin die Plätze tauschen würden, wenn sie nur die Gelegenheit dazu bekämen. Er rannte schneller und nahm eine stolzere Haltung an. Endlich langte er an der Adresse an, einem kleinen Bürogebäude in einer Querstraße. Miles fuhr im Fahrstuhl nach oben und fand das Büro. Er ging hinein und trat an den Empfangsschalter.

»Ich bin gekommen, um von Misses A. Grant ein Päckchen für Miss Varrin abzuholen.« Die sympathische junge Frau hinter dem Schalter brauchte einen Moment, um ihre Stimme wiederzufinden. »Ja, ich ... äh, hier ist nichts ... Ich führe Sie zu Misses Grants Büro.« Sie führte ihn einen Gang entlang vor eine Tür, an der »A. Grant« stand, öffnete sie für ihn und entfernte sich. Am Fenster des Büros stand eine traumhaft schöne Frau, eine Blondine mit üppigen Formen, und schaute hinaus. Sie trug ein schwarzes Geschäftskostüm mit Minirock und einer knappen weißen Bluse, dazu schwarze Strümpfe und schwarze Pumps mit Stöckelabsätzen. Sie sprach am Telefon. Sie drehte sich um und musterte Miles eingehend von oben bis unten, ohne ihr Gespräch auch nur eine Sekunde zu unterbrechen. »Ja, wir liefern am vierundzwanzigsten aus. Mae hat das Muster gestern freigegeben.« Sie hatte tiefblaue Augen, Wangenknochen wie ein Model und Beine, so wohlgeformt wie die seiner Herrin. Ein rätselhaftes Lächeln umspielte ihren Mund, als sie Miles bedeutete, Platz zu nehmen. Zögernd leistete Miles Folge. Er musste dieses Päckchen bekommen und machen, dass er fort kam, wenn er seine Herrin nicht enttäuschen wollte.

Gegen die Vorderkante ihres Schreibtischs gelehnt, setzte die Frau ihr Telefonat unbeirrt fort, wobei sie Miles die ganze Zeit anstarrte. Nach einigen schier endlosen Minuten brachte sie den Anruf in Wartestellung und wandte sich an ihn: »Was kann ich für Sie tun?« Ihre Stimme hatte einen Südstaatenakzent, der ihn hätte dahinschmelzen lassen, wenn er nur genug Zeit gehabt hätte.

»Ich möchte ein Päckchen für Miss Varrin abholen.«

»Ich verstehe. Es wird nicht mehr lange dauern«, sagte sie und drückte dabei auf einen Knopf an der Telefonanlage. Augenblicklich erschien die junge Frau aus dem Vorzimmer.

»Tamara, diesem jungen Mann müssen von dem weiten Weg hierher in diesen Stiefeln unheimlich die Füße schmerzen. Gib ihm eine Fußmassage.«

Bevor Miles noch irgendetwas wegen seiner Eile sagen konnte, hatte die Frau sich wieder zum Fenster umgedreht und telefonierte weiter. Er fragte sich, woher die Frau wusste, dass er den ganzen Weg zu Fuß gelaufen war. Unterdessen kniete die junge Frau sich vor ihn hin, zog ihm die Stiefel aus und fing an, durch die Socken hindurch seine Füße zu massieren. Ah, das tat gut! Misses Grant hatte ganz recht. In diesen Stiefeln konnte man sich in der Tat die Füße wund laufen, besonders wenn man einen so weiten Weg in ihnen zurücklegte. Trotzdem klebte sein Blick an der Wanduhr. Es war schon 17:40 Uhr. Miles hinkte jetzt schon dem Zeitplan hinterher. Er musste sich dieses Päckchen geben lassen und sofort losrennen.

Er begann zu sprechen. »Entschuldigen Sie, Misses Grant, aber ...«

Die Frau wandte sich zu ihm um, bat ihn mit einer Geste um Ruhe, lächelte und drehte sich wieder zum Fenster. Die junge Frau hob währenddessen nicht einmal den Blick von Miles' Füßen. Sie war sehr begabt in dem, was sie tat. Miles dachte, dass sie wohl viel Übung haben musste. Aber er konnte sich nicht länger entspannen und die Massage genießen. Fortwährend schaute er auf die Uhr. Endlich legte Misses Grant auf.

»Das wär's, Tamara«, sagte Misses Grant freundlich.

Tamara zog Miles behutsam, aber rasch die Stiefel wieder an und ging hinaus.

»So, weswegen sind Sie nun hier?«, fragte Misses Grant – zum wiederholten Mal.

»Wegen eines Päckchens für Miss Varrin«, sagte er, so ruhig er konnte.

»Oh, natürlich, hier bitte«, antwortete Misses Grant in ihrem hammerhaften Südstaatenakzent.

Sie überreichte ihm einen braunen Umschlag, der die ganze Zeit einen Meter von Miles entfernt auf dem Schreibtisch gelegen hatte. Miles nahm ihn entgegen, sagte »danke«, und schon nahm er die Beine in die Hand und flüchtete aus dem Büro. Er hatte weder die Zeit noch die Geduld, lange auf den Fahrstuhl zu warten, rannte die Treppe hinunter, rannte hinaus auf die Straße und rannte den Weg nach Hause. Die Herrin würde enttäuscht von ihm sein. Er war todunglücklich.

Zwei Blocks vom Haus entfernt stolperte er und fiel hin. Er zerriss sich zwar nicht die Jeans, aber er schürfte sich die Knie auf, was ziemlich wehtat. Aber es kümmerte ihn nicht. Er rappelte sich auf und rannte weiter. Sein einziger Gedanke war, so schnell wie möglich zu seiner Herrin zurückzukommen. Als er ins

Gebäude stürmte, hätte er fast den Pförtner umgerannt, aber er bemerkte es nicht einmal. Er hastete die fünf Treppen hoch, betrat die Wohnung und lief direkt in die Bibliothek. Die Uhr zeigte 18:10 Uhr und die Herrin war nicht da. Er wusste, wo sie war.

Er betrat das Zimmer und kniete sich hin. Er wagte nicht, sie anzusehen. Mit gesenktem Kopf kämpfte er mit den Tränen. Die Herrin stand vor ihm mit ihrer schwersten Neunschwänzigen Katze in der Hand. Sie hob sein Kinn an und führte ihn ans Ende der Spankingbank, wo sie ihn eine stehende Haltung einnehmen ließ und ihm die Jeans grob bis zu den Fußgelenken herunterriss. Mit einem Messer schlitzte sie seine Unterhose auf. Dann legte sie ihn der Länge nach auf die Bank und fesselte ihn mit Hand- und Fußschellen an die Beine des Zuchtbocks. Sie steckte ihm weiche, verformbare Ohrstöpsel in die Ohren und verband ihm die Augen mit einer schwarzen elastischen Binde, die sie immer benutzte, wenn sie ihm das Augenlicht entziehen wollte, und die sie ihm jetzt sowohl über seine Augen als auch seine Ohren schob. Sie nahm die Peitsche, stellte sich hinter ihn und ließ sie schnalzen. Noch nie hatte sie ihn so fest geschlagen.

Sie schlug weiter auf ihn ein, und er ließ seinen Tränen freien Lauf. Er weinte, einerseits wegen der Bestrafung, andererseits wegen seiner Gewissensbisse darüber, dass er sie enttäuscht hatte. Er versuchte, sein Schluchzen zu unterdrücken. Schließlich wusste er ja, dass er diese Bestrafung verdiente, und war irgendwie sogar dankbar dafür. Wenn er auch sein Versagen nicht ungeschehen machen konnte, so konnte er zumindest die gerechte Strafe seiner Herrin hinnehmen und darauf hoffen, dass sie ihm später verzeihen würde. Nach einer guten halben Stunde – sein Hinterteil war mittlerweile feuerrot und schmerzte höllisch – befreite die Herrin ihn von den Fesseln und entfernte die Ohrstöpsel, aber nicht die Augenbinde. Dann stellte sie ihn auf die Füße. Er dankte ihr von ganzem Herzen für das, was er aus ihren Händen empfangen hatte. Sie berührte seine Lippen, um ihn zum Schweigen zu bringen.

»Wir sind noch lange nicht fertig«, sagte sie mit sanfter Stimme.

Sie führte ihn zur Spankingbank zurück und legte ihn diesmal auf den Rücken. Die Herrin streifte ihm Stiefel und Socken ab, zog ihm das schwarze T-Shirt über den Kopf und entledigte ihn völlig seiner Jeans. Sie schloss seine Handgelenke mit den Handschellen, die sich unter ihm befanden, und seine Fußgelenke mit einer Fußschellengarnitur, die sie von der Decke herabließ. Dann zog sie die Fußschellen hoch, so dass sich sein Hintern zwanzig Zentimeter über der Bank befand, extrem zugänglich und ungeschützt.

Sie sagte: »Ich habe eine Überraschung für dich«, und nahm ihm die Augenbinde ab. Neben der Bank stand die umwerfende Südstaatenschönheit Misses A. Grant.

Jetzt erkannte Miles den Grund für die Ohrstöpsel: Sie sollten ihn daran hindern, während der Züchtigung etwas von Misses A. Grants Ankunft mitzubekommen. Mit demselben rätselhaften Lächeln, mit dem sie Miles beim Betreten ihres Büros begrüßt hatte, schaute ihm die Frau in die Augen, und zu seiner Überraschung fing sie an zu kichern. Sie war wirklich die letzte Person, die zu sehen oder hören er erwartet hätte. Das Letzte, was Miles sah, als Misses Grant sich rittlings auf ihn setzte und sich auf seinen Mund herabließ, war die Herrin, die einen Stock von der Wand herunternahm.

Als Misses Grant bequem in Stellung gegangen war, begann die Herrin, Miles mit dem Rohrstock zu züchtigen. Die Schläge waren schnell, hart und exakt geführt. Seine Herrin schlug nie daneben. Er versuchte, die Schläge zu zählen, verlor aber bei etwa fünfundfünfzig den Überblick. Der Schmerz war zu groß. Er kreischte, jaulte und schrie direkt in Misses Grants Tanga, während sie sich einen Spaß daraus machte, seine Nippel zu kneifen und ihren strammen Tanga an seinem Gesicht zu reiben. Misses »A.« Grant war eine sehr effektive und interessante Form von Bondage.

Während die Herrin ihn weiter züchtigte, sagte sie: »Lass sie kommen! Fahr mit der Zunge über Misses Grants Tanga und gib ihr einen Orgasmus!«

Angespornt durch den Schmerz des Rohrstocks, Misses Grants Schönheit und seine augenblickliche Zwangslage – wenn man es so nennen konnte –, setzte Miles seine Zunge ein, so gut er es verstand. Misses Grant ritt auf seinem Gesicht und half seinen Bemühungen in gewissem Maß nach. Als er durch den Tanga ihre Knospe ertastete und sie zwischen die Lippen nahm, ließ er seine Zunge über ihren kleinen Penis vor- und zurückschnellen. Misses Grant begann zu stöhnen und vor Lust aufzuschreien: »Ja, da, da, härter, mehr Druck ...« Miles tat, was sie sagte, und nur ein paar Sekunden später spürte er, wie ihre Säfte ihren Tanga durchtränkten. Er saugte so viel von ihrem Nektar aus dem Tanga, wie er nur konnte. Sobald Misses Grant kam, hörte die Herrin auf, ihn zu schlagen.

Viele Stunden später, als Misses »A.« Grant längst gegangen war, lag Miles neben der schlafenden Claudia im Bett und dachte über die Ereignisse des Tages nach. Hatte er Claudia wirklich enttäuscht oder hatte sie ihn »reingelegt«? Er wusste nie, woran er bei ihr war. Dadurch kam er nie zur Ruhe und wurde ständig von einem Gefühl banger Erwartung begleitet. So übte sie eine absolute Kontrolle über ihn aus. Ganz in Gedanken versunken, fiel ihm ein, dass er bis jetzt noch nicht herausgefunden hatte, wofür das »A« in Misses A. Grant stand.

Er drehte sich auf die Seite, schmiegte den Kopf an Claudias Brust und schlief ein.

Ein vollendetes Beispiel für einen unvollendeten Sklaven

Als Domina erwarte ich von meinem Sklaven, dass er seinen Verstand einsetzt – zum Beispiel, indem er mitdenkt – und gelegentlich auch eigene Überlegungen anstellt, solange er dabei nicht quengelig und fordernd wird und mit meinen Wünschen im Einklang steht. Die meisten Dominas würden mir zustimmen, wenn ich sage, dass niemand sich einen hirnlosen »Sub« wünscht, der von seiner Domina erwartet, dass sie ihm das Denken komplett abnimmt. Dieser Typ Sub oder »Sklave« stellt für den Alltag einer Domina keine hilfreiche und beglückende Ergänzung dar. Dieser Typ ist ein lästiges Ärgernis, ein Kind, das nie erwachsen wird, ein wahrer Klotz am Bein. In einer meiner Nacht-Sessions mit Herrin Elizabeth hatten wir es mit einem nicht mehr ganz jungen, längst dem Alter jungenhaften Charmes entwachsenen Fußverehrer zu tun, den ich hier einmal Wayne nennen will. Wayne hatte nicht mitbekommen, dass er schon seit einigen Jahren nicht mehr zu den »Jugendlichen« zählte, und begriff nicht, dass mit wachsendem Alter auch sein jungenhafter Charme mit gealtert war und jetzt dem Standard nicht mehr entsprach. Er konnte sich nirgends mehr herein- oder herauszaubern. Er befand sich in Gegenwart zweier sehr erfahrener Herrinnen und wollte uns hinsichtlich des Umfangs seiner vorherigen Ausbildung und Erfahrungen hinters Licht führen. Aber natürlich hielt er sich auch für den wunderbarsten Sklaven auf der Welt. Wahrscheinlich kam er aus einer sehr, sehr kleinen Welt, die sehr, sehr weit weg lag.

Ich kann dir sagen, Schwester, er war so ungeschult, dass Elizabeth und ich vielleicht eine ganze Woche mit getrenntem und gemeinsamem Intensivtraining hätten zubringen müssen, um ihm eine annähernde Vorstellung davon zu vermitteln, worum es hier eigentlich ging. Wenn er nicht gerade Auto fuhr, war er recht harmlos, allerdings ziemlich begriffsstutzig. Wir nannten ihm die Regeln, gaben ihm sein Safewort und sein Safesignal und trafen die nötigen Vereinbarungen. Weil wir ja davon ausgingen, dass jemand ihn bereits *trainiert* hatte, dachten wir, dass er alles begriffen hätte. Aber da hatten wir uns gründlich getäuscht. Wir rollten in Gedanken so oft mit den Augen, dass wir Kopfweh davon bekamen. An einem bestimmten Punkt begann ich, der Sache dann doch etwas abzugewinnen. Ich kann nur für mich selbst sprechen, aber irgendwann gefiel ich mir in der Rolle eines unromantischen Sadisten. Ich wollte ihm einfach nur Schmerzen zufügen – ganz schlimme Schmerzen.

Ihm schwebte vor, sich in einen Käfig sperren zu lassen, meine Füße und Waden verehren zu dürfen und im Schutz von Herrin Elizabeth und mir an einer BDSM-Party in einem örtlichen Nachtclub teilzunehmen. Dann fügte er noch hinzu, dass er gerne gezwungen würde, Würmer zu essen. Herrin Elizabeth besitzt drei wunderschöne Käfige: eine Gefängniszelle, einen Vogelkäfig und dann noch einen Käfig, der als Unterbau für meinen Esstisch fungierte. Die Käfige törnten ihn richtig an, besonders die Gefängniszelle und der Vogelkäfig. Wir wiesen ihn an, den Vogelkäfig von seinem Haken im Wohnzimmer abzuhängen und ihn in den Kerker zu bringen, wo er ihn an Fußboden und Decke befestigte. Diese Aufgabe erledigte er zu unserer Zufriedenheit (der Käfig war ziemlich schwer). Dann zogen Herrin Elizabeth und ich ihn aus, setzten ihn in den Käfig und verbanden ihm die Augen. Mit ledernen Handgelenkfesseln fixierten wir seine Hände in Hüfthöhe an die Gitterstäbe des Käfigs und ließen ihn die Beine so weit spreizen, wie die Gitterstäbe es zuließen, so dass wir seine Fußgelenke in gleicher Weise sichern konnten. Im Hintergrund spielte leise eine benebelnde Musik. Wir löschten alle Lichter und ließen ihn zwei Stunden lang dort sitzen, bevor wir ihn wieder herausließen.

Wir rechneten schon damit, dass er bei seiner Freilassung etwas schwach auf den Beinen und orientierungslos sein würde.

Deshalb ließen wir ihn sich hinsetzen, gaben ihm Wasser und rieben ihm Hand- und Fußgelenke, wo die Fesseln sich abgedrückt hatten. Aber danach verwandelte er sich in einen völlig hirnlosen, egoistischen Tölpel. Wir hießen ihn, uns am Esstisch Tee zu servieren, aber wir hätten ebenso gut aufstehen und es selbst tun können. Man würde ja schon damit rechnen, dass jemand, der noch nie zuvor in deiner Wohnung war, nicht weiß, wo sich die Sachen befinden, die man zum Decken eines Teetischs benötigt. Aber er erkundigte sich nicht einmal, wo Löffel, Servietten, Milch, Zucker und Süßstoff aufbewahrt wurden. Er brachte einfach nur die Tassen mit dem Tee. Wir machten ihn jedes Mal nur auf einen Mangel aufmerksam, sodass er für jede fehlende Sache einen Extra-Weg in die Küche machen musste und am Ende fünf Mal hin und her gelaufen war, bis er alles für den Tee gerichtet hatte. Aber zog er seine Lehren daraus? Ganz und gar nicht!

Nachdem er die Zeremonie des Teeservierens zum Abschluss gebracht hatte, kehrte er nicht an seinen vereinbarten Platz zu meinen Füßen zurück, sondern stand herum und blickte naseweis über den Tisch, während Elizabeth und ich versuchten, uns zu unterhalten. Ich befahl ihm, sich auf den Boden zu knien, Hintern auf den Fersen, Stirn auf dem Boden. Dann wies ich ihn an, sich so klein und unauffällig wie möglich zu machen, sich nicht zu bewegen und den Mund zu halten. Nun, das hielt er vielleicht vier Minuten durch, bevor er anfing, sich zu drehen und zu winden. Als ich auf ihn herunterblickte, war mein erster Eindruck, dass seine Knie oder etwas anderes ihn schmerzten und er sich zurechtsetzte. Mehr interessiert an der Unterhaltung mit Elizabeth, ließ ich es durchgehen, setzte ihm aber den Fuß in den Nacken, weil ich dachte, das würde ihn beruhigen.

Das war leider nicht der Fall. Stattdessen wand und krümmte er sich noch mehr, und es dauerte nicht lange, bis er mit dem Bauch flach auf dem Boden lag. Ich ließ es so weit kommen, weil ich sehen wollte, wie weit es kommen würde. Aber immer wenn ich dachte, dass es jetzt wohl weit genug gekommen sei, ging es noch weiter. Ich war jetzt doch einigermaßen erstaunt. Meine nackten Füße ruhten auf der untersten Sprosse des Stuhls, und Wayne hatte gerade genug Platz, um seinen Kopf darunter zu zwängen. Er wackelte so lange herum, bis er sich in Position gebracht hatte, und ging dann zu einem offenen, vorsätzlich geplanten Angriff auf meine Füße über. Das trug ihm mehrere ordentliche Schläge ins Gesicht ein, die ich nicht mit der Hand, sondern mit dem Fuß führte; außerdem eine strenge Strafpredigt, in der ich ihm nochmals die Regeln wiederholte.

Da ich die Nase voll hatte, musste er sich in den Käfig zusammenkauern, der den Fuß meines Esstischs bildete. Ich hatte diesen Käfig extra hoch und eng anfertigen lassen, sodass man sich nur mit Mühe hineinzwängen konnte. Man musste sich buchstäblich hineinschlängeln, zuerst den Kopf, dann die Schultern und so weiter. Bei jedem seiner fehlgeschlagenen Versuche, hineinzugelangen, demütigten Elizabeth und ich ihn verbal und körperlich. Endlich gelang es ihm, sich in den Käfig zu zwängen, den wir mit einem schweren Schloss zusperrten. Dann holte Herrin Elizabeth jedem von uns ein Paar gefährlich spitz zulaufende Schuhe, und während wir weiter Tee tranken, machten wir uns einen Spaß daraus, ihn damit durch die Gitterstäbe des Käfigs hindurch zu knuffen. Da er ziemlich breit, der Käfig aber ziemlich hoch und eng war, trafen wir sein Fleisch, egal wo wir hintraten. Er wirkte ziemlich verwirrt über unseren Unmut; vielleicht duldeten seine anderen Herrinnen ein solches Benehmen, wir aber nicht. So ließen wir ihn nochmals die Regeln wiederholen. Es schien aber, dass er sie augenblicklich vergessen hatte. Er hatte nur einen Gedanken im Kopf, und zwar, dass er ein »guter Sub« sei und niemand ihm etwas anderes erzählen dürfe. Vielleicht dachte er, dass »im Weg herumstehen« und »mit Füßen getreten werden« gleichbedeutende Umschreibungen für einen guten Sub wären.

An diesem Abend nahmen Elizabeth und ich ihn mit zur Fetischkisten-Party in Miami. Da er von der anderen Seite des Landes kam, war die Wahrscheinlichkeit, dass er dort jemandem Bekannten begegnen würde, gleich null. Zumindest hatte er einen Cadillac gemietet, so dass wir stilvoll vorfahren konnten. Die Party war wirklich keine Hardcore-Party, eher ein milder Mix, eine gute Einstiegsparty für einen Neuling – eine ausgewogene Mischung aus Augenschmaus und Aktivität. Der Club besaß eine Bühne für diejenigen, die spielen wollten, eine Tanzfläche mit angrenzender Bar und einen etwas ruhigeren Loungebereich mit bequemen Sofas. Über ihn kann ich nur eines sagen: Er war so unerfahren, dass die Club-Party, die für Elizabeth und mich eine lustige Tanz- und Spielparty war, ihn völlig umhaute. Noch nie hatte er so viele Leute in Fetischkleidung am selben Ort zur selben Zeit tanzen und spielen sehen. Ich benutzte ihn als Fußschemel, als Ottomane und als Tisch, und in seiner Unschuld meinte er, jedermann im Club würde nur auf ihn schauen. Ich ließ ihn in dem Glauben, obwohl kaum jemand einen Blick an ihn verschwendete.

Ein Freund kam vorbei und setzte sich, um eine Weile mit mir zu plaudern, während Wayne mir durch die Killer-Stiefel, die ich trug, eine Massage gab. Während ich mich mit meinem Bekannten unterhielt, stellte ich fest, dass Wayne mit immer schwächerem Druck massierte, bis ich durch das dicke Kunstleder der Stiefel fast gar nichts mehr spürte. Deshalb befahl ich ihm: »Härter!« Aber seine Berührung blieb genauso unzulänglich wie vorher. Ich wiederholte den Befehl, diesmal lauter: »Härter!« Wieder nichts. Da trat ich ihn mit dem anderen Fuß, was er als Aufforderung verstand, nun diesen zu reiben. Ich drehte mich zu meinem Bekannten um, der selbst einmal mein Sub gewesen war, und sagte: »Ist das denn die Möglichkeit?« Da schrie mein Bekannter, der ein überaus lautes Organ besaß, ihn an: »He, du Dummkopf, deine Herrin verlangt deine Aufmerksamkeit.« Erst dann wandte Wayne seine Aufmerksamkeit mir und meinen

Wünschen zu, so sehr war er darauf fixiert, seine eigenen Begierden zu erfüllen. Aber hatte Wayne etwas gelernt? Nein! Wenn ich ihm sagte, er dürfe meine Stiefel küssen und dabei den Plateauabsätzen besondere Beachtung schenken, war es, als redete ich gegen die Wand! Er war so vertieft in das, was er gerade tat, dass er mir nicht einmal mit halbem Ohr zuhörte.

Aber was das Schlimmste war: Noch bevor wir uns auf den Weg zum Club machten, hatte ich Wayne gesagt, dass er nur zwei Drinks haben dürfe. Ich war der Ansicht, dass mehr Alkohol seine Fahrtüchtigkeit beeinträchtigen würde, und schließlich fuhren Elizabeth und ich mit im Auto. Hinzukommt, dass die Polizei in diesem Staat ausgesprochen aggressiv, aber nicht besonders ehrlich ist – eine ganz üble Kombination. Und für jede Verhaftung kassieren sie hier Provision, was der Willkür Tür und Tor öffnet. Aber Wayne war ebenso raffiniert wie tölpelhaft – auch eine üble Kombination. Jedes Mal, wenn Elizabeth oder ich einen Drink von der Bar brauchten, rannte er gleich freudig hin. Und dort schüttete er – wie er später zugab – noch mindestens zwei Drinks in sich hinein, während er wartete, bis unsere Drinks fertig gemacht wurden. Wartete, bis unsere Drinks fertig gemacht wurden? Wir hatten Flaschen mit Wasser bestellt! So hatte er zuerst seine eigenen Drinks bestellt und damit sein Trink-Limit um mehrere Wodka-Cocktails überschritten, und dann erst hatte er an unser Wasser gedacht. So etwas Hirnloses!

Seine Trunkenheit wurde erst auf der grauenvollen Heimfahrt offensichtlich. Ich hasse betrunkene Männer. Ich habe drei Worte für sie: langsam, nachlässig und dumm, was den betrunkenen Durchschnittsmann, glaube ich, treffend beschreibt. Obwohl Elizabeth und ich uns beide anboten, selbst zu fahren, und ihm letztendlich sogar befahlen, rechts ranzufahren, damit eine von uns das Steuer übernehmen könnte, hielt er einfach nicht an. Zum Glück wurden wir nicht angehalten und kamen unverletzt bei Elizabeth an.

Mit den Nerven am Ende, ließen wir ihn Tee machen, den er diesmal in einer geringfügig sachkundigeren Weise servierte. Ich erlaubte dem betrunkenen Wayne, unter meinen Füßen zu liegen und sie zu streicheln. Während er da unten kauerte, stellte ich ihm folgende Frage: Wenn ich als deine Herrin dir befehlen würde, zu schweigen, und die Gardine würde in Brand geraten, was würdest du tun? Würdest du weiter den Mund halten und das Haus abbrennen lassen, weil ich dir Schweigen verordnet habe, oder würdest du ungehorsam sein und mir schnell von dem Unglück berichten? Was, glaubst du, würde mir mehr missfallen: dein Ungehorsam oder mein niedergebranntes Haus? Er schaute mich an und meinte allen Ernstes, dass er »sein Schweigegelübde« halten würde. Ich kann eigentlich nicht sagen, dass mich seine Antwort überraschte, aber Menschenskind! Welcher Dussel würde schon da sitzen und das Haus um sich herum abbrennen lassen, bloß weil ihm »befohlen« wurde, still zu sein? Wenn das wirkliche Leben über einen hereinbricht, würde man doch wohl vernünftig handeln.

Das war aber noch nicht alles. Herrin Elizabeth und ich gaben ihm die notwendigen Utensilien, um die Nacht in dem roten Licht der Gefängniszelle zu verbringen: Wasserflasche, kleiner Eimer, Glocke, Sklavenkopfkissen und Decke. Dann sperrten wir ihn ein, ließen aber den Schlüssel für das altertümliche Vorhängeschloss in Reichweite der Zelle. Wir ließen ihn da und machten es uns im Wohnzimmer gemütlich, ohne uns mit seiner störenden Gegenwart und seiner penetranten Persönlichkeit zu belasten. Um zehn Uhr morgens ließen wir ihn heraus und gaben ihm zehn Minuten Zeit für die fünf üblichen Verrichtungen: Duschen, Haare waschen, Rasieren, Kacken und Aufpolieren, bevor er vor uns erscheinen sollte. Wir waren in Straßenkleidung. Er kam heraus, ganz sauber und glänzend, und wir hießen ihn, Tee für uns zu bereiten und diesen nicht am Tisch, sondern an der Bar zu servieren. Sein Teeservice hatte sich tatsächlich ein wenig verbessert, aber nachdem der Tee aufgetragen war, setzte er sich zu uns an die Bar! Elizabeth und ich waren fassungslos. Sein Tag hatte mit einer Reihe von Befehlen begonnen. Wie kam er jetzt dazu, sich wie ein Gleichberechtigter neben uns zu setzen? Da erinnerten wir uns, dass er angegeben hatte, er würde gerne Würmer vertilgen, und jetzt war Frühstückszeit!

Elizabeth, die fürsorgliche Seele, war so zuvorkommend gewesen, im Angelbedarfsladen am Ende der Straße extra für Wayne einen suppentellergroßen Styroporbehälter voll mit fetten, saftigen, sich in Erde windenden Würmern zu kaufen. Ich holte den Wurmbehälter, der in einer braunen Papiertüte steckte, und überreichte ihn Wayne. Dieser meinte, wir würden ihm ein »Geschenk« machen (ausgerechnet!) und öffnete die Tüte erwartungsvoll. Als er den Behälter sah, war er verwirrt, aber noch immer einsatzfreudig. Er stellte ihn auf die Bartheke und hob den Deckel, worauf wir alle einen kleinen Schrei ausstießen. Elizabeth und ich wussten natürlich, was sich darinnen befand, aber da war so ein fetter, langer, rosafarbener Wurm, der sich ganz oben ringelte und plötzlich anfing zu springen. Deshalb hatten wir überrascht aufgeschrien. Wayne sah mich an, und ich meine wirklich, dass er mich ansah, vielleicht zum ersten Mal, seit er hier war, und seine Verwirrung war eindeutig.

Ich lächelte und sagte in einem ganz normalen Ton: »Du hast doch geschrieben, dass du gerne Würmer essen würdest, oder? Du solltest mit der Äußerung von Wünschen vorsichtig sein, weil es gut möglich ist, dass dein Wunsch in Erfüllung geht.« Sein Gesichtsausdruck änderte sich von Verwirrung in blankes Entsetzen, als er merkte, dass wir es ernst meinten.

Ich holte eine Plastikgabel, und weil mir bei dem Gedanken, den großen, fetten, saftigen Kerl von ganz oben um die Gabel zu wickeln, nicht ganz wohl war, stocherte ich in der Erde herum und fand einen Wurm, der ungefähr so rund war wie ein Faden Spaghetti und etwa acht Zentimeter lang. Perfekt zum Aufdrehen! So wickelte ich das kleine Ekel um die Gabel, hielt sie Wayne lächelnd hin und sagte: »Guten Appetit! Und du tätest gut daran, auf jedes meiner Worte genau zu achten, sonst könnte es dir passieren, dass du unversehens auf diesem Wurm herumkaust.« Widerstrebend nahm er die Gabel von mir, und ich erwartete schon, dass er meinen Anweisungen nicht Folge leisten würde. Falls er sich ganz und gar weigern würde, die lebende Mahlzeit zu essen, drohten Elizabeth und ich, sie ihm zwangsweise zuzuführen. Ich befahl ihm, einen halben Mund voll Wasser zu nehmen und den Mund gerade so weit aufzumachen, dass der Wurm durchpasste. Kauen sollte er nicht, egal, wie sehr es ihn dazu drängte. Dann sollte er noch einen Schluck Wasser nehmen. Als er seine Lippen öffnete, um den zweiten Schluck zu nehmen, wies ich ihn an, den Wurm, der bereits in seinem Mund schwamm, zu schlucken und ihn sofort mit dem zweiten Schluck hinunterzuspülen. Sehr zu meiner Überraschung hörte er endlich auf mich und schluckte den Wurm genau so, wie ich es ihm gesagt hatte.

Was konnte jetzt wohl noch passieren? Na ja, er hatte gerade einen Wurm gegessen und sah etwas grün um die Nase aus. Was denken Sie wohl, was passierte? Während Elizabeth und ich uns weiter unterhielten und Tee tranken, hörte ich Wayne leise Würgelaute von sich geben – leise Würgelaute, die schnell lauter wurden. Und rannte er ins Badezimmer? Natürlich nicht! Anscheinend hatte er vor, einfach würgend sitzen zu bleiben und sich zuerst auf mich und dann auf Elizabeths Perücke zu übergeben. Verärgert beorderte ich ihn in die Nasszelle der Kammer und befahl ihm, dort zu bleiben, bis er fertig wäre. Außerdem drohte ich ihm, dass er, falls er sich auf Elizabeths Perücke erbrechen würde, diese erst sauber lecken und anschließend sauber schrubben müsse. Er rannte hinaus, und gleich darauf hörten wir mehrere aufeinander folgende Geräusche, die sich wie Vulkanausbrüche anhörten. Als er einige Minuten später wiederkam, erzählte er uns, dass er alles, was er je im Leben gegessen oder getrunken habe, herausgekotzt habe, mit Ausnahme dieses Wurms!

Nett wie ich bin, fing ich gleich an, ihn mit seinem neuen Freund aufzuziehen. »In manchen Kulturen gelten Würmer als Delikatesse.« – »Ein bisschen Eiweiß hat noch niemandem geschadet.« – »Keine Sorge, deine Magensäure wird ihn auflösen.« – »Zumindest war es ja nicht der große, fette, saftige von ganz oben.« Das genügte, um ihn noch einmal ins Bad rennen zu lassen. Wahrscheinlich hatte er bei seiner letzten Tour doch nicht alles von sich gegeben.

Immerhin muss man ihm zugutehalten, dass er Herrin Elizabeth und mich an diesem Nachmittag wie versprochen zum Shoppen ausführte und uns großzügig mit Geschenken bedachte. Weil er ja nie eine richtige Sitzung erlebt hatte, wollten wir ihn eigentlich nach unserer Rückkehr vom Einkaufen in Elizabeths Kerker bringen und ihm eine richtige erotische Einführung verpassen. Aber Wayne war und blieb Wayne. Ich hatte ihm zwar gesagt, er solle zusätzliche Zeit für spontane Spiele einplanen, er hatte sich aber nicht daran gehalten. Er hatte getan, was für Männer typisch ist, und sich mit einem Geschäftsfreund um sechs statt um acht zum Abendessen verabredet. So hatte er sich selbst um die Einführungssitzung gebracht.

Männer werden eben immer Männer bleiben. Vielleicht, aber wirklich nur vielleicht, werden Sie eines Tages begreifen, wie viel sie verpassen, wenn Sie nicht auf die Leute hören, die über ihnen stehen.

Die großen Leute

Amanda und Tim sind ein attraktives junges Paar aus Illinois. Ich nenne sie »die großen Leute«, weil Amanda einen Meter neunundsiebzig und Tim einen Meter vierundneunzig misst. In Unkenntnis darüber, dass Tim ein geheim gehaltenes Interesse an BDSM hatte, nahm Amanda eine Gelegenheit wahr und kaufte *Die Kunst der weiblichen Dominanz*, weil ihr der Einband gefiel und weil sie von dem, was sie las, fasziniert und begeistert war. Als sie Tim darauf ansprach, war er ebenso interessiert, und so begann sie, sich und ihn anhand meines Buchs zu trainieren. Dann schmiedeten sie Pläne, um mich kennenzulernen. Tim stellte den Erstkontakt her, aber da ich immer verlange, mit der Frau zu sprechen, schrieb mir Amanda zurück. Daraufhin unterhielten wir uns am Telefon, besprachen die Vorstellungen und planten das Szenario.

Bei unserer ersten Begegnung amüsierten Amanda und ich uns großartig. Allein Tim war etwas enttäuscht, weil seine Erwartungen anders gelagert waren. Zunächst einmal hatte er nicht mit dem »Rudel«-Instinkt gerechnet, der immer dann auftritt, wenn zwei oder mehr Personen des gleichen Geschlechts anwesend sind, und dem sich auch die eleganteste Domina nicht entziehen kann. Wir waren nicht so sehr daran interessiert, was er wollte – wir setzten in erster Linie das um, was uns gefiel (solange es auf seiner Ja-Liste stand). Zweitens begriff er nicht, dass es bestimmte Techniken gibt, bei denen ich seine Frau unterstützen sollte oder die sie von mir lernen wollte. Da er zahlenmäßig zwei zu eins unterlegen war, reduzierten wir ihn zu einem Gegenstand, zu einem Vorführspielzeug, das nur dafür da war, damit die Dominas diese oder jene Technik an ihm lernen konnten. Und zu guter Letzt hatte er gedacht, dass ihm zwei wunderschön gekleidete Dominas zur Verfügung stehen würden – eine davon seine geliebte Frau und die andere ich –, die über ihm gurren und gackern würden, als wären wir seine eigenen beiden Hennen, eigens dazu bestimmt, auf seine Bedürfnisse einzugehen. Ha, ha!

Amanda und ich genossen es, und Tim bekam seine erste Lektion in Depersonalisierung. Auf Amandas Wunsch übten wir Origami-Bondage und die Schweinefesselung (Hogtie) an ihm. Wir trainierten verschiedene Prügeltechniken und bläuten ihm ein, wie er uns zu huldigen hatte. Danach sah ich die beiden fast zwei Jahre lang nicht wieder.

Ich freute mich sehr, als Amanda sich schließlich doch wieder meldete. Sie würden in die Stadt kommen und wollten eine weitere Spielzeit. Sie erzählte, Tim hätte sich seit unserem letzten Treffen stark verbessert, und meinte, ich wäre von seinem Fortschritt bestimmt begeistert.

Wegen meiner besonderen Stellung trafen wir uns in einem BDSM-Club, der an diesem Abend für die Öffentlichkeit gesperrt war, um uns dort zu vergnügen. Ich bemerkte, dass sie neben ihrer Ausrüstung ein Dutzend langstieliger roter Rosen mitgebracht hatten. Ich spielte die schwere Autoritätsperson. Ich trug eine Feldwebeluniform aus Latex, rote Plateaustiefel mit Unmengen von Schnallen und den Sheriffhut, den ich aus Prag mitgebracht hatte. Amanda war ganz in Schwarz gekleidet. Sie trug eine Kombination aus Leder und Spitze, dazu sehr weibliche Schuhe und war insgesamt eine sehr viel weichere Erscheinung als ich und ein guter Kontrast. Nachdem wir Platz genommen hatten, brachte Tim jeder von uns die gehörige Ehrerbietung dar, und seine Vorführung war perfekt. Ich konnte sehen, dass sie ihn gedrillt hatte. Im weiteren Verlauf legte Amanda ihm ein Halsband an und knebelte ihn als Teil der Unterwerfungszeremonie, worauf er automatisch Haltung vier einnahm.

Offensichtlich gehörte das zu ihrer gewohnten Eröffnungszeremonie und ich freute mich, dass sie mich daran teilhaben ließen. Sie und ich beschlossen, es uns in den Sesseln gemütlich zu machen und über Tim und seinen Fortschritt zu plaudern, während er auf den Knien wartete. Amanda erzählte mir, sie habe nach seiner ersten Sitzung, bei der er so enttäuscht darüber gewesen war, dass man ihn nur als Objekt betrachtet hatte, die Rolle als Objekt mit ihm einstudiert, und nach zwei Jahren sei er sehr gut darin geworden. Jetzt gefalle es ihm, als Objekt benutzt zu werden. Außerdem leiste er ausgezeichnete Dienste und lasse mit seiner masochistischen Neigung das Herz einer jeden Herrin höher schlagen.

Da ich bin, wer ich bin, musste ich diese Behauptung natürlich überprüfen, und Amanda stellte ihre Trainingsfähigkeiten nur zu gerne unter Beweis. Sie fragte mich, ob ich irgendwelche neuen Auspeitschtechniken hätte, und meine Augen begannen boshaft zu leuchten. Jetzt trat die Sadistin in mir auf den Plan. Zufällig hatte ich in Prag zusammen mit dem Sheriffhut auch eine einschwänzige Peitsche gekauft, die etwa einen Meter fünfzig lang war. Ich hatte damit in London im Kerker meiner Freundin an diversen Geräten geübt, zum Beispiel an der Spankingbank, der Lehne des Throns und schließlich an einem kleinen gepolsterten Bereich am Kreuz. An all diesen Orten konnte ich mir einen (für alle außer für mich) unsichtbaren Körper vorstellen, auf den ich zielte. Für eine Anfängerin war ich gut, so gut, dass die Leute aus der Wohnung darüber, ein Meister, seine Sklavin und sein Sklave, herunterkamen, um mir dabei zuzusehen. Am Kreuz, der kleinsten Zielscheibe, traf ich von vierzig Mal siebenunddreißig Mal ins Schwarze. Wenn jemand da gestanden hätte, hätte ich überhaupt nie danebengeschlagen. Die Zielscheibe war etwa zehn mal fünfzehn Zentimeter groß. Ein menschlicher Rücken ist etwas größer. Auf jeden Fall war/ist die Einschwänzige wirklich fies.

Zurück zu Amanda und Tim, sagte ich geziert zu Amanda: »Nun, ich habe da tatsächlich etwas, aber es ist echt gemein.« Sofort befahl sie ihn in Haltung vier »Achtung« und verlangte, es zu sehen. Ich hatte mir die Peitsche wie einen Gürtel um die Hüfte geschlungen, aber wahrscheinlich hatte sie sie im Dunkeln nicht bemerkt. Amanda musste lächeln, als sie sah, wie schnell ich sie hervorholte und wo ich sie aufbewahrte. Dann schauten wir auf Tim, der noch immer reglos in Haltung vier verharrte und in dessen Augen sich Angst abzeichnete. Ich wollte kichern, unterdrückte es aber und legte dafür mehr Energie in das boshafte Funkeln meiner Augen. Auch Amandas Augen begannen gefährlich zu funkeln. Ich muss dazu sagen, dass wir nicht vorhatten, ihn mit der Peitsche zu schlagen – wir wollten ihm damit nur einen Schrecken einjagen. So führte ich ihr den Gebrauch der Peitsche an der Spankingbank vor, indem ich zuerst in einer x-förmigen Überkopfbewegung das obere Ende der Bank traf und die Peitsche anschließend ans untere Ende schnalzen ließ, wo sein Arsch gewesen wäre, wenn er sich darüber gebeugt hätte. Tim sah uns starr vor Schrecken dabei zu, wie wir uns darin abwechselten, dem Möbelstück die Seele aus dem Leib zu prügeln. Er schien tatsächlich zu glauben, dass er als Nächster an der Reihe sein würde, und zitterte von Kopf bis Fuß, während er in Habachtstellung dakniete, was Amanda und mich aufs Äußerste erregte.

Amanda befahl ihn auf die Füße und ans Andreaskreuz (wo er sicherlich damit rechnete, die schlimmste Tracht Prügel seines Lebens zu bekommen), und wir beide schnallten ihm die Lederfesseln um die Handgelenke. Um noch mehr Eindruck zu schinden, ließ ich die Peitsche noch ein paar Mal schnalzen, während Amanda ihre Lieblings-Riemenpeitsche herausholte. Dann tauschten wir, damit ich meine holen konnte. Tim, der ja nichts von dem Peitschenwechsel ahnte, konnte seine Erregung kaum verbergen und zitterte wie Espenlaub. Hinter seinem knallroten Ballknebel drang ein unterdrücktes Stöhnen hervor. An Amandas Reaktion erkannte ich, dass sie Stöhnen genauso gern hörte wie ich. Als sie die Riemenpeitsche zum ersten Mal auf Tim niedersausen ließ, überreagierte er in Erwartung der Einschwänzigen und sprang so hoch, dass er bei seiner Größe fast die Decke berührte! Amanda und ich fanden das lustig und fingen an zu lachen. Für Tim dagegen war unser Gelächter herrlich demütigend, besonders weil er etwas getan hatte, für das er es verdiente.

Wir wechselten uns beim Peitschen ab; wir peitschten ihn gemeinsam, sie seinen Rücken, ich seinen Bauch; wir versetzten ihm abwechselnd einen Streich auf den Rücken und einen auf den Bauch; wir droschen beide auf seinen Rücken; wir versohlten ihm den Hintern; wir wechselten die Seiten. Wir peitschten Tim auf jede erdenkliche Weise, zunächst ganz leicht, aber dann immer fester. Wir kamen beim Peitschen ganz schön ins Schwitzen. Deshalb entließen wir ihn in Haltung drei und setzten uns, um zu verschnaufen. Jetzt erfuhr ich auch, wofür die zwölf langstieligen Rosen gedacht waren.

Das Rosenspiel sollte die Abschlusszeremonie unseres Abends sein. Ich saß auf der Spankingbank, während Amanda Tim den Knebel herausnahm. Nachdem er etwas Wasser bekommen hatte, durfte er sich eingehend im Zimmer umsehen, bevor sie ihm die Augen verband. Sie beeilte sich, einen Stuhl vor die Treppe zu schieben, damit Tim beim Suchen nicht unversehens die Stufen herunterpurzeln würde. Seine Aufgabe – sofern er diese annehmen würde – bestand darin, im Zimmer herumzukriechen und eine nach der anderen alle »zwölf« Rosen einzusammeln und sie im Mund auf allen vieren und mit verbundenen Augen zu mir zu bringen, wobei er genau mitzählen musste, wie viele Rosen er mir gebracht hatte. Tim entschied sich, die Aufgabe anzunehmen, worauf Amanda elf der Rosen im Zimmer verstreute und die zwölfte in der Hand behielt. In unserer Herzensgüte boten Amanda und ich ihm an, ihm je nach Fortschritt der Suche »kalt, kälter, warm, wärmer, heiß, heißer« zuzurufen, damit er sich nicht den Kopf an den Möbeln anrannte. Aber als er sich dem großen, ausgestopften Sitzsack näherte, warfen Amanda und ich uns einen Blick zu und beschlossen in stummer Übereinkunft, diesmal nichts zu sagen und einfach abzuwarten, was passieren würde. Es war recht unterhaltsam. Weil er nicht erwartete, auf einer weichen Oberfläche zu landen, brach er mit den Armen ein und fiel mit dem Gesicht voran in das Sitzkissen. Sein Arsch stand in die Höhe und stellte die Striemen seiner Züchtigung zur Schau. Seine Bemühungen, freizukommen, machten seine Lage nur noch schlimmer. Amanda und ich lachten Tränen.

Schließlich erbarmten wir uns und befreiten ihn, indem wir ihn an den Beinen herauszogen und ihn in die richtige Richtung auf den Weg schickten. Er hatte nur noch ein paar Rosen vor sich und brachte mir den Rest, genau bis zur elften Rose, ziemlich schnell. Er krabbelte endlos im Kreis herum auf der Suche nach dieser zwölften Rose und stand sichtlich vor einem Rätsel. Das Zimmer war doch gar nicht so groß. Wo konnte sie nur sein? Endlich befahl Amanda ihm, die Augenbinde abzunehmen. Sie stand vor ihm, als er sie abstreifte, damit er als Erstes die zwölfte Rose sah, die sie in der Hand drehte. Plötzlich warf sie sie in den entferntesten Winkel des Raums, und Tim jagte wie der Blitz hinterher. Er brachte mir die zwölfte Rose mit einem glücklichen Welpenblick im Gesicht. Natürlich nahm ich sie gnädig entgegen und zauste ihm liebevoll das Haar. Taktvoller als ich zuweilen wirken mag, verließ ich danach den Raum.

Ich habe Amanda und Tim seitdem noch oft getroffen.

Mein Dank geht an…

… Anna, meine allerliebste Großmutter, die von uns gegangen ist; die fantastische Mistress Antoinette für ihre großzügige und fürsorgliche Art; Bert Wibo von *DDI* und *Massad*, weil er meine »Glückspille« war; Betsy Rochette für ihre Freundschaft und die häufige Gastfreundschaft in ihrem Haus; Bob und Gina für ihre tollen Partys; Bruce Bender für seine unbezahlbare Hilfe und die vielen wunderbaren Wiccan-Bücher, die ich in seinem Büro mopse; Goddess Christina von The Temple.cc, die so großzügig von ihrem Computerwissen gab; Dolenta von Breathless; Mistress Elisabeth für die fantastische Umsetzung eines Alter Ego; Franco, den unnachahmlichen Friseur, der mir gab, was ich schon immer wollte und nie hatte; Frank, meinen lieben Großvater, der nun bei Anna ist, und an Maitresse Francoise für ihr großes Herz, ihre warme Gastfreundschaft, ihr liebendes Wesen und ihr Verständnis, das keine Grenzen kennt.

An meine geliebte Tante Josephine, die von uns gegangen ist und die ich sehr vermisse; an Kevin, aus Gründen, die selbst mir schleierhaft bleiben; Margaret Wolf, meine Lektorin, sowohl die gutmütige wie die böse Margaret, für ihre Unterstützung und Freundschaft, die weit über das beruflich Nötige hinausreichten; Master Keith und Sklavin Joy für ihre Gastfreundschaft und für seine Kreativität als Dom; Nancy, meine liebe Großmutter, die von uns gegangen ist; Pat B. für seinen Respekt, seine Güte und Großzügigkeit; Paul Dinas, weil er mein »Engel« ist; Rosemary für ihre unumstoßliche Freundschaft aus der Nähe und aus der Ferne; Lady Scorpion, die weiß, wie ein Olivenzweig aussieht; Simon von Libidex; die unnachahmlichen Ted und Di für ihre Freundschaft und ihre eiserne Unterstützung; an die wunderschöne Miss Toni, weil sie eine so liebe, gute und verständnisvolle Südstaatenschönheit ist (und dazu noch richtig scharf); an Tim Wodward, Tony Mitchell und an die Mitarbeiter des *Skin Two Magazine* für ihre jahrelange Unterstützung.

Die Autorin

Claudia Varrin ist seit vielen Jahren in der Bondage- und SM-Szene tätig. Sie wohnt und arbeitet als als professionelle Domina in New York und reist regelmäßig nach London, Amsterdam, Paris und Prag. Bei Schwarzkopf & Schwarzkopf sind bereits ihre Bücher *Die Kunst der weiblichen Dominanz*, *Die Kunst der weiblichen Unterwerfung*, *Das Tagebuch der Madelaine* und *Die Lust auf weibliche Dominanz* erschienen.

Claudia Varrin
DIE DIVA IN DIR
Die Kunst des dominanten erotischen Spiels

Genehmigte Lizenzausgabe

Schwarzkopf & Schwarzkopf Verlag GmbH, Berlin
ISBN 978-3-89602-585-2
Übersetzung: Nadine Bunske | Mitarbeit: Xenia Gharbi

Dieses Buch erscheint in der Reihe EXPLIZIT – EXPLIZIT ist ein Label des Berliner Schwarzkopf & Schwarzkopf Verlages |

Katalog

Wir senden Ihnen gern kostenlos unseren Katalog.
Schwarzkopf & Schwarzkopf Verlag GmbH / Abt. Service
Kastanienallee 32, 10435 Berlin
Telefon: 030 – 44 33 63 00
Fax: 030 – 44 33 63 044

Internet / E-Mail

www.schwarzkopf-schwarzkopf.de
info@schwarzkopf-schwarzkopf.de